Se acabó el recreo

A*

Dario Ferrari

Se acabó el recreo

Traducción de Carlos Gumpert

Libros del Asteroide

Primera edición, 2025
Primera reimpresión, 2025
Título original: *La ricreazione è finita*

Imagen de cubierta: Jupiterimages / Getty Images

Publicado por Libros del Asteroide S.L.U.
Santaló, 11-13, 3.º 1.ª
08021 Barcelona
España
www.librosdelasteroide.com

ISBN: 978-84-10178-44-1
Depósito legal: B. 5649-2025
Impreso por Kadmos
Impreso en España - Printed in Spain
Diseño de colección: Enric Jardí
Diseño de cubierta: Duró

Este libro ha sido impreso con un papel ahuesado,
neutro y satinado de ochenta gramos, procedente de bosques
bien manejados, materiales reciclados y otras fuentes controladas,
con celulosa 100 % libre de cloro y ha sido compaginado
con la tipografía Sabon en cuerpo 11.

Este libro ha sido traducido gracias a una subvención del Ministerio
de Asuntos Exteriores y de la Cooperación Internacional italiano.
*Questo libro è stato tradotto grazie a un contributo del Ministero degli
Affari Esteri e della Cooperazione Internazionale italiano.*

Índice

Año 0

Hay decisiones que marcan el cariz que adquirirá toda una vida, y hasta ahora yo siempre he tomado esas decisiones al azar. Si hubiera tenido que elegir cinco minutos después, podría haber hecho tranquilamente justo lo contrario, y no creo haber abordado ninguna encrucijada fundamental de mi existencia de forma relativamente ponderada, teniendo en cuenta un objetivo a largo (o incluso a medio) plazo. Mi tendencia natural es intentar no moverme, procrastinar hasta que todas las posibilidades se han evaporado y puedo volver por fin a refocilarme en mi capullo de infructuosidad. O bien me dejo llevar por la inercia y, en determinado momento, me encuentro haciendo algo sin haberme decidido realmente a hacerlo, arrullado por los tranquilizadores algodones de la irresponsabilidad. Hace un par de años mi madre, sumida en una efímera fascinación por Oriente, casi me obligó a leer un libro que, entre otras cosas, ilustraba un rasgo típico de la mentalidad china: en lugar de actuar con vistas a un objetivo, el sabio deja que las circunstancias lo lleven a donde ellas quieran, sin empecinarse a la manera occidental en querer ser a la fuerza el artífice de su propio destino. Por lo tanto, si el asunto es efectivamente como lo entendí yo, la cuestión no es que sea un vago, sino que soy prácticamente el modelo del sabio taoísta.

El hecho de que haya acabado haciendo un doctorado universitario no es una excepción: si alguien quisiera reconstruir sus orígenes, se encontraría como mucho con un cúmulo de contingencias fortuitas, de posiciones sostenidas más allá de lo razonable, por mera cabezonería y una congénita incapacidad para evaluar las consecuencias de mis acciones.

No soy de los que llevan la carrera académica inscrita en el ADN. Aparte de mi afición por la lectura (que he mantenido a pesar de no compartirla con ninguno de mis amigos y a pesar de la declarada hostilidad de mi padre hacia ella), he sido un estudiante universitario bastante mediocre. Mi único punto fuerte era el oficio. Intuía desde un principio lo que a un profesor le gustaba que le dijeran y me estudiaba solo las cosas que necesitaba para decir exactamente eso, ni una palabra más. Tenía un olfato especial para saber a qué clases debía asistir y en cuáles firmar la hoja de asistencia para esfumarme después; presentía qué libros del programa debía leer y en cuáles bastaba con un vistazo a la contraportada, y tenía puntería para identificar a la estudiante con gafas a la que pedir los apuntes. Al final casi siempre lo vadeaba todo así, prodigando mucha más energía y materia gris en entender lo que podía evitar hacer que en hacer algo.

Me licencié en Letras, poco más de una década después de matricularme, con una tesina sobre Kafka, en parte porque la asignatura de Literatura Alemana fue una de las pocas que había estudiado con gusto y en parte porque el profesor era un viejecito minúsculo y apasionado que me cayó bien de inmediato. La tesina no es que fuera una obra maestra, pero resultó ser, a fin de cuentas, la parte más agradable de la universidad. Tan agradable que la arrastré conmigo durante casi tres años, y mientras tanto tuve que cambiar de director porque el viejecito minúsculo y apasionado se murió. Al final leí la tesina con el nuevo catedrático de Literatura Alemana: un macho alfa de mediana edad muy alto y siempre cabreado con quien hubo antipatía mutua a primera vista.

Después de presentarla caí en un estado de modorra existencial y por primera vez en mi vida empecé a sentir el peso de la edad. En el punto de inflexión de los treinta, reflexioné, mis padres ya habían hecho un montonazo de cosas —hijos, trabajos, hipotecas, mascotas—, mis abuelos habían luchado en la guerra y reconstruido el país y mis bisabuelos habían muerto a causa de la gripe española. Yo no solo no había hecho ni una sola de estas cosas, sino que todas me parecían inconcebiblemente alejadas de mis horizontes. Con todo, me decía siempre, es objetivamente absurdo comparar generaciones entre sí. Los abuelos y los bisabuelos tenían que hacer las cosas a toda prisa, antes de que un bombardeo o la viruela los arrancaran del cariño de sus seres queridos, y nuestros padres no tenían internet, Ryanair ni Pornhub: en determinado momento las opciones se agotaban y todo lo que quedaba era la familia y la carrera. Cada generación tiene su propia historia: nosotros tenemos una adolescencia de veinte años, pero sabemos hacer cosas con las que nuestros abuelos ni siquiera podían soñar, como reservar unas vacaciones en diez minutos y memorizar una cantidad vertiginosa de combinaciones de botones para jugar al PES.

Por desgracia, de buenas a primeras, hasta mis coetáneos empezaron a convertirse en adultos. Chavalotes descerebrados y requetetatuados, que hasta un minuto antes solo se alimentaban de porros gigantes y snacks para matar el hambre química, cuyos horizontes se agotaban entre el fútbol sala y el FútbolFantasy y que apuraban la noche vagando por los locales para evitar la vergüenza de regresar a casa antes del amanecer, empezaron a presentarse de un día para otro con alianzas en los dedos y la prole detrás y a encarnar los valores de la familia tradicional. Por supuesto, yo *sé* que siguen siendo los mismos chavalotes descerebrados, sé que su felicidad todavía depende exclusivamente de los resultados de la Juventus, sé que su alistamiento en la legión de la familia es flor de un día y que sus mocosos acabarán encontrándose con un número exponencialmente creciente de padres y madres, a medida que los naturales vayan dejándose unos a otros y emparejándose otra vez para volver a dejarse y emparejarse de nuevo y así hasta el infinito, materializando por fin la utopía platónica de una comunidad en la que cada niño es hijo de todos. Lo sé bien, y aun así, no he sido capaz de dejar que esta avalancha de acontecimientos me resbalara por encima como todo lo demás. De repente, envejecí. Incluso a los críos, a los nacidos en los noventa, te los encuentras por ahí con el todoterreno, el maletín y la incipiente calvicie y te hablan con pleno conocimiento de causa sobre asesores fiscales, euríbor y miniclubs. Fue así como pasé de la eternidad de la juventud al *horror vacui* de la senilidad, perdiéndome las etapas intermedias. Y cuanto más viejo me siento, más veo recortarse en el horizonte mi versión personal del reloj biológico: la imagen de mi padre, que quiere que herede el bar familiar. Yo me juré a mí mismo y a él, en el momento en que dejó plantada a mi madre (y a mí, en consecuencia), que no me quedaría con el bar Gori ni muerto; y a estas alturas está cada vez más claro que mi padre espera ver pasar mi cadáver de licenciado en Letras por delante de su puerta para poder atraparme y obligarme a perpetuar su microempresa personal.

Quizá para librarme de ese sentimiento de indecisión y de amenaza inminente, decido darme una vuelta por Pisa: desde Viareggio se llega en tren en veinte minutos, por más que para cualquier viareggino se yerga una imponente barrera mental en las afueras de la ciudad que sabiamente aconseja no alejarse nunca de allí, puesto que más allá de las fronteras del municipio no puede haber nada bueno. Todavía estamos a principios de septiembre y la invasión de los estudiantes venidos de fuera no ha empezado aún, y pensé que perder el tiempo en los barecillos de piazza Dante, donde desmenucé la mayor parte de mis días de universitario, podría alimentar de alguna manera en mí la ilusión de que todavía queda tiempo para la transición a la edad adulta.

Tan pronto como abro el periódico, se me planta delante Carlo, el asistente del departamento de Italianística que me tocó en el examen oral de Literatura Italiana Contemporánea y que me descuartizó meticulosamente, después de lo cual seguimos siendo amigos. Se sienta a tomar un café y me pone al día sobre los asuntos internos del departamento. La tía que se ha liado con el catedrático, el que ha conseguido un doctorado en Cornell y manda liberadoramente a todo el mundo a tomar por culo, el antiguo director de departamento al que le han detectado un cáncer de próstata, el estudiante de doctorado que después de años de vejaciones ha sufrido un colapso nervioso, la secretaria que sigue escondiendo a propósito todos los papeles del profesor Lanza en un acto de acoso feroz y desinteresado. Luego pasa a detallarme las luchas internas para el concurso de doctorado de este año. En la época en la que él se presentó, existían unas veinticinco becas de doctorado en toda la Facultad de Letras; hoy son cuatro y hay que repartirlas entre seis departamentos. Por si fuera poco, una de las cuatro está destinada a la Universidad de Florencia, donde los doctorados en Literatura están suspendidos hasta nuevo aviso.

—Hoy en día la mayoría de los profesores te desaconsejan que hagas un doctorado —dice Carlo.

—Sí, ya lo sé, te dicen que te vayas al extranjero.

—En efecto. Como si el extranjero fuera un sitio al que enviar tu currículum. Si lo creyeran de verdad, tendrían que decirte a dónde ir, a quién escribir. Pero ellos tampoco tienen ni idea. Solo te digo que, después de licenciarme, Sacrosanti me aconsejó que intentara buscar algo en Berlín, que era el *non plus ultra* para las cosas que estaba estudiando yo. Es una pena que «en Berlín» haya cuarenta universidades.

Sonrío, pero, como suele pasar cuando me cuenta estas cosas, no tengo muy claro a dónde quiere ir a parar.

—En definitiva, ahora los profesores prefieren no tener nada que ver con los doctorados. Ya no es un campo en el que los catedráticos de la universidad aspiren a ejercer su poder. Aunque todavía queden algunos que le siguen guardando cariño a estas pequeñas escaramuzas para ver quién la tiene más larga.

—Como Sacrosanti —digo yo, porque en realidad un poco sí que sé a dónde le gustaría ir a parar.

El ilustrísimo profesor Sacrosanti es una especie de *dominus* de la Facultad de Letras; antiguo militante de la izquierda extraparlamentaria en olor a terrorismo en los años setenta, al igual que los más despiertos de aquella camada revolucionaria supo escabullirse a tiempo y reinventarse como académico, sin tener siquiera que renegar en exceso de sus ideas. Al contrario, todavía hoy se enfada si le dicen que es de izquierdas: «Soy *comunista*, no de izquierdas», responde; y a veces se declara, un poco por pose, maoísta o incluso estalinista. Dicho esto, de Sacrosanti tengo excelentes recuerdos: es alguien que se ha pasado toda su vida estudiando y que ha entendido las cosas que estudiaba; en clase era un poco teatral pero muy entretenido e incluso abierto a la discusión. Entre otras cosas, es de los que no deja las clases en manos de sus asistentes y cambia cada año el tema del curso, dependiendo de en qué esté trabajando. En resumen, que me quito el sombrero. Su talón de Aquiles, con todo, es el goce casi erótico que obtiene de las relaciones de poder universitarias. Siempre ha perseguido el poder, más aún desde que le nombraron decano de la Facultad de Letras. Es capaz de paralizar todo el departamento de Italianística si el puesto docente por contrato no se asigna a quien él dice; de impedir que alguien vaya como *visiting professor* a los Estados Unidos si a su amigo fulano de tal no se le invita a realizar una *lectio magistralis*, o de boicotear una cátedra si no le dejan dos plazas de doctorado de las cuatro disponibles.

Este último caso acaba de producirse: a Italianística le corresponden este año dos becas (de las que una irá a parar a Italianística y la otra a Teoría de la Literatura, disciplinas ambas bajo su dominio), otra va a Historia del Cine y del Teatro (por lo que se producirá *a posteriori* un choque fratricida entre la facción Teatro y la facción Cine dentro del DAMS* de Florencia) y la última a Historia Moderna, y ya está predestinada a un estudiante de la Scuola Normale Superiore, un joven de veintitrés años que tiene en su haber una muy citada monografía sobre la economía del siglo XVII y a quicn Carlo Ginzburg ha dado las gracias en su último ensayo.

—¿Y los de Sacrosanti ya se saben? —le pregunto a Carlo.

Él sonríe. Está claro que parte de la libido relacionada con la distribución de prebendas también ha pasado como herencia a él, que es uno de los vástagos de la secta de los sacrosantianos más estimados por el Ilustrísimo.

—Raffaele dice que no, pero eso forma parte del juego. Esta vez, sin embargo, lo cierto es que no hay ningún nombre por el que esté dispuesto a luchar hasta la muerte.

Raffaele es el nombre de pila de Sacrosanti, y su uso es prerrogativa exclusiva de un círculo mágico del que Carlo se ha ganado sobradamente uno de los carnés honorarios en virtud de quince años de colaboración no necesariamente remunerada.

—Entonces ¿para qué quiere dos becas?

Carlo se encoge de hombros. Tal vez se sienta incluso un poco desconcertado por una pregunta tan ingenua. Luego me da una respuesta que, a su parecer, debería aclararme la situación:

—Se jubilará dentro de unos años.

Respondo con una de mis miradas bovinas.

—Vaya... —intenta explicarme—, que son sus últimos cartuchos. Si quiere otro discípulo, tiene que conseguirlo ahora.

—¿Eso quiere decir que no hay nadie ya designado?

* Acrónimo de *Discipline delle arti, della musica e dello spettacolo*, una innovadora licenciatura en arte, música, teatro y cine nacida en la Universidad de Bolonia en 1971 por iniciativa, entre otros, de Umberto Eco, y extendida más tarde a otras sedes universitarias italianas. *(N. del T.)*

—No he dicho que no haya nadie ya designado. He dicho que la cuestión todavía no está cerrada.

—El caso es... —lo invito a sacar el conejo de la chistera.

Me enseña un trozo de papel. Nombres y números. Al principio no lo entiendo, pero de repente me acuerdo: Carlo es una especie de corredor de apuestas. Y lo que me está enseñando son las probabilidades que les concede a los candidatos al doctorado.

—La lista no está completa porque la inscripción aún está abierta. Y, por lo tanto, las cuotas están sujetas a cambios. Supongamos que aparece uno recomendadísimo, está claro que a ese le doy un 1,2 y los demás suben un poco. Pero si quieres apostar ahora, las probabilidades son estas.

La quiniela del doctorado. Yo solía jugar con regularidad, pero las dinámicas universitarias siempre me resultaron tan oscuras que ni siquiera estuve cerca de dar con un nombre ganador.

Echo un vistazo a los candidatos, habrá siete u ocho.

—¿Tan pocos? —pregunto.

—Estos son solo los papables.

Van desde una cuota mínima de 2, para un tal Camasta, hasta un máximo de 25 para los dos últimos.

—¿Quiénes son estos?

—El último es Giacomo Mattei. ¿Te acuerdas de él?

—No.

—Sí, hombre. Será la duodécima vez que aspira al doctorado. Ese gafapasta que dice haber escrito un diccionario manganelliano pero que no encuentra a nadie que se lo publique.

—¡Ah, sí, claro! El que iba a campamentos de verano donde solo se hablaba latín.

—Pero con la pronunciación *restituta*.

Esbozo una sonrisa y dejo caer:

—¿Y el otro?

—Son los Varios y los Eventuales. Los que no aparecen en la lista. Es decir, aquellos que objetivamente no tienen esperanzas.

—Pero ¿hay que elegir uno?

—No, se pueden elegir en bloque.

—Pues entonces casi casi...

—Es una elección suicida. Si alguno puede ganar, ten por seguro que lo sé.

—Espera, déjame echar otro vistazo.

Recorro los demás nombres de la lista. Los conozco a casi todos; a fin de cuentas, diez años pasados en la universidad algún poso han tenido que dejarme. Aparte de Giacomo Mattei, que por definición no tiene esperanzas, los demás son todos la flor y nata de la fauna estudiantil. Gente que se licenció en plazo, que coleccionó matrículas de honor, que estudió en profundidad, leyó mucho y pasó el Erasmus en la Sorbona o en Tubinga. Gente que hace treinta años habría obtenido una plaza calentita en la universidad incluso antes de defender su tesis de licenciatura, y a la que hoy en cambio te la encuentras luchando por migajas, y dentro de unos años, si les va bien, podrán enseñar italiano e historia en el valle del Po, en el instituto profesional Germano Mosconi, donde se habla dialecto, se intercalan blasfemias y los profesores son el peldaño más bajo de la jerarquía social y humana. Y tal vez vayan al instituto con un kalasnikov el día que descubran que hasta el director escribe «po'» con acento.

—¿Quién es el elegido? Camasta. ¿Lo conozco?

—No, yo tampoco sé mucho de ella.

—¿Cómo es que le das un 2? ¿Qué es, una normalista puesta de anfetaminas?

—Es de Bolonia, una alumna de Savoia.

—¿O sea?

—Vamos, si hasta te has examinado con sus libros. El experto en Pirandello.

—¡Ah, claro! *Uno, ninguno y menos uno* de Giovanni Savoia. No llegué a leerlo, con ese título dudaba que pudiera decir algo inteligente.

—Pues mira tú que es un gran libro. A Savoia lo invitan a Stanford una vez al año. Y, entre otras cosas, es amigo íntimo de Raffaele.

—En cambio a este Pier Paolo, ¿por qué no le ves posibilidades?

Carlo frunce el ceño. Pier Paolo es un normalista al que Sacrosanti respeta mucho y objetivamente parece extraño que no sea uno de los elegidos.

—En mi opinión, optará por cursar su doctorado en la Normale y no en el departamento.

—Bueno, vale, lo entiendo: Camasta es la apuesta más previsible.

—¿Cuánto apuestas?

—Diez euros. Pero me los juego por Giacomo Mattei. En mi opinión, este es el año de las cenicientas.

Al volver de Pisa quedo con mi padre, que tiene derecho, según el acuerdo de separación, a una cena a la semana. Es el único día que no ceno en casa con mi madre ni una pizza por ahí con alguien, o sea, la noche que peor como.

Sé que en el umbral de los treinta años debería ser un poco más independiente, pero dada mi situación profesional no puedo permitirme incluir en mi presupuesto los gastos de un alquiler. Si todo va bien, en invierno puedo ganar al mes cincuenta euros los sábados por la noche de camarero en el restaurante donde trabaja mi amigo Franz; cincuenta euros un domingo de cada dos, durante el turno de comidas, porque desde que el dueño se ha hecho socio del Viareggio si el equipo juega en casa no va a trabajar; unos cien euros por dar clases particulares de italiano a algún chaval de secundaria cuyos padres están tan desesperados que no pueden permitirse un profesor de verdad y recurren a mí, que pido doce euros la hora y voy a darle clases a su casa porque no tengo una propia; y por último una cantidad variable por mantener actualizada en tres idiomas —italiano, inglés y un alemán muy creativo— la página web de una empresa local que produce tejidos caros y tiene ambiciones de internacionalización (un trabajillo que llamo *copywriting* para darme a mi vez un tono internacional). Total: apenas llego a los quinientos euros al mes, por suerte casi todo en negro.

Esta noche, sin embargo, debo admitir que no es de las peores de mi padre. Casi hemos terminado de comer el pollo con patatas que ha comprado en el asador, mojándolo en montoncitos de mayonesa y bebiendo cerveza Moretti, y todavía no ha sacado a relucir ninguno de sus caballos de batalla: cómo voy vestido; el hecho de que no haga nada en todo el día; el hecho de que no quiera ponerme a trabajar con él en el bar; alguna meta importante alcanzada por gente de mi edad, por lo general hijos de sus amigos, que sospecho que le dicen bastantes gilipolleces que sin embargo mi padre se traga a pies juntillas porque le confirman que le ha tocado el único hijo inútil total de la provincia de Lucca.

Que no haya sacado estos temas significa que hemos cenado prácticamente en silencio, dado que no tenemos muchos más temas de conversación; pero me da la sensación de que la nuestra ha sido a fin de cuentas una velada aceptable entre padre e hijo, y siento una remota forma de afecto por él, aunque solo sea porque creo que por fin ha cambiado de asador. Quizá ahora que ambos hemos alcanzado cierta edad podamos empezar a tener una relación más madura. Incluso decido comunicárselo, de alguna manera.

—Oye, ¿sabes que el pollo estaba muy rico?

—¿Qué quieres decir? —pregunta receloso.

—Nada. Que estaba rico.

—Lo he comprado en el asador, no lo he hecho yo.

—Ya lo sé, pero estaba más rico que de costumbre —acompaño el comentario con una sonrisa, como para subrayar que no estoy bromeando, ironizando, provocando ni aplicando quién sabe qué otra artera táctica de agresión disimulada, sino solo soltando cumplidos triviales, como los que sueltan las personas normales cuando comparten una comida.

Él, sin embargo, no parece confiar en mis intenciones pacíficas, y creo que las razones pueden ser dos: la primera es que mi padre y yo no hemos tenido una conversación normal prácticamente nunca, y la segunda es que las sonrisas no son mi fuerte. Sospecho que es porque las fuerzo, ya que no me salen de forma natural, y por eso el resultado se asemeja a una mueca o, en el mejor de los casos, a una paresia.

—Roberta está de vacaciones —dice, y luego hace una pausa—. De todos modos, es verdad que este pollo está rico. Lo hacen al ladrillo, en lugar de en un espetón. —Semejante profusión de detalles superfluos me sorprende aún más que el cambio de establecimiento.

Se levanta para retirar los platos y los envoltorios de papel de aluminio y vuelve a la mesa con dos tazones, dos cucharaditas y una tarrina de helado artesano. Ahora es mi turno de recelar. Estoy dispuesto a creer que quiera compartir conmigo sus opiniones sobre las pollerías de Viareggio, pero que en lugar de comprar la tarrina de chocolate y nata del supermercado haya ido sin segundas intenciones a la heladería artesanal me parece francamente inverosímil. Me pregunto qué píldora amarga querrá endulzar con este helado. Son dos las hipótesis que se me vienen a la cabeza.

La primera es que me tiene que notificar una enfermedad. Su mansedumbre durante la cena parece reforzar esta hipótesis: está intentando resignarse a la idea de dejar un mundo imperfecto y a un hijo aún más imperfecto y disfrutar de esos pequeños placeres a los que siempre se ha negado en su vida: cambiar de asador, comer helado casero, no insultarme.

La segunda hipótesis es que mi padre se haya «vuelto a emparejar», como dicen los ancianos enamorados: que con casi setenta años su corazón haya vuelto a latir y ahora esté a punto de anunciármelo, acaso con unas expresiones incómodas que me harán sentirme terriblemente avergonzado de él. Me pregunto quién puede hacer latir el corazón de mi padre (aparte del Inter de Herrera y, un poco menos, el de Mourinho), pero sobre todo me pregunto a quién narices podría hacerle latir el corazón mi padre, que, si bien en el pasado pudo tener su encanto, ahora me parece poco más que un viejo gruñón con un mefistofélico aliento a tabaco (a pesar de que, por lo menos de manera oficial, no haya vuelto a fumar desde hace veinte años). Quizá, me digo, una cuidadora del antiguo Pacto de Varsovia: una mujer criada en el socialismo real y fugitiva de una sociedad patriarcal formada por hombres violentos perpetuamente henchidos de vodka puede ser el único tipo humano al que mi padre podría parecerle un buen partido. Pistas a favor de la hipótesis romántica: afeitado reciente, olor pasable en casa, interés por la diferencia entre pollo al ladrillo y pollo asado.

Lo cierto es que el helado está incluso más rico que el pollo, pero lo engullo con la cabeza encogida entre los hombros, esperando a que mi padre suelte el as de bastos. Sin embargo comemos en silencio y estoy a punto de ser yo quien tome la iniciativa y le diga que está enfermo. O enamorado. En cualquier caso, algo grave. Pero al final me contengo: unos días más de inconsciencia no me harán daño.

—Oye, espera un momento —me dice cuando ya estoy a punto de irme y tengo la chaqueta puesta y el casco en la mano—. Te he comprado esto.

Me entrega una bolsa de papel de una librería (más que una librería, es un supermercado de libros, pero estoy demasiado desconcertado para andarme con nimiedades). Me acaba de hacer un regalo: una señal de que el asunto probablemente sea incluso más grave de lo que pensaba.

Un regalo pesado, constato mientras sujeto la bolsa.

—Pero... —balbuceo, mirándolo no estoy seguro cómo.

No termino la frase y saco el libraco de la bolsa. Título: *954 plazas de personal de recepción y vigilancia. Oposición del Mi-*

nisterio de Patrimonio Cultural. Sigo perplejo. Luego, antes incluso de comprenderlo todo, siento que me invade la rabia.

—¿Qué es esto? —mascullo. Mi padre no ha acertado con un regalo en toda su vida, pero esto es una obra maestra de manipulación disfrazada de regalo.

—Es... un libro de esos para preparar las oposiciones. Hay una parte con lo de estudiar y otra con lo de poner cruces.

—¿Qué oposiciones?

—Del ministerio... no sé, de un ministerio. Lo único que piden para presentarte es el diploma de bachillerato, pero es un puesto fijo y todo lo demás.

—¿Qué es todo lo demás?

—Y yo qué sé. El salario, por ejemplo. Lo de la oposición esta me lo contó Piero, ya sabes, su hija trabaja en Roma en el ministerio, es jefa o lo que sea...

—...

—Oye, que pensaba que te hacía un favor. Como no quieres venir a trabajar al bar...

—¿Pretendes que sea vigilante de museo? ¿Que me pase el día en un pasillo vacío mirando la nada y diciéndoles a los niños que no peguen mocos en los cuadros? ¿Quieres que me pase la vida cortando entradas? ¿Crees que he estudiado para eso?

—Bueno, estudiar, lo que se dice estudiar... Es que a ti te da asco trabajar. Y como también eres un presuntuoso te crees que los trabajos que hace la gente normal no valen un pimiento.

Mi padre había entrado en una librería, quizá por tercera vez en su vida, y no para comprar mi opera prima y darse cuenta de que tenía un hijo genial, sino para hacerse con un tocho de cuarenta euros con la esperanza de que por lo menos estuviera a su alcance (es decir, al mío) un trabajito fijo como vigilante de museos desiertos. O incluso que una capitulación por mi parte en esa oposición también pudiera allanar el camino para que yo asumiera la gestión del bar.

—Es que ni pensarlo —digo con hastío.

—Porque tú siempre has pensado que tenías la pilila de oro. Tiene que hacerse el *intelectual*, el muy crío.

—Sí, soy un intelectual. ¿Y qué pasa?

—Pues pasa que nadie te va a pagar por hacerte el intelectual de por vida, ¿o qué te crees?

—La universidad.

—Ah, ¿con que ahora la universidad te paga? ¿Han decidido pagar a los figurantes fijos?

—Empiezo el doctorado en enero —le suelto.

—¿Y eso qué es?

—Es que la universidad me paga un sueldo para seguir estudiando.

—¿A ti?

—A mí, efectivamente. Es el primer paso para convertirse en profesor universitario.

Mi padre no está lo suficientemente familiarizado con el mundo académico como para poder plantear objeciones, y creo que por un momento se le pasa por la cabeza la idea de que tal vez me esté subestimando. Una hipótesis que le dura una fracción de segundo, y estoy convencido de que justo después habrá empezado a pensar que el doctorado, que seguramente glorificaría si lo hiciera el hijo de cualquier otro, debe ser algo casi sin valor.

Pero no le doy tiempo a responder, me marcho en seguida dando un portazo y bajo las escaleras de cuatro en cuatro hasta el portal. *Voy a hacer el doctorado*, pienso, y acciono el pedal de mi Vespa PK con la esperanza de que por una vez arranque a la primera, invadido por la ira, la exaltación y un desapego total de la realidad.

El problema es que si Carlo me incluyera en la quiniela del doctorado tendría que darme un cuarenta, que es mucho más de lo que se pagaría por la ya inverosímil victoria de Giacomo Mattei, que al menos cuenta con una sólida experiencia en pruebas de doctorado en las que indefectiblemente se lo cargan. No hay una sola variable en juego que me sea favorable. Desde el currículum a los patrocinadores académicos, desde la apostura a los padrinos políticos, desde las relaciones personales a la edad, no hay objetivamente razón alguna para elegirme a mí en lugar de a cualquier otro.

Y, sin embargo, ahora estoy *committed*, como se dice en el póquer: por más que mis cartas sugieran una prudente rendición, ya he apostado tan fuerte que no me merece la pena retirarme. Total, mejor tentar al destino, por improbable que sea.

Me he expuesto demasiado —y lo que es peor, con mi padre— como para poder echarme atrás. Así que vuelvo a estudiar, a pesar de ser consciente de que es imposible salvar la brecha acumulada tras una década de lecturas asistemáticas y en su mayoría olvidadas por completo, frente a las trayectorias académicas impecables, ricas y bien organizadas de mis adversarios. La única ventaja de presentarme al concurso de doctorado es que resuelve, al menos de manera temporal, mi problema de exceso de tiempo libre.

Para preparar el examen me propongo releer mi (muy digna) tesis de licenciatura, repasar algo del manual de Literatura Italiana, alias «el Ferroni», e intentar descifrar mis apuntes para el examen de Literatura Italiana Contemporánea que hice con Sacrosanti.

Si sale mal, me atendré a la coartada de siempre: al final siempre ganan los recomendados.

Tres días antes de la prueba escrita recibo un mensaje de Carlo.

«¿Es verdad que te presentas al concurso?»

Casi parece un reproche.

«Oh, yeah», respondo. «Quiero velar por mi inversión.»

«Pero ¿por qué no me lo has dicho?»

«Me habrías aconsejado que no lo hiciera.»
«Desde luego.»
«No te preocupes, Charlie. Vuestra boloñesa no peligra.»
«De eso no cabe la menor duda.»
«¿Tengo alguna esperanza de quedar segundo por lo menos?»
«No.»
«Dime solo una cosa: ¿qué cuota tengo?»
«Te crees tú que tienes cuota. Estás en los Varios y Eventuales.»
«¿Entonces puedo amortizar mis diez euros en Varios y Eventuales?»
«Tu apuesta queda invalidada.»
«¿Me devolverás los diez euros?»
Carlo deja de responder.
Me escribe al día siguiente: «Por lo menos echa un vistazo a la *Pragmática de la novela* de Sacrosanti».
«¿Y mis diez euros?», insisto.
«Es el precio del consejo que te acabo de dar.»
Luego se encierra en un silencio que esta vez sé que durará al menos hasta el final del concurso.

En realidad, echar un vistazo a la *Pragmática de la novela* es todo lo que me da tiempo a hacer. Porque Carlo me lo recomienda cuando faltan cuarenta y ocho horas para la prueba escrita, y en la biblioteca de Viareggio ya te digo yo que no lo tienen; me toca pedirlo por Amazon y al final a ese volumen de casi quinientas páginas densamente escritas, el *opus magnum* sacrosantiano, puedo dedicarle una tarde y una noche, y ni siquiera entera, porque tengo que ir a buscar mi amuleto de la suerte a casa de Dario, un amigo mío hipocondriaco que lo necesitaba para no sé qué prueba médica, y acabamos pasando la tarde haciendo el idiota.

Así que, al final, de la *Pragmática de la novela* solo consigo llegar a tres cuartas partes de la introducción. Si acaso, me digo, lo retomaré si paso al examen oral. Es decir, probablemente nunca.

⁂

Los muñones de los dedos de Giacomo Mattei, descarnados por años de feroz mordisqueo nervioso que han hecho desaparecer definitivamente las uñas y varias capas de dermis, extraen el tema de la prueba escrita: «Lo grotesco. A partir de Bajtin y Kayser, defina el candidato la estética de lo grotesco en un autor, una corriente o una época de su elección». La treintena de personas presentes se miran unas a otras con una expresión inequívoca de consternación. La frase que prácticamente todo el mundo murmura en voz baja es: «Menudo tema más jodido». Lo cual es innegable, pero mira por dónde, es precisamente *mi* jodido tema, dado que en el único texto que he repasado para el examen, es decir, mi tesis de licenciatura, hay un capítulo entero dedicado a lo grotesco en Kafka. En virtud de ello, *por pura casualidad*, también tengo cierta idea de quiénes son Bajtin y Kayser, y por eso me dispongo a escribir un excelente ensayo, pensando en todos los pozos de ciencia que se encuentran a mi lado y que se ven pulverizados en un instante por mi golpe de chorra.

Sin embargo, a juzgar por las notas de la prueba, mi entusiasmo en caliente estaba menos justificado de lo que pensaba; no es que me haya ido mal, claro que no, y desde luego me ha ido mejor de lo que voceaban los pronósticos de la víspera, pero no ha sido el triunfo que esperaba después de entregar el ensayo. He sacado un 27, una nota excelente, pero no suficiente para presentarme como favorito al examen oral. Agnese Camasta, la boloñesa a quien la quiniela del doctorado de Carlo daba un 2, ha obtenido un rotundo 30, lo que diría que la sitúa fuera de mi alcance, pero también fuera del alcance de cualquiera. Luego estoy yo, con mi honorable 27, seguido por dos de los favoritos —Pier Paolo y Virginia— que han sacado buenas notas, pero inferiores a la mía: 26 y 25. Lo que, por un error de perspectiva, podría hacer pensar que estoy en la *pole position* para la segunda beca (tres años a mil doscientos euros al mes *para estudiar*, me repito, degustando el sueño antes de que se me escape de las manos), pero en realidad, si se suman los méritos y la evaluación de la tesis, soy el último de los cuatro. Para llevarme el gato al agua en el examen oral tendría que superar a Pier Paolo y a Virginia al menos por dos puntos, lo que honestamente me parece imposible.

Con todo, haber pasado al examen oral es en sí una victoria. Somos cuatro de treinta, lo que me sitúa entre los mejores, algo que me ha ocurrido pocas veces en la vida. No podré monetizar mi hazaña pasándome tres años estudiando a costa del Ministerio de Educación e Investigación, pero sí podré abandonar mi experiencia universitaria con la cabeza alta. Es en sí una victoria, si uno sabe conformarse; y modestamente, esa es una de las cosas que mejor se me dan, conformarme.

El 10 de noviembre, los cuatro que hemos pasado al examen oral nos reunimos en un pasillo del segundo piso del Palazzo Ricci, junto a la esmirriada salita en la que han decidido realizar la prueba. Yo seré el tercero en examinarme, según recoge la lista que han pegado en la puerta con un trozo de celo. Como antiguo alumno de esta universidad, y frente a tanto excelso estudiante forastero, me avergüenzo un poco de esa dejadez casi ostentosa. Por suerte, para elevar un poco el tono llega Sacrosanti, elegante y desenvuelto, quien antes de retirarse con sus colegas se detiene a saludarnos personalmente y nos concede una palabra y media broma a cada uno.

A mí me reserva un «Tú eres Kafka, ¿no?», en referencia a mi tema (espero). Me estrecha la mano con un apretón agradable, firme pero no abrumador, confiado y tranquilizador al mismo tiempo. Su paso tiene el efecto de aliviar la tensión. Empezamos a charlar. Cinco minutos me bastan para entender que los otros tres candidatos son de otro planeta comparados conmigo, y no me refiero solo a las nociones que despliegan en materia de literatura y crítica literaria, sino también a su profundo conocimiento de la geopolítica universitaria. En este campo la eminencia indiscutible es Pier Paolo, el normalista de Apulia que hizo la tesis de licenciatura con Sacrosanti y que en apariencia ha optado por hacer el doctorado con él y no en la Normale. Pier Paolo desgrana con admirable competencia tramas y subtramas del mundillo universitario italiano: quién estudió con quién, quién no soporta a quién, quién le robó la mujer a quién, quién copió a quién, quién no va a los congresos de quién, quién va a los congresos de quién pero luego habla mal de ellos en privado, quién ha colocado a quién, quién le debe un favor a quién, quién no puede ver a quién pero tiene que envainársela porque es mucho más poderoso que él, quién no tiene esperanzas de conseguir una plaza de quién a menos que quién se imponga, quién arruinó la carrera de quién, quién tuvo que irse al extranjero para escapar de los vetos de quién, quién hace la guerra desde el extranjero a quién, quién ha traído su cerebro de vuelta a Italia para dejar que se lo machaque la lógica de palacio, quién escribe un artículo para la revista dirigida por quién con el fin de conseguir que quién pague su deuda y desbloquee una plaza para quién boicoteando a quién. Cuando el sistema de ecuaciones llega a las cinco incógnitas, dejo de seguirlo.

La panorámica de Pier Paolo se ve interrumpida por Virginia —una muchacha pálida y taciturna especializada, según tengo entendido, en cosas del siglo XVI— que aprovecha que Pier Paolo se detiene un segundo a recuperar el aliento para preguntarle a Camasta cuál es el tema de su tesis de licenciatura.

En menos de diez segundos, la boloñesa revela su dimensión íntimamente sobrenatural: aunque hasta un segundo antes pudiera parecer una persona anónima, en cuanto abre la boca se vuelve hermosa de repente, dueña de un encanto que si no me enamora al instante es solo para evitar el riesgo de contaminar su divinidad. Tiene una voz profunda que una ligera cadencia emiliana vuelve agradable de forma inmediata. Nos explica su tesis sobre Eros y Príapo, pero podría estar hablando de cualquier cosa, dado que al cabo de treinta segundos estamos todos subyugados. En cualquier caso, no le hace falta mucho para pasar de Gadda a *Breaking Bad*, antes de dar algunas opiniones nada triviales sobre *Factor X* y luego sobre Ghali y sobre *The Lady*, de Lory del Santo, sin obviar una serie de agudezas acerca de la forma en la que Grand Theft Auto ha remodelado el imaginario colectivo y relacional de los adolescentes. Todo lo que toca lo hace con ligereza, refinamiento y perspicacia, y parece capaz de dignificar una serie o un youtuber con solo nombrarlos. En un instante nos olvidamos de las sórdidas tramas universitarias que Pier Paolo desvelaba con gran competencia y dejamos que Agnese Camasta nos lleve de la mano a las cimas de la erudición alejandrina para luego deslizarnos hacia el pop más ingenuo: de Bolaño a Lukaku y luego del rapero Bello FiGo a Berlioz.

Virginia y yo nos quedamos hechizados y rivalizamos en quién ríe más fuerte con sus sutiles y brillantes ocurrencias; Pier Paolo intenta seguir el juego y demostrar que él también sabe muchas cosas, tanto de alta cultura como de cultura basura, pero resulta tosco y artificial, mientras que la boloñesa es ligera y del todo natural. Sinceramente estoy encantado de que sea ella quien obtenga una de las dos becas, y siento cierto orgullo solo por participar en la misma competición, a pesar de saber que no hay partido entre nosotros.

La prueba oral no pasa de la cháchara.

Las preguntas son inconsistentes y solo sirven para dejar pasar esa media hora canónica sin mayor bochorno, discurriendo como si estuviéramos en un bar: hablamos de la trayectoria académica, de la tesis y de posibles proyectos de investigación. Toda la comisión despliega cortesías y sonrisas, y a mí me gustaría emprenderla a bofetones con los tres. No hacen más que confirmar un viejo adagio de Carlo: ninguna comisión que sepa lo que hace permite que la prueba oral decida nada. El juego se resuelve entre la prueba escrita y la evaluación de los méritos: una prueba oral insignificante garantiza el mantenimiento del equilibrio establecido *a priori*, lejos de miradas indiscretas. Lo que en nuestro caso significa el justificadísimo triunfo de Camasta y la segunda beca para el sólido Pier Paolo.

En la clasificación final, que cuelgan esa misma tarde, también en una hoja A4 mal impresa y pegada al tablón de anuncios con un trozo de celo, quedo tercero, tres puntos por debajo de Pier Paolo y un punto por encima de Virginia.

El primero de los perdedores. Me molesta un poco, pero objetivamente es mejor de cuanto me cabía esperar.

—¡Oye, Carlo!

—Marcello... —parece dudar.

—Cuéntamelo todo. Pensé que me habías desterrado.

—La oposición ya ha terminado.

—No he hecho mal papel, ¿verdad?

—Verás... —empieza. No me gusta el tono.

—Oye, ¿pasa algo? Tienes una voz...

—Camasta ha renunciado. Le han concedido un doctorado en la Católica de Milán y ha renunciado al de aquí.

—¡Qué me estás contando! —digo. Luego me doy cuenta—: Eso quiere decir... ¿que he ganado?

—Una de las becas es tuya, sí —el tono de voz, sin embargo, sigue siendo fúnebre.

—¿Y no estamos contentos?

—La verdad, creo que estás haciendo una gilipollez.

—¿Con el doctorado? ¿No quieres que siga tus pasos?

—Es un mundo de mierda, Marcello.

—Perdona, Carlo, pero oyéndoos a los que decís que es un mundo de mierda pero seguís en él me parto de la risa. ¿Quién te obliga a seguir en este mundo de mierda?

—Raffaele no está nada contento.

—¿Perdona? Pero ¡si ha sido él quien me ha concedido la beca!

—*No te ha concedido nada.* Es solo que la otra ha renunciado.

—¿Y qué quieres que haga yo?

—Hubiera sido mejor que ganara Virginia.

—¿Y no podían haberla colocado antes que a mí, entonces?

—Claro que sí: yo ya lo dije.

—¿En qué sentido?

—En cambio, prefirieron que quedaras tú tercero porque, total, sabían que los otros dos estaban por delante de ti, de modo que tanto valía que Virginia quedara cuarta, para no tener solo sacrosantianos en el podio. Sacrosanti es alguien que se preocupa por las formas: ya que ganas, no hay razón para ganar por goleada.

—O sea, ¿yo solo le servía para dar una pátina de transparencia?

—¡Ay, Marcello! ¿De verdad crees que eres mejor que ellos? Camasta es un fenómeno, una que tradujo a Perec a los veinte años, y Pier Paolo ha publicado su tesis y tres artículos en revistas de primer nivel. Y Virginia también...

—No hace falta que me lo expliques. Ya sé yo solito que soy un mediocre. De cien oposiciones ellos ganarían cien y yo ninguna. Pero en una de estas cien quedo tercero y la primera se va a estudiar a otra parte, hiriendo mortalmente el ego de Sacrosanti. ¿Qué pretendes que haga? Las cosas han salido así.

—Las cosas han salido aún peor.

—¿En qué sentido?

—Camasta se ha ido con Martesana.

—¿Y quién es Martesana?

—No cabe duda de que no tienes ni puta idea.

—Lo confirmo.

—Martesana es el archienemigo de Sacrosanti.

—La virgen, a sus sesenta años esta gente tiene archienemigos, como si fueran Batman.

—Esos dos llevan toda la vida estudiando los mismos temas y zurrándose mutuamente.

—Guau. Cassius contra Foreman.

—Mucho mejor. Más sutil, más apasionante. Un choque bajo el signo del preciosismo que dura ya veinticinco años. Cada vez que uno de los dos publica algo, todo el mundo va a buscar las estocadas contra el otro.

—Apasionante, desde luego.

—A ver, pero ¿no eres tú el que quiere entrar en este mundo?

—Y vosotros los que no me queréis.

—No es que no te queramos.

—Pero...

—Pero es una situación delicada.

—¿Qué quieres decir?

—Piénsalo: Sacrosanti debía haber tenido la mejor mente de vuestra generación, si obviamos que Camasta es cinco años menor que tú...

—Seis: la adelantaron un curso.

—En definitiva, Raffaele estaba encantado porque iba a quedarse con ese fenómeno y en cambio el fenómeno se lo queda Martesana y él se tiene que conformar con...

—Conmigo.

—Exacto.

—¿Y es grave?

—Tú mismo.

Año 1. Las cosas

Lo primero, sin embargo, es la barba.

Los símbolos son importantes, y por eso me parece oportuno estrenar este nuevo año, 2017, con un gesto radical que marque la cesura entre el antes, en el que era un posadolescente entrado en años y sin futuro, y el después, en el que soy un investigadorcillo en ciernes. Y por eso el gesto con el que quiero empezar este año, en el que comienza oficialmente mi doctorado, es afeitarme. Deben haber pasado cinco años desde la última vez, y no es solo que ya ni siquiera me acuerde de cómo era mi cara bajo este manto de pelo, sino que probablemente ha cambiado tanto desde entonces que puedo decir con toda razón que nadie la ha visto nunca.

Y el primero en verla será Fedè, el barbero octogenario de via Coppino a quien ni la edad ni los hectolitros de alcohol barato han conseguido arrebatar la firmeza de su mano, la agudeza a su vista y la viveza a sus blasfemias. Cobra siete euros por la barba y quince por la barba y el pelo, no hace falta pedir cita, no da recibos y no hay manera de que te deje salir de su cuchitril sin insultar a tu madre.

Mientras estoy sentado, con los ojos cerrados, gozando de esta operación de simbólica renovación existencial, me afano por disfrutar de cada detalle. Disfruto pensando que durante tres décadas, todos los jueves, Fedè afeitó a mi abuelo, desde que se mudó al barrio de la Darsena a finales de los años setenta hasta que murió allí un momento antes de que naciera el nuevo siglo; disfruto pensando en mi padre, que siempre se ha afeitado en cambio con esa indecente maquinilla eléctrica de tres cabezales; disfruto apreciando los olores que me rodean, que no son los de los barberos *à la page*, sino los efluvios del armario de la abuela que emana del trapo que me ha puesto alrededor del cuello, el olor a humo rancio de los doscientos Merit al día que Fedè deja que se quemen en el cenicero y el aroma acre de una loción de afeitado del siglo XX, esencialmente alcohol etílico mezclado con alguna esencia: ya sé que tendré que esforzarme para contener las lágrimas cuando lo arroje generosamente sobre mi piel a la que el afeitado ha vuelto hipersensible.

Los dos jubilados que residen de forma permanente en el local de Fedè comentan la pesca de las anguilas *cèe* —de las que Fedè es uno de los caciques locales— y echan cuentas de los conocidos a los que han ido enterrando.

Luego, invariablemente, la conversación recae en las mujeres. De manera instantánea pierdo el interés, pensando que es poco probable que esos tres octogenarios, incluso en la era del Cialis, puedan abrir algunas perspectivas interesantes sobre un tema que, además, ya me parece universalmente desentrañado.

—¿Y tú qué dices, chaval? —le oigo decir en un momento dado a uno de los dos parroquianos. Me está hablando a mí y no sé qué decir.

—¿Cómo?

—Habrá alguien que te guste, ¿o no?

—Este está *ennoviao* —interviene Fedè—. Con la hija pequeña del Briganti. La Letizia.

—¿El Briganti el carpintero?

—Ese mismo.

—Bravo, chaval —interviene el segundo viejo—. *Te l'has montao mu bien*. A ese tío no le falta la pasta, claro que no.

Es verdad: tengo novia. Es verdad: mi novia se llama Letizia. Es verdad: mi suegro es una especie de magnate de la madera, un mago de los muebles a medida, ensalzado por la industria naval local, que construye yates de sesenta metros y los vende por decenas de millones de euros a emires árabes y jerarcas rusos. La cuestión es: ¿cómo cojones lo sabe Fedè, que en teoría ni siquiera debería tener la menor idea de quién soy?

Por suerte, antes de verme obligado a intervenir en la discusión de los jubilados, Fedè me quita el peinador y lo embarazoso de la situación. Me miro al espejo y tengo una agradable sensación que confirma mis expectativas: soy verdaderamente un hombre nuevo, irreconocible y dispuesto a lanzarme hacia horizontes inexplorados. Justo después, arrastrada por la primera, se me asoma a la conciencia una segunda sensación cuya intensidad eclipsa la anterior: mi cara imberbe parece el culo de un recién nacido, y tal vez hubiera sido más prudente mantenerla tapada.

—Eres *clavadito* a tu padre —es lo primero que me dice Letizia nada más verme, cuando voy a recogerla a la estación, de regreso de la universidad, sin darse cuenta evidentemente del trauma que me causa al decir que escondido bajo mi barba plurianual se agazapaba a traición mi padre, como si la condena de convertirme en él, algún día, pendiera sobre mí a despecho de todas las barbas y las estrategias a las que he recurrido para desenraizarme.

No respondo, como si me hubiera ofendido. Soy unos años mayor que ella y quiero creer que esta pose mía vagamente distante le confirma de alguna manera la distancia que hay entre nosotros, que el hecho de que yo sea un hombre casi adulto, a veces esquivo o atormentado, puede de algún modo acrecentar mi atractivo. Ella deja que me apacigüe un momento y luego empieza a contarme con detalle lo que ha hecho entre las clases y el hospital.

Letizia tiene un talento natural para contar historias y una labia invencible. Es una de las cosas que me gustó inmediatamente de ella, que me evitara los largos y embarazosos silencios a los que siempre me habían obligado mis relaciones con el sexo opuesto: hay quienes hablan, quienes callan pero están a gusto así y los que callan pero sufren, y yo pertenezco a esta tercera categoría, para la cual una novia de disertación infatigable es mi unicornio. Además, es joven, rica y estudiante de Medicina: el mejor braguetazo imaginable. Tan perfecta que cuando todavía estábamos en la fase inicial de nuestra relación, esa en la que nos dejamos llevar por un entusiasmo irracional y tratamos de parecer un poco mejores de lo que somos, empecé a llamarla Goldilocks, como Ricitos de Oro, es decir, «mejor imposible». A veces, sin embargo, tengo la sensación de que el hecho de que sea tan impecable es una especie de reproche indirecto hacia mi vida sin sentido, y entonces la que hasta un momento antes era Ricitos de Oro toma la apariencia de Pepito Grillo. La diferencia entre los dos personajes que Letizia encarna alternativamente casi nunca depende de sus acciones concretas, ni de su actitud hacia mí, sino solo del efecto que me causa en un momento dado verla siempre tan perfectamente centrada.

Hoy, por ejemplo, a pesar de la desafortunada ocurrencia sobre la barba, estoy de excelente humor, y Letizia decididamente está en la versión Goldilocks. Una Ricitos de Oro que me está contando al detalle su día, y no dejo de pensar que si escuchara el treinta por ciento de lo que dice la conocería realmente bien. Y en cambio ella habla y yo no dejo de darle vueltas a que mañana me veré cara a cara por primera vez con el Ilustrísimo profesor Raffaele Sacrosanti, a quien tendré que presentar el proyecto de investigación que definirá los próximos tres años de mi vida. Mientras tanto, Letizia prodiga nombres, expone acontecimientos, viviseca relaciones, recoge extractos de conversaciones, sopesa proyectos: su voz me arrulla, como una música de fondo lo suficientemente agradable como para dejarla encendida pero no lo suficiente como para prestarle plena atención.

Llevamos años juntos, la pillé en el verano de su reválida, antes de que fuera a la universidad y se convirtiera en una cirujana en ciernes, la clásica *Übermensch* estudiante de Medicina, y nunca más nos separamos. Yo, en teoría, debería ser su primer novio digno de ese nombre, y esto, sumado a la larga duración, ha convertido nuestra relación en un hecho casi natural, como el paso de las estaciones o el ciclo menstrual, que sería absurdo poner en discusión. Letizia, además, es una chica muy sólida, la mejor alumna de su clase, completamente volcada en sacar notas astronómicas, en graduarse en seis años y un minuto y en especializarse en Oncología (probablemente imaginando que es una especie de nivel prémium de la Medicina), y eso explica por qué no tiene interés en invertir excesiva energía en su vida sentimental. Mario Tobino dice que las chicas de Viareggio «no son sensuales: son felices y fuertes»; es posible que sea una generalización aproximada, pero hay que reconocer que es un retrato casi perfecto de mi novia.

Al no estar muy interesada en la sensualidad ni en los sentimientos en general, el hecho de haber resuelto la cuestión amorosa llenando la casilla con un novio estable y de larga duración debe parecerle la cuadratura del círculo. Por eso se conforma con lo que le doy, que objetivamente es muy poco: seré el futuro marido pelagatos que nunca la eclipsará, el padre afectuoso y no demasiado ocupado que le dará hijos y los cuidará, y por el momento soy el compañero con quien, posiblemente sin interferir en compromisos académicos ni en el pilates, poder salir los sábados, ir de excursión algún fin de semana y hacer el amor de vez en cuando.

No porque tenga nada especial ese amor que hacemos. Nunca ha sido una experiencia como para tirar cohetes, ni siquiera al principio. En lo que a mí respecta, el sexo siempre ha sido algo que, cuando no podía practicarlo, me hacía sentir que la vida no valía la pena, pero luego, en los periodos en que lo tenía a mi alcance, siempre pensaba que a fin de cuentas habría podido prescindir tranquilamente de él. Por supuesto, el sexo con Letizia es placentero a veces, pero en su mayor parte es una actividad bastante marginal en nuestra relación y en nuestras vidas. Creo que a ella le importa muy poco, en realidad; me imagino que le gusta más la idea incorpórea de hacer el amor que el acto sexual propiamente dicho, y por tanto nuestro erotismo se agota en su mayor parte en el sexo oral, en el sentido de que hablamos de ello a menudo y lo hacemos raramente. Por mi parte, confieso que todo el asunto del sexo me parece un poco ridículo. Todos los gestos, las muecas, los jadeíllos, los gemiditos, las lenguas en los oídos, el exceso de saliva, el sudor en verano y las manos frías en invierno, las obscenidades mascullladas, la ficción de que los órganos genitales son bonitos: todo me parece una desmañada simulación.

—Pero ¿te sientes preparado para mañana? —la oigo preguntar en cierto momento.

—¿En qué sentido?

—Para Sacrosanti: es mañana cuando vas a verlo, ¿no?

No puedo dejar de impresionarme por cómo, cuando ni siquiera recuerdo haberle dicho ciertas cosas, Letizia siempre lo sabe todo.

—Me siento preparado —le contesto.

—Bueno, tenme al corriente. —Luego me estampa un beso en los labios, se despide, se baja del coche y se dirige hacia sus inexcusables compromisos.

La observo alejarse y por un momento su estabilidad, su inquebrantable carácter centrado, me redime de mi sensación de ser alguien irresoluto y constantemente a merced de los acontecimientos: aunque yo siga sin saber qué hacer conmigo mismo, ella seguramente lo sabrá, y con una seguridad que no admite réplicas.

Llego muy temprano a la cita con Sacrosanti, algo a lo que no estoy acostumbrado. A fin de cuentas, es un encuentro importante que llevo preparando más de dos meses, desde el día en que Carlo me dijo que me concederían una beca de doctorado y me dio a entender que no era necesariamente una buena noticia. Desde entonces no he hecho más que desarrollar, perfeccionar y forjar proyectos de investigación decentes para proponérselos hoy al Ilustrísimo. Para ser franco, tengo la impresión de haber hecho un buen trabajo y estoy listo para demostrarle que, aunque no haya sido ni su primera ni su segunda o ni siquiera su tercera opción, aún puedo reservarle algunas alegrías. Doy por supuesto que no soy Carlo, que no tengo el pedigrí del estudioso, pero un poco de buena voluntad y algunas buenas ideas no me faltan. Al fin y al cabo, Sacrosanti no es un estudioso emperejilado que solo quiere discípulos hipereruditos y polvorientos. Quizá llegue a gustarle.

Después de la larga espera, el profesor sale al pasillo precedido por Pier Paolo, y por su forma de comportarse parecen dos viejos amigos.

—Entonces le mando la reseña y las galeradas revisadas del artículo antes del final de la semana... —resume Pier Paolo.

Se dan la mano y se saludan: «Buenos días, profesor». «Adiós, Pier Paolo.»

Cuando Pier Paolo me ve, parece no reconocerme; luego murmura un saludo y se apresura a alejarse.

—Buenos días, doctor Gori —me dice el Ilustrísimo Sacrosanti, y casi me derrito por la satisfacción de que él, en cambio, sí me reconozca y también por el hecho de que me haya llamado «doctor». Es la tercera vez en mi vida: la primera fue en la felicitación tras la defensa de la tesis y la segunda el canto del «doctor, mírame el ojete» diez minutos después. Pero desde ese día ni yo ni nadie hemos soñado jamás con utilizar ese título combinado con mi nombre.

Me invita a sentarme ante su escritorio, sobre el que se apilan montones de libros y tesis, además de un reluciente iMac de veintisiete pulgadas. Él se acomoda en un gran sillón de cuero al otro lado. Tiene el pelo gris muy espeso, del que hace alarde con un imperioso mechón. Viste chaqueta y camisa, sin corbata, y logra mantener en su mirada una admirable alquimia que lo hace parecer benévolo y penetrante al mismo tiempo. Detrás de él hay una gigantesca estantería sobrecargada, hecha con ladrillos y tablones de madera, y en la pared derecha un cartel del congreso de Italian Studies que organizaron en Stanford el año pasado, en el que aparece escrito su nombre en letras grandes.

—Supongo que ha venido a presentarme su proyecto de investigación.

—Sí, por supuesto... he preparado tres, a decir verdad.

—¡Caramba!

Me pregunto si presentarse con tres proyectos no parece excesivo, el típico error de quien no es del gremio, como el chico de campo que se viste de dandi para ir a una barbacoa y se encuentra a todos con sudadera y camiseta de tirantes.

—Quiero decir dos —me corrijo, descartando mentalmente el más improbable de los tres—. Es decir... —Los discursos que me repetí mentalmente anoche, convincentes, eruditos e irónicos, se han evaporado. Tengo la boca seca y me cuesta encontrar el aliento que necesito para llegar al final de las frases—. Obviamente pensaba en Teoría de la Literatura, más que en Italianística, ya que, no sé si se acuerda, he trabajado sobre todo en Kafka, así que, en definitiva... soy más comparatista que italianista, aunque comparatista puede parecer un término excesivo. —Me río entre dientes, para mí solo.

—Tal vez debería interrumpirle enseguida...

—No, espere, déjeme que le explique —digo con una determinación que no sé de dónde me llega—. Un proyecto que me gustaría desarrollar sería el de Borges y Unamuno, lectores del *Quijote*.

—Guau... ¿Y el otro?

¿Guau? No consigo entender si es un guau, vaya, o un guau sarcástico, pero supongo que más bien esto último.

—El otro... el otro es acaso de mayor amplitud de miras, un poco arriesgado incluso... Estaba pensando en algo entre Gadda, Bolaño y Foster Wallace.

—¿Y cuál se supone que es la conexión?

—¡Leibniz! —digo (¿grito?)— con aire triunfador, como si acabara de hacer un gran truco de prestidigitación.

—¡Nada menos! —se echa a reír. No es exactamente la reacción que esperaba—. Mire, se lo digo con franqueza: aprecio mucho a quienes tienen el coraje de perseguir sus ambiciones, incluso cuando van en contra del sentido común. De hecho, le diré más: si la gente siempre le hiciera caso al sentido común sería un desastre. Por poner un ejemplo, la literatura no existiría. Pensemos en cuánta temeridad hace falta para escribir la *Divina Comedia*, o en el desinterés por la opinión ajena que ha de sentir un burgués de mediana edad que decide pasar años intentando meterse en la cabeza de una dama provinciana no excesivamente simpática. Si hay un enemigo del arte es el sentido común. Y sin embargo voy a plantearle ahora un razonamiento de sentido común, entre otras cosas porque lo que se dispone a hacer usted no es escribir una novela, para lo cual le sugeriría combinar el máximo rigor y la máxima audacia al mismo tiempo. Se dispone a entrar en un mundo profesional y muy regulado, yo diría incluso que codificado. Y en este mundo vale la pena ser perspicaz. Gadda, Bolaño y Foster Wallace requerirían cada uno una tesis doctoral; y para Leibniz una vida entera no sería suficiente. Digamos que esto puede mantenerlo como un proyecto a muy largo plazo, para cuando se convierta en un catedrático de prestigio, tal vez en los Estados Unidos, que aquí en Italia no estamos preparados para esa clase de obras omnicomprensivas. Lo cual no significa necesariamente que se trate de algo bueno, al contrario.

No sé si es mi estado emocional el que está distorsionando mi percepción, pero no alcanzo a entender si me está tomando el pelo o si habla en serio. ¿Quiere decir simplemente que el mío es un proyecto ambicioso o que es un delirio? A fin de cuentas, él es el autor de la *Pragmática de la novela*, que, como obra global, me parece que no tiene nada que envidiar a ninguna estadounidense.

—En mi opinión —prosigue —deberíamos corregir el tiro. No es una crítica, quede claro, y al final será usted quien decida sobre qué trabajar. Sin embargo, le hago reflexionar sobre algunos aspectos: el primero es que tesis de este tipo corren un gran riesgo de descarrilamiento, es decir, se nos escapan fácilmente de las manos; corre el riesgo de encontrarse con un sinfín de material sin saber qué hacer con él. El segundo es que, por el mismo motivo, le desaconsejo una tesis de Teoría de la Literatura, que me parece más un punto de atraque para un estudioso experimentado que un punto de partida. Por lo tanto, en su caso, me inclinaría por una tesis doctoral en Italianística. Ello ofrece varias ventajas: en primer lugar, un tema circunscrito le permite realizar un trabajo más sólido, más fundamentado y, en última instancia, académicamente más rentable. Además, con perspectiva de futuro, dese cuenta: una tesis como la de Bolaño y el universo-mundo no encontraría interlocutores, mientras que una sobre un autor italiano, menor tal vez, lo certificaría como un estudioso fiable para prácticamente todos los departamentos de Italia. Y sobre todo en el extranjero, donde un italiano experto en literatura italiana puede encontrar una plaza fácilmente. Conozco algunos idiotas que por ser, sin embargo, los mayores conocedores de Gozzano o de Giovan Battista Marino ocuparon puestos muy respetables en St. Andrews o Northwestern.

¿Me estará llamando idiota?

—Con esto no quiero descartar nada: me limito a decirle que hay opciones que abren caminos y otras que terminan en callejones sin salida... —Hace una pausa, como para asegurarse de que lo estoy siguiendo.

—Entiendo —digo, mintiendo a medias.

—En definitiva, mi consejo es este: acote el campo de investigación, defínalo con precisión y conviértase en la máxima autoridad en ese pedacito de terreno. Así funciona la universidad. Conquiste un feudo que sea inexpugnable, y quien quiera atravesarlo tendrá que pagar un impuesto: leerlo y, sobre todo, citarlo. Luego puede expandirse a partir de ahí, con el tiempo. Pero sin un feudo no se llega a ninguna parte. Al fin y al cabo, partiendo de la nada es difícil decidirse a escribir una tesis sobre Cervantes, Borges y Unamuno al mismo tiempo. Recibiría ataques por todos lados. ¿Conoce a los cervantistas? Son inflexibles, no consienten que nadie dé un paso en falso. Transcriba mal una palabra de las *Novelas ejemplares* y le llenarán de plomo, esté seguro de que en dos meses saldrían siete artículos diciendo que es usted un charlatán. Escúcheme: aprenda primero el oficio y constrúyase una respetabilidad académica demostrando que sabe cómo abordar un tema específico sin imprecisiones. Entonces tendrá las credenciales para hablar de lo que quiera. Umberto Eco hizo una tesis sobre la estética de Santo Tomás antes de escribir sobre cualquier otra cosa. Y yo también, modestamente, el primer libro que escribí fue sobre la relación entre Dante y los averroístas latinos.

—Así que debería concentrarme en un solo autor.

—En mi opinión sí. Un autor italiano menor sería aún mejor. Conviértase en el principal experto mundial en Igino Tarchetti por decir uno. O en Guido da Verona.

¿Quién coño es Guido da Verona?

—De acuerdo. Reflexionaré sobre ello.

—Antes de que reflexione, le hago una propuesta yo. Mejor dicho, le doy un consejo. ¿Conoce usted a Tito Sella?

En serio: ¿quién se atrevería a decir que tal vez haya oído hablar de ese tal Sella, a pesar de no poder citar ni un solo libro escrito por él? Yo no.

—Por supuesto —respondo.

—Me alegro de oírlo. Al fin y al cabo, es de Viareggio como usted. No todo el mundo lo conoce y nunca ha tenido el reconocimiento adecuado: siempre ha sido poco actual, si sabe a lo que me refiero.

Ahora que estoy metido en el juego, tanto vale fingir que entiendo incluso los sobreentendidos: sonrisa de complicidad.

—Yo también me ocupé de él hace años, especialmente para... pero bueno, no quiero aburrirle. Me ocupé de él, entre otras cosas porque éramos amigos y compañeros en los años setenta, y lo quería mucho, incluso cuando cometía errores.

Se queda pensativo, tal vez suspire. Luego continúa.

–Ahora, la elección del tema, repito, es cosa suya. Pero le concedo esta indiscreción: hay excelentes posibilidades de que pronto aparezca material inédito sobre Tito Sella con el que trabajar. Su archivo estará disponible para su consulta dentro de no mucho. Probablemente lo recibirá la Biblioteca Nacional Mitterrand de París. Lo que podría ser también una excusa para pasarse unos meses en el extranjero: ya le recomendaría yo a algunos colegas de Nanterre que son excelentes italianistas, en tal caso. Y así podrá pensar en escribir una tesis teniendo a su disposición notas y materiales preparatorios. Ya sé que se trata de un tipo de trabajo muy diferente al que probablemente tenía pensado; pero seguro que de ello saldría algo relevante, y además mucho más rentable a nivel académico. Si luego emergiera del doble fondo de alguna caja del archivo *La Estantigua*, ese texto autobiográfico suyo que se supone perdido, entonces habrá ganado el premio gordo. ¿Qué le parece?

Por más que me haya perdido un poco en los detalles, ganar el premio gordo parece una buena perspectiva.

Resultado: renuncio instantáneamente a todos los proyectos de investigación que tanto me han hecho sudar y acepto a ciegas el proyecto del Ilustrísimo. Sacrosanti está visiblemente contento y su satisfacción me da un buen impulso. *Haré que se sienta muy orgulloso, profe. Y pasaré a formar parte de su corte de intelectuales. Y mire lo que le digo: tampoco me importaría ir a Stanford con usted. Sobre todo, no me importaría ir allí para ser un profesor medio hippie archipagado, de esos que se suben al escritorio y se atiborran de ácido haciéndolo pasar por investigación.*

Salgo del despacho bastante emocionado. Una vez fuera del Palazzo Ricci, saco el móvil y busco en Google el nombre de ese fulano que será el centro de mi trabajo durante los próximos tres años.

Wikipedia: «Tito Sella (1953-1998) fue un terrorista italiano».

—¡Marcello! —oigo que me llaman. Me vuelvo y veo que en una mesa del barecillo de Filosofía está Pier Paolo, cuyo aplomo impecable y cuya elegancia —cárdigan y camisa blanca— parece no verse afectado por el frío glacial que arrasa la Toscana desde el día de Reyes, casi como si el clima fuera un accidente demasiado prosaico para preocuparle. Tengo la sensación de que me estaba esperando.

Me siento con él, que insiste en invitarme a algo, frustrando mis intenciones de atizarme un segundo desayuno introspectivo para meditar sobre el giro inesperado que ha tomado mi doctorado incluso antes de empezar.

—Habéis tardado poco, Sacrosanti y tú —dice.

Miro el reloj y, efectivamente, al profesor le han bastado unos quince minutos para descartar los magnos proyectos de investigación que yo había perfeccionado en los últimos meses y endosarme uno nuevo sobre un autor que no sé muy bien quién es y que, según Wikipedia, era un terrorista más que un escritor. Comparado con la hora larga que ha dedicado a Pier Paolo, diría que no hay comparación.

Pido un sándwich y un zumo de naranja: visto que quiere restregarme en la cara que goza de mayor crédito ante nuestro común mentor, que me pague por lo menos un desayuno como es debido.

—Entonces, ¿habéis hablado del proyecto?

—Sí. A decir verdad, ha sido sobre todo él quien ha hablado.

—Ja, ja, clásico.

Luego intenta sonsacarme prácticamente todo el contenido de nuestra conversación, y yo, como consumado maestro del sutil arte de la reticencia, se lo suelto todo, con las inevitables risitas burlonas de autoescarnio.

—Bueno —comenta él con seriedad— en efecto esos proyectos eran impensables.

—Ya.

—En cambio, me parece muy interesante la propuesta que te ha hecho, ¿sabes?

—¿Tito Sella?

—Personalmente no es que me vuelva loco, pero es un autor relevante, que además fue objeto de una pequeña eclosión de estudios hace unos años. ¿Tú qué opinas?

—Bueno, lo encuentro muy interesante.

—¿Algo en particular?

—Bueno, un poco todo —gesticulo.

—Pero ¿en qué te gustaría trabajar?

—En sus primeras cosas, sobre todo —dejo caer.

—¿Las de principios de los ochenta?

Me meto medio sándwich en la boca y asiento.

—Yo también creo que su última época es mucho más pobre.

—Y además —intento decir tímidamente—, si realmente logro consultar su archivo personal, tal vez encuentre algunas cosas interesantes. —No sé por qué, pero el único adjetivo que consigo utilizar es *interesante*: tal vez porque me parece que suena profesional.

—¿El archivo? —dice con cara de sorpresa, como si le hubiera dicho que tengo que consultar a mi gnomo de bolsillo.

—Sí, el archivo... A lo mejor encuentro *La Estantigua*, quién sabe. Me llevaría el premio gordo.

Él se ríe.

—Una de las grandes obsesiones de Sacrosanti. No creerás de verdad que ese texto existe.

—Me parece una hipótesis interesante.

Me mira como pensando *¿lo es o se lo hace?*, luego me sonríe con complicidad, lo que tal vez signifique que todavía no está seguro de que *lo sea*.

—Eso sí, resbaladizo, como tema.

—¿Resbaladizo? ¿Te refieres al tema del terrorismo? —Es prácticamente lo único que sé sobre Sella, así que más me vale jugármela.

—No me preocuparía demasiado por eso. El mayor problema es que Sacrosanti lo conocía bien.

—Por supuesto, eran camaradas.

Él se ríe.

—¿Te lo ha dicho él?

—Sí.

—Típico de Raffaele. —Pier Paolo es de esos a los que les gusta subrayar la gran intimidad que tiene con su profesor.

—¿En qué sentido?

—En el sentido de que a Sacrosanti le encanta dárselas de que en los años setenta era un revolucionario con parka y cócteles molotov, que tiene pasado político...

—¿Y no es verdad?

—¡Qué va! Pero si nada más acabar el bachillerato entró en la Normale y estaba demasiado ocupado estudiando como un loco, convirtiéndose en asistente *in pectore* de Sansoni y teniendo un lío con la mujer de este. Como para estar perdiendo el tiempo en jugar al revolucionario. Pero ahora se empeña en darse el aura de alguien que en ese momento estaba a la altura de Toni Negri. En mi opinión, incluso el redescubrimiento de Sella —casualmente después de su muerte— está ligado precisamente a su voluntad de crearse un pasado legendario, de contar lo que le hubiera gustado ser cuando en realidad en aquella época su vida se alternaba entre el ratón de biblioteca y el galancete para damas de mediana edad... En cualquier caso, si quiere hacerte creer que fue un revolucionario cuando era joven, no lo contradigas. Es muy susceptible.

—Tendré cuidado.

—Aunque tampoco haya que ceder a la adulación.

—Interesante —le respondo, y llamo con un gesto a la camarera.

—Y además está esa historia de Martesana.

—El rival de Sacrosanti. ¿Conocía también a Sella?

Se ríe de nuevo, debo de resultarle la mar de gracioso.

—¿Martesana? Qué va, si es un ultracatólico. Pero en cierto momento chocaron.

—¿Sobre Sella?

—Pero tú ya lo sabrás todo...

No respondo.

—De todos modos, sí —continúa— el archivo podría ser un filón estupendo. Pero ten cuidado de no caer en el sainte-beuvismo, de lo contrario a Sacrosanti le dará un ataque de hipo.

—Un spritz —le digo a la camarera—. ¿Tú también quieres uno?

—Gracias, pero ni siquiera son las once.

Aprovecho la pausa para cambiar de tema.

—¿Y tú qué?

Adopta de inmediato una expresión de gran modestia.

—Bueno, nada definitivo todavía. Pero probablemente continuaré con la línea de mi tesis de licenciatura.

—¿Y de qué trataba? —pregunto.

Parece sorprendido de que no sepa sobre qué hizo la tesis.

—La verdad, así, en pocas palabras, es un poco difícil.

—De acuerdo, pero me vale con un resumen aproximado. —Ahora me toca a mí hacerme un poco el inquisidor.

—Digamos que en un principio podría decirlo así: es un examen del resurgimiento en clave irónica de temas de la literatura religiosa medieval en algunos autores de la segunda mitad del siglo XX. Para entendernos: retomo en parte las ideas de Francisco Ortega Magán, aunque algo revisadas y recontextualizadas, y en cambio me distancio de las divagaciones fascistoides de Achilla Monocastro, que desmantelo por completo.

Juro que no sé si he de reírme para demostrar que entiendo que es una megachorrada o quedarme serio y pretender que existe un universo en el que las palabras que acabo de escuchar tienen un significado. Él sigue serio: yo hago lo mismo.

—Pero mira, si te apetece, tengo aquí las galeradas de un artículo que acabo de escribir. Recoge en parte las cuestiones de la tesis, pero declinadas en un caso concreto. ¿Te las dejo?

—Encantado.

Me entrega unos papeles. Son unas treinta páginas, pero lo impresionante es que en la mitad superior están escritas con normalidad mientras que en la inferior están atiborradas de notas a pie de página a cuerpo 9 e interlineado 1. Es decir: las tres cuartas partes de este artículo son notas.

—Caramba, cuántas notas... —digo.

—Pues he cortado un montón.

—Qué dices.

—Bueno... —Me sopesa por un momento. Claramente está tratando de entender a quién tiene delante: si una persona ingenua a la que educar y humillar al mismo tiempo o un rival académico. Si antes podían haberle quedado dudas, ahora elige la primera hipótesis y me imparte una lección introductoria titulada *Cómo escribir (y sobre todo qué es en realidad) un artículo académico*.

He aquí un resumen de lo que pude entender de las distintas cosas que me dijo (es posible que no sea una transcripción fiel, pero juro que Pier Paolo es alguien que incluso cuando habla deja claro que también usa el punto y coma):

—No se trata tanto de cultura como de política. Digamos que un veinte por ciento es cultura y un ochenta por ciento, relaciones públicas. Es decir, en el mejor de los escenarios escribes un artículo porque tienes algo que decir o, en cualquier caso, quieres contribuir a una discusión sobre un tema que conoces. Pero en la mayoría de los casos los artículos se escriben por razones extraculturales, es decir, simplemente para agregar masa crítica, añadir una entrada al currículum, sumarse a un volumen en homenaje a alguien, crear una relación con el grupo que dirige una revista, dar sentido a una beca de investigación, producir un equivalente concreto para un trabajo que de otro modo no sería cuantificable, obtener puntos para una habilitación nacional o, en un número no despreciable de casos, por mera vanidad. Pero pongamos también que el investigador X, o el estudiante de doctorado Y, tiene realmente algo que decir: así que publica un artículo. Lo que tiene que decir podría decirse razonablemente en media página, pero también en algo menos, digamos diez líneas. Entonces, ¿cómo se pasa de diez líneas a veinticinco páginas? Parte de las veinticinco páginas sirven para ganar crédito: decir cosas inteligentes, usar palabras que indiquen que se ha estudiado, demostrar que se conoce la bibliografía requerida, revisar las etapas del debate en el que se participa: en definitiva, dejar claro que se tiene derecho a hablar. Otra parte sirve para aportar densidad, es decir, para repetir lo que se quiere decir articulándolo de distintas maneras: si no repites una idea treinta veces por lo menos es como si no la hubieras dicho.

»Y luego está la parte decisiva: las notas. En las notas tejes las tramas políticas, es decir, insertas tu trabajo en la compleja red de la geopolítica universitaria. Todos te dirán que es poco elegante citar al propio mentor: no les hagas caso, cítalo, cítalo siempre, en toda circunstancia, más de lo necesario, y deshazte en elogios y agradecimientos. Yo, por ejemplo, pero esta es la estrategia Pier Paolo, tendrás que encontrar la tuya, siempre escribo algo así como “Sé bien que la etiqueta académica disuade de dar las gracias al propio maestro, pero en este caso no puedo rehuir en modo alguno el reconocimiento del papel esencial de...”, y de esta manera dejo claro que conozco la etiqueta y al mismo tiempo amplifico el agradecimiento haciéndolo en cierto modo transgresor. Recuerda: tu mentor es tu único camino hacia una carrera universitaria y, como tal, debes venerarlo y reverenciarlo.

»Después tienes que posicionar tu trabajo con respecto a todos aquellos a quienes rozas con él, es decir, a todos aquellos, dotados de un mínimo de poder, que han tratado —aunque sea tangencialmente, incluso hace veinte años— el mismo tema que tú. Es decir, en primer lugar hay que mencionar *con adjetivación* a las personas poderosas, a las que están muy próximas a tu profesor y a aquellos que por algún motivo te interesan. Con *adjetivación* me refiero a cosas como "Me remito aquí a la fundamental aportación de Fulano", "No puedo dejar de referirme a la *imprescindible* definición de Mengano", "Parto evidentemente del *esclarecedor* ensayo de Zutano". En segundo lugar, tienes que mencionar a todas las personas a las que quieres hacer saber que las respetas y a las que, por lo tanto, quieres rendir homenaje, pero que no esperan la adjetivación: alguien que no es muy poderoso, pero sí próximo a tu profesor, o alguien que es poderoso, pero de otra cofradía, etcétera. Puedes mitigar la falta de adjetivación citando al mismo estudioso varias veces. Estas citas deben hacerse *necesariamente* con referencias precisas, es decir, citando las páginas del libro al que se hace mención. En cambio, reserva citas vagas como "Cotéjese la obra de de Fulanis" o "Sobre este tema, véase también de Menganis" para figuras que no puedes dejar de mencionar, pero a las que no pretendes dar ningún crédito y a quienes realmente quieres disminuir de alguna manera. Asegúrate primero de que sean profesores eméritos, outsiders o vayan por libre, es decir, que no importen una mierda. Por último, y esto es decisivo, no menciones *nunca* a los enemigos de tu profesor o de su grupo, y procura que la ausencia destaque, que no pase desapercibida. Crea una red en la que el lector desprevenido espere ver aparecer cierto título y luego niégaselo, haciéndole percibir claramente que ahí en medio hay un agujero, y hay un agujero porque no consideras dignos de mención a ese estudioso ni a sus aportaciones. No citar es un arte mucho más sutil y delicado que citar, pero no menos importante.

»En este sistema diferencial dices lo poco que quieras decir sobre el soneto veinticuatro de Petrarca, pero mientras tanto haces declaraciones de guerra, entablas alianzas, te insertas en los equilibrios de fuerzas. Casi nadie lee los artículos que les envían, para eso se inventaron los *abstract*, los resúmenes, pero casi siempre se hojean las notas y se lee la bibliografía: ahí está todo lo que necesitas entender. De hecho, te digo más: de ahí puede deducirse fácilmente todo el artículo. El artículo es un insignificante apéndice de sus notas: solo los simplones creen lo contrario.

»Evidentemente, esto te expone a una serie de riesgos. Si te olvidas de mencionar a alguien, o al discípulo de alguien, o al maestro de alguien, puede ser un problema. Por ejemplo, yo, en mi último artículo mencioné, con referencia pero sin adjetivo, a Angelo Sardi, el anglista de la Federico II, y me acordé de mencionar también a Brugnetti, que es su delfín, pero luego, en una nota hacia el final del artículo donde hablaba de la recepción de Chaucer en la novela posneorrealista, olvidé citar uno de sus artículos, un poco anticuado pero ineludible, y creo que la facción de Sardi me la tiene jurada, y tal vez toda la Federico II, que es prácticamente el punto de conexión del sur, o poco le falta. Y ya sabes lo que Sardi le hizo a la pobre Bartellutti... ¿O no conoces la historia de Bartellutti, de Sonia Bartellutti, la estrella en ascenso de los estudios de italianística contemporánea de la primera década de este siglo? Es una especie de historia de terror, una advertencia para todos los investigadores italianos.

Al final Pier Paolo no me cuenta la historia de terror de Sonia Bartellutti, porque recibe una llamada y tiene que salir corriendo. Moraleja de la historia: mi primer día como becario de doctorado me ha costado renunciar a mis proyectos de investigación, conformarme con un terrorista que también ha escrito libros y que tiene un archivo en el que quizá esté escondido su Santo Grial (pero probablemente no), una lección de academicismo de la que he sacado como conclusión que nunca podré publicar un artículo, porque con mi gracia me arriesgaría a iniciar una guerra sangrienta entre bandas y una cuenta de dieciocho euros en el bar de Filosofía, que podría ser tranquilamente su mayor ticket del año.

Antes de levantarme, echo un vistazo al artículo de Pier Paolo. Título: *In regione dissimilitudinis*. Subtítulo: *El resurgimiento metairónico de los estilemas dantescos en el último Borges*.

Vale, ya me lo leeré más tarde.

Mientras tanto entro en la biblioteca, de la que saldré unas horas más tarde con una larga lista de obras de Tito Sella, intervenciones de Tito Sella, libros que tratan de Tito Sella, artículos de revistas especializadas que hablan de Tito Sella. En realidad, no es que haya encontrado gran cosa —al fin y al cabo es un autor decididamente menor—, pero la mera idea de haber elaborado esa lista, en las primeras páginas de la muy profesional Moleskine negra comprada para este fin y escrita con tanta precisión que ni siquiera parece mi letra, me hace sentir como un verdadero estudioso. Entre paréntesis, he de confesar que todavía tengo algunas dudas sobre la Moleskine: me parece algo imprescindible, en la universidad, y por eso me adapté enseguida, pero todavía no entiendo si es algo que demuestra que formas parte del círculo adecuado o si te traiciona señalándote como un advenedizo.

Ya me veo siendo entrevistado por Fabio Fazio, como intelectual de fama mundial, para contar que no, no pensaba que me dedicaría a esto de por vida, que me vi metido en ello por casualidad, y luego, como si nada, comprendí que esa era mi vocación. «El resto es historia», glosaría Fazio. «Historia antigua», rebajaría yo modesto, moviendo con un gesto de la mano el mechón de plata heredado de mi añorado mentor Sacrosanti.

Aún envuelto en el placer de esta pequeña fantasía narcisista, retomo el artículo de Pier Paolo, porque quiero darle inmediatamente una opinión digna de un colega y ofrecerle así una señal de mis intenciones de buena vecindad. Por desgracia, leer el principio de su artículo me devuelve de inmediato los pies a la tierra.

«En el presente trabajo[1] nos proponemos realizar un exhaustivo examen de algunos *loci* textuales sumamente problemáticos y a menudo descuidados por la crítica[2] —incluso aquella más sensible a los temas de un análisis comparativo *iuxta proprio principia*— en los que es posible entrever a contraluz la transposición de algunos estilemas dantescos en la obra de Jorge Luis Borges,[3] y en particular en su producción más tardía, con demasiada frecuencia superficialmente maltratada,[4] en la convicción de que no se trata de una mera cita, sino de una sustancial recreación.[5] Borges ya había mostrado indicios de semejante procedimiento metatextual en "Pierre Ménard, autor del Quijote":[6] tal como el imaginario erudito francés intentaba reproducir, por vías posteriores y autónomas, la obra maestra cervantina, así el propio Borges, cual nuevo Ménard, reescribe el Purgatorio, pero haciéndolo *ipso facto* irreconocible[7]».

Me detengo después de las dos primeras frases del ensayo de próxima publicación de Pier Paolo Falcone, en teoría mi compañero de doctorado, en la práctica alguien que pertenece a otra especie, si no a otro reino animal.

Lo cierro y le escribo: «He leído tu ensayo. Asombroso».

Me responde casi de inmediato: «Gracias. Tenía miedo de que la parte de *El libro de arena* resultara algo contracorriente. ¿Tú qué opinas?».

«Todo lo contrario. Es la que más me ha gustado. Y además eres un auténtico maestro de las notas.»

«Obviamente si quieres mi opinión sobre algo tuyo mándamelo.»

«Cuenta con ello. Buenas noches.»

Dejo el móvil, saco el librote de Sacrosanti *Pragmática de la novela* y voy directo al capítulo sobre Tito Sella. Se titula «Oblomovismo y Moralidad. Apuntes sobre Tito Sella».

Cojo el móvil y le escribo a Franz: «¿Todavía necesitáis al décimo para el fútbol sala de esta noche?».

Antes de dedicarme a sus libros, decido intentar entender quién es este Tito Sella a través de una investigación casera, sobre todo con la idea de responder a una pregunta que me parece significativa: ¿cómo es posible que prácticamente nunca haya oído hablar de Tito Sella en toda mi vida? Quiero decir: estamos ante un escritor de cierta notoriedad: está claro que no es Calvino, ni tampoco Tondelli, ni siquiera Tobino, pero no deja de ser alguien con alguna obra presente en las librerías durante los últimos treinta años, y alguien además sobre quien se escriben artículos académicos. Y sobre todo es un escritor de Viareggio, por lo que el retrato robot de quien puede tener alguna idea de quién es se corresponde precisamente con el mío: licenciado en Letras y conciudadano suyo. Y aun así, nada. Cuando Sacrosanti lo mencionó, el nombre de Sella despertó en mí cierta resonancia vaga, como si no fuera la primera vez que lo oía nombrar, pero no podía asociarlo con nada en particular. ¿Un pintor *macchiaiolo* de finales del siglo XIX? ¿El dueño de la fábrica de muebles de la calle Camaiore? ¿Uno de los doscientos parientes de Letizia?

Ahora bien, por muy proverbial que sea mi incapacidad para memorizar nombres propios —un indicio, según Letizia en su versión Pepito Grillo, de mi desinterés por el prójimo— la cosa me sigue pareciendo de lo más extraña. Vale que se trata de un personaje polémico, al que quizá se prefiera olvidar, pero no es de recibo que en Chicago no sepan quién es Al Capone, o en la FIAT quién es Lapo Agnelli. Más aún si se tiene en cuenta que Sella también podría ser recordado como intelectual, además de como terrorista. Tal vez no sea de esos que dan nombre a una escuela primaria, pero a un centro social por qué no.

Este enigma guía los primeros pasos de mi investigación.

El primer turno le corresponde a mi madre. La pillo mientras corrige deberes, los mismos que veo en casa desde hace veinte años por lo menos, y ella parece un poco desconcertada.

—Pues claro que lo sé. Todo el mundo lo sabe.

—¿Te refieres a todo el mundo en Viareggio?

—No, en general: eran bastante famosos en aquella época.

—¿Qué época?

—Los años setenta... ¿Qué años serían? ¿El 76, el 77? O un poco antes quizá. Pero vamos, por ahí. Todos los periódicos hablaban de aquello. Quiero decir: no es que supiéramos quiénes eran, pero sí sabíamos lo que hacían.

—¿Te refieres a lo del terrorismo?

—Sí, acciones políticas. Después de que los detuvieran nos enteramos de quiénes eran... Tito Sella... Vitale, Athos Bastiani... ahora no me acuerdo de todos los nombres. Pero el grupo ya era famoso antes.

—¿Eran de las Brigadas Rojas?

—Sí, más o menos. No exactamente de las BR-BR. Pero de esa ralea.

—Entonces ¿como escritor no lo conocías?

—No... —se lo piensa, pero está claro que va un poco a voleo—. A ver, puede que sí, pero más tarde. No me acuerdo bien.

—¿Y de qué te acuerdas entonces?

—De los robos, los secuestros. Y del caso Altieri, claro, cuando mataron al juez. Y luego, obviamente, del Carnaval.

—¿El Carnaval?

—Volaron una carroza durante el desfile. Era el Carnaval del 77: me acuerdo como si fuera ahora.

—¿Me estás tomando el pelo?

—No se habló de otra cosa durante meses. Los informativos retransmitían una y otra vez las imágenes de la explosión. Dieron la vuelta al mundo.

—¿Un atentado en el Carnaval de Viareggio?

—Sí... —mi madre evoca la explosión con una mirada casi soñadora, como si recordara su primer beso, lo que no deja de tener un aire vagamente siniestro. Luego sale de su letargo—. Pero una bomba de poca potencia, ¿eh? Nadie resultó herido. El caso es que causó un gran revuelo. Sinceramente, también fue una buena publicidad para Viareggio.

—¿En qué sentido?

—En el sentido de que fue un buen susto, pero estaba claro que esa era la idea: que se hablara de ello, no hacer daño a la gente. En aquella época había muchos casos así. Se puede decir que estábamos orgullosos de que alguien hiciera algo como eso, y a lo grande, también en nuestra ciudad. Volaron la carroza más fea de aquel año, además, así que ya te imaginarás el daño que causó. Lo peor fue que al final el jurado le dio el primer premio a Giunti, el dueño de la carroza.

—¿Como una especie de compensación?

—Sí, querían enviar el mensaje de que no dejarían que los terroristas los doblegaran... una chorrada parecida.

—Pero ¿con quién la tenían tomada?

Ella sigue con sus pensamientos.

—Giunti le caía como el culo a todo Viareggio... era un verdadero pedazo de mierda, ¿sabes? Por eso nos sentó fatal que luego le dieran el premio.

—¿Y por qué le caía como el culo a todo el mundo?

—Para empezar, porque era un fascista, y también porque era un alcohólico. Si hubieras visto cómo trataba a su mujer y a esos pobres niños. Y además hacía unas carrozas la mar de feas. Descuidadas, de cualquier manera. Participaba en la primera categoría solo porque tenía un tío que era consejero regional, lo sabía todo el mundo. Y esa vez nos cayó aún peor a todos porque no solo ganó con una carroza que no se podía ni ver, sino porque enseguida le echó la culpa a la política. Dijo que había sido la víctima porque era el único artista de derechas de Viareggio, que lo censuraban, lo intimidaban. ¿Te lo imaginas, *un artista*, él?

—Pero era verdad que le habían volado la carroza.

—Sí, pero no porque fuera de derechas: ¿quién coño le hacía caso a Giunti?

Descubro así que mi madre se tomaba muy en serio el Carnaval en aquella época. O, mejor dicho, el Carnaval de Viareggio es algo extremadamente serio, pero nunca hubiera pensado que mi madre, a sus sesenta años, todavía se sintiera ofendida por lo fea que era una carroza de cuatro décadas antes.

Ella sigue:

—Era solo para darse aires: sabía que le caía como el culo a todos y por eso iba diciendo que era él quien molestaba al sistema. Ya te puedes imaginar lo encantados que estábamos cuando le volaron la carroza.

—Vale, ya lo entiendo —la corto, que lo del Carnaval me interesa pero hasta cierto punto.

—En mi opinión, fue a partir de ahí cuando perdieron el rumbo y eso les acabó costando a la larga el favor de la gente.

—¿El favor? ¿Los brigadistas?

—No «los brigadistas». Los brigadistas de aquí. Se llamaban los Ravasció, o algo parecido. Hasta ese momento, al fin y al cabo, hacían cosas, entendámonos, que estaban mal, ¿eh?, pero las hacían sin causar daño y contra gente que, la verdad, en cierto modo se lo había buscado. Incluso la explosión del Carnaval fue un pequeño triunfo, digamos. Espectacular pero, a fin de cuentas, inofensivo.

—Cuando dices cosas que estaban mal, pero al fin y al cabo justas, ¿te refieres a cuando mataban a la gente?

—¡Tú eres idiota o qué! ¡Claro que no! Todo eso fue más tarde. Allí habían perdido la chaveta. Habían empezado a disparar a matar.

—¿Y antes no?

—Antes no, antes lo hacían... al estilo de los indios.

—¿Cómo dices?

Sí, hombre, como haciendo propaganda. Un poco vistosa, tal vez, pero solo propaganda.

—¿*Vistosa*?

Lo último que esperaba era que mi madre, «al fin y al cabo», le restara importancia al terrorismo.

—Ay, Marcello, eran otros tiempos. ¿Qué quieres que te diga? Cuando le daban una paliza a un capataz sádico de un astillero, la gente no decía «ay, dios mío, ay, dios mío» como haría hoy: sabíamos que no estaba bien, pero también sabíamos que esa gente se lo andaba buscando.

—A ver, perdona. Pero tú entonces... ¿qué tendrías? ¿Veinte años?

—Más o menos.

Mi madre está tan acostumbrada a disimular su edad que se muestra vaga, aunque tenga que admitir que tenía veinte años.

—¿Y tú, una estudiante universitaria de veinte años, pensabas que esa gente hacía bien en cometer robos? ¿O en dispararle a la gente?

—No pongas en mi boca lo que te da la gana. Solo he dicho que eran otros tiempos. —Hace una pausa, luego se ilumina, como si hubiera encontrado el argumento resolutivo—: Pon el caso del abuelo Antonio. El abuelo era socialista, «socialista de la izquierda crítica», como decía siempre, y por tanto estaba en contra de todos estos grupos de jóvenes burgueses que acabaron convirtiéndose en terroristas; pero también era obrero de la construcción y sabía lo que significaba estar a las órdenes de ciertos capataces y de ciertos patrones. Así que en casa decía que esos terroristas eran criminales a los que había que llevar al paredón y que le estaban haciendo el juego a la DC y a Cossiga.

Pero cuando una vez le prendieron fuego al coche de su capataz, que debía de ser un pedazo de mierda que ni te lo imaginas, y aquel se pegó un susto de muerte y se le bajaron los humos, te juro que tu abuelo Antonio, un hombre duro, ¿te acuerdas de él?, tan severo que nunca cedía un ápice, bueno, te juro que nunca lo había visto tan contento. Lo recuerdo como si fuera ahora, la cara que traía cuando llegó a casa. Creo que ni siquiera se daba cuenta: de lo contrario habría disimulado un poco. Y en cambio estaba radiante... Como si acabara de ganar la quiniela... Ya te lo he dicho: eran otros tiempos.

—Otros tiempos —repito, un poco pensativo.

—Luego las cosas degeneraron. Y entonces uno revisa el pasado con los ojos de lo que pasó después, y ve también todas las distorsiones, las cosas que dejaban claro que aquello no iba a terminar bien. Pero en ese momento, qué quieres que te diga: parecía que el peor daño que habían causado era que el gilipollas de Giunti ganara el concurso de carrozas.

Le doy las gracias y la dejo con sus deberes.

Mi madre es una profesora de Historia del Arte que lleva décadas trabajando en el mismo instituto y cuyo avance más significativo en los últimos diez años fue jubilar sus gloriosas diapositivas y aceptar la pizarra electrónica; es una mujer de sólidos principios morales y de carácter dócil y complaciente, ajena al conflicto y totalmente reacia a cualquier forma de violencia (nunca en mi vida me ha dado una sola bofetada, y Dios sabe cuántas me hubiera merecido). Por ello, su aceptación pragmática y su seguridad al contextualizar y situar en su época acontecimientos que yo daba por sentado que liquidaría simplemente como «malvados» me han dejado de una pieza.

Y también su capacidad para hablar de sucesos de hace cuarenta años con tanto aplomo. Quizá el acontecimiento de la explosión de la carroza del Carnaval sea realmente para ella el equivalente a las Torres Gemelas, que todo el mundo sabe situar con precisión no solo en el tiempo en general, sino también en su propia vida: recordamos lo que estábamos haciendo en el momento en el que ocurrió, con quién estábamos y dónde, y podemos situar los distintos acontecimientos de nuestras biografías antes o después de ese punto de inflexión. La otra hipótesis que explica esa certeza al reconstruir aquel tiempo remoto es que para ella los años tenían entonces una identidad, es decir, que estaba en ese periodo de la vida en el que no todos se parecen entre sí, sino que cada año se distingue a partir de acontecimientos únicos y primeras veces que marcan los momentos cruciales de una existencia. Después, diferenciar un año de otro se vuelve difícil, y decir qué carroza ganó el Carnaval hace tres años resulta sencillamente imposible. Pero mi madre recuerda perfectamente la victoria de la carroza de Giunti: nunca la olvidará y siempre sabrá situarla en el tiempo de todos (febrero de 1977) y en el de su vida, un domingo soleado de sus veintiún años, cuando debería haber conocido en el paseo marítimo al chico que le gustaba (mi padre quizá, en su versión con patillas, bigote y Ray-Ban de aviador) y en cambio fue testigo de la explosión de una carroza de Carnaval, entre el miedo a los atentados de los últimos años y la emoción de la historia que avanza y ante la que la luminosa joven de veintiún años se sentía inexpugnable.

Yo, por mi parte, soy incapaz de distinguir un año de otro, excepto en grandes bloques: primaria y escuela media (o más bien: primaria seguida de un agujero negro de tres años), instituto, después. El *después*, en particular, me resulta bastante nebuloso, y aunque sea capaz, a bulto, de distinguir entre un *después inicial* y un *después tardío*, los acontecimientos se superponen en su mayor parte en un amasijo formado por presentes que nunca fueron realmente tales. La cuestión, según creo, es que, objetivamente, faltan en mi vida reciente acontecimientos lo suficientemente significativos como para convertirse en puntos de inflexión capaces de otorgar una dirección al tiempo, con el resultado de que los distintos años no solo se confunden en mi cabeza, sino que son esencialmente indistinguibles incluso en la realidad.

⁂

—¿Te acuerdas de Tito Sella?

—Anda, tú, ese tío.

El segundo sujeto de mi investigación sobre la memoria histórica de Viareggio a propósito del autor sobre el que haré mi tesis doctoral es mi padre. Voy a visitarlo al bar, en un momento en el que sé que no hay aglomeraciones, suponiendo que pueda definirse como «aglomeración» su exigua y senil clientela, reducida aún más por la negativa de mi padre a colocar las máquinas de videopóquer en el pequeño salón interior, no tanto por oposición moral sino porque dice que la gente que juega a eso le repugna.

—¿Así que te acuerdas de él?

—Pues claro que me acuerdo, no tengo arteriosclerosis.

—¿Te acuerdas de él como escritor o como... militante?

—¿Por qué, es que también era escritor? Bueno, total, aquí escribe todo quisqui —este es el máximo reconocimiento a mi profesión de hombre de letras que puedo esperar de él—. Pero tampoco sabía que fuera un militante.

Me quedo sorprendido: ¿habrá un tercer aspecto en la vida de Sella, además del político y literario?

—¿Entonces? —pregunto.

—De lo que me acuerdo es de que era un criminal. Uno que disparaba contra personas desarmadas.

—Sí, vale, al decir militante quería decir eso.

—Pues entonces haber dicho criminal.

—Está bien, está bien. Así que lo recuerdas como un terrorista.

—No.

—Como que no, pero si acabas de decirme...

—... que lo recuerdo como un criminal. Esos eran criminales y nada más. Delincuentes comunes. Fanáticos que se daban la coartada de la política. Robaban, secuestraban a personas y exigían rescates. Y además mataban.

—¿Te acuerdas de lo del Carnaval?

—Por supuesto que me acuerdo. Una payasada, y con el riesgo de que alguien se dejara el pellejo, pero ¿a esa gente qué más le daba? Tenían que dar la nota. E impunes, además. Hijos de papá con el culo a salvo que disfrutaban montando follón con la excusa de que eran revolucionarios. —Mi padre siempre ha sido un hombre al que nunca le ha faltado una opinión maniquea.

—El caso es que tan a salvo, no. Algunos han muerto. Y Sella se pasó la vida en la cárcel.

—Bah —dice de manera concluyente. No es de los que debaten: una vez que ha expresado su posición, la blinda y siente que no hay razón para seguir hablando del asunto. Una vez que ha decidido que esa gente eran hijos de papá con el culo a salvo, cualquier dato que pueda desmentir su tesis se lo quita de en medio sin más con un gesto soberano de la voluntad.

Esta vez, sin embargo, mi padre hace dos cosas que me sorprenden. En primer lugar, contraargumenta:

—Había matado a dos personas: ¿qué iban a hacer con él, ponerle una estatua? Y en cualquier caso mejor él que los que se desvincularon y al cabo de dos años ya estaban fuera. Fueron un montón los que hicieron eso.

La segunda cosa extraña es que se deja llevar a lo que en su mundo fácilmente puede considerarse una confesión a corazón abierto:

—¿Sabes lo que hice al día siguiente de aquella payasada de Carnaval? Presenté una solicitud como carabinero auxiliar. Esperaba que me enviaran a dar porrazos a esos que tú llamas militantes.

—¿Has sido carabinero? —pregunto asombrado.

—No, hice la mili normal. Había pocas plazas para los carabineros y no me aceptaron.

Dadas las premisas, no creo que merezca la pena preguntarle por qué cree que nuestra ciudad nunca ha rendido honores al escritor Sella y más bien lo ha olvidado.

—¿Quieres algo? —me pregunta.

—Pues sí. Ponme un ginseng.

Me mira intensamente durante un par de segundos, sopesando esa enésima confirmación de que le ha tocado un hijo defectuoso, y luego se gira para prepararme el ginseng.

Seamos claros: no soy un bebedor de brebajes exóticos, y de hecho me mantengo alejado de las comidas de moda, como el imperdonable aguacate, pero cuando voy a ver a mi padre hago a propósito eso de pedirle cosas raras, solo para cabrearlo. Un capuchino con leche de soja, una barrita proteica, un croissant vegano: todo cosas que tiene en el bar con el único fin de despreciar a quienes las piden.

—¿De qué va esa historia de París?

—¿París?

—Tu madre dice que te vas a París.

—Ah, sí. El año que viene, ya lo verás. Durante unos meses. —No me acordaba siquiera de habérselo contado a mi madre; y si lo hice fue solo para darme un poco aires de intelectual, ya que no tengo la menor intención de ir. Pero sería demasiado complicado explicárselo a mi padre; además de que solo confirmaría su convicción de que su hijo no tiene ningunas ganas de asumir responsabilidades.

—¿Y qué vas a hacer en París?

—Voy a estudiar.

—¿Y por qué? ¿No hay suficientes libros en Italia? ¿Ya los has leído todos? —Su actitud es mucho más agresiva que antes y no entiendo por qué. No creo que sea solo el ginseng, y aunque mi padre cultive una resuelta a la par que arbitraria antipatía hacia los franceses, no deja de ser una ciudad extranjera, de esas adonde van los hijos de sus amigos cuya suerte magnifica.

En cualquier caso, percibiendo el tono hostil, trato de ponerme a la defensiva:

—Ahí está el archivo de Sella.

—Esa gente acabó toda en París. Porque en Francia los protegían, a esos terroristas.

—Sella murió en prisión —intento replicar, aunque sé que lo que digo es completamente irrelevante.

—Desde luego, no hay más digno final para ti que irte a París a estudiar a un asesino. —Sospecho que eso de que estudio a Tito Sella le ha ofrecido a mi padre el motivo definitivo para tomarla conmigo, como si a sus ojos yo ya me hubiera convertido en un terrorista.

—Perdona, pero ¿no eras tú el que decía que hay que salir al extranjero para adquirir experiencia y demás? Joder, papá, me hablabas de todos los que se iban como si fueran modelos dignos de seguir, y ahora que voy yo, ¿es de gilipollas? —He levantado un poco la voz y sé perfectamente que eso aumentará la agresividad de mi padre.

—Pero ¿eso qué tiene que ver? Uno va de joven, para aprender un oficio. No de adulto.

—Pero ¡si el otro día no dejabas de cantar las alabanzas de la hija de Sandro, que se ha ido a Londres a trabajar de camarera y es dos años mayor que yo!

—Pero Londres es otra cosa, vas allí a aprender inglés.

—Pues yo iré a aprender francés.

—Si nadie habla francés.

—Lo hablan los franceses.

—Pues menudos son esos.

—Entiendo. Hala, adiós, papá —digo mientras me voy, sin haberme bebido el ginseng pero dejándole, eso sí, un euro en la barra, como una provocación más, como si no quisiera aceptar ni siquiera eso de él.

Me grita:

—¡Mira que el ginseng cuesta uno y veinte!

—¡Porque eres un ladrón! —grito a mi vez, intentando decir la última palabra.

—¡Vete a tomar por culo! —grita él.

—¡Vete tú! —respondo yo.

—¿Tú lo entiendes? Vale que tengamos a Mario Tobino, que ganó incluso el premio Strega y que estuvo a punto de que Fellini hiciera una película de uno de sus libros, pero vaya: ¿no sería normal que un escritor de fama media como Sella, que era de Viareggio, disfrutara aquí de un mínimo recuerdo por lo menos?

La primera destinataria de mis análisis sobre los mecanismos de la memoria histórico-política local es Letizia, a quien he logrado convencer para que se tome un descanso a la hora del almuerzo junto al mar, con la intención de disfrutar del tímido sol de invierno después de la habitual sucesión de días de lluvia torrencial en la verde Toscana. Desde que empecé a llamar a estas escapadas al aire libre «Operación Vitamina D» tengo la impresión de que Letizia acepta acompañarme con más ganas, y ello a pesar de que estamos en febrero, mes en el que tradicionalmente acomete una de sus monstruosas series de exámenes.

—¿Tú te acuerdas de la ocupación del instituto de 2006? —pregunta.

—Joder, ¿me estás escuchando?

—Contéstame: ¿te acuerdas o no?

—Pues claro que me acuerdo; era mi último año de secundaria. —Me lo pasaba tan bien en mis últimos años de secundaria que hasta hice uno más—. Si hasta era el delegado en el instituto. O sea que podemos decir, modestia aparte, que esa ocupación *c'était moi*.

—Efectivamente. Yo me acuerdo bien de esa ocupación. Es normal, estaba en el primer curso, toda intimidada, y vosotros me parecíais muy mayores. Y hasta guapos.

—Está claro que yo era el más guapo de los tres.

—No, el más guapo era Lucio.

—O sea, ¿tú eras de las de Lucio y no de las de Marcello? ¿No fue ahí cuando te enamoraste de mí?

—No, no fue ahí cuando me enamoré de ti, y lo hemos hablado varias veces, a mí se me caía la baba por Lucio.

—Está claro que es un recuerdo inventado, me parece absurdo.

—Como quieras. ¿Te acuerdas de por qué montasteis la ocupación?

—Sí, claro...

—¿Por qué?

—Pues por las cosas de siempre. Berlusconi, la ministra de Educación, las subvenciones a los colegios privados. Esas cosas... «Diez, cien, mil ocupaciones, contra la escuela de los patrones.»

—Para nada.

—Claro que sí, tuvo que ser eso.

—Ese año la izquierda estaba en el Gobierno y, de hecho, casi nadie ocupó los institutos. A lo sumo, alguna autogestión simbólica.

—Pero nosotros sí que lo ocupamos, lo recuerdo bien.

—Queríais ocuparlo a toda costa, pero ese año no había motivos políticos. Así que os inventasteis uno.

—Bah, podría ser. De hecho, ese era exactamente mi *modus operandi* en ese momento: la invención.

—Te refresco la memoria: habíais organizado un debate con algunos de vuestros amigos de la universidad, y el director no os dio permiso para hacerlo en el instituto. No esperabais nada mejor y por eso montasteis la ocupación.

—¿Sabes que puede que tengas razón? Qué tíos... ¿Quién sabe qué conferencia de los cojones nos inventaríamos?

—¿No te acuerdas?

—Bueno, algo se le ocurriría a Lucio; Darfur, la guerra de Iraq... Él era quien tenía amigos en Ciencias Políticas. Él era el cerebro: yo emocionaba a las multitudes.

—¿Tú crees que os iban a prohibir dar una conferencia sobre Darfur? ¿De verdad no tienes ni idea de qué iba la conferencia por la que ocupasteis el instituto?

—Ni flores, no me acuerdo.

—Iba sobre Tito Sella.

—Pero ¿qué dices?

—Habíais pedido una conferencia sobre Tito Sella como escritor, pero el director os lo prohibió porque era candidato a las municipales por el centro izquierda y no quería que lo acusaran de hacer publicidad de un terrorista. Sabíais que diría que no y lo aprovechasteis.

Me quedo atónito. La verdad es que el asunto no me suena del todo nuevo. Muy vagamente, envuelta en una niebla lejana e indistinta, me parece una historia que ya he oído. Perdido en el embotamiento impuesto por la mezcla de porros, superficialidad adolescente, superficialidad personal y superficialidad generacional, me había olvidado por completo de esta primera incursión de Sella en mi vida. Y quién sabe si habrá habido otras; porque a estas alturas estoy convencido de que, aunque las haya habido, seguro que me las he perdido.

—¡Anda, tú! ¿Sabes que ahora que me lo dices...?

—Estoy sinceramente impresionada de tu capacidad para no acordarte de nada.

—La virgen, Leti —la interrumpo—. En tu opinión, que eres casi médico, ¿cómo es que nunca me acuerdo de nada? Debo tener algún trastorno de...

—Una respuesta sí que tengo —me interrumpe, y me doy cuenta de que ha adoptado la apariencia de Pepito Grillo.

—¿Y cuál es? —pregunto circunspecto.

—Pues es que, en mi opinión, uno se acuerda de las cosas que lo emocionan de alguna manera. ¿Sabes cuando aprendes una palabra en un idioma extranjero porque hiciste el ridículo? ¿O las que te dice alguien que te gusta? Pues eso: es porque te has emocionado, y la emoción ha tatuado esa palabra en tu memoria.

—¿Qué quieres decir? —pregunto con escepticismo, dado que desconfío por principio de las emociones.

—Pues que un acontecimiento necesita de alguna emoción para quedar fijado en la memoria.

—¿Qué quieres decir? —repito.

—Que tú no tienes emociones. Eres anafectivo: vives tu vida como si fuera la de otro. Y ni siquiera la de otro cualquiera, sino la de otro que no te importa en absoluto. Como si te contaran algo sobre alguien que no sabes muy bien quién es mientras estás muy ocupado haciendo otra cosa. A la fuerza no te acuerdas de las cosas. Te pongo un ejemplo...

Dejo de escucharla. Quizá sea cierto que no me parezco un tema lo suficientemente interesante como para merecer mi atención.

Mis indagaciones a través de entrevistas sumarias a personas con no más de un grado de parentesco con quien esto escribe, obviamente, eran solo una forma de ganar tiempo, el cigarrillo que te lías para concederte un último aplazamiento antes de empezar un trabajo importante. El trabajo, tal como lo había imaginado, lo concebía como la combinación del estudio de las novelas de Sella con la lectura de una biografía suya, hasta que descubrí que nadie se había tomado aún la molestia de escribir dicha biografía. Si a eso le sumamos mi impertérrita negativa, a pesar de la cortés presión de Sacrosanti, de ir a París a hojear el archivo Sella, se entiende por qué tuve que apañármelas para completar las lagunas en la vida del autor sobre quien estoy haciendo mi tesis (o más bien: sobre quien estoy trabajando, como dicen en la universidad, donde todos repiten siempre que «trabajan» en esto y en lo otro, casi como para subrayar que, pese a las apariencias, no están desempleados).

Esto me ha permitido familiarizarme con una herramienta que de inmediato me ha cautivado: el microfilm. En la hemeroteca de la Universidad de Pisa, donde fui a consultar los periódicos locales de los años setenta, pude enfrentarme por primera vez a estos carretes en los que se han vertido los periódicos antiguos y que para verlos hay que meterse en una especie de cabinas que se parecen a las de los videojuegos del siglo pasado, excepto porque en lugar de joystick tienes una manivela en la mano que te permite pasar de una página a otra y que emite un ruido fuerte como de batidora cada vez que la giras.

Es una sensación extraña la de estar delante de esas cosas (aunque la impresión es más bien la de estar *dentro* de ellas): en primer lugar, porque pensaba que los microfilmes eran cosas sacadas de películas de espías antiguas; luego, porque utilizarlos hace que te sientas de inmediato un estudioso de verdad, y no solo un simple estudiante imberbe que malgasta sus días en la biblioteca; por último, porque es difícil explicar el efecto psicológico de un instrumento con el aspecto decrépito que solo pueden tener las cosas que fueron diseñadas para ser futuristas. Es como estar en el centro del condensador de fluzo de *Regreso al futuro*: estás simultáneamente en el año 2017 del que procedes, en los años setenta cuyos periódicos estás leyendo, en un salón recreativo de los años ochenta y en una distopía técnica del tercer milenio tal como se la imaginaban en los años sesenta. De ahí, creo, la sensación de estar en una licuadora.

Gracias a los microfilmes he descubierto también que hay pocas cosas en el mundo que me gusten más que leer periódicos de hace cuarenta años. Cada vez que abro un diario, de la fecha que sea, en lugar de ir directo a las noticias locales a ver si hay alguna información sobre la actividad política de Sella y sus compañeros, me pierdo leyendo mil artículos, sueltos, columnas, reseñas. Leo crónicas de política atiborradas de nombres que parecen resonar de una época remota, casi legendaria (Zaccagnini, De Martino, Forlani...), que abordan temas a los que difícilmente puedo dar un equivalente real (la escala móvil, la estanflación, la OPEP...), y sin embargo me las leo de principio a fin, hipnotizado por su lenguaje anticuado y casi arcano. Cualquier artículo sobre una crisis de Gobierno de hoy me quita las ganas de seguir leyéndolo a la tercera línea, mientras la caída del Gobierno Rumor IV y su sustitución al día siguiente por el Gobierno Rumor V, prácticamente idéntico salvo por la destitución de dos ministros republicanos, me tiene hechizado toda una tarde.

En esta investigación en la hemeroteca, que llevo a cabo disfrutando de la lentitud que me permite mi papel, almuerzo durante varias semanas con Carlo, que entre marzo y mayo imparte diariamente unos cursos universitarios anuales que le consigue Sacrosanti, y que parece haberme perdonado ya el pecado de haber conseguido una beca de doctorado para la que no estaba predestinado. Casi siempre habla él, recomendándome sobre todo un aluvión de libros que he de leer y explicándome un poco cómo funciona la universidad, algo que poco a poco se va volviendo menos nebuloso para mí. Una vez que me ayuda a ganarme el favor de la secretaria, toda la impenetrabilidad de la burocracia bizantina del departamento se disipa de repente. Lo que quizá me gusta más es que conmigo —tal vez precisamente porque no es capaz de considerarme en modo alguno un rival— se abre más de lo que creo que suele hacer. Me habla de su pareja, a la que le gustaría tener un hijo, y de que él, en cambio, teme que la procreación sea incompatible con una carrera universitaria (algo que su pareja entendió hace algún tiempo, por lo que se buscó un trabajo real), y que en cualquier caso antes tiene que esperar a colocarse.

—Aquí, desde hace quince años, todo el mundo me trata como al *enfant prodige* del departamento, dándome doctorados, posdoctorados, becas de perfeccionamiento, contratos por obra y demás; pero el año que viene cumpliré cuarenta y la verdad es que estoy hasta las pelotas de ser un *enfant prodige*.

Entre otras cosas, porque, según me explica, su última beca de perfeccionamiento expiró hace un año y medio, y este año debía haber obtenido un puesto de investigador «de tipo B» (me gustaría saber qué es eso, pero ya me lo ha explicado dos veces y no se lo preguntaré una tercera), pero al final Sacrosanti le dijo que tenía que ceder ese puesto a otra persona, un antiguo discípulo de su archienemigo Martesana. La verdad es que no sé si me lo explicó exactamente así o si he sido yo quien lo ha adornado, pero me parece haber entendido que Sacrosanti se sintió obligado a pagar con la misma moneda a su adversario robándole un discípulo para vengarse de la afrenta de la extraterrestre boloñesa. No estoy seguro de que haya sucedido así, pero lo que me impresionó es que Carlo, que es la víctima de ese desquite infantil entre dos cultos caballeros en edad de prejubilación, estaba perfectamente de acuerdo con la decisión de Sacrosanti, como si en efecto ese agravio exigiera absolutamente venganza.

He de decir que, en general, tengo enormes dificultades para encontrar apoyo en Carlo cuando intento lanzarme a una de esas diatribas nacional-populares contra los recomendados, los designados, los todopoderosos catedráticos, la frustración del mérito y la lógica de patio de vecinos de la universidad italiana. No sé si soy yo quien se ha aferrado perezosamente a posiciones populistas un poco superficiales o si es él quien ha interiorizado de forma definitiva la lógica de un sistema tóxico; el hecho es que Carlo comparte plenamente esa lógica por la que se ve evidentemente aplastado.

—Mira que lo que hace Sacrosanti no es nada del otro mundo —dice—. Pero en cualquier caso el papel de Raffaele es fundamental: es precisamente su condición de catedrático a la antigua usanza lo que garantiza que las cosas funcionen. Que se aprovecha, no cabe duda, pero mientras tanto dispensa el bien a todo el departamento. Si se marchara, se armaría la marimorena, sería un choque continuo entre mediocres que se enzarzarían por migajas de poder. Sacrosanti es la barrera de la guerra entre bandas: da algo a todos, un poco, y atrae sobre él los odios y las envidias, conjurando la guerra civil.

—Sí, pero no es menos cierto que al final es él quien decide qué estudiante, doctorando o becario hace carrera, a despecho de la meritocracia.

—Vamos, Marcello, no seas ingenuo. Hasta tú mismo te das cuenta de que si hay algún joven en el entorno al que vale la pena atraer, él lo sabe. Y los que dicen que tenían más títulos pero les ha pasado por delante un recomendado suelen ser gente que en el mejor de los casos se da aires, y en el peor cree que vale algo solo porque se ha autopublicado cinco monografías ilegibles y carentes no digo de valor científico, sino de la más elemental puntuación. Cuando Raffaele usa su poder para contratar a alguien es porque sabe que esa persona es la mejor para ese puesto.

Y nada, no cuestiona el sistema ni siquiera cuando le haces la más simple de las objeciones:

—¿Y tú, entonces?

Se encoge de hombros y te dice si acaso que, de todas formas, Sacrosanti se ha prodigado de mil maneras con él durante los últimos diez años. Por ejemplo, este año le ha hecho un contrato por obra para impartir dos cursos en el primer semestre y otros dos en el segundo. Nuestro almuerzo diario hay que encajarlo entre el que da por la mañana a los estudiantes de la Facultad de Lenguas y el de la tarde a los de primer año de Filosofía.

—Son cursos de trescientos estudiantes, Instituciones de esto, Introducción a la crítica de esto otro, en los que solo tienes estudiantes de primer año y luego te tienes que chupar semanas de exámenes con un montón de descerebrados. Pero amén: con cuatro cursos al año, aunque sea un contrato temporal, puedes mantenerte. Quizá no te dé para una hipoteca y no puedas tener hijos; pero bueno, eso ya se verá más adelante.

Entre otras cosas, me explica, porque este año ha salido así, pero para el año que viene el todopoderoso Sacrosanti ha movido Roma con Santiago para convocar otra plaza de investigador, y esta vez no hay cuentas que saldar ni nadie a quien complacer, así que la plaza será suya.

Mientras tanto, según tengo entendido, Carlo se las arregla gracias a una disciplina feroz, «antes de acabar como Sonia Bartellutti», añade (y por un pelo pierdo la oportunidad para enterarme por fin de qué pasó con Sonia Bartellutti): está estudiando más que antes, está terminando otro libro que Sacrosanti le publicará con sus fondos de financiación personales y se atiza a endorfinas haciendo maratones de bicicleta estática un día sí y otro no. De esta manera, dice, «mantiene a raya la ciclotimia» (sic), y de hecho desde el año pasado ha perdido unos quince kilos de grasa, sustituyéndolos por cinco kilos de músculos y nervios.

Quizás a mí también me vendría bien un poco de ciclotimia que mantener a raya.

Por lo que he podido reconstruir durante los meses que he pasado entre los periódicos de los años setenta, Tito Sella —o mejor dicho, la célula terrorista de la que formaba parte, la Brigada Ravachol— aparece de forma intermitente entre 1975 y 1977, para luego abandonar la crónica política y pasarse a la judicial durante el proceso celebrado entre 1978 y 1980 y que terminará con la condena a cadena perpetua de Tito Sella por pertenencia a banda armada, secuestro, robo y homicidio múltiple, y con la de veintidós años en rebeldía de Giorgio Palamides, prófugo hasta la prescripción, que se produjo en 2007, treinta años después de los hechos y más de veinticinco después de la conclusión del proceso.

La primera operación reivindicada por la brigada viareggina es en realidad bastante anómala. En la prensa local del 18 de abril de 1975 aparece la noticia del presunto secuestro de Alfredo Zama, un conocido y riquísimo armador local, de quien se manda a las redacciones de los periódicos locales una foto en la que aparece con un cartel colgado del cuello: «Nadie es intocable. Todo el poder para el pueblo». La reivindicación está firmada por «Ravachol», nombre del que hasta entonces nadie ha oído hablar. Uno de los periódicos locales que consulto escribe que

> las primeras comprobaciones realizadas por la redacción parecen confirmar que el señor Zama está efectivamente ilocalizable; pero parece prematuro sacar conclusiones de ningún tipo.

Otro periódico, aunque tímidamente también, señala que es el aniversario del primer gran secuestro de las Brigadas Rojas, el del juez Sossi, cuyo recuerdo está «dolorosamente vivo en la mente de todo italiano».

La noticia cobra mucha mayor relevancia al día siguiente, cuando las ediciones locales informan alarmadas de que la falta de noticias de Zama ha sido confirmada también por su esposa, quien sin embargo no hace ninguna declaración sobre eventuales contactos de los secuestradores. Los periodistas dan a entender que en tales circunstancias es una práctica común negarlo y que los contactos probablemente se mantengan en secreto para llevar a cabo negociaciones confidenciales con los delincuentes. Esta vez se publica la foto enviada por los terroristas: también los periódicos nacionales se hacen eco de lo ocurrido y empiezan a dar espacio al «presunto caso de secuestro de un conocido armador de Versilia», cuando no al «enésimo acto de violencia del terrorismo rojo».

Luego, sin embargo, la historia desaparece de repente, excepto por unos pocos sueltos al final de la página en los que se dice que algo olía mal en la reivindicación desde el principio, que la foto del secuestrado había sido claramente «retocada» y ya se había establecido oficialmente que el señor Zama estaba simplemente de vacaciones en Montecarlo, desde donde había desmentido todas las noticias falsas que circulaban tan pronto como se logró contactar con él. A partir de ahí, silencio.

Hay que esperar hasta finales del verano de 1975 para que los Ravachol reaparezcan en los periódicos. En las noticias del 9 de septiembre leemos un hecho ocurrido durante la noche del 7 al 8: el incendio del nuevo Alfa Romeo del ingeniero Enzo Ramacciotti, gerente de los astilleros Zama:

> La noche del 7 de septiembre se celebraron en Viareggio, como cada año, las tradicionales *baldorie*, grandes hogueras de leña y agujas de pino (*pinugliori*, como las llaman en la ciudad) que iluminan las calles para celebrar paganamente el fin del verano y cristianamente el nacimiento de la Virgen. Este 7 de septiembre, sin embargo, se ha visto manchado por un acto violento. Entre los variados fuegos inofensivos y festivos, en efecto, también se encendió uno sedicioso: el del flamante coche nuevo del ingeniero Ramacciotti...

Más allá del mal gusto de asociar un incendio doloso a las *baldorie* y definir el coche como «flamante», por el tono empleado no parece que el periodista esté dramatizando en exceso ese incendio. Casi parece una noticia costumbrista: entre las muchas hogueras tradicionales, también se cuenta la quema de un coche. Al leer el artículo no pude evitar pensar en mi madre cuando me había contado que al abuelo Antonio le brillaban los ojos porque alguien había prendido fuego al coche de un capataz cabrón. Quizá fuera eso mismo el tal Ramacciotti; tal vez fuera cierto que era un mierda, y a lo mejor se había comprado el coche nuevo con los bonus obtenidos a costa del pellejo de los trabajadores a los que humillaba. «En el muro situado frente al coche quemado los malhechores han escrito "La lucha es lucha, firmado: Brigada Ravachol"», proseguía el cronista.

Al día siguiente, en un periódico mucho menos comprensivo, se lee un artículo muy duro en el que, además de poner en guardia sobre los riesgos de «células terroristas enloquecidas», se elabora una complicada teoría, según la cual estas brigadas:

> demuestran al mismo tiempo su enraizamiento local (el eslogan «La lucha es lucha» es una respuesta a la declaración del ingeniero Ramacciotti a propósito de la renovación del contrato: «La negociación es negociación»), y también su inserción consciente en un contexto internacional más grande

> que ellos, en el que desempeñan un papel periférico, si bien importante. Como demuestran claramente los símbolos utilizados, este grupo no solo tiene a la Unión Soviética como modelo, sino que está plenamente imbricado en las dinámicas mediorientales, y tiene relaciones evidentes con el Mossad, por lo que no nos sorprendería que resultara estar dirigido, armado y financiado desde el exterior.

Sobre este punto me veo obligado a levantar la mano: no estoy lo suficientemente versado en la política internacional de los años setenta y nunca he entendido nada sobre Oriente Medio, así que me limito a tomar una nota: «¿¿¿Mossad???» y sigo adelante.

Tres meses después, en vísperas del día de Navidad de 1975, los Ravachol volvieron a la acción. La mañana del 23 de diciembre, con los supermercados repletos de gente que ha salido de compras con vistas a las tradicionales cenas y comidas, a pesar de una inflación galopante y de la primera recesión real que sufre Italia desde la posguerra, el supermercado Iperdomus de Viareggio es asaltado por cuatro hombres armados y enmascarados.

> La operación estaba concebida de tal manera que bloqueara las dos entradas, mantuviera las cajas a tiro y cubriera la fuga de los malhechores. Tan pronto como entran con las armas en la mano y pasamontañas en la cabeza, uno de los hombres toma el micrófono y anuncia a todos los presentes que salgan rápidamente del supermercado con los carritos llenos, que hoy no tendrán que pagar. El mensaje termina así: «Dad las gracias al señor Iperdomus por su generosidad y a la Brigada Ravachol por la logística. Pronto haremos todos la compra así. Feliz Navidad». La gente sale corriendo, en parte asustada y en parte eufórica. Los menos tímidos arramblan con todo lo que pueden antes de salir. Alguien se marcha con

un carrito lleno de verduras encurtidas, otro con quince panetones en equilibrio en los brazos. En menos de cinco minutos todos están fuera, nadie resulta herido y la banda ha desaparecido. Cuando todo termina, sería hipócrita negar que el ambiente es más de celebración inesperada que de alivio por haber evitado el peligro.

El supermercado permanece cerrado para poner orden y cuantificar las pérdidas sufridas y vuelve a abrir por la tarde. Cuando lo hace, hay cola ante sus puertas: algunas personas se han concentrado para expresar solidaridad con las víctimas del ataque haciendo allí sus compras; pero la mayoría confiesa a media voz su esperanza de que «vuelva a aparecer Ravasciò», como ha empezado a decir la gente. *Ravasciò*, sin embargo, para su gran decepción, no ha concedido un bis.

Para la política extraparlamentaria viareggina, 1976 fue el año de la ocupación de los edificios abandonados que habían pertenecido al Enel, la empresa pública de gas y electricidad, hecho que suscitó, a juzgar por los periódicos que tengo a mano, un considerable consenso. Ocupados para proporcionar alojamiento durante el invierno a algunas familias desalojadas hacía poco, los edificios también sirvieron en parte para fundar el Centro Sociale dei Ginepri, que fue durante años el centro de cultura alternativa de la Versilia, con cinefórum, los mejores bailes de Carnaval que recuerda la historia patria, puntos de asesoramiento popular, cursos de yoga y experimentos psicodélicos, antes de ser metastatizado a finales de los años ochenta por el alud de la heroína. En Viareggio, *ginepro* se convertiría en el sinónimo *underground* de droga, que el resto de Italia llamaba *spada*.

En ese periodo los *Ravasciò* se dedicaron sobre todo a «autofinanciarse», es decir, cometieron (al menos) un atraco a un banco y un secuestro. Hablamos del célebre secuestro de Gionata Funi, vástago de una familia de ricos constructores de Lucca, que mantendrá a Italia en vilo durante más de dos semanas, al final de las cuales el secuestrado será devuelto a sus seres queridos a cambio de más de trescientos millones de liras.

Estas iniciativas suponen un evidente salto cualitativo, no solo porque son muy rentables, sino también porque son abiertamente violentas (si no acaban con muertos, me parece entender, es mera casualidad) y porque, a pesar de seguir siendo periféricas, consiguen atraer una gran atención mediática durante semanas. Entre el 10 y el 28 de octubre de 1976, por ejemplo, es difícil encontrar un periódico, incluso nacional, que no dedique varias páginas a la suerte de Gionata Funi, a las vigilias con velas en su honor, a los temores sobre sus condiciones, a los llamamientos de la familia y a sesiones espiritistas encaminadas a localizarlo.

A esas alturas, la Brigada Ravachol ha dejado de gozar de la simpatía implícita de los periódicos: son innumerables los artículos de comentaristas que invocan al ejército o al menos al puño de hierro para salir de este clima de inestabilidad terrorista. Es tal la polarización suscitada por el grupo en ese periodo que incluso se empiezan a leer teorías según las cuales los Ravachol son en realidad un grupo manipulado (o al menos infiltrado) por la extrema derecha, cuando no por la policía o el Estado (como demostraría, por ejemplo, el hecho de que conocen de antemano los movimientos de la policía), y cuya intención sería precisamente socavar la credibilidad democrática y los recientes éxitos electorales de la izquierda italiana y, en particular, del Partido Comunista. Un artículo de un dirigente toscano del PCI del invierno de 1976 defiende sin medias tintas que el partido no solo «rechaza resueltamente» cualquier asociación con este grupo, sino que sostiene que se trata de una emanación directa de los servicios secretos desviados que están planeando un punto de inflexión autoritario a través de la estrategia de la tensión.

Piazza Fontana, Brescia, el Italicus, el secuestro de Sossi y el secuestro de Funi son todos capítulos de una misma historia,

> y no resulta difícil conectar piezas que parecen inorgánicas y atisbar un plan subyacente. (...) Desde la asombrosa clarividencia sobre los movimientos de la policía hasta los coches robados retenidos durante meses, desde la imposibilidad de localizar sus guaridas en una ciudad de unas pocas decenas de miles de habitantes hasta la facilidad con la que obtienen armas (¡y qué armas! Una Beretta idéntica a las que utiliza la policía y una carabina de las utilizadas por el ejército hasta hace pocos años): todo hace pensar que no se trata de simples terroristas, sino de profesionales, tal vez mercenarios.

Mi nota a propósito: «¿?»

En 1977 la brigada se destaca por dos acciones, que fueron también las más espectaculares de todas. La primera es la que me contó mi madre, y que al parecer es uno de los hitos de la historia de Viareggio: la explosión de una de las carrozas durante el desfile de Carnaval. Lo que mi madre no me había dicho es que la carroza en cuestión estaba formada por dos enormes monigotes de papel maché, de más de cinco metros cada uno, que representaban un matrimonio homoerótico entre Enrico Berlinguer y Aldo Moro, con la intención de poner en la picota el compromiso histórico, presentado como la unión contra natura entre democristianos y comunistas. Una unión que a la izquierda del PCI se veía como una mera distracción, como la confirmación de la renuncia del partido a perseguir el sueño comunista arrodillándose ante el sistema de poder democristiano, implacable aunque infinitamente maleable.

Las Brigadas Rojas expresarían su disconformidad en 1978 secuestrando y asesinando en última instancia al presidente de los democristianos, Aldo Moro. La Brigada Ravachol, un año antes, la expresó como podía expresarlo un grupillo de chicos de provincias, cuyos horizontes se agotaban en la franja de tierra entre los Alpes Apuanos y el mar Tirreno, y que tuvieron su momento de máximo esplendor en el mes de Carnaval.

Esta operación, que había combinado admirablemente propaganda política, espectacularidad, repercusión, ausencia de derramamiento de sangre y una singular convergencia con el sentimiento popular, fue probablemente el momento de máximo consenso obtenido por los terroristas toscanos; un consenso que resulta aún más difícil de entender si se tiene en cuenta que unos meses después, no solo en Viareggio, sino en toda Italia, no habría nadie dispuesto a decir públicamente una sola palabra en su defensa, y ni siquiera alguien que los considerara algo más que un grupo de viles e indignos asesinos.

Su última operación fue la tristemente conocida como «masacre de Gombitelli», de la que incluso yo he oído hablar, aunque hasta hace poco no supiera que su responsable era precisamente mi autor de referencia.

El 4 de agosto me voy por fin de vacaciones, después de pasarme meses estudiando las novelas de Sella y reconstruyendo su trayectoria política. He transcrito diligentemente mis anotaciones en un cuaderno rojo en cuya cubierta he escrito pomposamente «LAS COSAS» y que está dedicado a los hechos de la vida de Sella; mientras tanto, en un segundo cuaderno verde, en cuya cubierta he escrito pomposamente «LAS PALABRAS», tomo notas de lectura sobre sus novelas.

Desde el año en que terminamos el bachillerato, el primer viernes de agosto está tradicionalmente dedicado a una quedada de mi núcleo histórico de amigos, un grupo de zánganos a los que ni los años, ni los matrimonios ni las proles han logrado cambiar y siguen igual que a los quince años. Al principio de la noche, quienes tienen hijos suelen prometerse no pasarse de la raya para evitar el riesgo de que les pillen cuando vuelvan en condiciones tales que requieran una llamada a los servicios sociales, pero es una preocupación que se disipa poco a poco a lo largo de la velada. Este año, sin embargo, el problema ya no afecta al Sardo, cuyo hijo vive ahora con su madre, después de que en su último cumpleaños su padre se emborrachara y vomitara sobre la tarta apagando las velas en su lugar.

Los únicos que podemos permitirnos no preocuparnos por las condiciones en las que volveremos a casa doce horas después de haber salido sobrios y con camisa somos el Abogado y yo: yo porque vivo con mi madre y el Abogado porque volverá a su tugurio maloliente donde pasa en soledad casi la totalidad de sus días como heavy trasnochado, con sus camisetas negras sin mangas y su cabello todavía orgullosamente largo a pesar de la ya evidente calvicie, sin apartarse nunca del ordenador (haciendo algo que nadie ha entendido todavía), escuchando *Master of Puppets* con auriculares y sin que se le pase remotamente por la cabeza la idea de abrir la ventana para ventilar su apartamento de dos habitaciones. Así como el Sardo no tiene conexión alguna con Cerdeña, el Abogado no tiene conexión alguna con la jurisprudencia. El nombre se lo ganó durante unas vacaciones en Sicilia para celebrar la despedida de soltero de uno de esos amigos de juventud que se volatilizan después del matrimonio. Yo no estuve presente en la escena, pero cuenta la leyenda que, durante un control de drogas realizado por la policía, le dijo a un agente que quería registrarlo: «Si lo desea, puede usted hablar con mi abogado». Abogado era el cariñoso apodo que le había puesto a su puño izquierdo, perfeccionado durante años de boxeo amateur. Los rumores sobre lo sucedido con el agente difieren, pero lo cierto es que él y quienes lo acompañaban pasaron la noche del sábado en la comisaría, con el prometido entusiasmado por el alcance «épico» que había adquirido su despedida de soltero. A partir de ese día, el Abogado adquirió el nombre con el que todos lo conocen ahora, y al mismo tiempo entró en los meandros de un proceso penal por agresión agravada a un funcionario público, cuyo desenlace ninguno de nosotros ha llegado a saber nunca.

Los seis nos encontramos en el espigón al atardecer: cada uno trae una botella de vino prosecco para el aperitivo, después del cual iremos en bicicleta a los locales en los que todavía toleran nuestra presencia. Las únicas excepciones: el Abogado, que trae una botella de prosecco para nosotros, pero se reserva para él una botella de tequila, que beberá en solitario durante la velada, sin efectos psicotrópicos apreciables; y el Maestro, que en lugar de prosecco trae una botella de Pampero Aniversario, clara señal de que vuelve a estar en crisis con Marta y que esta noche se cogerá una buena.

Hacia las dos, exhaustos, llegamos frente al glorioso Circolino Operaio, frecuentado ahora, en lugar de por los obreros de la construcción, por la juventud pijoradical de Viareggio, a la que le encanta pedir gintonics bajo la mirada austera de un retrato de Lenin, donde bebemos la que probablemente será la última copa. Parece claro que la noche está llegando a su fin, aunque nadie quiera admitirlo.

Mientras se lanzan propuestas cada vez menos convencidas sobre dónde continuar, con largas pausas de silencio entre unos y otros, me abstraigo por un momento e imagino la misma situación, tal vez incluso en el mismo sitio, hace cuarenta años. En nuestro lugar, Tito Sella y sus compañeros, borrachos tal vez ellos también, sin duda también fuera de lugar de alguna manera. Pero en vez de mascullar nombres de locales donde terminar la juerga con dignidad sin mancharse con el estigma de irse a dormir antes del amanecer, piensan en la revolución, en destripar el mundo y construir uno nuevo, incluso a costa de morir o matar a alguien. Se preguntan si no habrá llegado el momento de empezar a ponerse serios, se dicen que los robos, las expropiaciones y las acciones demostrativas los han cansado y no han llevado a nada, al igual que no condujeron a nada las grandes manifestaciones y las grandes esperanzas del 68; hacen girar una P38 en sus manos con la misma familiaridad con la que el Sardo se lía un porro de mierda; se guardan las espaldas por miedo a que un grupo de fascistas los ataque, del mismo modo que nosotros tememos que el viejo que vive encima del bar nos tire un cubo de agua. No hemos conocido ningún miedo o afán comparable al de ellos; todo lo más a lo que se ha aventurado nuestro grupo ha sido a probar alguna sustancia en el parque, ir a fiestas en la playa, jugar a la Play, turnarse para salir con las mismas chicas y hacer algunas gamberradas que se vuelven más legendarias cada vez que nos las volvemos a contar, añadiendo algunos detalles inverosímiles. ¿Cómo es posible que en poco más de una generación y media los horizontes hayan cambiado de forma tan radical? ¿Es simplemente porque el capitalismo ha ganado de manera tan absoluta que somos incapaces de imaginar ni siquiera una mísera alternativa? ¿O son ellos los que se encontraron en medio de una tormenta perfecta, con la certeza de que no se podría lograr nada excepto librando otra guerra, que la revolución se hacía con sangre y no con canciones?

Personalmente no creo en la existencia de la fuerza de voluntad. La gente solo hace lo que ve hacer a los demás, lo que *se hace*. Si hubiéramos nacido cuarenta años antes, ahora también estaríamos debatiendo si lanzar un cóctel molotov contra la sede del MSI, el partido neofascista, u organizar un robo para financiar la lucha. O tal vez, si hubiéramos nacido en otros ambientes, ahora estaríamos invocando el regreso del Duce y pensaríamos que toda violencia es legítima si sirve para restablecer el orden y la disciplina. Sin embargo, en mi opinión, el Abogado nunca habría formado parte de este segundo grupo, ni siquiera si hubiera crecido rodeado de fascistas durante veinte años: es alguien con una personalidad que, me sale decir, existe independientemente del contexto. ¿Y yo? Yo, que en el fondo siempre he dejado que las cosas ocurrieran tal como venían, ¿dónde habría acabado?

Mientras sigo absorto reflexionando sobre el espíritu de los tiempos, el Maestro sale del silencio en el que ha permanecido encerrado desde que llegamos aquí y murmura algo. Con sensación de alivio todos pensamos que será el primero en darse por vencido, con el pésimo pedo que lleva encima y el Pampero Aniversario que le va subiendo. Recibirá nuestro desdén agresivo —la deserción es intolerable: nosotros también tenemos nuestro microsectarismo totalitario—, pero al final todos nos sentiremos aliviados de poder irnos a la cama.

Al principio no entendemos ni una de las palabras del Maestro, luego poco a poco empieza a emerger algo comprensible.

—Cagoenlostia, ¿que Marta está embarazada? Pero ¡genial! —grita el Sardo—. ¡Entonces tenías que habernos pagado la bebida tú!

Esto es lo que también hemos creído entender los demás, pero la noticia no casa con el rostro pétreo del Maestro.

—Marta y yo rompimos hace un mes. Dios bendito.

—¿Y qué?, pues volvéis a estar juntos. Lo habréis dejado trescientas veces. Además, ya tenéis una excusa para no separaros —afirma Franz.

—Deberías haber pagado tú esta noche —insiste el Sardo, que cuando se quedó embarazado estuvo pagando copas durante meses a todas las personas con las que se topaba. Y pensar que hoy su hijo, a través de su madre, lo desprecia sin remedio.

El Maestro no responde. Al cabo de unos segundos toma la palabra el Abogado, que habla con una delicadeza que no le es propia:

—¿Es tuyo?

El Maestro se queda en silencio un rato y luego dice:

—Podría ser mío. No lo sabemos. En cualquier caso, haremos como si fuera mío.

Silencio.

—Bien —anuncia el Abogado—. Ahora nos vamos todos al Baraonda y nos atizamos a Matavampiros hasta perder el conocimiento. —El Baraonda es la discoteca de roqueros a la que íbamos cuando estábamos en el instituto, y los Matavampiros eran los cócteles con los que estaba de moda emborracharse en esos tiempos. Una chispa de gratitud aparece en los ojos del Maestro.

Para llegar al local en bicicleta hace falta media hora por lo menos. Sin embargo, es la media hora más bonita de la noche, nos la pasamos cantando a todo pulmón *Gli anni d'oro del grande Real*, *Rotta per casa di Dio* y cosas por el estilo; elección contra la que el Abogado no empieza a blasfemar solo por respeto a la delicada situación del Maestro, que necesita sentirse envuelto en la burbuja uterina que para nuestra generación solo puede ser obra de los 883.

Llegamos al Baraonda y nos parece haber vuelto a los días del instituto, seis críos que se matarían los unos por los otros y que antes de pelearse por una mujer acabarían con ella. Y por esta noche es verdad: hemos olvidado que para el registro civil somos adultos, que en esta discoteca repleta de veinteañeros no encajamos en absoluto, que nos hemos vuelto muy distintos de lo que éramos y que en muchos sentidos ahora somos incompatibles entre nosotros. Por esta noche todo queda suspendido, y los Matavampiros (que hay que explicar a estos nuevos camareros nacidos en torno al año 2000) hacen el resto, incluso nos empujan a dejar de lado el pensamiento que nos perseguirá a partir de mañana: el pensamiento de quién cojones es el padre del hijo del Maestro.

Pero esto sucederá mañana, cuando salga el sol de 2017. Esta noche, sin embargo, no pertenece a 2017, pertenece a hace una vida: se sitúa en 2017 por un extravagante juego del destino, y esta noche también nosotros tenemos dieciocho años, por más que habitemos estos cuerpos desmañados que han empezado a declinar y a pagar el precio de existencias de saldo.

Nos lanzamos a la pista de baile y somos un grupo de treintañeros fuera de lugar, borrachos y molestos, moviéndonos entre veinteañeros que nos miran con lástima, esperando en el fondo de su corazón no acabar como nosotros cuando sean adultos. Saltamos con *Basket Case* como si fuera el siglo pasado: sudorosos, borrachos, felices, malolientes, infollables, sin gracia, invencibles.

Año 2. Las palabras

A finales de los años setenta, el filósofo francés Michel Foucault planeó escribir una colección de textos titulada La vida de los hombres infames, *que iba a consistir en una serie de biografías de internos psiquiátricos de los siglos* XVII *y* XVIII. *El proyecto nunca verá la luz, y de él solo queda la introducción, en la que resulta interesante comprobar el uso que hace el filósofo del término «infame»: aquel que tiene mala fama —porque se ha infamado con una culpa—, pero también aquel que no tiene voz (en griego:* pheme*). Su intención es dar voz a quienes no la tienen, tanto por motivos individuales (están locos, y por tanto no saben hablar como es debido) como sociales (han sido excluidos de la sociedad, encarcelados en un espacio externo a ella). (...)*

Si el proyecto de Foucault se estanca, y a partir de los años ochenta el filósofo toma otros caminos, dejando en un segundo plano las cuestiones del internamiento y de la sociedad disciplinaria, puede decirse que quien asumió ese desafío fue, entre otros, Tito Sella, en su primera obra, Hagiografías infames, *su libro de mayor éxito, publicado constantemente desde 1983 (año de su aparición) hasta hoy. En él, muestra Sella una serie de retratos de hombres que tuvo la oportunidad de conocer en la cárcel en sus primeros años de reclusión. La referencia a Foucault es evidente en el título, pero aún más marcada resulta su voluntad de exaltar a aquellos personajes infames a quienes pretende dar voz, que con el término «hagiografía» vienen a ser equiparados sustancialmente a santos.*

El oxímoron del título se refracta además en la estructura binaria de la obra: a cada historia se le dedica primero un breve resumen escrito con estilemas burocráticos, que retoma y reprende los motivos judiciales de la sentencia condenatoria, después de lo cual se empieza a narrar los relatos, con una prosa inspirada y a ratos lírica, desde una posición de proximidad humana con el recluso. (...)

La versión literaria de cada historia tiene como objetivo buscar ese algo que hace única una vida, esa singularidad irrepetible, ese detalle que la define e identifica de una vez por todas. Como dice Plutarco, citado nada menos que tres veces en el texto, «un detalle menor, una palabra o una broma proporcionan mayor información sobre el carácter de un individuo que las batallas con millares de muertos, las grandes expediciones o los asedios de ciudades.»

Este es el comienzo de mi *paper* (todo un departamento de Literatura de la universidad italiana no ha sabido encontrar un término mejor) para el cierre del primer año de doctorado. Me parece evidente que he estudiado; mejor dicho, que he estudiado como nunca lo he hecho en mi vida: en estos meses me he leído prácticamente toda la obra de Sella, bastante bibliografía y también a otros autores para aportar profundidad, exactamente como me había sugerido Sacrosanti. Me he leído no solo a Foucault y [pasajes significativos de] Plutarco, sino también las *Vidas de hombres no ilustres* de Pontiggia, las *Vidas breves de idiotas* de Cavazzoni (que el Ilustrísimo me recomendó) e incluso las *Vidas minúsculas* de Michon (que encontré por mi cuenta). De hecho, sobre Michon me lancé incluso a un análisis refinadísimo (en mi opinión) en el que sostenía que mientras este aspiraba a la dimensión metafísica, para Sella el objetivo apremiante era el político: la redención de los subalternos. Recurrí incluso a la palabra «estilemas», que inmediatamente después de escribirla hizo que me sintiera en parte como un semidiós y en parte avergonzado.

Resultado: satisfactorio. Este es el voto que he obtenido: «Satisfactorio». A Pier Paolo, en cambio, le dan «Excelente», tal vez porque es un virtuoso del sagaz pie de página, o quizá porque cada vez que abre la boca da siempre la impresión de estar a punto de revelar una verdad inapelable. Sacrosanti dijo que el mío era un trabajo «recopilatorio», en el que todavía no se veía al investigador consumado manos a la obra, sino solo al investigador *in fieri*. Y también me criticó por no haber mencionado a un tal Marcel Schwob, que según él era «un jalón clave en esta genealogía».

Después de la discusión de los *paper* nos vamos todos juntos a tomar algo al barecillo de Filosofía, profesores, doctorandos y algunos estudiantes de la nutrida corte de Sacrosanti. También está Carlo, que forma parte de la comisión, aunque no entiendo a título de qué, dado que aún no está encuadrado en el departamento y su plaza debería anunciarse para 2019. En cualquier caso, me alegro de que sea así, dado que ha leído mi *paper* con atención e incluso me ha felicitado durante la discusión «por algunas intuiciones» (sic).

Otro motivo por el que hoy Carlo me cae especialmente simpático es porque está claro que Pier Paolo lo envidia a muerte. Probablemente haya hecho cuentas y tema que, dado que el año que viene Sacrosanti anunciará una plaza para Carlo, tal vez luego no pueda sacar otra para él, al menos no de forma inmediata, o no en Pisa. Es un pensamiento bastante obvio, pero haberlo formulado me hace sentir un poco menos ingenuo respecto al mundo universitario de lo que me sentía hace unos meses.

Durante la copa colectiva, en la que mi presencia es puramente decorativa, me dedico a observar a los dos pupilos de Sacrosanti disputándose la atención del profesor, intentando decir cosas inteligentes o ingeniosas y riéndose a carcajadas cada vez que saca a relucir alguna de sus deslumbrantes ocurrencias, una indirecta a algún colega/rival/archienemigo universitario o una anécdota, apócrifa quizá, pero objetivamente hilarante.

Al cabo de un rato, incluso a un observador distraído como yo le queda claro que tanto Carlo como Pier Paolo (o tal vez Pier Paolo más que Carlo, al tener un rango inferior) han heredado, por emulación inconsciente, cada movimiento, cada tic léxico, cada gesto del maestro. Hablan con la misma entonación, hacen pausas donde él las haría y repiten con la misma cadencia las mismas palabras. Una vez que lo notas, resulta casi antinatural oírles intercalar, como lo hace él, «tendencialmente» o «de hecho»; comentar un episodio definiéndolo como «extravagante» o «singular»; reírse con *jes* de un chiste refinado y con *jas* de uno más ordinario; pronunciar enfáticamente «paréja» y «leál»; aludir a lo ocurrido con «la pobre Bartellutti» sin ofrecer más detalles. Los tres gesticulan de la misma manera, manteniendo abierta la mano derecha con cuatro dedos y girándola para seguir los movimientos de sus argumentaciones, hasta subrayar el punto álgido cerrando resueltamente el puño. Parecen tres muñecos a los que da voz el mismo titiritero, pero la diferencia esencial es que cuando habla el profesor se dirige a todos, atrae magnéticamente la totalidad de los presentes, teje razonamientos que son de interés y que toda la mesa puede entender, mientras que cuando hablan sus replicantes resulta palmario que se dirigen a él y solo a él, que quieren que sea él quien comprenda, quien haga descender sobre ellos la Gracia de Su atención. Él, para compensar, cada vez que le lanzan un anzuelo privado, corresponde con una respuesta que vuelve a involucrar a todos.

Seamos claros: a mí tampoco me importaría decir algo brillante y resplandecer ante sus ojos, sintiendo caer sobre mí su mirada penetrante y paternal. Tengo la impresión, sin embargo, de que sus razonamientos viajan en frecuencias que me están vedadas, mientras por otro lado me gusta escucharlos y me pregunto si en algún momento esas lógicas supremas se revelarán también para mí y gozaré de la capacidad de hablar de cualquier cosa sintiendo que tengo una opinión brillante e irrefutable, como si no hubiera hecho otra cosa más que pensar en ello toda mi vida.

Cuando monto en el tren de Viareggio voy bastante achispado, dado que he intentado disimular mi incomodidad engullendo spritz baratos. Mc instalo en el asiento del regional, que tiene el olor ya familiar de estratificaciones sebáceas multigeneracionales, pensando que quizá para alguien como yo incluso «satisfactorio» sea demasiada gracia. Me despierta una sacudida del vagón cuando estoy en La Spezia, es decir, cuando ha pasado casi una hora desde mi parada.

—¿Sabes que entre Massa y Carrara he soñado que hacía el amor contigo? —le digo a Letizia.

No lo hago para compensarla por haber venido a buscarme hasta Liguria, ni tampoco porque espero quitarme la amargura de mi *paper* mediocre y mi insuficiencia en general con un poco de amor conyugal. Se lo digo porque es verdad: he soñado que estábamos en la casa de montaña de sus padres en Abetone, frente a la chimenea, y estábamos haciendo el amor. Lo que no especifico es que hoy es una excepción, ya que sueño a menudo con que estoy haciendo el amor en su casa de Abetone, pero es absolutamente la primera vez que sueño que lo hago con ella.

Ella sonríe. Y, sin embargo, no responde, lo cual es extraño o, como diría Sacrosanti, extravagante.

Le hablo un poco de la discusión de los *papers* y del aperitivo posterior, de lo que significa «compilativo» y del abismo antropológico que separa un «excelente» de un «satisfactorio». Ella, sin embargo, sigue taciturna y, llegados a este punto, queda claro que se trata de una señal de alarma.

—Oye, ¿te pasa algo? —le suelto, lamentando tener que dejar de hablar de mí.

—No.
—Estás muy rara.
—Qué va.
—¿No tendrás algo malo que decirme?
—No.

El tono de ese «no» me confirma que la percepción que tengo está más que fundada. Es la sensación del crujido que preludia la apertura de un abismo. La guinda de este día que tan mal ha ido sería que Letizia me dijera que nuestra relación es satisfactoria sin duda, pero que ha encontrado a otro con quien ha entendido por fin lo que significa la excelencia. Por un momento me parece el epílogo más lógico del mundo.

Letizia mantiene la vista en la carretera, conduce su Smart y vuelvo a pensar en lo mucho que he odiado siempre esa parodia de un coche que cuesta como un todoterreno, en el que nunca puedes montar a un amigo que necesita que lo lleven, o ir a una verbena en grupo o hacer el amor sin contorsiones. Me doy cuenta de que con el tiempo me he esforzado por odiar un montón de cosas de su vida: y creo que al fin y al cabo me lo merezco, me merezco que me deje por alguien mejor que yo. Sobre todo porque, objetivamente, las cosas entre nosotros no es que vayan muy bien en los últimos tiempos y el noventa y cinco por ciento de la responsabilidad recae en mí.

Creo que la grieta que está a punto de derribar nuestro edificio empezó a abrirse hace un año, cuando empecé el doctorado, y tal vez se me subieron un poco los humos a la cabeza y comencé a sentirme como una especie de elegido, un intelectual de pura sangre. Empecé a tolerar mal a Letizia, a desdeñarla por ser tan centrada, sólida, sana. Me irrita que nunca se altere, su dedicación acrítica en todo lo que hace, su manera ordenada de divertirse, el último bestseller de la librería y la enésima comedia romántica o la última película de terror en el cine (ya sean sentimientos o salpicaduras de sangre, lo que le gusta es que se los restrieguen, sin subtextos). Me irrita que tararee los éxitos del momento y que crea que las letras de las canciones de Fedez contienen alguna forma de verdad. Me irrita que regatee todos los obstáculos de la vida con la serenidad de quien nunca se siente culpable, me irrita su cuenta bancaria sin fondo, me irrita el Jaguar que su padre se regaló para su sexagésimo cumpleaños y el Smart que le compró a ella por sus dieciocho años.

Así que no dejo de hacerle pesar todo lo que me irrita, es decir, me he convertido en el arquetipo del novio de mierda: siempre engreído, esnob, aburrido. Así que sí: no solo espero que me abandonen, sino que digamos que me lo merezco. Y el hecho de que haya encontrado a otro (tal vez eligiéndolo entre sus innumerables colegas médicos en ciernes que la cortejan sin piedad, incapaces de entender cómo puede estar con alguien como yo) no solo me parece inevitable, sino también justo.

—Escucha... —empieza a decir. Su tono es tenso, busca las palabras adecuadas para decírmelo.

—Te escucho —contesto con brusquedad.

—¿Te acuerdas de la casa de via Guerrazzi?

—Sí...

—Los inquilinos la dejan, y le pregunté a mi padre si podíamos quedárnosla nosotros... Sí, vaya, que me voy a mudar allí, y me encantaría que te vinieras conmigo... Si te apetece, claro. —Se le quiebra la voz. Al parecer le da más miedo pedirme que nos vayamos a vivir juntos que hacer el examen de Anatomía con el temidísimo profesor Villari. Quizá debería hacer examen de conciencia.

La propuesta me parece incongruente, vivir juntos en el momento más bajo de nuestra relación, un rasgo típico de Letizia, de la Goldilocks adorada por su familia y a quien el destino siempre le ha sonreído: si algo le va mal, no solo sigue avanzando, sino que lo hace con más ahínco. Redobla la apuesta, convencida de que su derrota es imposible y de que, por lo tanto, basta con no dejar la partida, cueste lo que cueste; total, las cosas acabarán resolviéndose solas, siempre lo hacen.

El alivio de descubrir que no se dispone a abandonarme no dura ni un instante. Porque lo que está haciendo es mucho peor: está intentando atraparme. Pretende crucificarme en una vida ordinaria, en una vida de pareja, en una vida formato Smart. Justo ahora que estoy experimentando el placer de una beca que me llega todos los meses, de un trabajo que me garantiza un salario y libertad total, Letizia, con su voz temblorosa y esa sonrisa tan dulce y vulnerable, en la más manipuladora de las encarnaciones de Pepito Grillo, me está colocando bajo los pies una enorme trampa de ciento diez metros cuadrados con jardín, horno de leña y mesa de pimpón: una enorme trampa donde podría tener mi propio estudio y donde podría organizar torneos de Texas Hold 'em y de PES.

Mientras todavía sigo reflexionando sobre las consecuencias (en efecto, sería una cárcel de lo más dorado, hay que reconocérselo), ella suelta el as, tocando una de mis cuerdas más sensibles, un sueño que hunde sus raíces en la época en la que leí *La llamada del bosque*.

—Tal vez cuando nos instalemos podamos tener un perro —añade con una sonrisa espléndida, en la que vislumbro la promesa de la vida que me gustaría. Mi padre siempre me respondía con una carcajada homérica cada vez que, de niño, me animaba a pedirle que tuviéramos un perro, aunque fuera microscópico, aunque fuera sin pelo, incluso disecado: habría hecho cualquier concesión, pero él siempre respondía con una negativa desdeñosa e inflexible. Mi padre: el vivo retrato de la arbitrariedad y de la implacabilidad del poder. Luego, cuando él se fue de casa, pensé que por fin podría cumplir mi sueño, pero en cambio, también mi madre, mi complaciente madre, se opuso resueltamente, esgrimiendo el pretexto de una alergia al pelo de perro que sin embargo nunca se había manifestado en su vida.

—Sería estupendo —digo, anticipando la visión del labrador negro corriendo por el jardín mientras escribo un fundamental ensayo de crítica literaria sobre Frank Zappa en mi estudio privado.

Luego, por suerte, mi cauteloso cinismo vuelve a prevalecer. Si notas que las cosas son demasiado perfectas, probablemente hayas terminado en una casa de mazapán y al cabo de media hora te encontrarás dentro del horno para servir de asado a la bruja (que con razón prefiere comerte a ti antes que chupar las paredes de la casa, ya que a nadie le ha gustado nunca el mazapán). Deslumbrado por la perspectiva inmobiliaria, he estado a punto de olvidar que por metonimia «tener un perro» significa «tener un hijo», y que la convivencia no es gratuita, sino que acarrea consigo la más sórdida de las contrapartidas: *convertirse en adulto*.

—Será mejor que lo pensemos después de París —digo, y sigo fingiendo que considero seriamente su propuesta, que he decidido no rechazar sino posponer *ad libitum*.

—¿Tenemos pensado ir a París? —pregunta recelosa, pero quizá también un poco esperanzada.

—Soy yo el que tiene que ir.

—¿Para qué?

—Un periodo de estudios en el extranjero.

—¿Y para qué vas a ir a París si estudias a un autor nacido en Viareggio, que murió en Lucca y vivió casi siempre en la cárcel?

—Ya te lo he contado: su archivo está en París.

—Pero también me dijiste que el archivo te importaba un pimiento y que no irías a París ni muerto.

—En efecto.

—¿Y ese cambio?

—Sacrosanti dice que es mejor que vaya. Solo unos meses. Y, entre otras cosas, me duplican el sueldo si estoy en el extranjero.

Ella no dice nada.

—Y luego está la cuestión de *La Estantigua*.

—¿Eso qué es?

—Es el libro de Tito Sella que nunca se publicó y que, según algunos, como Pier Paolo, nunca escribió. Parece que es una especie de autobiografía, si no lo he entendido mal. Sella hizo alguna mención a él, como si realmente lo hubiera escrito, por más que nadie haya visto nunca este libro. Pero Sacrosanti dice que ahora que se hace público el archivo, tal vez salga a la luz; y si sale y soy el primero en tenerlo en mis manos, lo peto.

—¿Y cuándo pensabas decírmelo? —pregunta, menos intrigada de lo que yo esperaba por este Nombrecillo de la Rosa.

—Te lo estoy diciendo ahora.

La idea de investigar archivos me parece tan tentadora como contar los granos de arroz dentro de un frasco, y la idea de ir a París me repugna, tanto porque no me veo en París en absoluto como porque sería un cambio, y siempre he evitado los cambios. Sin embargo, es la única estrategia de repliegue que se me viene a la cabeza por el momento ante la perspectiva de la adultez, por lo que ahora me toca tener que planificar de verdad una estancia en París o, en cualquier caso, tener que encontrar una estrategia de repliegue de la estrategia de repliegue, lo que confirma que no hacer nada requiere a veces mucho más esfuerzo y perseverancia que hacer algo.

De momento, de cara a los próximos meses, me hago el propósito de ser un poquito menos cabroncete con Letizia, para que no le entre la tentación de relanzar la apuesta de nuevo y hacerme otras propuestas tentadoras.

Aparte de todo: tengo treinta y un años, y tal vez no sea del todo saludable que la perspectiva de compartir piso con mi novia, sin pagar siquiera el alquiler, me asuste tanto como una cadena perpetua. Sella, por ejemplo, a mi edad ya había publicado *Hagiografías infames*, su libro más importante, y cumplía en serio una condena a cadena perpetua. Treinta y un años: aunque no sea Kurt Cobain, que ya estaba muerto a esa edad, la comparación entre Sella y yo con el mismo número de años vividos es bastante humillante. A los treinta y un años no soy muy diferente de lo que era a los veintidós, que a su vez no era muy diferente de como era a los dieciséis. Si considero las metas que he alcanzado, simplemente no las veo: piense lo que piense mi madre, una licenciatura en Letras en el siglo XXI no puede considerarse una meta. Hasta hoy ni siquiera he podido tener un perro, por decir algo. O terminar *Muerte a crédito*.

A mi edad, Tito Sella ya llevaba más de tres años en la cárcel, había intentado (aunque de manera cuestionable) cambiar el mundo creando una banda armada y se disponía a publicar un libro de una profundidad y perspicacia inimaginable para mí. Por cierto, el Ravachol que había dado nombre a su brigada era un anarquista francés que se hizo relativamente famoso por colocar un par de bombas en las casas de los polizontes a los que consideraba responsables de una masacre de manifestantes en París, precisamente cuando tenía la misma edad que yo tengo ahora.

Confieso que, para mí, habiendo crecido en el pacífico desierto de la época a caballo entre dos siglos, resulta difícil, rozando lo incomprensible, hacer convivir en la misma persona al literato sensible, empático y humano con el terrorista sanguinario, quien durante el juicio no duda en responder a los jueces que le preguntan si ha matado a alguien: «Preguntarle a un soldado si ha disparado es mera retórica».

Y, sin embargo, con lo difícil que es para mí conseguir que estas dos imágenes de Sella, el escritor y el asesino, convivan en mi mente racional, él logra en sus escritos que dicha coexistencia resulte lógica y casi inevitable. Tomemos como ejemplo las *Hagiografías infames*, en cuya compañía se puede decir que he pasado estos últimos meses.

El libro cuenta las historias de hombres a los que Sella conoció en la cárcel, descritos primero como autores de sus crímenes, como si fuera esa única circunstancia la que los definiera (exactamente como lo hacen el código penal y el sentido común), y contados luego más de cerca, con empatía sincera, para mostrar su humanidad íntima. En los cuadros biográficos más conseguidos, el efecto es transfigurar completamente al individuo, hacerle completar el larguísimo recorrido que separa, incluso dentro de la misma persona, al criminal percibido del ser humano real.

La historia en la que me centré en el *paper* es la de Beppe Nocentini, quien abre la serie de «Violentos contra el prójimo». Inicialmente se le presenta como «homicida» y se recoge la sentencia de condena: según los artículos tal y cual, Nocentini Giuseppe, jornalero de la Maremma, es condenado por el asesinato de Enrico Chiti, al que ejecuta con ferocidad, ensañándose repetidamente con una hoz en el cuerpo indefenso de la víctima, en un caserío de la hacienda del difunto, joven vástago de la familia de terratenientes que desde hace generaciones se encarga de dar trabajo y cubrir las necesidades materiales de gente como los Nocentini.

Giuseppe Nocentini es un campesino analfabeto, tosco y brutal, que en determinado momento, como un perro repentinamente rabioso, se revuelve de forma violenta contra el hombre que le garantizaba un techo y un mendrugo de pan, tal como se los habían garantizado sus antepasados a los antepasados del asesino. Y es además de los que disfrutan viendo sangre, que inundan con ella un cobertizo, encarnizándose con el cuerpo de un hombre que ya está muerto. También en el juicio, por lo demás, se muestra Nocentini vacío e indiferente, confirmando la impresión de ser un animal dócil pero sujeto a ataques de ira repentina, remachada asimismo por la agresión gratuita a un guardia de la prisión durante el juicio.

Que Nocentini sea encerrado definitivamente en prisión y puesto en condiciones de no dañar a los demás ni a la comunidad es, a todas luces, una victoria de la justicia. Y con esta imagen del réprobo justamente condenado termina la primera parte de la narración, expuesta en un lenguaje aséptico, burocrático, inspirado en los atestados de la comisaría.

Sin embargo, tras alcanzar este estado de aparente pacificación, Sella yuxtapone al primer cuadro un segundo retrato de Nocentini, reconstruyendo la historia desde su punto de vista. El asesino deja de ser simplemente el imputado y adquiere una dimensión humana, cada vez más esquiva y, por lo tanto, cada vez menos juzgable, menos imputable. Empezamos a vislumbrar que su ser animal no es elección propia, sino simple resultado de una vida en los campos, del trabajo brutal al que los Nocentini se han visto constreñidos desde tiempos inmemoriales; y a tal yugo habrían permanecido serenamente uncidos —bovinos, indiferentes e incluso tranquilos— si en determinado momento no les hubieran hecho percibir los nuevos tiempos lo intolerable de su situación. La presión bajo la que acabó encontrándose Beppe, el primero de su estirpe, era doble: sus antepasados simplemente se habían visto aplastados bajo un yugo, bajo el que permanecieron sometidos como animales mansos, mientras que a él, además del peso real, también se le echó encima la conciencia de que ese yugo era injusto. «Por más que le resultara posible resistir el peso que oprimía su espalda, era físicamente imposible resistir a la vez ese peso y su conciencia, que dicho peso duplicaba.» Quizá por eso, insinúa Sella, debería haber sido considerado cómplice el párroco, el padre Alessandro, sacerdote obrero y comunista, quien «le hablaba de un Cristo revolucionario y del cristianismo como religión de igualdad», que tronaba en la iglesia contra la explotación, que había «confundido subrepticiamente lo que Cristo prometía para el Reino de los Cielos con algo que los hombres debían crear sobre esta tierra». ¿No había sido él quien duplicó la carga sobre los hombros de Giuseppe, quien añadió a la herida la conciencia de la mofa? Precisamente por esa razón, supone Sella, se encarnizó Beppe contra Enrico, es decir, el más magnánimo y educado de los Chiti: no contra su padre, «el señor», ni contra su hermano Riccardo, que trataba a los trabajadores como un esclavista. El más generoso de los amos era precisamente quien le mostraba de forma constante con su compasión la injusticia de esa condición subordinada.

Llegados a este punto, el lector se ha convencido de que el resultado de la requisitoria de Sella es la tesis según la cual el responsable no es el peón Beppe Nocentini, sino la sociedad que lo oprime y que luego, por un aciago exceso de piedad, como un médico piadoso que no actúa con la determinación necesaria, se toma incluso la libertad de mostrarle la injusticia de la opresión: «Una sociedad que ya no sabe ser simplemente represiva y al mismo tiempo no sabe emancipar es la que fuerza a su hijos a la peor de las esclavitudes». Un argumento que, por lo demás, no dista mucho del utilizado por grupos armados como aquellos a los que había pertenecido Sella: a un Estado asesino y violento es inevitable responder con el asesinato y la violencia. Es el opresor quien arma la mano del oprimido.

Sin embargo, justo cuando el lector se espera semejante final, Sella hace un quiebro y empieza a hablar de Edda, hija también de campesinos, con quien Beppe ha concebido un previsible futuro matrimonial. De repente, Beppe deja de verla y sus padres le niegan la posibilidad de reunirse con ella. Cuando finalmente se produce el encuentro, se da cuenta de que Edda está embarazada. Lo que siempre temió se ha hecho realidad: el hijo del amo, el que siempre la estaba rondando, ha acabado violándola. Ella se esconde por vergüenza, necesita abortar. Estamos en los años sesenta: el aborto sigue siendo infanticidio; un infanticidio practicado por las ricas en una clínica en el extranjero, pero también por las pobres, para quienes tener un hijo es mucho más arriesgado que el que una abortera le meta unos hierros en el vientre. Sella imagina el tormento interior de Giuseppe, que casi se transfigura en un Raskólnikov que no deja de analizar y desmenuzar, aunque sea con sus toscas herramientas, la racionalidad y la justicia del asesinato, o al menos de *ese* asesinato. Una vez más, sin embargo, mientras el lector se concentra en seguir los titubeos de Beppe, seguro a esas alturas de hacia qué lado se inclinará la balanza y, a fin de cuentas, poniéndose de su lado, Edda le habla: no ha sido violada, le dice, sino que yació con él por propia voluntad, y si el padre no puede o no quiere tener el niño que ella lleva en sus entrañas, a ella no le importa; es más, en el fondo lo entendería.

Esto es lo que hace decidirse a Beppe: si la hipótesis de la violación no había podido empujarlo a la acción, sino solo a la elucubración, esta otra violencia, la que obtiene la complicidad de la víctima, la que coloniza su voluntad, derriba las últimas rémoras. Nocentini agarra la hoz y llega sin que nadie se lo impida al cobertizo donde ha visto entrar al hijo del amo. Una vez dentro lo hiere un número excesivo de veces, por furia homicida quizá, o tal vez porque el arma no es la más adecuada, o bien porque el otro se obstinaba en no entregar su alma a Dios. El cortijo parece al final un matadero. Él se ha quedado completamente vacío. Los carabineros lo encontrarán no muy lejos y lo arrestarán sin dificultad. Su único otro gesto violento será el que realice contra el carcelero, durante el juicio, cuando Edda entre en la sala. El carcelero, un ser obsceno y violento, habrá soltado algún comentario soez y él, esta vez sin titubeos, le rompe la nariz de un cabezazo. Sabe que lo va a moler a golpes, pero no se arrepiente ni por un instante, ni siquiera cuando siente crujir claramente los huesos de su pecho bajo la tunda del guardia.

Solo en la siguiente sesión se percata Beppe de que Edda no se parece en nada a la chica que había conocido: está más guapa. Y está más guapa porque ya no es una campesina: tiene la ropa, el peinado, el maquillaje, el porte —incluso el desdén— de una señora, de la señora de Riccardo Chiti, el hermano esclavista de Enrico. Se pregunta varias veces por qué se han presentado ante el tribunal, si han venido específicamente para que él los vea. Beppe comprende en ese momento el error que ha cometido: matar al hermano equivocado. Ella no había elegido al hermano que la cortejaba, al hermano dulce y sensible, que con su piedad la hacía avergonzarse, sino al amo desdeñoso cuyo rango soñaba con adquirir. No quería a alguien que se compadeciera de ella por su papel subordinado, sino alguien que la aplastara y al mismo tiempo la ennobleciera precisamente en virtud de su superioridad. Él tuvo que aceptar casarse con ella probablemente porque después de todo el alboroto que había provocado el asesinato ya no podía ocultar el embarazo. «O tal vez» comenta Sella, «porque había vislumbrado en ella los rasgos inmortales de una Lady Macbeth».

Así pues, una serie de circunstancias improbables habían destruido tres vidas: la de Enrico Chiti, masacrado sin motivo alguno, la de Beppe, que pasaría buena parte de su vida encarcelado por un asesinato que no era el que pretendía cometer, y la de Riccardo Chiti, obligado a casarse con una campesina que, como mandaba la costumbre, debería haberse limitado a violar. La única que salió victoriosa fue Edda, que ahora vestía como una dama y podía despreciar, quizá de forma más radical que el propio Riccardo, a sus campesinos.

«A Beppe Nocentini» concluye Sella, «le pareció la conclusión más adecuada, como si esa apoteosis mínima de Edda justificara *a posteriori* toda su historia».

Al final, me parece, el efecto es el de desactivar las distinciones entre el agravio y la razón. Llega un momento en que todo se enreda y las razones y las sinrazones se funden unas en otras.

Es difícil imaginar a estos dos hombres, Sella y Nocentini, ambos con las manos manchadas de sangre, ambos condenados por asesinatos de los que ellos mismos se habían declarado culpables, hablando y escribiendo serenamente sobre crímenes y castigos, sobre homicidios injustos y homicidios necesarios, sobre asesinos por casualidad y asesinos a conciencia. Pero es de conversaciones como esta de las que surgió este libro: un libro que Sella supo escribir cuando tenía mi edad, porque ya poseía la suficiente experiencia del mundo, del mal y de la fatalidad; un libro sobre el asesinato escrito con espíritu fraternal por dos hombres que habían sido a su vez asesinos.

Una vez disminuida la tensión y tras una noche entera de sueño, creo haber entendido la razón por la cual a Sacrosanti no le gustó especialmente mi *paper*. Cometí el error frente al que Pier Paolo me había puesto en guardia desde el principio: retomar y hacer mía una lectura de Federico Martesana, el archienemigo de Sacrosanti, quien en un artículo de 2005, publicado en *Civiltà letteraria* y titulado «San Pedro y los adoquines. El retorno del catolicismo reprimido en Sella» destacaba, en mi opinión con razón, las referencias religiosas, implícitas y explícitas, en la obra de Sella. Es probable que fuera precisamente por esta razón —el interés que Sella manifestaba por la dimensión religiosa— por la que Martesana se hubiera interesado por él, además de por la oportunidad de poder estudiar al mismo autor de Sacrosanti dándole una lectura diametralmente opuesta.

Él mismo (él, Sella), por su parte, nunca ocultó haber encontrado en el cristianismo el «impulso, la fuerza para dar el salto mortal [es decir, entregarse a la lucha armada], que con propiedad hay que llamar mística». Escribe Martesana que «si Pasolini era "una fuerza del pasado" que venía "de las ruinas, de las iglesias, de los retablos" y de allí sacaba las fuerzas y la inspiración para observar con consternación su propio tiempo, Sella es una "fuerza del presente", de una realidad modernísima y ya decrépita, surgida de los centros juveniles católicos repentinamente iluminados por las promesas del Vaticano II y de las sacristías húmedas e inquietas de las parroquias toscanas de los años sesenta, donde la necesidad de redención social se respiraba mezclada con el incienso».

Objetivamente, no creo que haga falta ser un genio para ver que el libro está repleto de referencias religiosas. Quiero decir: incluso yo mismo me había percatado de que el texto se titula *Hagiografías*, como las vidas de los santos, y que Sella difícilmente podría haber usado ese término al azar; y tampoco puede pasarse por alto que las distintas secciones de la obra están organizadas como los círculos de Dante («Violentos contra el prójimo», «Violentos contra Dios», «Violentos contra natura», etcétera), ni que a menudo se hacen referencias literales, incluso muy extensas, a las Escrituras, que Sella evidentemente conocía muy bien.

En definitiva, sacar a la luz, en la estela de Martesana, la estructura religiosa de la primera obra de Sella me parecía una maniobra razonablemente segura. Acaso no brillante ni original, pero incuestionable al fin y al cabo. A toro pasado, sin embargo, habría sido mejor que no se me hubiera pasado por alto cierto detalle: el Ilustrísimo profesor Raffaele Sacrosanti había respondido en 2006 con un artículo muy agudo y muy bien detallado en el que desmontaba pieza por pieza la lectura de Martesana. Seamos claros: podría explicar de mil maneras cómo era posible que se me hubiera pasado por alto este artículo, que me citó con indiferencia Pier Paolo inmediatamente después del aperitivo colectivo, pero cualquier intento por mi parte de justificarme naufraga de manera inevitable ante el correo electrónico que acabo de reabrir: un correo electrónico de hace dos meses que me mandó Carlo, a quien había pedido consejo para el *paper*. Carlo me escribía: «Obviamente, sobre las *Hagiografías infames*, léete también el artículo de Raffaele, "Con las entrañas del último papa: notas sobre el uso y abuso de lo Sagrado en Tito Sella". Es un artículo en respuesta al de Martesana...».

Yo, obviamente, me había apuntado el de Martesana pero no el de mi mentor.

Para Sacrosanti el uso de referencias religiosas en Sella, y especialmente en las *Hagiografías*, es «tan hiperbólico que resulta paradójico»: es un «agigantamiento grotesco» de lo que constituye su «principal objetivo polémico»; «Sella hace un uso paródico del cristianismo que se asemeja al que don Quijote hace de la literatura caballeresca: una lectura monstruosamente literal, y por lo tanto literalmente monstruosa (como revelan las citas bíblicas, largas y fieles hasta el paroxismo, si no hasta el automatismo y el autismo)»; es decir, lleva a cabo una operación «comparable a la de Kafka en *Carta al padre*: agigantar hasta el exceso, agasajar con un temor reverencial desproporcionado lo que en realidad es exactamente el enemigo de su literatura. Sella venera lo Sagrado exactamente como Kafka venera a su padre: para transformarlo en un enorme fantoche con el fin de derrocarlo con mayor facilidad».

En fin, que estoy empezando a entender un par de cosas: la primera es que si uno quiere comprender a un autor debe leerlo y luego abstenerse de leer a sus críticos. Los críticos empiezan a explicarte que el autor X no dice lo que dice, porque en realidad está haciendo una parodia, una provocación, una antífrasis, una paradoja, un agigantamiento retórico, un uso humorístico, un vuelco irónico, un guiño autoirónico: bajo los embates de las interpretaciones la obra se evapora y puede verse obligada a decir cualquier cosa. El supremo Pasolini, siendo supremo, era capaz de contener en sí mismo tanto al autor como a los exégetas discordantes, y por eso ya se daba por su cuenta dos interpretaciones opuestas e irreconciliables, se libraba una guerra hermenéutica interna: «Estos feos versos los escribí en múltiples registros al mismo tiempo: y por eso están todos "desdoblados", es decir, son irónicos y autocríticos».

Lo segundo que he entendido es que incluso los estudios literarios son, en última instancia, una lucha entre bandas, y que los autores no son más que oportunidades para hacer alarde de las propias, ilimitadas y ególatras habilidades hermenéuticas, que necesariamente deben ser ejercidas contra las ilimitadas y ególatras habilidades hermenéuticas de otros. Por lo tanto, si quieres ser crítico, lo primero que debes hacer es elegir en qué bando estar y alinearte. A menos que enroles en tus filas a alguien como yo, uno de esos que te lanzan andanadas de fuego amigo. Por suerte, desde mi posición, yo apenas puedo disparar balas de fogueo, así que al final pueden estar tranquilos en lo que a mí respecta: me dan una nota mediocre para enseñarme buenas maneras y a otra cosa.

Los pasillos del hospital de Versilia que conducen al departamento de obstetricia son un inmenso cortejo de tetas, un ininterrumpido triunfo de pezones ciclópeos. Al verme desconcertado por esa descarada exhibición de mamas, Letizia me explica que, en deferencia al nuevo dogma de la puericultura, ginecólogos y pediatras de Versilia promueven una grandiosa campaña a favor de la lactancia materna, que adopta las más variadas prácticas, desde veladas coacciones psicológicas a la exposición en los pasillos del hospital de gigantografías de madres que amamantan. Miro las fotos con cierta incomodidad: creo que es la primera vez que los senos femeninos me repelen, y me refugio en el pensamiento de los senos pequeños y aún intactos de Letizia, prometiéndole para mis adentros que nunca la obligaré a tener un hijo, que nunca someteré ese atractivo y proporcionado pecho suyo a una progresiva deformación causada por la boca desdentada de un duendecillo arrugado dispuesto a cualquier desmoronamiento con tal de conseguir comida.

—Buscamos a Gabriel Omar —le digo a la enfermera de la planta. En esto el Maestro ha sido fiel al joven que fue: en el primer año de instituto juró que llamaría a su primer hijo como Batistuta. Ella me mira mal y yo rectifico—: Mastrangeli.

Cuando entramos en la habitación que nos indica, toda decorada con escarapelas de felicitación e infestada de olor a desinfectante mezclado con cuerpos mezclados con leche humana mezclada con recién nacidos, nos quedamos helados.

La primera reacción al ver al infante es como una fuerte bofetada inesperada. Aunque no quedara claro en la foto que nos había mandado esa mañana, en persona el efecto es asombroso. Intercambio una mirada con Letizia y nos entendemos enseguida, pensamos lo mismo: *qué cojones, es clavadito*. Impresionante. Y soy la persona menos fisionomista que conozco. El niño es, sin lugar a dudas, idéntico al ex de Marta. Aunque haya nacido hace menos de doce horas, ya parece distinguirse en él no solo la misma forma de los ojos, no solo el mismo mentón y el inconfundible arco de las cejas, sino también la misma arrogancia de estudiante de la Bocconi que parece restregarte que él es la polla, la misma sonrisita desdeñosa; incluso parece a punto de brotarle su pulcro bigotito y que en cualquier momento podría salirte con su insoportable: «¡Eh, chavalote!».

Nada que objetar a Marta, que quede claro: todos sabíamos que el Maestro y ella estaban rompiendo y reconciliándose constantemente, y que sus momentos de pausa eran territorio franco. Y desde el principio el Maestro dijo que se quedaría con su hijo a ciegas, sin hacer preguntas. El problema es que aquí no hay preguntas que hacer: ese hijo es en sí mismo una respuesta viviente, una respuesta tan inequívoca como errónea.

Durante toda su vida el Maestro oirá que le llama papá quien es sin lugar a dudas hijo de Nando Moroni. Y cada verano, cuando Nando venga a pasar las vacaciones a su casa de Versilia, los dos se encontrarán en el paseo marítimo: Nando con la novia de turno, bronceado y con algunos ostentosos signos de riqueza, y el Maestro cansado, sin blanca y exasperado, mientras patalea y grita en el cochecito un Nandino Moroni, que el padre biológico reconocerá al instante, pensando con satisfacción en haber maximizado los beneficios con el mínimo esfuerzo, hasta el punto de haber traspasado su fúlgida herencia biológica endosando íntegramente los costes al Maestro. Charlarán un rato y Nando Moroni seguramente no perderá la oportunidad de decir lo guapo que es ese niño, antes de volver a un tema en apariencia inofensivo: un campeonato más ganado por la Juventus. Y solo entonces el Maestro se dará cuenta de que el mayor dolor de su vida no son los cuernos que lleva en la cabeza, sino el hecho de haber enfangado el nombre de Batistuta entregándoselo al hijo de un juventino de mierda. Y el pequeño Gabriel Omar será demasiado pequeño para darse cuenta de la suerte que tiene al haber nacido entre los *homo sapiens*, porque en ningún otro grupo de mamíferos su padre adoptivo lo dejaría sobrevivir a semejante afrenta.

Durante casi dos minutos no levanto la cabeza, e incluso improviso algunos de esos ruiditos que hacen los ancianos para comunicarse con los recién nacidos, solo para mantenerme ocupado. Cuando comprendo que ya no es posible posponerlo más, me decido a volver mi mirada al Maestro, y también, de pasada, a Marta. Esos fragmentos de segundo bastan para comunicarnos que ellos también saben, y que son conscientes de que Letizia y yo también somos conscientes.

—¿Qué matrona te ha llevado? —pregunta Letizia rompiendo el sortilegio.

Marta dice un nombre, y menos mal que Letizia la conoce y pueden ponerse a hablar de dilataciones, epidurales, oxitocina, cardiotocografías y episiotomía (que, según me parece entender, es el nombre técnico detrás del cual se esconden los devastadores efectos de la salida de los tres kilos ochocientos de Gabriel Omar del cuerpecito de Marta).

El Maestro y yo permanecemos a la máxima distancia recíproca que nos consiente la habitación del hospital.

He elegido ginebra: una Bombay Sapphire, que me cuesta casi cincuenta euros, pero teniendo en cuenta que he desembolsado veintisiete para regalarle a Gabriel Omar una serpiente de cascabel para el cochecito diría que es más que honesto.

Frente a la casa del Maestro me encuentro con Dario. Lleva una bolsa del supermercado.

—¿Has estado en el hospital? —pregunto.

Él asiente.

—¿Whisky?

—Ginebra. ¿Tú?

—Ron.

—¿Don Papa?

Él asiente de nuevo.

Desde que estamos en la edad en la que los demás dejan de beber, para justificar el hecho de no poder hacer lo mismo hemos empezado a beber cosas más caras. Antes, solíamos gastar tres cuartas partes de nuestras pagas semanales en cervezas nacionales de barril, mientras que hoy gastamos tres cuartas partes de nuestros salarios en botellas de whisky japonés y vino de cebada. Hablamos de ello dándonos aires de entendidos competentes, pero a fin de cuentas el uso que hacemos del alcohol no ha cambiado mucho.

Darío llama. La puerta se abre sin que nadie responda.

En el salón del Maestro hay un televisor encendido y sin volumen con las imágenes de DMAX. El olor a humo rancio impregna el cuarto.

El Maestro está en el sofá, frente al televisor, y sobre la mesa de café hay dos botellas de whisky.

—Anda —dice una voz desde otra habitación.

Un momento después vemos aparecer al Sardo gritando:

—Oye, coge dos vasos más, han llegado Dario y el Gori. —Luego aparece también Franz. Tienen vasos en la mano, un cubo con hielo y dos pizzas grandes ya cortadas. Los dos whiskies, junto con la comida, los han traído ellos de vuelta del hospital.

Empezamos a comer y a servirnos copas pasando de una bebida a otra sin ningún criterio particular. No decimos casi nada.

De vez en cuando algún comentario sobre lo que estamos bebiendo, lanzado únicamente para romper el silencio, que sin embargo solo consigue hacerlo más evidente.

Pero el hecho de que no tengamos nada que decirnos es secundario. Guardamos silencio y bebemos. Esta ha sido siempre nuestra forma de estar cerca unos de otros. El alcohol es nuestra única forma de expresarnos cariño y cercanía. Si a uno de nosotros seis le hace falta apoyo, lo único que sabemos hacer es presentarnos en su casa y ponernos a beber. La única forma de celebrar cumpleaños y aniversarios importantes es volver a reunirnos, tal vez después de meses sin vernos ni mandarnos mensajes de texto, y beber. El único lenguaje de la amistad que conocemos es este. Cuanta más necesidad sentimos de mostrar cariño, más subimos la graduación. No es casualidad que hoy no se le haya ocurrido a nadie traer un licor de hierbas o una cerveza artesanal. Esta noche nuestro amigo necesita un apoyo extraordinario, y un apoyo extraordinario está por encima de los cuarenta grados y, posiblemente, de los diez años de envejecimiento.

Ya arrastramos una tasa de alcohol suficiente como para obligarnos a pasar la noche en casa del Maestro, cuando vuelve a sonar el timbre. Transcurren unos segundos antes de que Dario, que es el que va más sobrio, vaya a abrir la puerta.

El Abogado entra a la casa con camiseta de manga corta, la única vestimenta que conoce, y coloca con estrépito una botella sobre la mesa, al lado de la nuestra. Ajenjo. Dado que vive en una constante hipérbole, si nosotros traemos botellas de cuarenta grados él no puede traer una de menos de setenta. Tomamos una ronda de ajenjo todos juntos y, por extraño que parezca, da la impresión de que la cosa nos despierta.

Luego el Abogado rompe el silencio con su tono de voz exageradamente alto:

—Qué cojones, he estado a puntito de llevarle la botella a Nando Moroni. Me di cuenta en el último momento.

Solo la grosería del Abogado podría decir lo indecible. Esa brutalidad levanta de inmediato el ánimo de todos, especialmente del Maestro, como si por fin le hubiera estallado el bubón y pudiera empezar a respirar de nuevo.

—Escúchame bien —dice el Abogado aprovechando el momento de alivio general—. Ahora voy a decirte una cosa seria, luego te juro que te tomaré el pelo mientras vivas, por esta historia de que has parido al hijo de ese tonto del culo. La cosa seria es esta: tener hijos es cosa de gilipollas. La gente tiene hijos porque no sabe qué cojones hacer, porque cree que tiene quién sabe qué patrimonio genético que salvaguardar o para que sea carne de cañón. No existe ninguna razón honesta para traer un hijo a este mundo. Ninguna. Ya somos demasiados: nos haríamos un favor suicidándonos, en lugar de traer más niños al mundo. Y eso se aplica a todos: incluso a aquellos como el Sardo y Franz que ya lo han hecho. *Tener hijos es de gilipollas*, y punto. Pero en mi opinión lo que estás haciendo, cargar con el hijo de otro, y por la cara, es una cosa preciosa. Una cosa que merece la pena. De gente altruista. Entre otras cosas porque tal vez te salga menos gilipollas que si lo criara su verdadero padre. ¿Está claro? Bien. ¿Preguntas? ¿No? Estupendo. Pues ahora, guapísimo *peazo* de cornudón mío, vete a buscar las cartas para jugar al President-Arschloch.

President-Arschloch es un juego alcohólico que el Abogado importó de un viaje que hizo a Alemania para ver a Rammstein y que sirve principalmente para terminar las noches en coma etílico.

El Maestro, no sé cómo, parece haberse dejado convencer por la arenga del Abogado. Se levanta tambaleándose y se va a buscar las cartas.

—Pero ¿es que has ido al hospital? —le pregunto incrédulo al Abogado cuando el Maestro se aleja.

—El día que yo vaya al hospital, será con los pies por delante.

—Entonces, ¿quién te lo ha dicho?

—Bastaba con mirar la foto que nos ha mandado esta mañana, en lugar de contestar con las caritas sonrientes y los misiles de los huevos. Es clavadito a Nando, el chavalín. Qué cojones, la de risas que me he echado.

Después de más de año y medio de doctorado, es decir, pasado el punto de inflexión de la mitad del camino, puedo decir que, a fin de cuentas, estoy empezando a apañármelas. La beca que me transfieren regularmente a mi cuenta bancaria me deja siempre sorprendido y, si bien es cierto que es un salario de hambre, no deja de ser más de lo que he ganado nunca y, sobre todo, me permite recibir los mismos ingresos que obtienen mis amigos a base de trabajos que requieren levantarse por la mañana, romperse la espalda y drogarse el fin de semana para hacer su *ménage* existencial un poco más tolerable.

Añádase a esto que mi departamento, hasta ahora, me ha parecido libre de uno de los males que aquejan a los doctorados en Italia, a saber, el hecho de que los profesores consideran a menudo a los estudiantes de doctorado como una extensión de ellos mismos, en quienes delegar los aspectos menos placenteros de su trabajo, es decir, clases, exámenes, seminarios, lectura y corrección de tesis, así como utilizarlos en servicios varios, tales como servir de chóferes, montar muebles, acompañar en momentos de soledad u ofrecer prestaciones sexuales. Con Sacrosanti no sucede nada de eso. Ni siquiera circula uno de esos clásicos rumores, verdaderos o falsos, sobre apareamientos con estudiantes o similares. El Ilustrísimo se halla a una distancia sideral de este tipo de rumores. No creo que haya delegado nunca ni una sola clase en uno de sus asistentes, probablemente porque está sinceramente convencido de que privar a los estudiantes de la Universidad de Pisa de una de sus lecciones ha de considerarse algo al nivel de un crimen contra la humanidad. Y seamos realistas: cualquiera que haya asistido a una de sus clases sobre Sciascia, o sobre Gadda *contra* Calvino, o esas otras en las que hace pedazos a Quasimodo verso tras verso, se ve inclinado a compartir tal opinión. Para tesis, exámenes, desplazamientos, así como la gestión de otros asuntos humanos demasiado humanos, es cierto que recurre en ocasiones a algunos de los asistentes/becarios/doctorandos que componen su nutrida corte. Pero en parte porque los cortesanos son muchos y muy solícitos, en parte porque existe un sistema de castas bastante rígido —en el que obviamente yo me hallo en el nivel justo por encima de los parias, es decir, los estudiantes comunes—, al final nunca me ha tocado hacer nada más allá de estudiar, escribir el *paper* de fin de curso y empezar a elucubrar vagos planes para escribir la tesis.

Por lo menos hasta el día en que recibí un correo electrónico con el asunto «X Congreso de Italianística Comparada», que marqué como leído y luego ignoré, como el noventa por ciento de la correspondencia que me llega de la universidad. Sobre todo, porque algo como la Italianística Comparada me parecía una estupidez de tal calibre como para no merecer ulterior indagación, por no hablar de la «X» que habían puesto delante.

Sin embargo —y todavía no entiendo cómo ocurrió—, el caso es que mi falta de respuesta al correo electrónico fue interpretado por el departamento de Italianística y su *dominus* Sacrosanti como una entusiasta aceptación de asumir *casi* al completo la organización del congreso en cuestión.

El *casi* coincide con la entrada en mi vida, junto con la Italianística Comparada, de la Doctoranda Rubia.

La Doctoranda Rubia es una especie de institución mitológica en el departamento: el sentimiento común es que lleva allí desde siempre y que desde siempre ha sido una doctoranda. En una era geológica inconmensurablemente remota, debió de ser estudiante, y en un tiempo igualmente inconcebible se convertirá en otra cosa, becaria, investigadora o conserje acaso, pero lo indudable es que nunca se moverá de aquí, porque es un hecho establecido que su situación existencial no puede verificarse fuera de estas paredes, y es muy dudoso que el propio departamento de Italianística pueda sobrevivir a su eventual alejamiento.

La Doctoranda Rubia es un ejemplar de una subcategoría de estudiantes que, hasta donde yo sé, solo existe en Pisa: los paranormalistas. A la Universidad de Pisa, en efecto, asisten también estudiantes de la gloriosa Scuola Normale, una universidad de ultraexcelencia, y por esta razón bulle de estudiantes brillantísimos y vagamente sobrehumanos que no solo son enciclopédicamente cultos, sino que se sienten y son tratados por todos como si fueran ya catedráticos *in pectore*. Muchos de los catedráticos pisanos formaban parte de esta categoría, entre ellos Sacrosanti, y obviamente los estudiantes más integrados, como el sumo Pier Paolo. Por debajo de ellos (*muy* por debajo) está la masa de estudiantes comunes y corrientes, que a su vez presenta su propia jerarquía interna. Sin entrar en demasiados detalles: en la gama alta están los venidos del sur, que tienen una vida pisana y un contexto cultural y social lo suficientemente estructurado para permitirles estudiar «en el norte», mientras que en la franja inferior se colocan los toscanos de las zonas limítrofes, como yo, que van y vienen a diario, no se involucran en nada y vuelven a refugiarse en sus vidas provincianas en cuanto se pone el sol. Ahora, entre el Olimpo de los normalistas y el inframundo de los estudiantes comunes, existe una categoría intermedia, los llamados paranormalistas: se trata en su mayoría de estudiantes de secundaria con excelentes currículums —ellos dirían *curricula*— que se han presentado al examen para ser admitidos en el Empíreo de la Normale pero no han acabado entre los pocos elegidos, por lo que intentan expiar este pecado original llevando una vida de estudio enclaustrado y de entrega supina a la causa universitaria. Durante una clase es fácil distinguir los tres tipos de estudiantes: los que levantan la mano y hacen miles de preguntas, a veces incluso inteligentes, son los paranormalistas; los que no vienen, o vienen a dormir porque la noche anterior estuvieron ocupados haciendo novatadas a los de primer año y de todos modos sacarán matrícula en el examen, son los normalistas; todos los demás son estudiantes comunes y corrientes.

En mis años universitarios, la Doctoranda Rubia era una de las más logradas encarnaciones del paranormalismo, y creo que su eterno doctorado es también una confirmación de ello. Ahora bien, en un lugar como Francia parece que permanecer como doctorando indefinidamente se considera no solo habitual, sino casi una garantía de seriedad: por debajo de los siete años y de las cuatro mil notas en la tesis doctoral se te considera un zarrapastroso, o, por decirlo a la francesa, un italiano. Aquí, en cambio, rigen los plazos fijos: el doctorado dura tres años, que luego se convierten efectivamente en cuatro a la espera de la defensa de la tesis, y pueden llegar a cinco en caso de prórroga (y en casos muy especiales y circunstanciales, puede concederse una segunda prórroga, si bien con notable renuencia). Por lo tanto, resulta un misterio cómo es posible seguir siendo estudiante de doctorado *ad libitum*, como parece haber logrado la Doctoranda Rubia.

Cuando en octubre me convocó el Ilustrísimo a su despacho para encargarme oficialmente «supervisar» la organización del congreso que patrocinaba (concebido hacía diez años como una especie de sello del inmenso poder que había alcanzado), confieso que me sentí halagado. Él mismo, a pesar de estar convencido de que yo ya sabía de qué se trataba y de lo prestigioso que era el asunto, se aseguró de hacerme saber que había movido Roma con Santiago para traer el congreso a Pisa en su décimo aniversario, y el hecho de que lo hubiera logrado significaba que todavía era él quien tenía la sartén por el mango en el mundo de la Italianística: por lo tanto, todo tenía que hacerse con gran pompa. Y para ello contaba conmigo.

Le dije que yo nunca había sobresalido en materia de organización, y me dijo que no me preocupara, que tendría a mi lado a una campeona del sector: «Linda, imagino que la conocerá». No conocía a ninguna Linda, pero tan pronto como descubrí que bajo ese nombre inofensivo se escondía la Doctoranda Rubia, supe que me habían tendido una trampa.

La primera impresión que tuve al entrar en el despacho de un profesor en año sabático que había sido adaptado como centro logístico para la organización del congreso fue la de ser Anne Hathaway en *El diablo viste de Prada*, uno de los clásicos ineludibles de Letizia: me hallaba completamente fuera de lugar y lejos de tener siquiera una remota idea de cuáles eran las habilidades mínimas requeridas para lo que me disponía a hacer. Hay que decir que la Doctoranda Rubia me recibió muy afectuosamente, insistiendo en que no me preocupara si al principio no me enteraba de nada y que le preguntara cualquier duda: con la experiencia de dos congresos ya organizados, «me enseñaría el oficio».

«Se aprende más organizando un congreso que en diez años de investigación» afirmó. Me pareció una frase bonita, un poco enfática quizá, pero animada por un buen propósito: hacerme creer que no desperdiciaría los próximos tres meses de mi vida. Descubrí, sin embargo, que se trataba en realidad de su forma estándar de comunicación: declaraciones perentorias, vagamente pomposas, destinadas a sugerir que goza de un conocimiento del mundo que, sin embargo, se ve contradicho a menudo por los hechos. En nuestros interminables días juntos le oí hacer decenas de predicciones sobre lo que diría Fulano o respondería Mengano, todas ellas invariablemente desmentidas por los hechos, sin que ello la hiciera pensar jamás que tal vez fuera cuestión de dejarse de predicciones. Para ser honestos, sin embargo, he de reconocer que en aquella primera ocasión no incurrió en una de sus fanfarronadas gratuitas: era cierto que en esos tres meses llegaría a entender más que en años de investigación.

Comprendería, en particular, que la universidad es un mundo psicótico afectado por una grave carencia de percepción de la realidad, poblado por individuos con una fama extremadamente acotada (algunas microáreas de su microcampo de especialización), que operan en un sector marginal y absolutamente indigente como es la cultura, y que, pese a todo, se sienten estrellas de rock y tienen egos y comportamientos acordes con tal convicción. Gente que sacude la cabeza con incredulidad al darse cuenta de que su *La métrica en la poesía vernácula italiana entre los siglos* XIX *y* XX se vende menos que el último premio Strega. Gente que te pide seriamente que le compres dos billetes de primera clase desde Nueva York para permitirle a él asistir al congreso y a su compañero argentino ver por fin Europa. Gente que te pide que les mandes un taxi a recogerlos a Pavía porque no les gusta viajar en tren, con los sujetos que merodean por ahí. Gente que no te lo dice, pero te da a entender que «usted no sabe con quién está hablando» y que no se da cuenta de que efectivamente no lo sabes, lo que debería ser suficiente para bajarles los humos, en lugar de considerarlo un defecto imperdonable por mi parte.

Uno de los problemas de Linda, en cambio, no es solo el de secundar los delirios de omnipotencia de estos campeones de la tercera edad (lo cual es comprensible, si quieres llegar al final del día sin que veinte personas te manden educadamente a tomar por culo, como tiene por costumbre sucederme a mí), sino el de reconocerles *en serio* el mismo crédito que ellos se dan a sí mismos, con lo que acaba por alimentar tanto delirio. Para ella todos son genios, todos eminencias, todos maestros indiscutibles e inalcanzables («de nivel mundial», es una de sus expresiones favoritas, con la que le gustaría hacerme tragar la píldora de que existe un «nivel mundial» de expertos en la obra de Gesualdo

Bufalino, cuando, dado que habrá tres en total, no entrar en el «nivel mundial» equivale esencialmente a no existir). Linda cita sus obras con sincera admiración (al parecer los ha leído a todos: quizá por eso aún no haya tenido tiempo de escribir su propia tesis), desgrana una tras otra las universidades donde han estado y las huellas que han dejado en la historia de la cultura italiana. Podría pasarse toda una tarde hablando de un oscuro profesor asociado de la Universidad del Piamonte Oriental con una consistente bibliografía de referencia; y no solo es capaz de hacerlo, sino que, si le das pie a ello, o cualquier cosa que ella pueda interpretar como tal, lo hará. Y, con su corazón de oro, no guarda una palabra crítica para nadie: idolatra a todos indiscriminadamente, y por eso no encuentra excesivas ninguna de sus peticiones. Según ella, por ejemplo, Bricca tiene todo el derecho a exigir que no se oiga el tañido de las campanas desde la habitación del hotel, ya que siempre ha sido un anticlerical militante, olvidando, sin embargo, que está alojado en el centro de una ciudad medieval italiana, donde simplemente *no hay* una sola habitación que no esté a dos pasos de una iglesia; y es del todo legítimo que De Santis pida que le sirvan el desayuno a las cinco de la manana porque para él esas son las horas más productivas de la jornada.

Durante los primeros días Linda me explicó con todo lujo de detalles cómo debía redactar los correos electrónicos, con expresiones almidonadas propias de los códigos diplomáticos del siglo XVIII y fórmulas de respeto que le habrían parecido excesivas hasta a Baldassarre Castiglione. Siguiendo un arcaico uso italiano, me hacía poner letras mayúsculas en medio de las palabras («deseándoLe», «ofreciéndoOs»), prohibía todo tipo de abreviaturas y me corregía todo lo que escribía con perífrasis bizantinas que hacían las frases enormemente difíciles de descifrar. Una vez me corrigió «*auspici*», palabra que me parecía sacada de un monumento de la época fascista, y lo suficientemente obsoleta por lo tanto como para complacerla, con «*auspicî*», haciéndome descubrir que ese acento también puede utilizarse en italiano; otra vez se puso como una hiena porque yo había encabezado el correo a Esther Luzzatto con «Estimada», y todavía sigo sin entender por qué.

Los profesores, por su parte, respondían expeditivamente, con errores de mecanografía, puntuación aproximada y sin acentos circunflejos, centrándose sobre todo en la imposición de condiciones y peticiones estrafalarias. A pesar de los pesares, nosotros no nos rendíamos y seguíamos tratando a todos con una impecable etiqueta propia del salón de los Guermantes.

Cuando empecé a tener la sensación de que estaba dominando el trabajo con dignidad y a sentir que Linda comenzaba a considerarme un poco más como un compañero de equipo y un poco menos como una bola encadenada al pie, me relajé. En ese momento, por supuesto, cometí mi mayor error.

—Oye, ¿te acuerdas de Morelli?

—Uh —me contestó sin apartar la vista de la pantalla.

—Me dijiste que no vendría, que acaba de operarse de la próstata y que es un misántropo que deserta de los congresos.

—Lo confirmo.

—Pues oye esto en cambio: «Estimadísimo doctor Gori», que se supone que soy yo, «esta invitación me toma por sorpresa por lo que me honra en ulterior medida. Estaré encantado de participar en el congreso y de bajar a discutir mis tesis *in lacum leonum*. Antes de la fecha que me indica, le comunicaré con mayor precisión el tema de mi ponencia, que sin embargo ya puedo anticipar se centrará en Giovanni Papini: por lo demás imagino que mi reciente monografía sobre su obra es la causa a la que debo esta inesperada invitación». Conque prostatitis, ¿eh?, ¡este ya tiene lista su intervención!

—Pero ¿qué dices? Si Morelli nunca ha escrito nada sobre Pa... —Ni siquiera terminó la frase, de lo concentrada que estaba palideciendo—. Marcello, no le habrás escrito a Pietro Morelli, dime que no.

—p.morelli@unimacerata.it: ¿es él?

—¿Has escrito a *Pietro* Morelli?

—Sí: lo tenía en la lista que me diste.

—No: en la lista tenías a *Paolo* Morelli, el leopardista.

—Y qué cojones sé yo si este estudia a Leopardi o a Parini. Parini también es un escritor italiano, ¿no?

—Papini, que no tiene nada que ver con Parini. Y se suponía que ibas a invitar a Paolo Morelli, de la Universidad Estatal de Milán, no a Pietro Morelli, de la Universidad de Macerata.

—Bah, me pareció que ponía Pietro. Lo busqué, vi que da clases de Literatura Italiana Contemporánea. Bueno, invitémoslos a ambos, no creo que haya overbooking.

—Pedazo de idiota, Morelli encaja en este congreso como Obama en un mitin del Ku Klux Klan... —típico de Linda, hacer comparaciones pretenciosas y hasta un poco forzadas—, ... o como tú en este departamento. Es un ultracatólico medio fascista y aquí todo el mundo es de izquierdas. Y sobre todo es del círculo de Martesana.

—¡El archienemigo de Sacrosanti!

—¡No te hagas el idiota!

—¿Y qué hacemos ahora? No puedo decirle que me he equivocado y que le retiramos la invitación.

—No, tú ya no tienes que hacer nada, antes de que me lo estropees más todo. Ya le había dicho yo a Sacrosanti que podía encargarme sola y en cambio se empeñó en endosarme a un *minus habens* que ni siquiera sabe quién es Paolo Morelli. Joder, *Adicción y revolución* es un libro que han traducido a quince idiomas. Todo el mundo lo ha leído menos tú.

—Ah, caramba, ese Morelli... —fingí, pero por la forma en que me miró supe que no se lo había tragado.

—La única esperanza es que estire la pata antes del congreso.

Por un momento me pareció verosímil que esperara de verdad que el eximio Morelli Pietro la palmara antes del congreso y nos salvara así de la vergüenza. Luego llamó a Sacrosanti para advertirle del desastre que yo acababa de provocar.

La respuesta de Sacrosanti, después de que Linda le explicara la situación con una mezcla de contrición personal y desprecio hacia mí, fue la siguiente:

—Me parece una excelente noticia. Nunca pensé que aceptaría, si no te hubiera dicho que lo invitaras. Es un gran maestro y un relevante estudioso. De hecho, daremos una óptima impresión al contar con su presencia. Os diré más: ponedlo en la sesión plenaria del último día junto con mi intervención.

—Es decir, ¿quiere que saquemos a Franco De Arcangelis de la plenaria? —dijo Linda sin ocultar su tono escandalizado.

—Sí, lo meteremos en la apertura junto con Capranica.

No sé qué la ofendió más, si mi error, el que Sacrosanti en lugar de patearme el trasero estuviera tan tranquilo o la degradación de Franco De Arcangelis.

Pero el *affaire* Morelli no fue nada comparado con lo que ocurrió unos días después. Yo, sinceramente, creí que Linda iba a desplomarse por los suelos. Fue cuando llamamos a los hoteles para hacer las reservas, según una rígida división jerárquico-cromática. Los invitados rojos —los que venían del extranjero, las eminencias de la Italianística (sic) y los que gozaban de la estima o la amistad del Ilustrísimo— debían alojarse en el Excelsior; a los invitados amarillos —los catedráticos que por razones no del todo claras para mí no accedían al estatus de lumbreras— había que ponerlos en el Palace; los verdes —el resto de integrados, es decir, los que tenían contrato fijo en la universidad— acababan en el Safari; mientras que los blancos —doctorandos y posdoctorandos— tenían que hacer de okupas en el suelo de algún colega pisano o pagarse de su propio bolsillo una cama en el dormitorio común de algún albergue. El origen de esta subdivisión se perdía en la noche de los tiempos y se consideraba inmutable: cualquier congreso de la universidad pisana la respetaba religiosamente.

Como se trataba de un congreso que se celebraba en el periodo prenavideño, nos habían invitado encarecidamente a reservar alojamiento con la suficiente antelación, por lo que ya a principios de noviembre nos pusimos en contacto con los hoteles. Que, sin embargo, ya no tenían sitio. Como estábamos todos ensimismados pensando que la Italianística comparada era el ombligo del mundo, no habíamos dado importancia al hecho de que, la misma semana del congreso, Bob Dylan ofrecería cinco recitales en el Teatro Verdi de Pisa a setecientos cincuenta euros la entrada, más otro en el centro social ocupado Teatro Rossi Aperto, gratuito. Las entradas se agotaron en un nanosegundo y los acaudalados exhipsters de toda la Toscana habían reservado su alojamiento en los hoteles del centro histórico.

Linda, pisana de pura cepa y muy integrada en el tejido social de la ciudad, intentó remover cielo y tierra, contactando con amigos de la familia, concejalas que habían jugado en el mismo equipo de voleibol que ella y directores de hotel que eran antiguos compañeros de secundaria, consiguiendo sacarles una muy digna solución de compromiso que permitía alojarlos a todos en el centro histórico e incluso sin salirse del presupuesto a pesar de haber colocado a los invitados rojos en el Relais Pendente, un hotel del que normalmente se ve salir casi exclusivamente a estrellas estadounidenses y jerarcas rusos.

Solo después de haberse metido triunfalmente el plan B en el bolsillo, Linda se tomó la libertad de llamar al Ilustrísimo para explicarle la situación. Yo estuve presente durante la llamada telefónica y puedo jurar que después de escuchar la profesionalidad y eficiencia con la que ilustraba sus gestiones a Sacrosanti, con una retahíla de fechas, precios y detalles superfluos, *todo de memoria*, en lo que a mí respecta, estaba lista para ser la productora ejecutiva de la próxima película de Nolan.

En lo que respecta al profesor, en cambio, la respuesta fue:

—De eso ni hablar. —Después de dejar pasar unos largos segundos de silencio para que se escuchara el sonido del corazón de Linda desmoronándose, añadió—: Has hecho un gran trabajo, Linda... —otra pequeña pausa, con la anexa esperanza de que en realidad el excelente trabajo obtuviera su aprobación— ... pero de eso ni hablar.

—Pero... Entonces... Es que ya no sé realmente.... —Era la primera vez que la infatigable labia de Linda flaqueaba.

—No te preocupes. Ya veo yo lo que puedo hacer.

Linda colgó.

—¿Y entonces? —pregunté, fingiendo que no lo había oído todo.

—Dice que ya se encarga él.

—¿De qué?

—De resolverlo.

—Venga, ¿y qué va a hacer? ¿Llamar a Bob Dylan y pedirle que posponga los conciertos?

Linda no contestó, pero en algún rincón remoto de su cerebro me pareció que su fe en la omnipotencia de Sacrosanti no excluía siquiera tal eventualidad. Puede que Bob Dylan haya ganado el Nobel, pero Sacrosanti tiene el poder de vapulear a esa gente, a los Nobel. Si lo hacía en clase con Quasimodo, también podía hacerlo con ese buscavidas de Greenwich Village.

Me sentí obligado a asumir el papel del Principio de la Realidad:

—En mi opinión, mañana te llamará y te dirá que tu plan B está bien; que, para ser honesto, es incluso mejor que el plan A.

No solo no apreció mi intento de consolarla, sino que me miró como si le hubiera dicho que me parecía que había ganado algo de peso.

Sacrosanti volvió a llamarnos dos horas más tarde.

—He encontrado la solución —dijo con un aire decididamente más jovial—. Algunas de las habitaciones del Excelsior están reservadas para el encuentro anual de Filología Románica.

Ni siquiera esperó a que Linda hiciera un gesto de asentimiento de cabeza antes de colgar. Mi compañera parecía un poco perpleja.

—Será que van a dejarnos las habitaciones que han reservado y trasladarán a sus invitados a otra parte —aventuré.

—¿Los filólogos?

—Claro, los filólogos. Al fin y al cabo, digo yo, son colegas de los italianistas y forman parte del mismo departamento: seguro que nos echan una mano.

Si no fuera, me explicó Linda, porque resultaba más probable que China reconociera a Taiwán o —cambió de ejemplo, viendo que el primero me dejaba un poco frío— que los eternamente enemistados habitantes de Pisa y Livorno hicieran las paces. Y eso porque, dentro del departamento, los filólogos y los de estudios literarios eran dos cárteles rivales.

—Entiendo —intenté abreviar— al estilo de Sacrosanti contra Martesana.

—Es algo completamente diferente —me dijo—. Entre sacrosantianos y martesianos hay rivalidad desde todos los puntos de vista: intelectual, político, cultural. Pero se estiman mutuamente. Cuando Sacrosanti lee un ensayo de Martesana, no puede dejar de admirarlo, aunque sus conclusiones le repugnen y ya esté pensando en cómo contrarrestarlo. Pero son adversarios que se reconocen mutuamente una grandeza distintiva. Es decir, Martesana está contento de que su rival sea Sacrosanti, porque se garantizan un choque de muy alto nivel. Aquiles y Héctor, por así decirlo.

—Aquiles y Héctor —repetí.

—Con los filólogos la historia es completamente diferente.

—Porque no se respetan.

—Peor aún: se desprecian.

—¿Hasta ese punto?

—Sí. Pero de maneras muy diferentes. Son más David y Goliat.

—¿Y quién se supone que es Goliat?

—Somos nosotros.

—¿Nosotros?

—Los de estudios literarios.

—¿Los malos somos nosotros?

—Sí. Según ellos, sí.

—¿Y por qué?

—Porque tenemos el departamento en nuestras manos. Tenemos más fondos, las clases abarrotadas, nos invitan a viajar por el mundo, escribimos en los periódicos, somos nombres conocidos, se habla de nuestros libros y a veces incluso aparecemos en televisión. Somos los hermanos *cool*.

—¿*Cool*? ¿Nosotros?

—A ver, que estamos hablando del departamento de Letras, no de Hollywood; pero aquí también hay hijos e hijastros. Y nosotros, los literatos, somos los guay.

—Y los filólogos son los pringados.

—Son los empollones: los sabelotodo que envidian la vida de los demás. Encerrados en sus cuartuchos húmedos, revisan hasta el infinito las lecciones, las variantes, las notas, los aparatos críticos. Están convencidos de que son los guardianes de la Sabiduría Antigua del mundo de las letras y de que los de Literatura son personajes poco de fiar que engañan a la gente con sus palabras fascinantes pero superficiales. ¿Has oído hablar del barbaresco?

—¿El vino?

Linda resopló.

—No, el del Palio de Siena.

—La primera vez que lo oigo.

—Es el fulano que cuida del caballo que correrá en el Palio. El barbaresco le dedica meses de atenciones y todos los cuidados posibles, y luego al final llega el jockey y lo monta llevándose toda la atención y toda la gloria. Pues eso, así se sienten ellos: como los que hacen todo el trabajo oscuro entre bambalinas para luego ver llegar a los de literatura, que escriben un articulillo del que todos hablan y que hace que todas las chicas melindrosas se apasionen por la literatura.

—Como tú.

—Y como tú.

—¿Y de qué lado están los de Lingüística? —pregunté, pues estaba empezando a interesarme.

—Esos son otra historia diferente. Los lingüistas se consideran superiores tanto a los italianistas como a los filólogos. Como la lingüística tiene algunos aspectos científicos y difíciles, que actúan como barrera para los más idiotas, se sienten como los hermanos inteligentes. Según su punto de vista, los filólogos son tontos pedantes, mientras que los italianistas son tontos mariposeadores. Sin embargo, al ser los hermanos inteligentes, todos los respetan: los filólogos hacen muñecos vudú con la esperanza de ver capitular a Sacrosanti, por ejemplo, pero también veneran a un lingüista como Luca Serianni. El caso es que los lingüistas nos preocupan hasta cierto punto, ya que para no confundirse con nuestras escaramuzas se han creado un departamento por su cuenta.

—Y los filólogos acabaron en el nuestro.

—Exacto.

—Pero nos odian.

—La mayor diversión para ellos es rebatir los artículos de los italianistas con doctas referencias textuales, en los que se dan codazos con sus colegas con tal de mofarse de gente como Sacrosanti, sintiéndose los paladines de la Justicia y la Verdad en la literatura. Dicho esto, hace toda una vida que el lobby italianista (nos llaman «los comparativistas» pensando que es un insulto, no me preguntes por qué) no les concede ninguna plaza de investigador ni les deja siquiera una mísera beca de investigación, de manera que tal vez sea comprensible que nos la tengan jurada.

—Lo entiendo: en definitiva, es imposible que aplacen su reunión anual para hacernos un hueco.

Linda se quedó pensativa.

—En mi opinión la han organizado a mediados de diciembre *precisamente* para jodernos.

Por razones que no me quedan del todo claras, a mi madre siempre le cae en Navidad el engorro de cocinar para un hatajo de tíos y tíos abuelos que comparten una serie de características: todos son varones no acompañados (por lo tanto, incapaces de echar una mano), hiperexigentes y agilipollados. Un par de ellos son en realidad parientes paternos, que no se han dejado desanimar, pese a todo, por el divorcio de mis padres y siguen viniendo a vernos en Navidad. El tío Eugenio se dirige a mí llamándome por el nombre de mi padre, pero estoy bastante seguro de que empezó a hacerlo con el fin de tener una excusa para no seguir dándome el sobre con los cincuenta euros que me regalaba hasta hace unos años; el tío Gianni nunca me ha dado ningún sobre, pero a estas alturas, cuando me confunde con mi padre, lo felicito por lo mucho que ha logrado acercarse a mi verdadera identidad.

El caso es que a medida que se acercan las fiestas mi madre pierde totalmente su aplomo y su innata sumisión y esparce a su alrededor el rencor purísimo que ha destilado en los doce meses anteriores; la semana pasada, por ejemplo, oí claramente cómo se le escapaba una blasfemia después de haber tenido que volver a modificar el menú debido a una nueva intolerancia alimentaria del tío Eugenio, quien a los ochenta y cinco años ha descubierto que es celiaco (el tío Eugenio es un obstinado coleccionista de dolencias imaginarias, cuando está más sano que una pera y convencido de que la producción de enfermedades ficticias lo protege de las reales).

Con todo, lo que he podido constatar a lo largo de un par de décadas es que, una vez llegada la mañana del día de Navidad, la situación se apacigua de repente: todo está listo, el furor organizativo se diluye y las fiestas adquieren ese aire mágico precisamente en virtud del hecho de que marcan, en última instancia, el final del periodo de mierda que las precede.

Inconscientemente, creo que me imaginé el X Congreso de Italianística Comparada en esta línea, pensando que una vez que llegara el primer día del congreso podría relajarme por fin, e incluso encontrar unas horas para revisar y ensayar mi intervención. Tal vez como regalito de compensación por toda la mano de obra gratuita, Sacrosanti ha incluido una «comunicación» por mi parte en un «panel» junto con Linda y la profesora Luzzatto, una amiga del Ilustrísimo que cree en la juventud y se presta con gusto a actuar como *discussant* de las intervenciones de los novatos, además de su muy seguida *lectio magistralis*. Así que me tuve que inventar de la nada una miniconferencia de veinte minutos, esta vez teniendo más cuidado de no alinearme con interpretaciones del equipo rival y de no pisar los callos a nadie.

Lamentablemente, el inicio del congreso no trae consigo ningún efecto navideño, sino todo lo contrario. No solo la organización ha constituido un torbellino imparable, sino que, una vez que el congreso se acerca para dar comienzo por fin, las cosas, en lugar de sosegarse, empiezan a acelerarse. Las intervenciones están programadas de miércoles a domingo, y los distintos profesores se van presentando en oleadas a partir del lunes y no dejan de llegar hasta el sábado.

En pocas palabras, me he transformado de organizador en *runner*, un eufemismo para «esclavo». Mi papel consiste principalmente en servir de conductor a quienes llegan al aeropuerto, obviamente con mi propio coche (es decir, el de mi madre) y con mi gasolina (en un momento dado, Valeria, la secretaria-monarca del departamento, me dijo que me reembolsarían cien euros en vales de gasolina, dentro de un número de meses indeterminado y siempre que fuera capaz de conservar los recibos). Dios salve al diseñador del aeropuerto internacional de Pisa, que tuvo la espléndida idea de construirlo prácticamente al lado de la torre inclinada, de modo que puedo limitar al mínimo el rato embarazoso que tengo que pasar con los profesores (algunos de ellos extranjeros, con los que intento hacer alarde de mi inglés de camarero, antes de descubrir, una y otra vez, que todos hablan italiano) mientras trato de disimular que no sé quiénes son. Por desgracia, en algunos casos, para ahorrar dinero la organización (es decir, yo) ha sacado vuelos con llegada y salida en Florencia, sin pensar que lo que la universidad ahorraba en billetes de avión tendría que pagarlo yo en gasolina y peajes (aunque he de decir que en un par de casos se inmoló Linda, que según mis cálculos durante los días del congreso no habrá dormido más de cinco horas en total; e incluso Pier Paolo en una ocasión, pero solo porque llegaba una francesa con la que le venía bien pasar una hora en el coche cara a cara discutiendo de becas posdoctorales en la École des Hautes Études de Sonquats).

El sábado por la mañana, muy temprano, por fin, está previsto el panel en el que participaremos Linda y yo junto con la profesora Luzzatto, una mujer muy elegante y casi altiva, que parece encarnar el arquetipo de la *sciura* milanesa de los años sesenta, con su labia refinada y una franqueza que descoloca.

Cuando nos sentamos detrás de la mesa con las botellas de agua y los micrófonos ornamentales (estamos en una salita de treinta asientos apenas), hay un puñado de personas entre el público, lo cual me parece estupendo: no olvidemos que no deja de ser mi primera comunicación en un congreso, y también que la afronto con la certeza matemática de ser el menos blasonado de los presentes. Constato con un ochenta por ciento de alivio y un veinte por ciento de decepción que no ha venido a escucharnos ninguno de los mandamases, a excepción de Sacrosanti, que nunca falta a las intervenciones de sus protegidos. Debo decir también que tengo la impresión de que con el tiempo se ha ido ablandando conmigo, que poco a poco me ha perdonado mi paso en falso del *paper* de fin de curso y hasta el pecado original de haber ganado una beca de doctorado que no me correspondía. A veces, en lugar de doctor Gori, se deja llevar y me llama Marcello, con el efecto de derretirme; obviamente todavía no tengo derecho a llamarlo por su nombre, pero ni siquiera anhelo esa intimidad casi blasfema.

Verlo allí, sentado en primera fila, con una actitud en la que conviven sin esfuerzo autoridad y afabilidad, estatura divina y accesibilidad humana, me lo hace particularmente fraternal: su presencia no solo no me inquieta, sino que me tranquiliza. Me siento feliz de que sea mi tutor académico. Lo miro y vivo una epifanía: veo a Mourinho. Por fin entiendo lo que siempre me ha fascinado de él: Sacrosanti es el Mourinho de la literatura italiana. Es el entrenador que te desuella el trasero en cada entrenamiento, que exige lo que estás convencido de que no puedes darle, pero que cuando llega el momento del partido interpone sus anchos hombros entre el mundo y tú, para subrayar que eres su protegido y que nadie puede tocarte si no quiere vérselas con él. Haber dado a luz esta esclarecedora comparación me hace sentir muy inteligente y me da aún más determinación. Lo único que siento es no poder compartirlo: en esa sala no creo que nadie tenga la menor idea de quién es Mourinho, y en cualquier caso no entenderían la generosidad de atraer sobre sí todos los dardos para proteger a sus subordinados, de servir de escudo a sus cachorros con su propio cuerpo. Hacerse el duro para cuidar de los demás, ser egoísta por altruismo: dudo que las mentes de estas lumbreras puedan comprender su grandeza. Quizá el único que podría entenderlo, cuya mente omnisciente sería capaz de penetrar el misterio jubiloso de Mou, sea precisamente su reencarnación académica: el Ilustrísimo. Nuestras miradas se encuentran y por un momento rozo una idea embelesadora: si Mourinho ha triunfado en la imposible tarea de hacer que el Inter gane una Liga de Campeones, tal vez Sacrosanti triunfe en la imposible tarea de convertirme en un estudioso respetable.

Estoy absolutamente seguro de que Sacrosanti *no* me ha guiñado un ojo en ese momento, pero sería capaz de jurar que le he visto hacerlo.

Aparte del Ilustrísimo, en la sala hay sobre todo estudiantes de la Universidad de Pisa, y quizá también algunos de esos desquiciados que acuden a los congresos de literatura con el mismo espíritu de fanclub con el que algunos de sus coetáneos se disfrazan de Harley Quinn para hacer de *cosplayers* en el festival Lucca Comix. Entre sus rostros demacrados destaca también un caballero alto y sombrío, con un rostro que parece toscamente modelado en arcilla —y a quien Sacrosanti ha saludado con gran efusividad—, y una muchacha cuya presencia apenas cinco minutos antes me habría enfurecido, dado que le había dicho explícitamente que no viniera, pero que ahora, tras el metafísico guiño de Sacrosancti, me alegro de ver: Letizia. Le agradezco que haya encontrado una manera de violar de una sola tacada tanto mi *diktat* como su inflexible compromiso académico, que haya hecho novillos en el servicio para desobedecerme y se haya escabullido del augusto hospital universitario hasta la salita donde estoy a punto de pronunciar mi primera microconferencia.

Antes que yo, sin embargo, es el turno de Linda, y ya se encarga ella de que mi ansiedad regrese de golpe. Su ponencia se titula «Michele Mari: por una literatura regresiva», y me ha hablado a menudo de ella, en estos meses que hemos pasado juntos, convenciéndome de que es una intervención excelente («digna de ser publicada») y también muy interesante por los innovadores instrumentos interpretativos que utiliza. Por si alguien no lo sabe, Michele Mari es «el mayor autor italiano vivo», al menos en opinión de Linda (en cuya cabeza, sin embargo, en el escalón más alto de cualquier podio siempre caben muchas personas), y es a su obra a la que dedica su famosa tesis doctoral de la que todo el mundo habla (especialmente ella) pero de la que nadie ha leído nunca una línea. Además, con un tono bravucón e ingenioso a la vez, que no sospechaba en ella, ha querido interpretar en su ponencia la poética de Mari con la clave de lectura freudiana de la analidad: en un primer momento pretendía que su comunicación se titulara «Michele Mari: por un literatura anal», pero Sacrosanti le dijo amablemente que sí, que los cojones iba a permitir que el término «anal» compareciera en el cartel de su congreso, y le había propuesto el término —igualmente apropiado, pero un poco más fino— de «regresivo». Ella aceptó (no es que tuviera alternativa), pero no ha renunciado a centrar su lectura en la cuestión de la analidad, sorprendiéndome tanto por su audacia como por su testarudez.

Así pues, resulta comprensible que me quede un poco perplejo cuando veo que aquel imparable tanque de repente se pone blanco y balbucea sonidos incomprensibles. Un momento antes de empezar a hablar me mira con ojos aterrorizados y tartamudea: «No me lo puedo creer». No entiendo qué es lo que no puede creerse y, sobre todo, no entiendo nada de su comunicación. Son veinte minutos atroces, en los que lee su discurso casi en un susurro, prácticamente escondida detrás de sus papeles, evitando decir «analidad» o «anal» y sustituyéndolos sobre la marcha por «regresión» y «regresivo», hasta el punto de que en un determinado momento sostiene que Freud dividía el desarrollo sexual infantil en «fase oral, fase genital y fase regresiva».

Después de la experiencia del discurso de Linda, pienso que, pase lo que pase, a menos que rocíe con vómito a todos los presentes, mi conferencia no puede ser de ninguna manera la más catastrófica del congreso, ni tampoco la más memorable.

Mi ponencia se titula «Oblómov y Rocky: lectura de Tito Sella», y trata sobre su novela menos conocida: *El sabor de la nieve*, su anómalo texto sobre la Resistencia. Mi íncipit es razonablemente cautivador: «Lo primero que uno se pregunta al abordar la novela *El sabor de la nieve* es por qué tuvo una acogida tan unánimemente desastrosa». He reescrito este arranque varias veces y al final estoy muy satisfecho con él: las historias de desastres siempre gustan.

En cualquier caso, no me he inventado nada: la novela fue recibida con un coro de críticas negativas. Cuando se publicó en 1986, Tito Sella era bastante famoso, en parte por cuestiones políticas y en parte porque era un intelectual consagrado, cuyo libro anterior, *Hagiografías infames*, había obtenido un cierto éxito de público y había recibido excelentes críticas.

Así que de verdad tenía que meter la pata muy a fondo con su segundo libro para que fuera tan mal recibido. Y lo logró por completo.

Desde el punto de vista del público, podría haber sido predecible: los años ochenta estaban en su apogeo, a la derecha se había dejado de recurrir al TNT y a la izquierda al plomo, y en lo único en lo que pensaba todo el mundo era en enterrar lo antes posible los años setenta para poder divertirse por fin sin cuestiones políticas que tocaran los cojones, cardarse el pelo, ver a mujeres ligeras de ropa en las cadenas privadas y pagar su peso en oro por vestidos con hombreras. La Unión Soviética estaba al borde de la implosión y la gente consideraba gafado todo lo que sonara a comunista, especialmente después de la salida de escena de Berlinguer. En resumen, era bastante natural que para el público de los programas televisivos de Berlusconi una novela que cuenta la historia de la lucha partisana en los Alpes Apuanos pareciera la nota discordante de un cenizo que solo aspira a estropear una fiesta largamente esperada.

Pero lo más sorprendente es cómo el libro fue capaz de no gustar ni siquiera en los círculos cultos, intelectuales y militantes.

Los miembros del PCI, a quienes siempre les había parecido escandaloso que los terroristas se presentaran como los verdaderos herederos de la Resistencia, consideraron abiertamente provocativo que un antiguo terrorista se inclinara por escribir una novela partisana, una suerte de ultraje gratuito para la memoria de la resistencia compartida por todo el arco parlamentario; a la izquierda del partido, en cambio, fue mal tolerada la «ostentosa y estéril estetización» de la Resistencia, cuando no su «sesgo posmoderno» (como dijo el periódico *Il manifesto*), la historia fragmentada en una multiplicidad de puntos de vista, la ambigüedad moral de los protagonistas y los flagrantes anacronismos: los partisanos conducen un Renault 4, escuchan a los Rolling Stones en las Brigadas Garibaldi, a los Beatles en las Brigadas Matteotti y a Pink Floyd en las Brigadas Justicia y Libertad, pero luego cantan a coro canciones de Lucio Battisti. «Gratuitamente barroco y desprovisto de todo impulso ideal», lo fulminó el crítico militante Goffredo Fofi, resumiendo admirablemente los sentimientos de toda la intelectualidad de la izquierda radical.

Para que alguien empezara a tomarse en serio la novela hubo que esperar a los estudios de Martesana y Sacrosanti veinte años más tarde, quienes, con todo, en su esfuerzo de recuperación de este escritor de segunda categoría favorecieron sobre todo las *Hagiografías* y las *Trashumancias* —el texto sobre migraciones basado en el mismo modelo—, considerando *El sabor de la nieve* como una suerte de paso en falso.

La tesis de mi comunicación es esta: los puntos débiles de la novela de Sella, aquellos que llevaron a los críticos a despreciarla y descartarla, son exactamente las razones por las que vale la pena leerla, y la convierten, en su imperfección y también en su desmaña, en su texto fundamental.

Su secuencia inicial, escribe un reseñista de *La Repubblica*, «parece más salida de la película de Roberto Benigni *Berlinguer, te quiero*, que de una novela sobre la Resistencia». La novela, que transcurre en un solo día del verano de 1944 y sigue las líneas narrativas entrelazadas de varios personajes en las montañas de Versilia, se abre con un chico, «poco más que un crío», que camina por los bosques, al atardecer. En estas primeras páginas el niño, además de caminar, blasfema. O mejor dicho: va buscando la blasfemia adecuada para la ocasión hacia la que se encamina. Pronuncia varias, las sopesa, las evalúa: una le parece demasiado sosa, otra demasiado manida, una tercera demasiado elaborada. El juego literario de Sella se basa en el desfase entre la estridencia de las blasfemias y la actitud rigurosa con la que son examinadas, como si se tratara de material para un refinado lingüista. Luego, a la voz del chico, se añade una segunda, luego una tercera, una cuarta: las voces comentan con él las blasfemias («hachones», las llaman, con una expresión local que deriva de la idea de que «una blasfemia bien dicha tiene la capacidad de apagar un cirio en el altar»). Las voces participan en la criba de las blasfemias: aceptándoselas o denegándoselas, y le acompañan en la elección de la que será *la* blasfemia, la definitiva, y el ritmo cada vez más apremiante de las ocurrencias parece subrayar que el plazo para escogerla se está agotando. La elección de la blasfemia se presenta como esencial: «Es la reivindicación de una identidad, como la elección de un nombre de guerra. El chico había elegido su nombre de guerra al azar; en el caso de esta blasfemia suya tenía que esmerarse: debía ser inmortal».

El diálogo se compone de unas pocas líneas, casi ninguna de las cuales puede repetirse en un congreso universitario, pero el efecto que quiere reproducir es el del diálogo entre el héroe y el coro de las tragedias griegas. Y el objetivo literario que persigue es derribar las barreras entre las alturas de la tragedia clásica y la repelente grosería de las blasfemias.

Después el chico y sus acompañantes llegan por fin a su destino, y se descubre que el chico es un correo partisano y las otras voces son de los fascistas que lo han capturado y están a punto de fusilarlo. Al final, después de que le venden los ojos, el chico no pronunciará la blasfemia que había elegido. De espaldas a la pared, mientras los fascistas cargan sus rifles a regañadientes, la única blasfemia que aflora en la boca del chico es completamente ordinaria, la que usaban todos en su pueblo como interjección. «Le pareció una buena señal, como si por fin hubiera encontrado su propia comunidad: si ya era una tontería buscar una identidad individual en vida, era casi escandaloso hacerlo estando muerto. Muertos somos todos, muertos somos tierra.»

Los soldados de Saló, sin embargo, ni siquiera le dan tiempo a pronunciarla, como si quisieran librarse del engorro lo antes posible, «porque a nadie le gusta matar a un crío»: le disparan a toda prisa, aunque tal vez «arrepentidos de inmediato de no haberle dejado gritar la blasfemia que todos habían elegido juntos, y con tanto cuidado».

Continúo con mi conferencia tras una pausa, como un orador consumado, y luego digo que es bastante difícil resumir una novela como esta, «coral y decididamente centrífuga». El relato se articula en torno a un acontecimiento único, en el que todos reconocen la masacre de Sant'Anna di Stazzema del 12 de agosto de 1944, pero este acontecimiento se afronta, por utilizar las palabras de Sacrosanti, «como una especie de agujero negro: atrae hacia sí todos los acontecimientos narrados, pero no se cuenta en ningún momento, como si de aquello no pudiera salir luz alguna y por tanto nuestra mirada no pudiera entrar en él». En definitiva, la novela narra «el horizonte de acontecimientos a la espera de que el agujero negro los engulla», y sobre ese horizonte se mueven diversos «fragmentos de vidas». Encontramos, por ejemplo, la historia de Pietralberti, un profesor de historia aislado y conservador que, «como muchos, como todos», había aceptado el fascismo como una desagradable necesidad, que apreció la reforma escolar de Gentile y siguió con su vida sin preocuparse por la política y estudiando con pasión la historia militar; pero luego, después del 8 de septiembre, sintió el deber —«no moral, ni mucho menos político, sino estético»— de echarse al monte para vengar «los abusos cometidos por el fascismo: contra el arte, contra la lengua italiana, contra el buen gusto»: el «partisano por razones de estilo» se encuentra al frente de una brigada guerrillera entre las menos dóciles de los Apeninos, con la que finalmente podrá poner a prueba, «con impiedad cartesiana», tácticas y estrategias que había estudiado largo tiempo sobre el papel.

Con todo, las dos figuras más importantes, las que en última instancia se perciben como los protagonistas, son los que responden al nombre de guerra de Rocky y Oblómov. Por más que la cuestión sea mucho más intrincada, podríamos decir de manera esquemática que son uno el negativo del otro. El primero es un partisano comunista descrito sucesivamente a lo largo de la novela como «jacobino, binario, maniqueo, violento, inflexible, implacable, ideológico, brutal, popular, feroz, ignorante, decidido». El segundo, miembro del Partido de Acción, es, en cambio, culto, dubitativo, vacilante, pero por encima de todo está enamorado de Rosa, partisana resoluta y granítica: tal vez con reminiscencias del Milton de Fenoglio, pero trasferido de la épica a la farsa (pedagógicamente farsescos son también los nombres que les da Sella).

La única escena en la que se cruzan es una en la que capturan e interrogan a un colaboracionista. Este último, en lugar de responder a las preguntas (en los diálogos de Sella *nadie* responde nunca como es debido), pretende ser el verdadero filántropo, ya que gracias a él, gracias a la «brecha que interpone entre italianos y alemanes», se salvan las vidas de muchos civiles y se arresta a muchas menos personas para enviarlas a campos en Alemania. «Al final de la guerra, pase lo que pase», afirma el colaboracionista, «no tendré sobre mi conciencia nada más que vidas salvadas; ninguno de vosotros podrá decir lo mismo». Oblómov permanece en silencio, meditabundo, y durante ese silencio Rocky ejecuta al colaboracionista.

La crítica ha interpretado a los dos personajes de forma bastante esquemática: Rocky, por tosco que sea, es el modelo del soldado totalmente entregado a la causa y, por lo tanto —como puede comprobarse en más de una ocasión— lo que necesitaba la guerra partisana, mientras que Oblómov es la clara parodia del intelectual imbele encerrado en su esfera privada, incapaz de entregarse a un ideal capaz de trascenderlo.

El propio Sacrosanti no rechaza esta alternativa y afirma que la posición de Sella sostiene que solo «un exasperado rigor teórico», solo «una lógica apremiante hasta la crueldad» es capaz de deshacer un nudo demasiado enredado de la única forma posible: cortándolo. También Martesana retoma tal alternativa: también para él, las simpatías de Sella van enteramente hacia Rocky, aunque por razones opuestas a las de Sacrosanti, es decir, no porque lo considere una fuerza del porvenir, sino porque vislumbra en él una fuerza «original, primigenia, incorrupta»: «En Rocky retrata Sella al Hombre desnudo, en quien está claro el sentido de la justicia, que coincide precisamente con su mera humanidad, porque no hay nada en él que esté intelectual (o políticamente) construido. En su predilección por Rocky, Sella confirma su carácter reaccionario *malgré lui*: su modelo sigue siendo el Santo Analfabeto, el Nocentini de las *Hagiografías*, que mata por instinto y por humanidad, más que el teórico Lenin o el burgués Guevara».

Ambos ven en Oblómov una figura negativa, que no por casualidad se mancha al final de la culpa más grave: tras descubrir que los nazis están organizando una represalia, decide intentar avisar a Rosa antes de dar la alarma en el pueblo, al que llegará demasiado tarde, una vez que ha ocurrido la tragedia. Haber preferido lo individual a lo comunitario, lo particular a lo universal, lo propio a lo común, es la culpa que en última instancia lo condena.

Como conclusión, me atrevo a proponer, por el contrario, una hipótesis alternativa: si de manera consciente, a nivel intelectual, Sella se afana en demostrar la necesidad de la acción de Rocky y, por lo tanto, en cierto modo se pone de su lado, en realidad hay muchos indicios de que esa clase de personajes le producen repulsión: en las escenas en las que aparece, por ejemplo, prevalecen atmósferas oscuras y sucesos sangrientos y se exaspera el sentido de lo grotesco. Y, añado además, tal vez el propio nombre de Rocky no sea solo un anacronismo manifiesto, sino también una sutil referencia al hecho de que el personaje comparte la obtusa seguridad en sí mismo y la fe en la acción con los triunfantes y vanagloriosos Estados Unidos de Reagan, de los que Rocky es el modelo. En comparación, a juzgar por la atmósfera, por el vocabulario que lo acompaña y por la participación misma en sus vicisitudes, parece como si Oblómov, en cambio, saliera mucho menos malparado.

«Es como si» concluyo «en *El sabor de la nieve* coexistieran dos Sella: por un lado, un Sella teórico y político que afirma la necesidad de una acción violenta contra un enemigo monstruoso, escarneciendo a quienes remolonean y dudan; y por el otro, en cambio, un Sella narrador que toma partido utilizando todas las herramientas narrativas a su alcance por el personaje indeciso, dubitativo e incapaz de actuar. Quizá sea precisamente a partir de la reevaluación de esta dimensión más reflexiva y perpleja como puedan sentarse las bases de una relectura global de la obra de este autor».

Después de mi pequeña ponencia se abre un breve debate. La profesora Luzzatto, profesional y en cierto sentido maternal, traza primero un pequeño resumen/valoración/elogio de nuestras intervenciones, y luego nos hace una pregunta a cada uno. Son preguntas encaminadas sobre todo a darnos un poco más de satisfacción (en mi caso) o a permitir recuperarnos de haber quedado como el culo (en el caso de Linda). Luego interviene nuestro mentor, felicitándonos y planteando a su vez otras preguntas, esta vez un poco más malévolas.

Por si fuera poco, hay otras dos intervenciones. Una es de Carlo, que sigue tratándome como a su protegido, y que en estos últimos meses en los que lo he perdido de vista debe haberse dedicado con pasión a la bicicleta estática, dado que ha quedado reducido a la mitad de lo que era hace dos años: parece un manojo tenso de nervios y músculos, y da la impresión de ser diez años más joven que yo, en lugar de diez mayor. La segunda intervención, dirigida a Linda, es la del sujeto de cara de arcilla, que pronuncia un discurso muy culto con tono huraño y voz de barítono, y al final dice con una sonrisa que aprueba completamente el término «regresión», pero que Linda también podría haber usado el término «anal» sin que él se ofendiera. Por fin, tres cuartos de hora después que el resto del público, comprendo que ese tipo es el propio Michele Mari, objeto de la intervención de Linda y causante de su ataque de pánico en directo.

Letizia, por su parte, no ha dejado de mirarme con adoración y, quizá por primera vez en su vida, ha debido de pensar que, a fin de cuentas, su novio no es un completo descerebrado.

En realidad, saludo a Letizia durante un nanosegundo, el tiempo suficiente para presentársela a mi mentor y darle tiempo para invitarla a la cena de esta noche. Con esa invitación, Sacrosanti logra con admirable economía de palabras recordarnos que la organización de la cena nos corresponde a Linda y a mí, y que por tanto debemos pasarnos con mucha antelación, es decir, tan pronto como termine la *lectio* del propio Sacrosanti, por la Osteria della Cassandra para verificar las mesas y comprobar que todo está exactamente como habíamos pedido, no vaya a ser que Fulano se siente al lado de Mengano, que Zutano no esté en la cabecera de la mesa o que alguien no respete el orden jerárquico.

«"La gente se imagina que el intelecto humano se ubica en la cabeza; en absoluto: el intelecto lo trae el viento que viene del mar Caspio": esto es lo que Nikolái Gógol hace decir al loco de sus *Historias de San Petersburgo*, y se trata —como me gustaría demostrar en esta media hora— de una de las ideas más fructíferas de la literatura contemporánea. El propio Proust, quizá el más incomprendido de los autores del siglo XX, no sostiene en absoluto que la memoria conduzca al descubrimiento del propio yo, o a ninguna forma de continuidad personal: por el contrario, sus reminiscencias dicen que nuestra memoria se encuentra fuera de nosotros: en una ráfaga de lluvia o en el olor de la primera fogata del otoño.»

Este es el comienzo de la intervención de Raffaele Sacrosanti, en sesión plenaria. Si no la recojo por entero es porque me he pasado los cuarenta y dos minutos de su ponencia en estado de trance, de paraéxtasis, de contemplación venerante hacia ese hombre que el destino ha convertido en mi mentor. A pesar de la bajada de adrenalina que ha seguido a mi ponencia, en cuanto Sacrosanti empieza a hablar me espabilo y recuerdo en un instante por qué a pesar de todo —a pesar de la ausencia total de reconocimiento social, a pesar de la total inutilidad de un licenciado en Letras en el capitalismo neoliberal, a pesar del enorme coñazo del examen de Filología Románica y de la cabronaza del examen de Lingüística General, a pesar de la inverosímil secuencia de tragedias familiares que tuve que inventarme para apiadar a la profesora y sacar un aprobado en el examen de Latín, a pesar del hedor a axilas de los estudiantes de Ingeniería vestidos con chándales de acetato y la arrogancia de los estudiantes de Medicina que se bajaban conmigo del tren de las 8.07 en la estación de Pisa San Rossore: a pesar de todo, elegí, y tal vez volvería a elegir, estudiar literatura. En cuarenta y dos minutos, el profesor Sacrosanti me recuerda quién soy y por qué hago lo que hago y me recuerda que existe un hechizo en el mundo con el que la gente normal ni siquiera sueña, aunque a veces para vislumbrarlo se requieran años de estudio.

Sacrosanti es el inventor de ese oxímoron que es la «Italianística Comparada», que tan a menudo hace fruncir el ceño a los puristas: o eres italianista o eres comparativista; Pier Paolo dice que son muchos los que creen que el Ilustrísimo creó este hircocervo deliberadamente absurdo como manifestación de su propio poder: nadie tendría el valor de oponerse y todos se inclinarían ante esta nueva disciplina, como efectivamente ocurrió. Cualquiera que sea su origen, Sacrosanti es objetivamente su campeón indiscutible: basta oírlo pasar con claridad y despreocupación, y —lo juro— sin un átomo de presunción, de DeLillo a Walter Siti, de Houellebecq a Pirandello, para perdonarle años de feudalismo salvaje y el hecho de haber gestionado la Facultad de Letras de la Universidad de Pisa como si fuera su equipo de FútbolFantasy. El aplauso que estalla al final es sincero, como si todos nos sintiéramos un poco más ligeros al saber que existe una persona como el Ilustrísimo, que sostiene en alto el estandarte de la República de las Letras.

Entendámonos: Morelli tampoco ha estado mal, ese tal Papini debe de ser un autor interesante, aunque me parece haber entendido que era medio fascista y que esa es una de las razones por las que no entra dentro de los cánones oficiales de la universidad italiana. Pero hay que admitirlo: su lección no le llega a la suela del zapato a la de Sacrosanti ni por encanto ni por amplitud de miras.

Lo que me decepciona un poco es el largo debate que sigue a las conferencias. Yo me esperaba un choque de titanes, y sobre todo un choque de civilizaciones, el épico duelo entre dos concepciones del mundo y de las letras, pero nada: dos machos alfa que bajan al ruedo, con sus enormes cornamentas, sin ser capaces de hacer otra cosa que intercambiarse una serie de elogios mutuos, algunos cumplidos y un par de frases de circunstancias antes de despedirse.

De la sangre que estaba preparado para ver salir a borbotones, ni siquiera la sombra.

—Joder, qué espectáculo —me dice Pier Paolo mientras se acerca al bufé que ha sido mi inseparable compañero durante los descansos del congreso, cuando no estaba ocupado haciendo de chófer de algún pez gordo que no se molestaba en disimular que no compartía los estándares higiénicos del coche de mi madre, dado que desde hace una década tanto ella como yo lo consideramos una versión móvil del cenicero doméstico.

—La virgen, se me ha puesto la piel de gallina —respondo, todavía invadido por esa sensación de placer que me ha acompañado durante la intervención de Sacrosanti—. No es que yo sea un asistente asiduo a congresos —extiendo las manos, como he aprendido a hacer con Pier Paolo—, pero ha sido la mejor lección de literatura que he escuchado.

—Por lo que a mí respecta, es mejor que la de Compagnon sobre Flaubert en el Collège de France —responde. Es su manera de decir que está de acuerdo.

—Sin comparación con Morelli —añado después de asegurarme de que el susodicho no ande deambulando por el bufé.

—Bueno, es como un Real Madrid-Salernitana; si por lo menos hubiera sido la Martesana, todavía.

—¿Crees que ha sido por eso por lo que no han saltado chispas en el debate de después de las ponencias?

Se echa a reír. Yo no lo hago, así que él también se detiene.

—Estás de broma, ¿verdad? —dice.

—No... vaya, es que me esperaba un poco de mala leche, y en cambio no han dejado de darse coba...

Él asume la clásica postura de quien está a punto de impartir una lección de vida y yo la de quien no hará nada para impedírselo.

—No te esperarías que se insultaran en un congreso de italianistas.

—No, pero alguna estocada que otra sí que podían haber soltado...

—Marcello, siento decírtelo, pero acabas de presenciar la madre de todas las escaramuzas universitarias.

—Pero qué dices...

—Sin cuartel, te lo aseguro.

—A ver, perdóname: uno le decía al otro que era culto, este respondía que el otro era fascinante. Todo era «Tú has estado mejor», «No, tú mejor».

Me dirige una mirada vacía, como si una vez más se preguntara si me lo hago o lo soy.

—Lo soy —aclaro.

—Está bien —suspira—. No es que en la Sala de los Escudos de la Scuola Normale de Pisa, frente a la élite internacional de la Italianística, la gente pueda liarse a garrotazos.

—No, por supuesto, pero...

No me deja continuar.

—Cuando en una circunstancia como esta le dices a alguien que es culto es como decirle que es insignificante, todo ruido cultural y nada de nueces intelectuales. ¿Lo entiendes? ¡Vaya si se trata de un ataque!

Me limito a mirarlo fijamente. ¿Lo ha insultado diciéndole que es culto?

—Y para ser exactos, Sacrosanti ha hecho algo peor: no lo ha llamado culto, sino *docto*, que es el escalón más bajo, porque también pierde lo poco de positivo (el ruido cultural) que tiene culto. Docto significa esencialmente «un coñazo de muerte, por erudito que sea».

—Entonces podría haberle llamado erudito —aventuro yo.

—Bueno, tampoco exageremos: el erudito es el último peldaño en esta escalera de la abyección. Si te llamo erudito, significa «no solo eres un coñazo de muerte, sino que además eres gratuitamente sabelotodo». Por supuesto, sabelotodo sería aún peor, pero en este contexto no se puede calificar a nadie de sabelotodo, porque sería un insulto explícito, y el juego estriba precisamente en usar términos positivos para atacar. Si alguien insulta de forma directa, pierde. Ni siquiera juega el mismo juego.

—Así que *culto* es flojillo, *docto* es malo y *erudito* equivale a mandarlo a la mierda. ¿Es así?

—Exacto.

—¿Y *fascinante*? Morelli le ha calificado como fascinante, ¿no?

—Bueno, fascinante se explica por sí mismo. Es un comentario que se le puede hacer a una mujer, e incluso a una que no es muy guapa, de lo contrario la llamarías *hermosa*. Pero aplicado a una lección —o a un libro— de un profesor universitario es evidentemente un insulto. Para empezar: te trato como a una chiquilla, así que no te tomo en consideración como estudioso. En segundo lugar, considero lo que dices como algo que solo sirve para atrapar a algunos adolescentes algo inocentones. Inconsistente, eso es: fascinante ocupa el lugar de *inconsistente*. En cierto momento habrás notado que Morelli también ha dejado escapar un *ágil*, refiriéndose a la forma en que Sacrosanti saltaba de un autor a otro. «Sabe moverse con agilidad», ha dicho sobre Sacrosanti. En ese caso ágil significa, sin siquiera esforzarse demasiado en ocultarlo, «superficial hasta el punto de resultar ridículo».

—¡Nada menos!

—Eh.

—Deberías escribir un diccionario de traducción italiano-universitario.

Sonríe y luego, a su manera, se muestra esquivo.

—No serviría de nada: todo el mundo lo entiende.

—¿Y si digo interesante? —*Interesante* es el único comentario que hago sobre todo lo que leo o estudio desde hace dos años: ahora tiemblo ante la idea de haberme enemistado con todo el mundo.

—Bueno, es un término bastante neutral... —suspiro de alivio—, así que depende del contexto.

—¿En qué sentido?

—Si comento un artículo, o una conferencia de una persona X con una persona Y (por ejemplo, si yo te digo a ti que la conferencia de Morelli era interesante), eso quiere decir que en el fondo no la he escuchado pero no me atrevo a hablar mal de ella.

—Algo así como llamarlo fascinante.

—Exacto. Es distinto, sin embargo, si digo *interesante* directamente al autor del artículo o de la conferencia. En ese caso significa: «Lo siento, querido mío, pero por más que me esfuerzo no encuentro ningún mérito en lo que has hecho». Si de verdad quieres un sinónimo seco, diría... *transparente*, eso es. Por otro lado, si dijera *interesantísimo* podríamos traducirlo como: «La conferencia era irrelevante, pero reconozco que tú que la has pronunciado eres una persona importante».

—Pero perdona: si alguien quiere decir algo positivo, ¿cómo lo hace? También habrá críticas positivas, ¿verdad? ¿Qué habrá que decir? ¿«¡Anda, qué tío!»?

—Hay tantas expresiones como quieras para dar una opinión positiva.

—¿Por ejemplo?

—Para bastante positivo podría servir *estimulante*. Significa algo así como «infundado pero agradable». En caso contrario, una expresión que me gusta mucho es *decisivo*: suele utilizarse para alguien de tu propia cuerda, o en todo caso para alguien que dice algo que te gusta oír. *Revolucionario* es muy positivo, pero casi nunca se utiliza, salvo para alguien que ha muerto. —Se detiene a reflexionar un segundo y luego continúa—: *Esclarecedor* solo lo usaría para mi padrino académico, o para alguien que me gustaría que llegara a serlo. *Pionero* está bien para un profesor emérito a quien respetas, siempre y cuando ya no cuente una mierda.

—¿Y si quieres hablar bien de otra persona?

—¿Te refieres a alguien que no es uno de los tuyos?

—Sí.

Se lo piensa un momento.

—No sé si eso se puede hacer.

Linda, después de la ponencia de Sacrosanti y después de una larga conversación privada con el escritor objeto de sus estudios y de su veneración, ha recuperado todo el ímpetu y la actividad que la han animado en estos últimos días de frenética organización del congreso. Parece como si se hubiera tomado dos rayas de coca: está hipercinética, hiperperceptiva y habla dos veces más rápido de lo normal, o sea, cuatro veces más rápido que cualquier ser humano.

Cuando le digo que también vendrá Letizia, me mira fijamente un par de segundos, como si se hubiera atascado. Luego empieza a reordenar todas las mesas, *mentalmente*, como consecuencia de esta nueva incorporación. Una vez en el restaurante, se asegura de que estén previstos ocho comidas vegetarianas, cinco veganas, tres celiacas, dos hipoglucemiantes, dos kosher y una sin ajo (la de Sacrosanti, quien no podía dejar pasar la oportunidad de distinguirse); el dueño le responde que sí sin pestañear, lo que me hace pensar que si al dueño del restaurante donde yo trabajaba los fines de semana le hicieran una retahíla de pedidos estrafalarios como esos, respondería con su gran clásico ante los pedidos tiquismiquis: «Oye, chavala, será mejor que te vayas a tomar por culo tú solita antes de que te mande yo». El aplomo del sujeto de la Osteria della Cassandra, en cambio, me hace comprender que la Universidad de Pisa debe aportar una suma muy generosa para esa cena.

—Por cierto —le digo a Linda— en el alboroto de estos días lo había olvidado, pero ahora que se me viene a la cabeza: ¿qué ha pasado con el congreso de filólogos?

—Lo han trasladado a un pueblo de aquí al lado.

—¡Qué dices! ¿Y por qué?

—No tengo ni idea. ¿Uno de los milagros de Sacrosanti?

—Qué hombre.

—Si quieres saber mi opinión, yo creo que se lo han hecho pagar caro.

—¿En qué sentido?

—En el sentido de que, para dejarle el campo libre sin rechistar, han tenido que sacarle alguna promesa.

—¿De qué clase?

—No lo sé todavía, pero estoy indagando —dice poniendo una de sus caras misteriosas.

Después de eso, la miss Marple de la facultad de Letras y Filosofía empieza a colocar los papelitos con los sitios en la mesa y a cambiarlos por entero, justificando cada movimiento con un despliegue de información sobre por qué X tiene que estar en la mesa con Y aunque lejos de Z.

Moraleja del cuento: por razones irrefutables ella termina en la mesa de los jóvenes *cool* y yo en la que podría definirse aproximadamente como la de «los pringados», es decir, la de Morelli, tal vez como castigo por haberlo invitado por error.

El caso es que, aunque cueste admitirlo, Pietro Morelli es una pasada de hombre, y en la mesa de los pringados reina un ambiente que ni lo sueñan no solo en la mesa de los leopardistas (era de prever), sino tampoco en la de los grandes estudiosos internacionales, a la que ha conseguido sumarse Pier Paolo, que entabla conversación con Michel Adisson, el más famoso calvinista —en el sentido de Italo Calvino— de Europa.

Mientras los demás picotean y hablan educadamente, en nuestra mesa comemos con ganas y, sobre todo, bebemos mucho y bien. Porque será todo lo católico y de derechas que se quiera, pero el profesor Pietro Morelli —un señor de más de setenta años, con el pelo teñido y un emparrado cuestionable, que una vez que baja de la cátedra sustituye sus altivas maneras por otras mucho más cercanas y de camaradería— no tiene rival en cuestiones enogastronómicas. Después de devolver la primera botella de tinto y solicitar la carta de vinos, comienza a pedir una tras otra las botellas de más nivel, que elige combinándolas con los distintos platos, explicándonos con precisión con qué variedades de uva están elaboradas e invitándonos a distinguir los distintos aromas del *bouquet*. En esto Letizia es la mejor de la mesa con diferencia, lo que me hace estar orgulloso de ella, que a mis ojos nunca ha sido tan Goldilocks como lo es en este momento; creía que sería un estorbo para nuestras conversaciones literarias, y se convierte en cambio en la estrella de la fiesta: ni siquiera se le escapa ese imperceptible toque de ciruela en el Teroldego que el propio Morelli ha estado a punto de pasar por alto, y además es la única que, en virtud de su vida burguesa, ha recorrido restaurantes galardonados, desarrollando una cultura culinaria que es todo menos superficial. Ella es la verdadera alma de la mesa y la única que puede seguir el ritmo de Morelli, que diserta sobre las variedades de embutidos y de ragús elaborados con las carnes más singulares, mientras desprecia con acritud a los bebedores de champán («vulgar Chardonnay con añadidos y setas) y glorifica a los de Lambrusco («las cepas más antiguas de Italia»). A medida que se acumulan las botellas vacías de Barbaresco y Amarone y aumenta la tasa de alcohol, la atmósfera se vuelve cada vez más procaz y goliardesca.

Entre el segundo plato y el postre las mesas se mezclan un poco y Sacrosanti, como perfecto anfitrión, se sienta en todas a conversar un rato y no deja de dirigir la palabra a cada comensal. También hay algo para mí, y en el ambiente distendido de la velada el Ilustrísimo encuentra la manera de felicitarme de nuevo por mi intervención, antes de dirigirse a Letizia:

—Me topo con ciertas dificultades para convencer a su consorte de que vaya a París durante unos meses para trabajar en el archivo Sella. Sería una pena perdérselo. ¿No podría echarme una mano para convencerlo?

A mi Ricitos de Oro no le cuesta plantarle cara:

—Creo que simplemente se está haciendo de rogar. A mí ya me ha dicho que sí irá.

La miro y me digo que, en el fondo, a pesar de todo, a pesar de mi constatada anafectividad y a pesar de mi empecinamiento en la búsqueda de defectos en su manera de estar en el mundo, siento algo por esta chica que probablemente llamaría amor, si no me hubiera pasado buena parte de la vida renegando y burlándome de ese sentimiento.

—Iré sin duda —repito, porque entre la euforia posconferencia y las generosas copas de vino que he engullido con la docta complicidad de Morelli, me siento ilógicamente dispuesto a alejarme del noroeste de la Toscana y trasladarme a un lugar de aspecto hostil como París.

¿Qué problema hay? A estas alturas, soy oficialmente un intelectual. ¿Qué mejor sitio para ir que a París? Es más: mañana iré a comprarme un jersey de cuello alto y unas gafas de montura gruesa, aunque vea perfectamente. Y luego me subo a un avión, consigo una buhardilla en Pigalle, encuentro *La Estantigua* de los cojones y me hago famoso.

Y si no la encuentro, mucho mejor: la escribiré yo mismo, porque después de haber rebuscado en el archivo sabré más sobre Sella que él mismo. Me encierro en la buhardilla y, a la luz de las velas, entre los vapores del opio y los catarros de una incipiente tuberculosis, ya me encargo yo de regalarle a Sella la obra maestra autobiográfica que se merece.

Después de que Sacrosanti se aleje, el profesor Morelli me sirve otro medio vaso y luego levanta el suyo en un amago de brindis. Yo hago lo mismo. *A tu salud, querido goliardo mío, repulsivo, pesado e incluso fascista: esta noche te quiero hasta a ti.*

La Estantigua

Cuando por fin estalló la protesta, a Tito todo aquello le sentó fatal.

Quizá porque era la primera vez en su vida en que las cosas parecían irle razonablemente bien. Después de haber sufrido las liturgias y la disciplina como fin en sí misma de las que estaba embebida la escuela primaria de las monjas —que para él no había sido más que una larguísima y vana ortopedia caligráfica— y haber navegado como pudo entre las brumas de la escuela media, con el único faro del profesor Ghilardi, cuya severidad tenía al menos como objetivo inculcar el latín en las molleras de sus alumnos, Tito había llegado por fin a un mundo que le parecía sensato.

El Liceo Ginnasio Giosuè Carducci de Viareggio reunía a las mentes más prometedoras de la juventud de Versilia y expulsaba a los pocos meses, a fuerza de aoristos y perifrásticas, a todos los gandules de buenas familias que intentaban frecuentarlo para buscar confirmación de su estatus social, solo para darse cuenta de que su estatus social podía prescindir tranquilamente de tal membrete. El edificio de principios del siglo XX se levantaba al lado del palacio que Paulina Bonaparte se había construido con el fin de verse en secreto con un músico, en lo que entonces era poco más que una aldea de unas pocas decenas de pescadores, antes de que la aristocrática y muy católica María Luisa de Borbón hiciera lo que a la jacobina Bonaparte nunca se le habría ocurrido: hacer algo por aquel pueblecito de costa, transformar la aldea en puerto y a los pescadores en marineros. En los amplios y luminosos pasillos del Liceo todavía se respiraba el aire del Reino de Italia, y el busto de Carducci que dominaba el atrio, del que el colegio esperaba «extraer auspicios de romana grandeza», como rezaba el epígrafe, era un recordatorio de que las dos décadas del fascismo habían terminado, efectivamente, pero no hacía mucho y nunca del todo, ni siquiera en una localidad que, en el entusiasmo del bienio rojo, se había proclamado durante tres días República Soviética.

En la escuela todavía reinaba un rigor propio de Giovanni Gentile, y los docentes, en su mayoría ancianas profesoras de inexpugnable cultura y probada devoción a la misión educativa, eran sacerdotes consagrados a la perpetuación del conocimiento. Sin arrebatos ni destellos de inspiración, pero en absoluto atolondrados por los tiempos de la velocidad y la televisión: gente austera, pensaba Tito, pero de una austeridad casi confortable, que nunca desembocaba en la arbitrariedad. Exigían que se estudiara mucho, pero quienes lo hacían se veían ampliamente recompensados, a manos llenas en cuanto a cultura y con mayor parsimonia en lo relativo a los boletines de calificaciones. Tito aprobó el primer año con excelentes notas, entre otras cosas porque, después de la palestra del profesor Ghilardi, el latín, y por extensión también el griego, le habían resultado más domesticables que a sus compañeros.

Sus espléndidas calificaciones del año escolar 1966-1967 le valieron una palmadita de satisfacción en la espalda por parte de su padre, cual demostración de que por fin había superado su resistencia inicial a permitir que el chico estudiara en el liceo clásico en lugar de seguir el camino más pragmático de un instituto técnico, y un silencio resentido por parte de su madre, quien hubiera preferido que Tito continuara sus estudios con las monjas antes que exponerse a las nocivas influencias de la escuela pública, y que por eso había soñado íntimamente con peores resultados, presagio quizá de un cambio de opinión. No dejaba de ser cierto que el chico tenía la cabeza sobre los hombros y asistía asiduamente a la parroquia de los Siete Santos, pero no era menos cierto que ni siquiera las iglesias eran ya las de otros tiempos: precisamente a la de los Siete Santos había llegado un cura «obrero» —que era una manera de decir comunista— que había obligado a muchos fieles, con ella a la cabeza, a ir a buscar a otros lugares una misa más temerosa de Dios y menos acorde con los tiempos. Así volvíamos al punto de partida: parroquia o no parroquia, oratorio o no oratorio, solo quedaban las monjas, en quienes se podía confiar, porque nadie había oído hablar nunca de «monjas obreras» y probablemente nadie oiría hablar jamás de algo así.

Tito se había pasado el verano en el establecimiento playero Dori, en el paseo marítimo (los había incluso más cerca de casa de los Sella —«los baños de Darsena»—, pero eran más recientes y económicos, y los señores Sella se afanaban por dejar claro que no pertenecían al proletariado, sino a una respetable pequeña burguesía), sintiendo que le acariciaban el rostro, como una brisa lejana, la música, las discotecas, los descapotables, las Vespas, la diversión, la liberación, la juventud: los fabulosos años sesenta, especialmente en Versilia, prometían durar para siempre, transformar la vida en un verano interminable. Tito podía oler su aroma desde lejos como una promesa.

Empezó el segundo año de instituto renovado y decidido a repetir un curso como el anterior. Incluso pensó en dejar de jugar al fútbol —no se le daba mal, tal vez fuera algo menudo de constitución, pero era rápido con las piernas y hábil con los pies—, pero luego se dio cuenta de que podía estudiar y mantener una buena media y el ocho en latín incluso yendo dos veces por semana a correr detrás de una pelota en un campo embarrado y viajando en minibús el domingo por la mañana para jugar un partido en un lugar desconocido de la provincia de Lucca. Su madre había intentado vetar los partidos del domingo, porque impedían a su hijo participar en los servicios religiosos, pero su padre, a quien no le desagradaba la idea de tener un hijo futbolista, intercedió en su favor y Tito se comprometió a ir a misa el sábado por la noche, algo que también avaló el padre Neri, el sacerdote obrero.

«Después del Concilio todo está permitido», dijo rabiosa Luisa Sella, que había comprendido, con la nebulosa amplitud de miras de su inculta inteligencia, que con el Concilio Vaticano II la Iglesia había renunciado a lo Sagrado, y que el mundo no tardaría en comérsela viva, si no se la comían antes esos padres Neri que hablaban del proletariado y de la liberación y que no hacían diferencias entre días santos y días profanos. Tito no quiso indagar en el sentido de la frase de su madre, que prefirió interpretar como un disconforme asentimiento y, con todo, nunca faltó a una misa del sábado.

Fue entonces cuando estalló la contestación y el equilibrio que Tito creía haber encontrado se desmoronó. Todavía era demasiado joven para comprenderlo, e incluso para que los manifestantes lo tuvieran en cuenta, pero también era demasiado mayor para poder cerrar los ojos y fingir que el mundo exterior no existía. A partir de cierto momento empezaron a llegar, como ecos lejanos, noticias de las ocupaciones (Trento, Turín, Milán —¡la Universidad Católica!—, incluso Pisa); luego cada vez más cosas: las manifestaciones, los enfrentamientos con la policía. De la noche a la mañana, los jóvenes habían dejado de bailar y de divertirse y habían empezado a querer cambiarlo todo, a exigir que el viejo mundo fuera arrojado por la borda y rehecho de nuevo.

Entonces, en diciembre de 1968, se produjo un hecho sobrecogedor; fue el cruce de un umbral, un inicio, un nuevo y aterrador nacimiento. Y ocurrió precisamente en Viareggio. Los estudiantes y militantes del Potere Operaio pisano eligieron la Nochevieja y un lugar tan emblemático como la Bussola, el local frecuentado por la buena burguesía milanesa cuando se alejaba de sus negocios, para lanzar su ataque al capitalismo en forma de «simbólico homenaje hortofrutícola» arrojado contra los vestidos de noche, los trajes y las pieles de quienes acudían a Versilia para hacer alarde de su riqueza. Los bebedores de champán se vieron recompensados con tomates, verduras podridas, huevos y algunos decían que incluso con estiércol. *Burgués, come: es la última cucharada.* Sin embargo, pronto lo simbólico pasó a ser real y la burla se convirtió en barricada, con apedreamientos por parte de los manifestantes y disparos por parte del puñado de carabineros que custodiaban el fuerte de la diversión burguesa. Una de sus balas atravesó el cuello de un militante, que quedó paralítico.

Tito intentaba reconstruir la historia a partir de los retazos que conseguía reunir —en las tiendas, en el oratorio, en la televisión: los hechos estaban en boca de todo el mundo— y quedó aterrorizado. Trataba de encontrarle sentido y pedía que se lo aclararan, pero ninguno de los mayores parecía creer que estuviera a la altura para molestarse en darle explicaciones: su madre le dijo que era culpa de los alborotadores; su padre, que debía instaurarse de inmediato la ley marcial. A Tito le parecía monstruoso que ambos se pusieran del lado del verdugo y condenaran a la víctima.

Probó entonces con el padre Neri, pero incluso él prefirió la reticencia frente a aquel chiquillo sediento de sentido.

—*Lupus non edit lupum* —se limitó a decir, y Tito no entendió—. El lobo no se come al lobo —tradujo el cura, y Tito no tuvo el valor de decir que el problema no era el latín, sino todo lo demás.

Al poco tiempo, la ola de protestas arrolló también los institutos; no solo los de los hijos de la alta burguesía intelectual milanesa, sino todos, incluido el vetusto Carducci de Viareggio. Los chicos mayores empezaron a interrumpir las clases, a insultar a los viejos profesores que hasta seis meses antes los atemorizaban. Al profesor Tomasi, viejo terror del liceo, nostálgico del fascismo, misógino y encubiertamente sádico, uno de los manifestantes lo empujó y lo tiró al suelo, y no volvió al centro durante el resto del curso.

Los estudiantes más jóvenes, como Tito, no solo no entendían nada de lo que estaba sucediendo —de repente se decían cosas inauditas, se hablaba de Mao Tse-tung, de Ho Chi Minh, de los tupamaros: nombres exóticos y vagamente amenazadores—, sino que se les mantenía, a sabiendas, alejados de las nuevas dinámicas. Los puntos de referencia adultos que habían tenido hasta el día anterior, por su parte, quedaron pulverizados en un santiamén. La minoría de viejos carcamales autoritarios se atrincheró y se encerró aún más en el antiguo despotismo, con el resultado de ser percibidos cada día más como vestigios de un pasado del que era posible deshacerse sin demasiados remordimientos. La mayoría de los profesores, en cambio, intentaron adaptarse al nuevo curso de los acontecimientos, secundarlo, improvisando métodos de enseñanza más dialógicos, más libres, menos autoritarios, menos paternalistas: el resultado fue aún peor. No solo no reconquistaron a los alborotadores para quienes toda autoridad era maligna en sí misma, sino que también perdieron el respeto de los estudiantes, especialmente de los más jóvenes, que necesitaban puntos de referencia y a alguien que mantuviera el listón recto. Los profesores que intentaron seguir el flujo de la contestación fueron los primeros en fracasar: les llevó muy poco perder primero autoridad, luego ímpetu y por último identidad. Sus miradas se apagaron, sus clases se volvieron cansinas, subieron las notas sin lógica comprensible alguna, aparte de estar hartos de que los desafiaran. A los pocos meses, Tito y sus compañeros se perdieron y dejaron de encontrar sentido a ir a clase: eran espectadores impotentes de un mundo que se derrumbaba y de un mundo nuevo al que le costaba emerger.

De los siguientes años de instituto, que pasó como en trance, a Tito solo le quedaron dos cosas.

En primer lugar, Romano, sin duda la persona que le permitió salir ileso de la ciénaga del instituto. Su amistad se basaba más en la intimidad que en la afinidad: serio Tito, despreocupado Romano; esquivo el primero, histrión el segundo; completamente apolítico Tito, miembro de las Juventudes Comunistas —más por vitalismo que por ideología— Romano; Tito eternamente enamorado de amores imposibles, Romano besándolas a todas, para dejarlas después dibujando garabatos en sus cuadernos, consumiéndose en la languidez del abandono. No podía haber rivalidad entre ellos, sino solo esa complicidad que a veces bendice a los complementarios.

Y luego estaba la parroquia, que le había dado una figura paterna de elección —el padre Neri, mentor y modelo— y que le había permitido conocer y establecer con Giorgio una profunda amistad, esta basada en la afinidad, en compartir dudas profundas y respuestas inciertas pero radicales, en conversaciones metafísicas que nunca tenían fin y cuyo placer consistía en llegar juntos a conclusiones paradójicas. Giorgio había asistido a un instituto de formación profesional, y a causa de su timidez era frecuente que quienes no lo conocían bien no percibieran en él su afiladísima perspicacia, que culminaba a veces en un inesperado cinismo.

Romano y Giorgio eran hermanos para Tito, incompatibles entre sí, pero ambos indispensables. Gracias a su amistad, Tito logró que no lo arrollara la riada de las protestas, que para ellos solo supuso desorientación, y un deseo indefinido de compartir esa ira juvenil de la que seguían excluidos, que discurría muy cerca y, sin embargo, nunca dejó de ser inaprensible.

Después de la reválida, Tito se matriculó en Ingeniería Agrícola en Pisa por la presión de su padre, quien luego aspiraba a colocarlo en alguna institución o consorcio de aquellos con los que trabajaba; tal vez él hubiera preferido matricularse en Filología Clásica, pero no había insistido: probablemente su padre tenía razón al decir que los exaltados iban a Letras, y a Ingeniería Agrícola, como es evidente, las personas con los pies en la tierra.

Empezó a asistir a clase, pero sin llegar a entusiasmarse ni a integrarse con sus compañeros de la universidad; lo achacaba a su condición de no residente (uno de los pocos en la facultad, el único que venía de Viareggio), lo que lo excluía de la auténtica vida estudiantil, la que se desarrollaba fuera de las aulas, en lugares desconocidos, fascinantes pero vedados para él. En junio intentó realizar su primer examen. Eligió uno cuyo profesor se había mostrado desde el principio muy amable con él, a pesar de que algunos estudiantes mayores le dijeron que no era el examen adecuado para romper el hielo, especialmente para alguien que venía del liceo clásico: Química General e Inorgánica.

Tito decidió seguir su propio criterio. Se presentó al examen, pero no se encontró frente a él al ingenioso profesor de Livorno que impartía las lecciones, sino a uno de sus asistentes, meticuloso y engreído, quien después de tres cuartos de hora de fórmulas le devolvió la libreta universitaria de calificaciones diciéndole que sería mejor que se presentara en la siguiente convocatoria. Tito le dio las gracias, le estrechó la mano y no volvió a pisar la universidad nunca más.

Se sentía henchido de energía, a punto de estallar, pero no encontraba un objetivo en el que encauzar su ardor, un propósito a cuya disposición poner su vitalidad. Era como si algo se hubiera atascado desde su segundo año de secundaria y continuara acumulando una tensión que no conseguía desahogar. Por lo demás, hacía una década por lo menos que el mundo entero se estremecía de libido —sexual, política, hedonista, cultural, creativa y recreativa—: él veía discurrir toda esa libido, se empapaba de ella, pero luego no tenía modo de encauzarla; y cuanto más la sentía crecer en él, más hinchado se notaba y más le parecía que para descargarla hacía falta un objetivo cada vez mayor, algo gigantesco. Los demás —todos los demás— parecían saber hacia dónde se dirigían, las razones por las que hacían lo que hacían: tenían claro el camino que querían seguir y optaban por seguirlo o por extraviarse por otro lado, de manera perfectamente coherente y soberana. Él no: le habían borrado todos los caminos, cada paso que daba siempre parecía ir en dirección equivocada o peor aún: en una dirección ridícula. Se sentía con fuerzas como para escalar una montaña, pero no sabía qué montaña valía la pena atacar; al contrario, no veía montañas, solo un horizonte aplanado y monótono. Se sentía a la vez omnipotente y abúlico. Como Dios en el séptimo día, a quien le quedaban fuerzas para crear infinitos otros universos y en cambio descansa.

Había hablado de ello con el padre Neri, de esa condición suya, de ese desasosiego que no sabía dónde derramar; y el padre Neri le había hablado largamente de la inquietud, de ese gusano que roe toda alma sensible, de Agustín y de Pascal, y de cómo la única respuesta posible era comprometerse en la construcción de un mundo mejor. Uno solo puede ser feliz si los demás también lo son; nadie puede ser feliz si la gente muere a su alrededor.

Las palabras del padre Neri, sin embargo, solo parecían verdaderas mientras era él quien las decía, mientras flotaban a su alrededor, animadas por su presencia y su mirada dulce y ardiente. Sin embargo, tan pronto como Tito se quedaba solo, se desvanecían, dejando en la piel la pegajosa sensación de la retórica.

En el bar Crispi lo que jalonaba el tiempo eran las distintas clases de bebida.

Hasta las tres de la tarde se tomaba café, generalmente con el añadido de un chorrito de licor, aunque algunos pedían el añadido «aparte», porque así tenían más licor por el mismo precio; pero era todo un paripé, ya que la señora Crispi siempre servía los licores por separado, y quienes los pedían estaban al tanto y la señora Crispi sabía que lo sabían; y a todos les parecía bien. Los de gustos más viriles lo pedían añejo, los que querían hacerse los finos, anisete. Si alguien pedía un café con aguardiente significaba que no era un cliente habitual, porque la señora Crispi no lo servía antes de las ocho de la tarde, convencida de que el aguardiente en el café de después del almuerzo era de borrachines.

De tres a cinco y media se tomaban bebidas sin alcohol, cuya variedad se limitaba a gaseosa, rubia y roja, *chinotto* y naranjada amarga. La única excepción era Fausto, que pedía a las tres una leche con menta que se terminaba de tomar a la hora de cenar, pero había sido partisano de las Brigadas Garibaldi y gozaba de ciertos privilegios en el bar, además de tener un aliento muy agradable. Crodini, Sanbitter y ginger ale estaban prohibidos, mientras que los zumos de frutas se consideraban lícitos pero estaban mal vistos: «Con esto se te hincha la tripa», era la frase de desaprobación con la que los servía la señora Crispi, que traducida significaba que le hinchaban la tripa al señor Crispi y ella intentaba hacérselo entender de manera indirecta.

A partir de las cinco y media se abría la veda del alcohol, es decir, un vino blanco espumoso que te bajaba ligero, volvía a subir leve y cantarín y hermanaba; y un vino tinto que no tomaba nadie porque te ensuciaba los dientes y te hacía sentir pesado y bilioso. Algunos bebían cervezas nacionales, pero eran pocos y se los consideraba gente excéntrica.

Después de cenar concluía la moratoria de todo lo que estuviera por debajo de los veinte grados, y era un festival de aguardientes, licores amargos, digestivos, Cynar, Unicum, brandis, coñacs, etcétera. En cuanto a las bebidas espirituosas, la señora Crispi dejaba magnánimamente libertad de conciencia.

Para quienes se demoraban en el local, el relevo de bebidas era obligatorio. Si alguien llegaba a las cuatro y confiaba en pasarse la tarde con un *chinotto*, se equivocaba: la señora Crispi lanzaba miradas furibundas al cliente que tenía el brazo demasiado corto y, si era necesario, se sentaba a la mesa de al lado y no se marchaba hasta que pidiera la siguiente consumición, o al menos un paquete de cigarrillos, para los cuales el bar no tenía licencia, pero tampoco parecía sufrir por la falta de ella.

El señor Crispi, dueño del lugar y marido de la señora, era en teoría el encargado de estar en la caja, pero en la práctica su papel era el de cuarto jugador para completar una mesa de escoba o de tres siete y el de mantener el equilibrio entre los dos temas legítimos de conversación: el fútbol y la política, lo que significaba imprecar contra la Juventus o imprecar contra la Democracia Cristiana. De todo lo demás se encargaba la señora Crispi, a pesar de la artritis que había transformado sus manos en garras curvas, pero que aun así no derramaban una gota de agua, no erraban al contar los billetes, enjuagaban tazas, vasos y platillos y servían deliciosos bocadillos de pan casero con una rodaja de queso de oveja en su interior y una salchicha cruda untada con el cuchillo.

Tito pidió uno y mientras esperaba metió una ficha en el teléfono para avisar a casa de que no volvería a cenar. «¿Por qué, es que sueles volver?», le dijo su madre antes de colgar.

Tito colgó el teléfono divertido por aquella escena familiar, que confirmaba el supuesto universalmente compartido de la falta de comunicación entre generaciones; por lo que a él le atañía, hacía dos años por lo menos —es decir, desde el momento en que dejó la universidad sin molestarse en dar explicaciones a sus padres— que no solo no había relación alguna entre ellos, sino que probablemente faltaba un trasfondo común, un léxico compartido sobre el que intentar cimentarla. Tomó el bocadillo de las manos como garras de la señora Crispi y volvió a la mesita que ocupaba habitualmente, en la sala de detrás, la grande con el billar. Allí lo estaba esperando Athos, su histórico compañero de cartas y amigo de la infancia —un chicarrón de un metro noventa y la corpulencia de un lanzador de peso que soltaba a los cuatro vientos maldiciones y risas a pleno pulmón—, y la pareja a la que llevaban derrotando sistemáticamente desde primera hora de la tarde: Miro, obrero a destajo en los astilleros, hijo de inmigrantes del sur completamente asimilado a la ciudad, y Romano, su amigo del instituto, parroquiano estacional del Crispi, dado que de mayo a septiembre era socorrista y estaba demasiado ocupado dorando sus bíceps y haciendo que las chicas se mordieran los labios, mientras que de octubre a abril no tenía nada que hacer y por eso se convertía en un habitual de la mesa de las partidas. Ese día estaba allí a pesar de que estuvieran a finales de mayo, porque llevaba tres días lloviendo a cántaros y por lo tanto lo de trabajar en la playa ni se contemplaba. Giorgio, en cambio, venía rara vez, y en esas raras ocasiones solo después de hacerse de rogar. Desde que había obtenido una plaza en el Ayuntamiento, además, tenía un salario fijo y mucho tiempo libre: la verdad es que nadie entendía por qué descuidaba el Crispi. De acuerdo que las blasfemias de Athos se adaptaban mal a su condición de buen católico, de acuerdo que las historias picantes de Romano lo irritaran, pero siempre se había llevado bien con Miro, aunque Miro se llevaba bien hasta con las farolas, todo hay que decirlo. En cuanto a Tito, probablemente era el único amigo de verdad que Giorgio había tenido nunca.

Allí, en la sala principal, se hablaba de la liberación del juez Sossi, secuestrado por uno de los numerosos grupúsculos de los autodenominados guerrilleros que florecían en las grandes ciudades del norte. Lo habían capturado y mantenido como rehén durante más de un mes, antes de soltarlo a cambio de la promesa de la liberación de algunos compañeros encarcelados, promesa que, sin embargo, en el último momento las autoridades incumplieron.

Era una operación que había impresionado a todo el país y logró expulsar de los debates de aquel mes de mayo los comentarios de asombro sobre la memorable Lazio de Chinaglia, que había merecido el único *scudetto* de sus setenta y cuatro años de historia. El caso es que en Viareggio no había hinchas ni de la Lazio ni de la Roma, por lo que la ecuménica simpatía inicial con la que se recibió la hazaña no tardó en desvanecerse ante la decepción de no poder alardear ni tener de quién mofarse.

Tito volvió a sacar el tema de Sossi en la mesa, mientras se comía el bocadillo, a la espera de una relajante ronda de póquer descubierto antes de volver a jugar en serio.

—En mi opinión, es una señal de que algo se mueve —dijo Miro.

—¿Qué es lo que se mueve? —preguntó Athos.

—Algo está creciendo, una conciencia colectiva. Estamos en plena maduración prerrevolucionaria —contestó Miro, que había leído esa frase en la revista *Lotta Continua*.

—Síííí —intervino Romano—. Yo creo más bien que hace años que vamos ganando conciencia colectiva y vivimos en un clima prerrevolucionario. Pero no parece que las cosas hayan cambiado mucho.

—En todo caso, han cambiado para peor —añadió Athos, a quien le gustaba soltar frases rotundas y que por norma estaba siempre cabreado.

—Es cierto que cada vez están peor las cosas, pero esa deriva tiene un valor funcional. Necesitamos abrir en canal las contradicciones del capitalismo, exacebarlas —explicó Miro con sosiego. Luego continuó—: Deberíais venir a los astilleros y sentir la tensión que se palpa. Está claro que se cuece algo.

—Eso, nadie conoce los astilleros como tú. Los has recorrido todos porque al cabo de tres días te echan —se rio Athos.

A Miro no le importó.

—Tienes razón. Los conozco bien porque los he visto todos, uno por uno. He trabajado en ellos. He hablado con todo el mundo. Y escucho lo que dicen mis compañeros, veo cómo reaccionan cuando circula una octavilla. Ya no quieren quedarse con la cabeza gacha, ya no están dispuestos a aguantarlo todo. De vez en cuando, incluso los patronos y sus tiralevitas se asustan.

—A mí lo que me parece es que las masas se conforman con tener televisión y pasar los domingos en la playa, y les importa una mierda todo —dijo Romano, quien acerca de la gente que se pasaba los domingos en la playa y a la que todo le importaba una mierda era objetivamente una autoridad.

—No es verdad... Bueno, no lo sé, tal vez sí. Pero está claro que no podemos esperar que las masas se muevan por iniciativa propia. Hace falta azuzarlas. Tiene que haber una vanguardia. Quien pueda, quien sepa, quien tenga la fuerza y el valor. Como dice Lenin en su *¿Qué hacer?*

Miro había obtenido su diploma de escuela primaria en Calabria, asistiendo a clase poco y mal, pero estudiaba, leía y tenía sed de cultura; siempre que esta cultura no fuera un estéril ejercicio de narcisismo, sino que sirviera a la vida, a la acción y a la sociedad. Cuando no estaba en la biblioteca, hojeando un clásico del marxismo-leninismo, lo encontrabas en la sede local del PCI leyendo *l'Unità* y acosando a sus camaradas, a los que siempre acababa tachando de revisionistas, antes de marcharse dando un portazo. Unos años antes había robado en la librería los *Cuadernos de la cárcel* de Gramsci, que no dejaba de releer y citar. Ahora había oído que estaba a punto de salir una nueva edición crítica y ya tenía pensado cómo apañárselas para aligerar los estantes de la librería del paseo marítimo, porque a Lenin se lo podía leer en la biblioteca, pero a Gramsci había que tenerlo en casa.

—Si tú lo dices... El PCI lleva treinta años azuzándolas. Me parece que siempre nos toca empezar desde el principio —dijo Athos.

—El PCI ya está muerto. Le hace el juego al sistema. Berlinguer le dará el fin que se merece: ya lo ha transformado en un partido socialdemócrata, y eso es el beso de la muerte.

—Y además con lo de la austeridad ha tocado las pelotas, ¿no? Si eres comunista nunca debes divertirte, debes seguir siendo pobre y honorable. Anda, vete a la mierda. Hay que hacer entender a la gente que si subvierten el sistema es para que vivamos mejor, no para que vayamos por ahí vestidos con sayos —reiteró Romano.

—Cierto —aprobó Miro.

—Pues a mí Berlinguer me gusta —Athos se encogió de hombros casi a la defensiva.

—Claro que sí, buena persona será, quién lo duda. Pero desde luego, si te esperas que sea él quien haga la revolución, apañado vas. Vamos, que es uno de esos que quieren darles una patada en el culo a los rusos para arrejuntarse con la DC —dijo Miro, haciendo gala de lo bien que había asimilado la expresividad viareggina—. Su PCI es la muerte de la revolución. Mejor dicho, es una traición: la traición a aquello por lo que los partisanos lucharon y murieron.

—Pero ¿a dónde queréis ir sin el PCI? No se consigue una mierda con el PCI, mucho menos sin él —reflexionó Romano, que no olvidaba su militancia en el partido.

—¡Todo lo contrario! El PCI es un lastre. Ya no podemos recuperarlo. Debemos prepararnos para cambiar el estado de las cosas, para tener un impacto serio. No para ganar un cero coma por ciento más en las elecciones.

—¿Y eso lo van a hacer esas Brigadas Rojas? —preguntó Athos.

—Lo hacen los tupamaros en Uruguay, lo hace la Revolución Cultural en China, lo hizo en Cuba y Bolivia el Che Guevara. E incluso aquí en Italia alguien está empezando a hacerlo.

—¿Tú qué opinas, Tito? —preguntó Athos.

Tito se había mantenido al margen masticando lentamente su bocadillo, luego optó por lanzar la idea que había oído decir a Fausto en el otro cuarto, no porque estuviera de acuerdo, sino simplemente porque aquellas discusiones lo aburrían:

—En mi opinión esos de las Brigadas Rojas son tan comunistas como Galeazzo Ciano.

—Ha llegado el sincretista —dijo Miro, que había tenido muchas veces la misma discusión, y al final siempre había alguno que decía que esos combatientes rojos le estaban haciendo el juego a la reacción.

—¿Y qué quieres decir con eso? —preguntó Athos, quien en cambio entendía menos sobre teorías de conspiración.

—Quiero decir que juegan contra nosotros. Serán cuatro infiltrados de Cossiga, gente de los servicios secretos: montan follón para lanzar mierda a los compañeros. «Lo veis, los comunistas son cuatro alborotadores violentos»; así pueden hacer leyes especiales y llegan los coroneles, como en Grecia. El atentado de piazza Fontana o las Brigadas Rojas, todo harina del mismo costal.

—¡Menuda chorrada! —espetó Miro, dejando escapar una serie de aspiraciones calabresas que cuando tenía más autocontrol lograba domar. Se recompuso—: Es cierto que los servicios secretos italianos no dan para mucho, pero eso me parece demasiado. Las Brigadas Rojas se han comportado como unos señores: devolvieron al juez que parecía nuevo. Y además se la han metido doblada porque ni siquiera liberaron a los presos políticos. Si lo que buscaban era la estrategia de tensión lo tenían que haber matado ¿no?

—Si tú lo dices... —apostilló Tito.

—Pero ¿es que vosotros no estáis cansados? ¿No notáis por dentro estas malditas ganas de cambiar las cosas? ¿Soy el único que lo siente? —los apremió Miro. Los demás lo miraron seriamente, sin responder, y él se animó a continuar con una de sus diatribas proselitistas. Activó su mirada inspirada y los miró uno a uno—: ¿Queréis saber lo que veo frente a mí? Veo a un Tito que está desperdiciando su juventud, que piensa que el único uso práctico de su inteligencia y de su cultura es jugar a la escoba real. Veo a un Athos rebosante de vida que podría por sí solo derribar este Estado y que se contenta con ser el esclavo de su padre en la pastelería. Veo a un Romano que podría tener el mundo a sus pies y prefiere zanganear siendo un camarada del PCI seis meses al año y follándose a las turistas los otros seis.

—Se llaman bañistas —se limitó a corregirlo Romano.

—¿Tú, en cambio, estás encantado de ser obrero a destajo? —preguntó Athos a Miro.

—No, me da asco. Me da asco trabajar a destajo, me da asco ser obrero y me doy asco por vivir como vivo. Y también me dan asco vuestras vidas, y las de todos los demás proletarios que conozco. Me dan asco. Y de hecho quiero cambiarlas. Quiero hacer la revolución.

—Pues muy bien, haz tu revolución —espetó Athos, en quien ese tipo de oratoria difícilmente surtía efecto.

—No, no la hago por mí. También la hago por vosotros, unos cabronazos que no se lo merecen. Lo hago por mis padres, que ni siquiera saben leer los horarios de los autobuses. Lo hago por mis compañeros obreros que se dejan humillar todos los días.

—Se acabó el 68, Miro —dijo Romano—. Ahora solo hay una lucha entre grupúsculos armados.

—Mucho mejor: además, a ver qué era eso del 68. Cuatro

burguesuchos de pelo largo con guitarras. Yo estoy hablando de revolución. Y para hacerlo es mejor contar con unas pocas personas organizadas, en lugar de esa multitud de niños mimados del 68.

—Pues únete a las Brigadas Rojas —dijo Romano.

—O forma una banda armada —propuso Tito.

—¿Me toca a mí dar cartas? —preguntó Athos.

En el momento en que se puso en fila para entrar en los astilleros Zama con los demás trabajadores, Tito tuvo la sensación de estar entre los presos de una cárcel. Luego esa primera impresión quedó rápidamente corregida: no eran presos, sino animales esperando para entrar en el matadero. La tarde del primer día tuvo que tragarse ambas: trabajar en Zama no era como estar en la cárcel ni como un animal en el matadero: era solo como ser un obrero, que era peor que ambas cosas. El preso por lo menos no se hace ninguna ilusión de libertad y los animales son sacrificados sin que nadie disfrute matándolos. En Zama, sin embargo, había algunas personas cuya tarea parecía ser precisamente la de obtener un placer casi erótico en vejar a sus subordinados, llegando incluso a controlar el tiempo que tardaban en hacer pis, siempre con la sospecha de que esos ciento ochenta segundos también les servían para dar unas caladas al cigarrillo que los trabajadores se pasaban por relevos durante la pausa para ir al baño.

El caso era que, al final, sus padres le habían cortado el suministro y tuvo que ponerse a buscar trabajo. Y una cosa era el verano, cuando con la temporada estival siempre se encontraba algo —repartía el pan y los croissants de la pastelería del padre de Athos antes del amanecer y era ayudante del ayudante del socorrista en el establecimiento playero Alfreda, donde la doble «ayudantía» servía para indicar no solo el papel doblemente subordinado, sino también que se le pagaba en negro—, y otra cosa era el invierno, cuando los turistas se marchaban, los establecimientos playeros se encerraban en sus cascarones de madera esperando el mes de mayo siguiente y las pensiones y bares reducían sus pedidos de croissants. En ese momento, si querías trabajar, tenías que encontrar algo menos romántico que andar en bicicleta a la luz del amanecer envuelto en el aroma de los croissants recién horneados y pasarte el resto del día en la playa (dando el callo, pero en la playa, en cualquier caso).

Obviamente, el trabajo se lo había encontrado Miro, quien se había enterado de que en el astillero de Zama había nada menos que dos yates que debían entregarse a finales de año y que, dado el retraso, necesitaban bastantes trabajadores a destajo. Por eso no le hacían demasiados ascos a alguien que, como Tito, no tenía experiencia y por tanto corría el riesgo de caerse de un andamio o dejarse un brazo en una prensa, ni tampoco a otros como Miro, que experiencia tenían mucha, pero lo compensaban siendo unos tocapelotas politizados.

Moraleja de la historia: a Miro lo habían expulsado al cabo de una semana —«y da gracias de que no te denunciemos, pedazo de mierda»— por haber estado a punto de partirle la cara a Edo Giovannetti, el más cabrón de los capataces de departamento, a quien probablemente esa sonrisa sádica le habría quedado un poco más torcida, más hinchada y más magullada si a Miro no lo hubieran agarrado sus compañeros. A Tito se le había escapado el motivo de la discusión, pero acabó comprendiendo que su amigo había intervenido tras el enésimo acoso de Giovannetti a Carmine, a quien invariablemente se dirigía con el sobrenombre de «Terrone», despectivo hacia la gente del sur, a pesar de que a este, un chico moreno, sí, imberbe, de piel oscura y pelo hirsuto, nadie le había oído jamás la voz, ya que vivía permanentemente atrincherado detrás de un muro de silencio.

Tras el episodio, Carmine fue trasladado, por intercesión superior, a la fibra de vidrio, es decir, a hacer el mismo trabajo que Tito. Durante ocho horas al día, Tito pintaba las afiladas láminas de fibra de vidrio superpuestas, un trabajo que le había parecido un chollo cuando llegó: no era demasiado agotador ni especialmente peligroso, además de realizarse en una zona del astillero no frecuentada por los kapos. Y se trabajaba envuelto por el olor a resina, que a Tito siempre le había gustado. La cuestión, sin embargo, era que ese olor resultaba agradable cuando pasabas en bicicleta delante del astillero, pero se volvía intolerable cuando vivías envuelto en él durante buena parte del día. Por otro lado, se trataba de una mezcla de sustancias que, si no exactamente tóxica, rozaba claramente la toxicidad, por lo que Tito y los demás miembros del departamento de fibra de vidrio se pasaban los días en un perpetuo estado de aturdimiento cerebral, como si siempre estuvieran ligeramente narcotizados, y no era raro que terminaran la jornada sin saber lo que había pasado desde el momento en que la habían empezado: la única confirmación de que habían comido era la tartera vacía, y la única confirmación de que habían ido al baño era que la cremallera del mono se había quedado abierta.

Durante el mes largo en el que formaron una pareja fija pintando kilómetros cuadrados de fibra de vidrio, Tito no había logrado sacar a Carmine de su mutismo. Aun así, estaba convencido de haber logrado escuchar su voz, una voz nasal pero grave, que no encajaba bien con esa mirada de chico poco más que adolescente. Mientras extendía la resina, Tito tuvo la impresión de que Carmine repetía una especie de letanía, que al principio le pareció que era *Montana, Montana, Montana*, aunque luego al final comprendió que era *buttana, buttana, buttana*, es decir, putón, putón, putón. Lo decía en voz baja, de forma casi inaudible, y seguramente hubiera sido ininteligible si hubieran estado en una zona más ruidosa, o más alejados entre sí, o incluso si a Tito no se le hubiera metido en la cabeza oír a toda costa esa voz y descifrar esa fórmula esotérica: *buttana, buttana, buttana...*

Estuvo dándole vueltas durante mucho tiempo, tratando de imaginar qué historias de mujeres podría haber tenido ese chiquillo siempre ceñudo y silencioso; quizá había llegado a ser así precisamente a causa de un desengaño sentimental, de un amor rechazado o traicionado por el cual había decidido exiliarse primero en el norte y luego en sí mismo; tal vez la tuviera tomada con su madre, quien lo había enviado a trabajar como obrero lejos de casa para mantener a la familia y de este modo permitir acaso que sus hermanos pequeños estudiaran; o no la tenía tomada con nadie en particular, y ese mantra era simplemente una manera de animarse y aguantar; o también podía ser una blasfemia que no tenía valor de decir por entero, porque que estaba cabreado era evidente, pero tal vez no hasta el punto de desafiar a la divinidad.

Tito lo escuchaba y comenzó a experimentar por él un sentimiento de protección que hubiera podido llamar paternal si este término referido a sí mismo no le hubiera hecho gracia y si los padres y el paternalismo no le hubieran parecido las principales fuentes del mal de la sociedad en la que vivía.

El caso es que dejó de intentar hablar con su compañero y, de hecho, también él empezó a acompasar el ritmo de las pinceladas y a desahogar su frustración salmodiando *buttana, buttana, buttana*. Funcionaba.

La ocupación del astillero se organizó en vísperas de la entrega de los yates, para poner en mayores dificultades aún a Zama y sus acólitos. El motivo: el despido de dos trabajadores muy sindicalizados y muy rojos, con la infame y claramente falsa acusación —entre otras cosas por haber sido levantada de manera apresurada e inverosímil— de haber robado materiales.

La participación fue masiva; por la noche se abrieron las puertas de la fábrica, se dejó salir a los guardias de seguridad y se organizó un piquete que, gracias al boca a boca nocturno realizado en bicicleta y Lambretta por los barrios obreros más allá del ferrocarril, así como en Darsena, a las seis de la mañana ya congregaba casi a doscientas personas atrincheradas y decididas a resistir.

Cuando Tito llegó, antes de las siete de la mañana, Miro lo recibió con una sonrisa cómplice. Entre muchos otros, Tito también entrevió a Romano —quien siendo pleno invierno y habiendo desterrado por el momento las Ray-Ban de seductor y el bronceado de socorrista, había comenzado la temporada de desempleo y de reuniones en la sección del PCI— y a Athos, que había oído que «tocaba montar barahúnda», y a él, cuando había que montar barahúnda se relamía, y si además se daba la ocasión de pegarle «un par de hostiazos a algún madero» estaba aún más contento. Lo saludó desde lejos con un «¡Grande Tito!» gritado con su vozarrón zafio y alegre, acompañado por un puño en alto; luego siguió charlando en voz muy alta con el corrillo con el que estaba departiendo. Debía de haber salido hacía poco de la pastelería de su padre, y si para los demás era muy temprano, para él la jornada ya había empezado hacía varias horas, y en cualquier caso su energía no parecía conocer momentos de estancamiento.

Entre los demás, y también en medio de una de sus apasionadas peroratas, estaba el padre Neri, que con su larga barba y su ropa de paisano era indistinguible de un militante de Autonomia Operaia. Su participación en las actividades de protesta siempre había suscitado reacciones encontradas: entre los jóvenes y los más extremistas, más maniqueos y envueltos en la certeza inquebrantable de que la Iglesia solo podía ser una fuerza de reacción, su presencia estaba mal vista, aunque nunca fuera abiertamente cuestionada; entre los más maduros, sin embargo, tendía a preponderar el realismo de quienes pensaban que tener a la Iglesia de tu lado siempre era buena cosa en Italia y que, en última instancia, si había un camino italiano hacia el socialismo, este solo podría pasar por el comunismo católico, del que el padre Neri ofrecía la versión más creíble y, según decían las camaradas, decididamente guapetona. Para quienes lo conocían, el problema ni siquiera se planteaba: el propio Tito afirmaba que mucho de lo que sabía sobre comunismo lo había aprendido de Jesús (a través del padre Neri). El cura saludó a Tito con un amplio gesto, abriendo los brazos, y este le respondió con un «Buenos días, padre» acompañado de una sonrisa burlona, ya que el padre Neri detestaba que lo llamaran así, y más si lo hacían en un sitio donde para una buena mitad de los presentes valía el dicho «si ves un punto negro, dispara en cuanto lo tengas a la vista: o es un cura o es un fascista».

Tito, sin embargo, tuvo la confirmación de que aquella lucha era sacrosanta cuando vio llegar, en el curso de pocos minutos, a dos personas que, a diferencia del cura obrero, no hubiera esperado encontrar allí: Carmine, con el rostro ceñudo y decidido como siempre, y Giorgio, que se había tomado un día libre en su trabajo como empleado municipal para trabajar como cuello blanco en apoyo de los monos azules. Tito se alegró tanto de verlo que corrió hacia él.

—No me esperaba que tú también vinieras.

Giorgio lo miró seriamente:

—Cuando es demasiado, es demasiado.

Por suerte no llovía, pero hacía un frío terrible, y pronto hubo que encender hogueras, lo que hizo que la celebración fuera aún más festiva, y empezaron a entonar canciones de combate. La que más gustaba era una canción partisana titulada *Y yo era Sandokán*, compuesta para una película de Ettore Scola recién estrenada y con la que Gian Mario, guitarrista y pianista local, había quedado tan impresionado que volvió varias veces al cine para apuntarse los acordes y la letra (y cuando no los recordaba o no podía entenderlos, los adaptaba según sus sentimientos).

Se había convertido de inmediato en un himno de combate, y no había ni uno de ellos que no soñara con tener que elegir algún día un nombre de guerra para llamarse Sandokán.

De vez en cuando, entre una canción y otra, cuando tenía la impresión de que el ambiente se enfriaba, Gian Mario entonaba una canción del Carnaval de Viareggio, y al oírla nadie podía evitar balancearse; pero solo lo hacía muy de vez en cuando, porque seguían estando en plena lucha y no en una bacanal.

La policía llegó alrededor de las diez y fue recibida por los canónicos cánticos que se mofaban de ella, y muchos dijeron que habían venido a esas horas porque antes tenían que ir al bar a desayunar. La petición de dispersar el piquete realizada por el megáfono policial fue tan litúrgica y tan poco convencida que solo unos pocos se molestaron en responder con un «a tomar por el culo»; la mayoría seguía coreando «tu nombre de guerra era Pinin y yo era Sandokán», sin preocuparse demasiado por uniformes y porras.

Para la una estaba prevista una reunión entre una delegación de manifestantes y el armador Alfredo Zama, acompañados por el jefe de policía de Lucca y el director de personal de los astilleros. La reunión vino precedida de una animada asamblea, donde se decidió qué exigencias presentar y quiénes debían participar en la delegación. Este segundo punto fue el más sencillo: obviamente los delegados fueron Paride y Enrico, los dos despedidos, Dino, trabajador y sindicalista de larga trayectoria, y Miro, como cuota extraparlamentaria; Valdieri, secretario del PCI local, también quiso participar, autoeligiéndose entre no poco descontento. En cuanto a las exigencias, se acordó la readmisión de los dos compañeros injustamente despedidos y la redistribución entre todos los trabajadores del astillero —incluidos los trabajadores a destajo— de los beneficios derivados de la venta del menor de los dos yates entregados. Nadie podía decir a cuánto ascendían esos beneficios, ni siquiera de forma aproximada, y ponerse de acuerdo en una cifra llevó más tiempo que las dos cuestiones principales. Al final se decidió pedir cincuenta y cinco millones de liras; casi todo el mundo había quedado convencido por la cifra redonda de cincuenta millones, pero entonces alguien dijo que era mejor pedir cinco más, porque la cifra redonda podía parecer un poco infantil, mientras que una más precisa parecería la exigencia de personas preparadas. «¡Y además hay que tener en cuenta la escala móvil!», gritó Athos, que sabía utilizar un argumento fuera de lugar exactamente cuando era necesario: la escala móvil los convenció a todos.

La reunión con la parte contraria apenas duró un cuarto de hora, y más tarde se acabaría sabiendo que la propuesta había sido acogida por los empresarios con una carcajada y que su idea de negociación no se modulaba sobre el principio de «busquemos un compromiso», sino del de «si os largáis de inmediato, es posible que nadie salga herido».

La síntesis de Miro, al regresar del encuentro con Zama, fue el grito «¡La lucha continúa hasta el final!», recibido por un rugido de beligerante aprobación. A media voz, dirigiéndose a los que lo rodeaban, Tito le oyó añadir: «Esto va a terminar como el rosario de la aurora».

Lo indudable es que los ánimos de la mayoría, que esperaban poder forzar una solución rápida y eficaz, se ensombrecieron, mientras que algunos, convencidos de que la exasperación del conflicto vehiculaba mejor la emancipación social de la clase subalterna, acogieron con alegría el estancamiento y se prepararon mentalmente para la resolución violenta. Entre ellos, claro, estaba Athos, que se acercaba periódicamente a un policía y le preguntaba: «Perdona, ¿puedo hacerte una pregunta? ¿Me puedes explicar qué se siente cuando tu madre es un putón verbenero?».

La manifestación, destinada a concienciar a la ciudadanía, se reorganizó para las 15.00 horas, antes de que oscureciera e hiciera aún más frío.

La violencia no pasó del nivel verbal, muy prometida y muy poco practicada (a excepción de algunas pintadas con insultos en la sede del MSI, consideradas unánimemente como mera confirmación de los valores constitucionales), entre otras cosas porque algunos militantes del PCI, criados en el culto a la disciplina soviética, se presentaron en la comitiva para actuar de servicio de orden y evitar que la violencia pasara de verbal a física. Se ganaron algunos «cabrones estalinistas» e incluso «pedazos de mierda fascistas» sin pestañear, pero garantizaron la seguridad de las tiendas y de los coches estacionados a lo largo del recorrido: para no pasar al lado equivocado (según los encargados del orden), o para quedar como siempre como unos tontos del culo (según Athos).

Mientras aún se discutía sobre el alcance de la violencia legítima del proletariado hacia los símbolos del poder y la burguesía, la manifestación rodeó la torre Matilde y subió al puente de Pisa, un gran puente de piedra que cruzaba, trazando un recodo, el canal de Burlamacca. Una vez pasada la curva del puente, la cabeza de la manifestación se encontró de frente, al otro lado, con una hilera de escudos transparentes y cascos azules, que unían como una línea de puntos dos grandes furgones policiales. La comitiva se detuvo de golpe tratando de evaluar la situación; pero había poco que evaluar: aquello iba a acabar como el rosario de la aurora, como había predicho Miro. Ni siquiera los encargados de mantener el orden tuvieron ánimos para detener a quienes empezaron a lanzar piedras —un par, más organizados, incluso algunos cócteles molotov— contra la policía, que respondió con gases lacrimógenos.

A partir de ahí nadie entendió nada: entre el humo, los ojos irritados, las sirenas que empezaron a vociferar como enloquecidas y la policía que lanzó una carga, huir parecía la única opción viable, hasta que descubrieron que, una vez pasada la comitiva, el otro acceso al puente también había sido bloqueado por un cordón policial, que probablemente había permanecido escondido en el lado de via Pinciana, detrás del paso elevado. En ese lado aún no habían empezado las cargas, por lo que parecía la vía de fuga menos arriesgada, pero la situación estaba ya fuera de control: los que todavía arrojaban piedras a la policía lo hacían sobre todo para abrir huecos por los que escapar de la ratonera y alejarse. Algunos de los que se quedaron en el medio, sin poder escapar ni por un lado ni por otro del puente, se dejaron caer por los parapetos, algunos incluso se lanzaron al canal. Eran pocos los que seguían resistiendo y respondiendo a los golpes; todos gritaban, algunos de rabia, otros de miedo, unos en el fragor de la batalla, otros para asustar a los demás. Pero luego se oyeron algunos gritos con una intensidad y urgencia diferentes. Tito corrió hacia el parapeto de poniente, de donde provenían los gritos, y a pesar de sus ojos hinchados pudo distinguir lágrimas que no parecían de gases lacrimógenos. Vio el rostro aterrorizado de Miro y a Giorgio arrodillado junto a la balaustrada, mientras el padre Neri gritaba con voz inhumana: «¿Qué habéis hecho? ¿Qué habéis hecho?» y Athos repetía: «¡Pedazos de mierda! ¡Cabronazos!».

Tito se asomó al parapeto donde estaba arrodillado Giorgio, quien le tomó la mano entre las suyas y se la estrechó, susurrando, casi de forma imperceptible: «Lo han empujado ellos».

Tito miró hacia abajo desde la balaustrada.

Debajo del puente, sobre el cemento que recorría la orilla del canal y en medio de un charco de sangre, el cuerpo oscuro e inmóvil de Carmine parecía, más que de costumbre, el de un chiquillo.

La caída de Carmine fue un punto de inflexión para todos ellos; fue como vivir de verdad la historia interminablemente repetida de la defenestración de Pinelli, que ahora era un arquetipo, perfecto y sin embargo completamente sublimado, casi irreal. Todos lo entendieron como el signo definitivo de la capilarización de la guerra que el Estado —el régimen, la Democracia Cristiana (con el apoyo del PCI), el Estado imperialista subordinado al Capital— libraba contra el pueblo, y que programáticamente se abatía sobre los indefensos como Carmine, dejando su sangre en el adoquinado. El Estado no se limitaba a golpear a uno para educar a cien, como habían escrito con bastante énfasis las Brigadas Rojas: el Estado golpeaba a cualquiera para disciplinar a todos, para mantener bajo su yugo a un país entero.

Desde aquel día de principios de enero en que Carmine fue arrojado por la balaustrada del puente de Pisa, todos los que habían estado presentes en el lugar se sintieron personalmente involucrados, adquirieron la certeza de que la guerra estaba en marcha y que el cuerpo inmóvil de Carmine era su carta de reclutamiento, por más que no hubieran sabido decir con claridad en qué ejército estaban alistados. El mismo padre Neri, el domingo siguiente, había expresado en su homilía —con palabras ardientes pero impecables— el ultraje, la indignación y la rabia que aquella violencia había suscitado. Al final de la homilía, la mitad de la iglesia había levantado al cielo el puño cerrado y la otra mitad había permanecido con la cabeza gacha, salvo algunos que se habían marchado ostentosamente, yendo a engrosar las filas de los exiliados de la iglesia de los Siete Santos, la iglesia del «padre Mitra», como habían empezado a llamar al padre Neri.

La furia que se agitaba dentro de Tito y de los demás, sin embargo, permaneció vaga, como borrosa: tan clara era en ellos la fuente de su cólera como indefinido el objetivo contra el que lanzarla. Y más indefinida se volvió cuando se quedaron sin la única persona que tenía palabras para articularla, conceptos claros en los que traducirla, acciones en las que encauzarla: el sermón de aquel domingo fue el último que pronunció el padre Neri como párroco de los Siete Santos, antes de ser llamado por el obispo de Lucca y puesto ante la disyuntiva de la suspensión *a divinis* y el traslado a otra parroquia. Su compromiso político se basaba, como nunca dejaba de repetir, en su fe, por lo que esta tenía prioridad sobre la primera: prefirió ser apartado de su parroquia antes que renunciar a su sotana. Tito, como muchos otros, entendió los motivos, pero aun así no pudo perdonarlo por su deserción. Para sustituirlo en los Siete Santos, trayendo de vuelta a la madre de Tito y a los demás exiliados, llegó el padre Orazio, un sacerdote de edad avanzada, amable y bondadoso, de esos sacerdotes que son todo misericordia, paciencia, teología incierta y sonrisas paternales. Un hombre que no podía caerle antipático a nadie, que encarnaba la versión dócil y consoladora del catolicismo, como un querubín de setenta años.

Tras el episodio, los astilleros Zama se apresuraron a mostrar su cara conciliadora: aceptaron pagar a los dos despedidos la considerable indemnización de cincuenta millones (no cincuenta y cinco, eso no, los tacaños), obligándolos a firmar lo que se llamó un acuerdo «férreo» que preveía la máxima confidencialidad y la renuncia a reclamaciones y a seguir trabajando en Viareggio o en el sector de la construcción naval. Los dos trabajadores desaparecieron de circulación, pero cuando a los periódicos casi no les había dado tiempo de informar de la codicia de los «compañeros con la billetera a la derecha», se supo que esos cincuenta millones se invertirían en una escuela infantil popular para ayudar a las mujeres trabajadoras y en la apertura de una clínica ginecológica. Siguieron nuevas contrataciones, entre ellas la del propio Miro, que dejó de ser trabajador a destajo y pasó a ser obrero especializado. Tito, en cambio, no quiso saber más ni de los astilleros ni de los Zama.

El momento en el que se reavivó el debate acerca de la muerte de Carmine —y la furia de quienes habían presenciado la escena— fue cuando, unos meses más tarde, el juez de audiencias preliminares del Tribunal de Lucca, Erminio Altieri, declaró, con la enésima sentencia política, que no procedía entablar acciones contra los antidisturbios que lo habían arrojado del puente porque en su opinión tal hecho no se había producido, a pesar de numerosos testimonios de testigos presenciales; al contrario, había sido la víctima quien se cayó de la balaustrada a la que se había subido para arrojar objetos contundentes contra la policía. Los periódicos de derechas se apresuraron a declarar restablecido —«aunque sea demasiado tarde: siempre demasiado tarde»— el honor del uniforme cobardemente enfangado por los facinerosos, mientras que, entre los militantes obreros, y especialmente entre aquellos que habían estado presentes en la emboscada de la policía y en el lugar del acto violento cometido contra Carmine, se reavivó una aversión ciega contra las instituciones.

Aquella tarde en el bar Crispi la indignación era palpable, y la amarga creencia de que era constitutivamente imposible que el Estado enmendara al Estado, de que el poder limitara el poder volvió a constatarse: cada vez que un policía cometiese un acto de violencia contra un ciudadano encontraría a un juez que lo absolviera, simplemente porque jueces y policías no eran dos organismos autónomos cuyo fin era el bien común, sino miembros de un mismo organismo.

A Giorgio, atraído también al bar por el mismo afán de comentar la noticia del sobreseimiento, por la misma furia indefinida de hacer algo contra tan flagrante abuso, le gustó la metáfora y la relanzó, aunque a su manera:

—Y en cambio, el Evangelio sería suficiente, si lo piensas bien. «Si tu mano o tu pie te es ocasión de escándalo, córtalo y échalo de ti; mejor te es entrar en la vida cojo o manco, que teniendo dos manos o dos pies ser echado en el fuego eterno.»

—Eso, muy bien, trata de convencer con el Evangelio a estos pedazos de mierda. —Athos sentía cierta intolerancia hacia las maneras tiquismiquis y levíticas de Giorgio.

—*Lupus non edit lupum* —dijo Tito, comprendiendo por fin la frase del padre Neri de unos años antes. Nadie, en el ardor del momento, tuvo ganas de preguntarle qué significaba, y Tito pensó que era mejor así.

Esa noche —después de que la señora Crispi ahuyentara a los últimos clientes, despertase a su marido, que estaba sentado en una mesa, y echara el cierre—, ninguno de los cinco chicos tenía ganas de volver a casa. Todos sentían el mismo desasosiego, la misma necesidad de actuar: sabían que volver a casa y acostarse esa noche significaba doblegarse, someterse a la violencia del Estado y de los patronos. Estaban achispados y llenos de odio.

En Viareggio, un martes de marzo por la noche, a esas horas no había nadie. Solo unas almas en pena como las suyas podían tener ganas de seguir deambulando por las calles desiertas.

Fue Miro, obviamente, quien empezó a hablar de montar algo: un núcleo, una célula, una brigada. Tito estuvo tentado de decirle que no hablara de aquello en ese momento, que Giorgio también estaba presente: sentía que Romano, a pesar de su militancia en el PCI y su propensión a la superficialidad, estaba dispuesto a «hacer algo» y sabía que Athos no esperaba más que una excusa para desahogar su exceso de energía. Pero no creía que Giorgio, el funcionario, su obediente y devoto amigo, quisiera ser parte del asunto, y por eso hubiera preferido que Miro esperara a otro momento para hablar de aquello.

Para Miro, en cambio, no suponía un problema y siguió exponiendo su idea, que había meditado durante mucho tiempo: situarse fuera del sistema, fuera de las instituciones, fuera de los partidos; pero también fuera de Autonomia Operaria y de las Brigadas Rojas.

—Lobos salvajes, vaya —resumió Athos, a quien siempre le había gustado esa expresión, porque siempre se había sentido un lobo salvaje—. Y lo primero de todo, matar al juez Altieri.

Miro le dirigió una mirada gélida. Luego continuó.

—Mi idea es mantener un perfil bajo y empezar a realizar acciones para que algunos engranajes salten. —Se notaba que estaba excitado, una aspiración calabresa descontrolada se asomaba a veces entre las consonantes.

—Una especie de propaganda armada, para abrir en canal las contradicciones del sistema —precisó Tito, pues a estas alturas, presente Giorgio o no, las cartas estaban sobre la mesa.

—Yo no quiero matar a nadie —dijo Romano.

—Yo propondría que dejemos de lado la violencia —coincidió Miro. Y luego añadió, especialmente en beneficio de Athos—: Al menos por ahora. Preferiría alguna operación incisiva, más espectacular que violenta. Como la de Macchiarini, el de la Siemens, a quien raptan, asustan, fotografían con un cartel y luego sueltan.

—Sí, pero al final tampoco le hicieron nada a Sossi —dijo Athos, que ya pensaba a lo grande.

—Está bien, pero yo diría que no estamos preparados para un secuestro. De hecho, por ahora solo estamos preparados para la lucha armada en el bar Crispi. Vayamos por orden: primero pensemos en operaciones que hagan ruido, luego si acaso ya se verá.

—Está bien, pongámonos en marcha. Pero en algún momento habrá que disparar al juez Altieri. —Athos había pronunciado en voz baja la segunda parte de la frase.

—Por mí, de acuerdo —dijo Romano.

Tito asintió.

—¿Giorgio? —preguntó después.

—No sé muy bien qué decir, me da un poco de apuro...

—Giorgio, si no te sientes capaz, no pasa nada —lo interrumpió Tito—. No tienes por qué hacer nada.

—¿Por qué no le dejas hablar? —intervino Miro.

—Veréis, yo... —continuó Giorgio—. Yo estaba al lado de Carmine cuando lo empujaron. Y, de verdad, hace tiempo que me esperaba una propuesta como esta... Así que me adelanté y he robado algunos carnés de identidad en blanco del Registro Civil, y también la prensa en seco para autentificarlos; si necesitamos documentos, podemos hacerlos en el momento, según nos haga falta. Basta con rellenarlos y sellarlos. Si también necesitamos carnés de conducir, lo intentaré. En realidad, es más complicado; pero puedo encontrar una manera de ir a Tráfico el mes próximo; o en todo caso hay un sistema para que me los envíen por correo, pero si logro ir en persona podría ver si también puedo conseguir un par de permisos de circulación... —Echó un vistazo a su alrededor y vio las miradas desconcertadas de los demás. Eso lo intimidó. Y añadió rápidamente, como si tuviera prisa por concluir—: Pero os advierto que me resultaría completamente imposible falsificar un pasaporte, e incluso una licencia de armas.

—Joder, qué eficiente —dijo Miro.

Giorgio hinchó el pecho imperceptiblemente.

—Me gustan las cosas bien organizadas. En serio, me parecéis un poco chapuzas.

—¿Y un nombre lo tenemos? —preguntó Athos—. ¿Lobos Salvajes?

—Yo había pensado en la Columna Partisana Combatiente —propuso Miro.

—Lobos Salvajes parece el nombre de un grupo musical —replicó Tito—. Y Columna Partisana Combatiente me parece excesivo. Entre otras cosas porque si no he entendido mal, no combatimos, ¿verdad?

—Por el momento —intervino Athos.

—De acuerdo, pero igualmente me parece retórico...

—Además, tampoco me gusta lo de la columna: tiene un tufillo a cosas de ejércitos, de guerra, de insignias. —Romano meneó la cabeza.

—Los grupos tupamaros se llaman columnas —aclaró Miro.

—¿Y quién coño es esa gente? Vamos, busquemos algo más sencillo, en italiano, además —dijo Athos.

—Bueno, en lugar de Columna Partisana, ¿no podemos decir simplemente brigada, que ya se entiende que es partisana? —dijo Tito.

—¡Brigada Burlamacco!* ¿Qué opináis? —preguntó Romano.

—Que tienes que estarte calladito cinco minutos después de decir esa gilipollez —le gritó Athos.

—Una vez leí una biografía que me gustó mucho: la de un anarquista francés llamado Ravachol.

—¿Brigada Ravachol? —preguntó Tito, escéptico.

—A mí me gusta. Suena chic —dijo Romano.

—Ni de broma, ¿qué tienen que ver los anarquistas con esto? —dijo Miro.

—A mí me parece un poquitín burgués, y además está eso de tener que ir a buscar a un francés... ¿No tenemos revolucionarios en Italia?

—No empieces con tonterías nacionalistas, Athos. Si es internacional, mejor —afirmó Tito.

—Sí, pero podríamos quedarnos con uno más famoso. Como

* El Burlamacco es la mascota oficial del Carnaval de Viareggio y emblema oficioso de la ciudad. *(N. del T.)*

el Che Guevara o Mao. Que también son comunistas —intentó recuperar el control Miro.

—A mí me gustan los anarquistas. Mejor dicho, creo que soy más anarquista que comunista —afirmó Athos.

—A nivel teórico, no creo que seamos gran cosa —sonrió Romano.

—El exceso de teorización es malo, porque paraliza la acción. Para nosotros ahora lo esencial es actuar. Luego ya veremos —declaró Miro, a quien en principio no le gustaban los jefes, aunque hacer de jefe no le desagradara en absoluto.

—Está bien, pero saber si somos anarquistas o comunistas no me parece una teorización excesiva. Me parece lo básico, la verdad —insistió Romano.

—Tenemos un enemigo, que es este Estado siervo del Capital. Y eso es suficiente. Entre los partisanos había de todo, desde comunistas hasta católicos, porque había un enemigo. En España había de todo, anarquistas y liberales, trotskistas y estalinistas. Cuando hay una guerra que librar, no importan los carnés. Y, es más, como comunista os digo que me parece bien que le pongamos el nombre de ese francés.

—Pero ¡si acabas de decir que no te gustaba! —dijo Athos.

—Pues ahora me gusta —zanjó el asunto Miro—. Declaro constituida la Brigada Partisana Ravachol.

—Habíamos dicho que sin partisana, que ya estaba implícito. —La voz de Giorgio tenía algo entre profesoral y sacerdotal; Miro lo fulminó con la mirada.

—Está implícito, Giorgio tiene razón —secundó Athos, probablemente para darse el gusto de contradecir a Miro.

—Entonces declaro constituida la Brigada Ravachol —anunció Miro, con un poco menos de énfasis que antes.

Athos sacó un Asti Cinzano de su mochila y lo descorchó:

—¡Tenemos que celebrarlo! —gritó levantando la botella espumosa.

—¿Y eso de dónde lo has sacado? —preguntó Romano.

—Cortesía de los Crispi.

—¿Se la has *robado*? —preguntó Miro.

—Expropiación proletaria —se justificó Athos—. Sentía que habría algo que celebrar esta noche, pero no podía pagarle una botella.

—Santo Dios, Athos —dijo Tito—. Los Crispi son camaradas. No se les roba a tus camaradas.

—Pero si son burgueses.

—Si es por eso, tú también, que sois los dueños de la pastelería más cara de Viareggio.

Athos prefirió no alargar la discusión en exceso.

—Esta es la última vez, ¿de acuerdo?

—Entre otras cosas —intervino Giorgio—, porque si queremos hacer esto bien no podemos llamar la atención con estupideces como esa.

Athos se encogió de hombros.

—Entonces no me ha quedado claro, ¿tengo que bebérmela solo?

Brindaron a la salud de la recién nacida Brigada Ravachol. Luego Romano preguntó:

—Entonces ¿qué hacemos? ¿Empezamos a organizar algo?

Hubo un largo silencio. Luego fue el propio Romano quien volvió a hablar.

—Tal vez a mí se me haya ocurrido algo.

Todos lo miraron.

—Hay una chica con la que me llevo viendo desde hace tiempo. Una muchacha preciosa...

—Romano, ¿puedes dejar de pensar en las tías al menos por una noche? —preguntó Miro.

—No, no puedo. Y escucha de todos modos, a lo mejor no te gustan las tías en general, pero en mi opinión esta tía incluso a ti te interesa.

Resultó que Romano, aunque aún no hubiera empezado la temporada estival, no dejaba de concederse cierta actividad físico-recreativa. Y una de sus compañeras de juegos se llamaba Nicole, «Nicole Petri», precisó, como si el apellido pudiera significar algo para los demás, que en cambio se dedicaron a fantasear con el exotismo del nombre. Nicole había sido una aventura de verano que sin embargo se había prolongado después.

—Entonces, ¿por qué no os ennoviáis? —preguntó Giorgio.

Romano no se dignó a darle una respuesta.

—¿Está casada? —preguntó Tito.

—No está casada: tengo como norma no salir con mujeres casadas durante más de dos semanas y al final siempre las dejo con cierto desprecio.

—Machista —dijo Miro.

Romano no le hizo caso.

—Y de todos modos no me ennovio porque ella ya está ocupada, en cierto sentido.

—¿En qué sentido?

—En el sentido de que se ve regularmente con un hombre casado. Con un viejo casado, para ser precisos. Con un viejo casado y asquerosamente rico.

—Virgen santa, la de puterío que hay por ahí —dijo Athos.

—Así pues, las mujeres casadas se abandonan, pero las mantenidas pueden conservarse. ¿Lo he entendido bien?

—Oye, Tito, es inútil que te esfuerces por entender mi decálogo, que siempre has sido alérgico a las mujeres, así que intenta concentrarte en las cosas importantes en lugar de dedicarte a la ciencia ficción: nunca tendrás tantas relaciones como para que te haga falta un código de conducta.

—¿Y cuáles son esas cosas importantes?

—Zama —dijo Giorgio a quemarropa. Todos lo miraron. Que quisiera intervenir también en cuestiones de mujeres sorprendió a todos.

—¿El armador? ¿Qué cojones tiene que ver con todo esto? —preguntó Athos.

—Pues tiene razón. Bien hecho, Giorgino, eres el único que sabe escuchar.

—No lo entiendo —dijo Athos.

—¿Quién es el viejo rico y casado con el que se lo monta mi amiga?

—¡No! —gritó Athos—. ¿Te estás follando a la que se folla a Zama? ¿No te da asco?

Romano se encogió de hombros:

—Nunca me he planteado el problema de a quién se folla. Y, en cualquier caso, ni siquiera se le levanta.

—Está bien. ¿Y qué pasa si te estás follando a la zorrita de Zama? Si por lo menos fuera su mujer, pero ¿a quién le importa su amante? —dijo Miro.

—Dentro de un par de semanas se van juntos de vacaciones a Montecarlo. Podría ser una estupenda ocasión para hacerlo quedar como la mierda, ¿verdad?

—¿Y eso cómo? —preguntó Tito.

—Bah. ¿Y yo qué sé? ¿No eres tú el cerebro?

—¿Yo?

—Vaya, Tito, aquí eres el único que ha ido a la universidad.

—Pero ¡si estudiaba Ingeniería Agrícola!

—Y ni siquiera aprobó un solo examen, por la gracia de Dios y la voluntad de la nación —añadió Giorgio, que lamentaba no haber sido él quien hubiera ido a la universidad, en lugar de acabar cuando aún era muy joven en el calabozo del Ayuntamiento.

—Tal vez se pueda hacer algo. —Miro habló con aire pensativo, intentando hacer hincapié en que, más allá de los presuntos títulos académicos, el cerebro pensante era él.

—Necesitaremos un lugar para trabajar —dijo Giorgio, que ya estaba planificando—. Una *guarida* —añadió, dándole vueltas en la boca a esa palabra que olía a sedición.

—¿Podría ser tu casa, Romano? —preguntó Miro.
—¿En qué coño estás pensando? —contestó este.
—Eres el único que tiene una casa que se presta a ello.
—Mi casa ni se toca.
—A lo mejor se me ha ocurrido una idea —dijo Tito.

Fue así como a partir de la semana siguiente, además de Giorgio y Tito, que siempre habían participado de forma activa en la vida parroquial, también empezaron a dejarse ver en misa los otros tres, especialmente Romano y Miro, quienes también se sumaron a hacer de catequistas y a animar la vida de la pequeña iglesia de extrarradio. De este modo pudieron montar, a espaldas del sacerdote, una guarida en el lugar menos sospechoso: las salas parroquiales de la iglesia de los Siete Santos, que poco después albergarían armas, municiones, folletos que enaltecían la muerte de los patrones y la insurrección armada, y objetos robados de diversa índole. En todo esto, el mayor obstáculo fue evitar los continuos y melosos agradecimientos del padre Orazio, que nunca había visto tanta devoción por parte de chicos jóvenes y fuertes, lo que era una auténtica bendición del cielo, la señal de que el Señor no los había olvidado, y «gracias, muchas gracias, ¿queréis un caramelito?».

Athos era el único que no iba, tanto porque era objetivamente imposible que dejara de usar blasfemias a modo de interjecciones, como porque su presencia en la iglesia era demasiado incongruente para quienes lo conocían, y porque una de las primeras veces que todos se reunieron allí se llevó dos botellas de vino, con el riesgo de hacer saltar por los aires la tapadera. Lo cual no significaba que Athos fuera menos activo o menos importante para la Brigada Ravachol, sino todo lo contrario.

Fue él quien consiguió la foto de Zama para utilizarla en el fotomontaje: la robó de la pared de la pizzería Da Cecco, donde estaban pegadas numerosas instantáneas que retrataban al pizzero junto a celebridades, tanto locales —Zama, el alcalde o el capitán del Viareggio Calcio—, como nacionales: actores o cantantes que acababan a menudo tomándose una pizza en su restaurante después de actuar en el Politeama. La foto de Zama desapareció con un número de prestidigitador de Athos, que esa noche había ido a cenar con Tito y Romano y se había empeñado en desafiar a los otros dos a ver quién podía comerse más *calzoni*, ganando naturalmente el concurso. Giorgio y Miro hicieron después el fotomontaje en los locales de la parroquia, donde habían preparado un cuarto oscuro para que los niños del oratorio realizaran actividades: el resultado era objetivamente malo, y Miro tuvo que esforzarse mucho para convencer a Giorgio de que podían utilizarlo de todas formas, y que el expediente solo debía durar un par de días.

Tan pronto como Romano recibió de su amiga el soplo sobre su inminente partida, se puso en marcha la operación. El primer día los periódicos locales recibieron la foto y dieron la noticia sin demasiado bombo. En cambio, el segundo día, entre otras cosas gracias a la declaración de la señora Zama, que confirmó que su marido estaba ilocalizable, la noticia fue relanzada incluso por los periódicos nacionales, generando un gran revuelo (y la escasa calidad de la imagen, más que despertar sospechas en los medios, fue interpretada como un signo de autenticidad: una foto tomada en condiciones extremas). Al tercer día, sin embargo, todos los periódicos plegaron velas y, tras el irritadísimo desmentido del propio Zama, se olvidaron de la noticia. Pero el daño, a esas alturas, ya estaba hecho. La señora Zama había descubierto que su marido no estaba en Hamburgo por negocios, como le había dicho, sino en un hotel de cinco estrellas en el Principado de Mónaco, y no estaba en compañía de su director general, sino con una joven de veinte años pecaminosa ya desde su propio nombre.

Probablemente, Zama habría preferido ser secuestrado por las auténticas Brigadas Rojas antes que enfrentarse a la ira de su esposa, lo que desembocó en el primer divorcio multimillonario de Viareggio, que durante meses fue la comidilla de peluquerías y esteticistas y frente al cual los cincuenta millones pagados a los trabajadores unos meses antes parecían tan solo una propina. Por si su esposa no fuera suficiente, Zama también tuvo que enfrentarse a las estudiadas jeremiadas de Nicole Petri, quien se proclamó públicamente abochornada y que poco después lograría convertirse en la segunda señora Zama, alcanzando un objetivo impensable hasta unos meses antes, sin renunciar por otra parte a verse con Romano.

El único desacuerdo que surgió en el grupo tuvo que ver con la estrella que debía pintarse en la tela roja destinada a aparecer detrás de Zama en la foto de los periódicos. Mientras preparaban la tela para ser fotografiada, Giorgio había dibujado una estrella de cinco puntas perfectamente simétrica, lo que había llevado a Miro a señalarle que la estrella simétrica no era «totalmente correcta».

—Hablas exactamente igual que un burgués —dijo Giorgio sin interrumpir su tarea.

—La cultura no es burguesa: la cultura es emancipación —afirmó Miro, quien como autodidacta tenía a gala hablar como un licenciado—. En cualquier caso, la estrella no está bien así.

—¿Y por qué? A mí me parece perfecta.

—Precisamente porque está perfecta. Debe ser asimétrica... debe estar desigual, más chata por arriba.

—Ni lo sueñes, no voy a dibujarla mal.

—¿Has visto las fotos de las BR: Amerio, Sossi y demás? La estrella siempre está desigual: ancha abajo y achatada arriba. ¿Entiendes cómo?

—Lo entiendo —dijo Giorgio—. Pero yo la pinto proporcionada.

—Pero ¡si todos la pintan proporcionada!

—Las Brigadas Rojas la pintan proporcionada. Y la Brigada Ravachol, por el contrario, la pinta simétrica. —Y dio la última pincelada satisfecha a su estrella elegantemente vitruviana.

Más allá de esta desavenencia, la operación vio actuar a los cinco miembros de la brigada con gran armonía, incluso podría decirse que con cierto regocijo. Al final, para celebrar el brillante éxito de su primera iniciativa, los Ravachol volvieron a cenar en Da Cecco, donde Athos una vez más hizo trizas a todos por la cantidad de *calzoni* que engulló antes de colocar la fotografía de Zama en su sitio.

Tito echó un último vistazo a la foto y pensó que si Zama, el día que se la hicieron, se hubiera molestado siquiera en fingir una sonrisa al lado del pizzero, en lugar de tener esa expresión de hastío y casi pétrea, la foto no les habría servido de nada, y él habría mantenido intactas su fortuna, matrimonio, reputación y relación clandestina. En cambio, junto a Cecco había puesto esa mueca de impaciencia, como si el pizzero lo hubiera secuestrado contra su voluntad. Y ahora estaba pagando las consecuencias.

En verano nadie hace la revolución.

Desde luego no en Italia, y menos aún en una localidad turística. El 14 de julio, en Viareggio, el responsable de la Bastilla habría podido dormir a pierna suelta. Los Ravachol siguieron viéndose de vez en cuando, en el bar Crispi o por ahí, muy raramente en su guarida de la parroquia. Pero no era solo el clima y el ambiente vacacional perpetuo lo que impedía a la brigada concentrarse en la actividad política: estaba también el trabajo. Para Romano empezaba la temporada de socorrismo y amoríos; para la pastelería del padre de Athos (y por tanto para Athos) eran meses frenéticos; los astilleros de Zama tenían nuevas entregas urgentes, por lo que Miro, entre turnos y horas extras, si no estaba en el astillero, estaba descansando. Los únicos que tenían tiempo libre eran el funcionario Giorgio y Tito, que había encontrado trabajo como portero nocturno en un hotel de lujo, trabajo que le gustaba mucho, entre otras cosas porque el propietario era un señor de otros tiempos: por suerte, no todos los patrones eran como él, de lo contrario la revolución nunca estallaría. Para Giorgio y Tito fueron meses de lectura: Giorgio se puso al día con los clásicos del marxismo, desde Lenin hasta Althusser y Marcuse, y además se apasionó por Gramsci, en cuya figura de intelectual frágil, apartado pero agudo y brillante probablemente le gustaba verse reflejado. Tito, en cambio, leía sobre todo textos religiosos: rememorando la lección del padre Neri, intentaba basar la práctica revolucionaria menos en lo humano que en lo divino. Llenaba sus cuadernos de consideraciones sobre lo sagrado y lo religioso, intentando establecer un paralelismo entre lo sagrado y la anarquía por un lado y la religión y el Estado por el otro. Estado y religión son particiones estáticas que se basan en el poder de unos pocos (la clase dominante, los sacerdotes) sobre muchos, mientras que lo sagrado, al igual que la anarquía, es el fondo oscuro que precede a la distribución del poder, es la negación del poder en cuanto tal, la declaración preventiva de la arbitrariedad de todo poder. Si era necesario buscar una justificación para la lucha armada, comprendió Tito, había que buscarla en lo Sagrado, en las fuentes, en el abismo en el que se disolvía todo poder: lo sagrado tenía que destituir a lo religioso así como la anarquía tenía que destituir al Estado. La noche del 10 de agosto, cuando todos estaban en la playa mirando al cielo para pedir a las estrellas que cumplieran sus deseos pequeñoburgueses, Tito apuntó exultante una nota inspirada en Carlo Levi: «El proceso de toda religión es transformar lo *sagrado* en *sacrificial*. La anarquía pura se convierte así en tiranía. No hay plebe sin rey y no hay masa sin Dios. El Estado-ídolo es un signo del terror del hombre que está dentro del hombre». Por lo tanto, se empecinó en encontrar cada pasaje del Nuevo Testamento que mostrara cómo Jesús aspiraba a la afirmación de lo sagrado frente a lo religioso, y cómo había en él, de forma casi instintiva, un rechazo de la autoridad y una contestación a la actitud estadolátrica («Contra la estadolatría o la idolatría del Estado» es el título que dio a una larga disertación en el último cuaderno de ese verano). Quedó deslumbrado por la teología contenida en las cartas redactadas desde prisión del teólogo protestante Dietrich Bonhoeffer, quien no había temido asociar el cristianismo no solo con una teoría, sino también con una práctica del tiranicidio, intentando activamente matar a Adolf Hitler.

Cuando volvieron a encontrarse, con los primeros días frescos de septiembre, todos parecían vigorizados por los meses de verano; excepto Miro, que estaba cabreado como un mono. El ritmo en la fábrica se había vuelto insostenible, la lucha por el convenio colectivo se gestionaba de manera demencial por parte de los camaradas y de manera abusiva por parte de la dirección, que a veces se permitía incluso burlarse de ellos en los periódicos, como en el caso de la entrevista concedida hacía poco al periódico *La Nazione* por el ingeniero Ramacciotti, en la que motejaba a la contraparte obrera con epítetos infantiles y ofensivos. Era el mismo Ramacciotti que nunca dejaba de humillar a sus subordinados en el astillero, y que cada vez que iba a una inspección la tomaba con alguno y lo avergonzaba públicamente.

—Disparémosle a las piernas —dijo Athos, que había quedado muy impresionado por las primeras acciones de ese tipo que las Brigadas Rojas habían realizado en Milán unos meses antes; parecía una buena solución, violenta pero también mesurada.

—¿De qué coño estás hablando? —lo calmó Romano.

—Si es un pedazo de mierda, podemos dispararle, ¿no?

—No tenemos armas —dijo Giorgio—. Y tampoco la menor preparación. Terminaríamos matándolo. O haciendo que nos maten.

—Y, en todo caso, ¿no habíamos decidido realizar únicamente acciones no violentas? ¿De propaganda? ¿Que la violencia se la dejamos al Estado? —preguntó retóricamente Tito.

—Está bien, está bien. Era por decir algo. Joder, uno no puede hacer una broma sin que se le echen encima. Menos mal que sois los de la no violencia. Que además la no violencia será estupenda, pero hasta cierto punto. No se puede hacer una revolución con el punto de cruz.

—Yo estaba pensando en algo más tranquilo —dijo Miro—. Ramacciotti viene desde hace unos días al astillero con su coche nuevo, un Alfetta deportivo, de esos de chuloputas.

—Un Junior Zagato —especificó Romano.

—¿Y tú qué sabes? —preguntó Tito.

—Lo he visto. A ver, no porque vosotros no entendáis una mierda sobre coches voy a tener que avergonzarme de saber distinguir un Alfa de un Renault.

—Que yo me entere, ¿lo que queréis entonces es prender fuego a ese coche? —les interrumpió Athos—. Eso de las hogueras a mí siempre me ha gustado. A ver, los disparos a las piernas son un mensaje más claro, pero con eso me vale.

Eligieron la noche del 7 de septiembre: el domingo por la noche era el día libre de Tito y la pastelería del padre de Athos cerraba los lunes; además, en la noche del 7 al 8 se celebraban en Viareggio los tradicionales fuegos de las *baldorie*, enormes hogueras que, con la excusa de conmemorar el nacimiento de la Virgen María, permitían limpiar las calles de los montones de agujas de pino acumuladas y aprovechar para lanzar petardos: ir por ahí esa noche con un bidón de gasolina no llamaría la atención, y tal vez incluso se tardaría más de lo habitual en avisar a los bomberos ante un incendio.

Miro insistió, después de la experiencia de la vez anterior, en que no fuera Giorgio quien hiciera la estrella, por lo que el grafiti se le encomendó a Romano, mientras Miro y Athos introducían con un alambre en el depósito del vehículo un trapo largo empapado en gasolina al que luego añadirían un segundo, más largo, que serviría como mecha. Tito y Giorgio harían guardia en las dos calles por las que se podía acceder. A esas horas, sin embargo, las calles del barrio residencial estaban desiertas: todos habían salido a ver las *baldorie*.

Mientras Romano escribía en el muro, Miro y Athos rociaron el coche con gasolina y, tan pronto como Romano acabó la pintada, encendieron una cerilla cada uno y prendieron fuego a la mecha. Se quedaron mirando cómo la pequeña llama avanzaba lentamente: metódica e implacable. Luego se alejaron, esperaron la explosión a salvo y después observaron durante unos segundos las llamas que envolvían el auto, como hipnotizados e incrédulos de que los artífices de ese fuego destructivo fueran de verdad ellos. En las llamas, Miro vio explotar por fin la cólera que había albergado durante meses de opresión; Tito vio en ellas un fuego sacrificial, una purificación litúrgica; Giorgio, la promesa del nuevo mundo; a Romano le recordó lánguidamente las numerosas hogueras en la playa cuando el verano estaba llegando a su fin; Athos sintió el mismo encanto de cuando, sien do niño, prendía fuego a la *baldoria* del barrio de Balipedio, la más bonita y grande de la ciudad.

—¿Qué quiere decir *Mosad*? —preguntó Athos dos días después, leyendo el periódico del martes en una mesa del bar Crispi.

—Quiere decir que Romano es un gilipollas —dijo Tito.

—¿Qué tengo yo que ver con esto? —preguntó Romano.

—¿Quién hizo la pintada?

—Yo, ¿por qué?

—Mira la estrella.

—Me parece perfecta

—Cuenta cuántas puntas tiene.

—Seis.

—Pues eso: que hiciste la estrella de David, en lugar de la estrella roja. Gilipollas.

Romano se echó a reír.

—Qué coño, ¿sabes que yo también lo estuve pensando, que no me había salido del todo bien? Es que cuando hacía las pruebas siempre me salía mal, completamente chata, y entonces para estar seguro me dije: voy a hacer dos triángulos que se crucen, es imposible equivocarse en los triángulos.

—Solo que lo que hiciste fue la Estrella de David. Y ahora esta gente piensa que estamos confabulados con el Mosad.

—Pero ¿qué coño es ese Mosad? —volvió a preguntar Athos.

—Son los servicios secretos israelíes —explicó Tito—. Más hábiles que la CIA y más despiadados que el KGB.

—Si esa gente del Mosad viene a buscarme, te los mando, Romano. O me alisto con ellos, porque creo que nos llevaríamos bien.

—Ahora cuando venga Miro le vas a oír —concluyó Tito al ver acercarse a su amigo.

—¡Romano! —gritó Miro antes incluso de sentarse—. ¡Eres un genio! Ya sé que no lo hiciste a propósito, que eres demasiado gilipollas, pero me parece un hallazgo. Situacionismo puro. Reivindicamos, pero al mismo tiempo creamos una cortina de humo.

—Entonces ¿lo hice bien?

—No, la has cagado. Pero a fin de cuentas, creo yo, siempre hay margen para un poco de follón.

Al final de la temporada, Tito dejó su puesto de conserje con un nudo en la garganta, consciente de que le resultaría difícil encontrar otro trabajo como ese, que parecía adaptarse a sus necesidades, que se desarrollaba en silencio y le permitía estudiar sin ser molestado durante horas. Se consoló diciéndose que de continuar en ese empleo probablemente se habría relajado y ablandado. Para mantener vivo el fuego revolucionario no podía uno enclaustrarse en un cómodo nicho en los márgenes del sistema, sino que había que estar en su mismo corazón, en el dentado de sus engranajes más centrales y despiadados.

Desde ese punto de vista, no habría podido encontrar nada mejor de lo que en efecto encontró: un puesto de mozo de almacén en el supermercado más grande y moderno de Versilia, el Iperdomus. Desde el primer día de trabajo, Tito tuvo la impresión de ver hecho realidad el adagio de *El capital* de Karl Marx según el cual el capitalismo era «un enorme cúmulo de mercancías». Y si el capitalismo era un enorme cúmulo de mercancías, el Iperdomus era la encarnación del capitalismo, ya que compartía su definición. Deambulando por los lineales de las grandes superficies nadie se daba cuenta, porque esa era apenas la punta del iceberg; pero trabajar entre bastidores significaba apreciar la enorme parte sumergida de la montaña de hielo: ver a diario cómo llegaban y se vaciaban esos camiones enormes, casi sin dejar rastro, distribuir palés de alimentos frescos, que se pudrirían en pocos días y que sin embargo se vendían antes de sufrir la más mínima alteración, y otros de alimentos capaces de durar de forma indefinida y que podrían sobrevivir tranquilamente a la raza humana. Se vaciaban los camiones, se trasladaban y desmontaban los palés y se colocaban los productos en las estanterías, que a su vez se vaciarían de un plumazo, requiriendo atención y reposición constante. La organización detrás de este sistema era vertiginosa, y estaba vertiginosamente supervisada por Giuliano, un hombre que no llegaba a los treinta años y al que aquejaba con toda evidencia alguna tara mental, pero que tal vez precisamente por eso era capaz de domar la hidra de las ventas, el monstruo al que cada vez que se le cortaba la cabeza de un palé, le nacían dos más. Giuliano lo sabía todo, podía señalarte dónde iba cada bulto, cada producto y qué precio había que asignarle. Conocía cada ubicación, en el almacén y en las estanterías, podía decir con seguridad qué productos escaseaban y de cuáles tenían excedentes, se sabía los precios de todo hasta el último céntimo y conocía todas las ofertas semanales. Según se rumoreaba, no era descartable que se supiera de memoria incluso los códigos de identificación de cada producto, aunque nadie tuvo nunca el valor de hacer la prueba, tal vez para evitar que el mito se desmoronara o tal vez debido al desasosiego que producía la idea de que realmente los supiera. Entre los jefes que podían tenerse, Giuliano —es decir, el jefe que disfruta del impecable funcionamiento del sistema más que de la cuota de poder que ostenta sobre sus subordinados— no era de los peores.

Por otro lado, a Tito le resultaba imposible no pensar en cómo redistribuir todas esas cosas de manera justa, y la idea de la expropiación navideña fue en realidad el corolario inevitable de su nuevo trabajo.

Los demás lo acogieron con entusiasmo y se dedicaron de buena gana a organizar la operación con el celo y la jovialidad que podrían haber acompañado la organización de un baile de Carnaval o una fiesta en la playa. En las salas parroquiales de los Siete Santos bullía la actividad de los Ravachol: planes para conseguir armas falsas, tomar rehenes, noquear a un guardia de seguridad e imaginar rutas de huida. El padre Orazio preguntó qué se estaba cocinando y Tito le explicó que estaban tratando de entender cómo distribuir alimentos a los pobres de manera más eficaz. El sacerdote, que consideraba que dar limosna a los pobres y ayudar a los hambrientos era ciertamente una actividad meritoria pero ideal sobre todo para delegar en otros, los felicitó y se esfumó.

Giorgio, por su parte, aprovechó la oportunidad para hacer algo en lo que venía pensando desde hacía algún tiempo: manipular una radio para que pudiera captar las frecuencias de la policía. De esta manera podría estar en condiciones de efectuar una llamada telefónica para desviar las patrullas y luego saber con precisión cuándo estaban lo suficientemente lejos para dar comienzo a la operación.

—Pero ¿cómo lo haces? —se sorprendió Athos—. ¿No son frecuencias cifradas?

Giorgio negó con la cabeza.

—No. Transmiten en las frecuencias del 108 al 110, que una radio normal no capta, pero para llegar a ellas solo hace falta cambiar un cristal de cuarzo en una radio cualquiera. Es algo que incluso un estudiante de primer año de instituto técnico podría hacer. Iba a decir que hasta tú podrías hacerlo, pero no exageremos.

—Y por qué no te vas a tomar por culo tú, mejor. Déjame escuchar lo que dice la policía, anda.

Al final, la operación fue un éxito de crítica y público: una fiesta popular, la fiesta de la redistribución equitativa de los recursos. Nadie opuso resistencia, nadie resultó herido, los clientes estaban tan felices como niños en el país de los juguetes y las pérdidas para el supermercado fueron tan marginales que Tito pensó que, aunque hicieran una expropiación por semana, el Iperdomus probablemente ni se daría cuenta. El único que pareció acusar el golpe fue Giuliano, que en un primer momento dio la impresión de estar fuertemente desestabilizado por esa hemorragia descontrolada y no registrada de productos; pero tras el revés inicial se recuperó, tal vez pensando que por fin tenía un desafío acorde a su genio logístico, y empezó a trabajar a buen ritmo para que el supermercado volviera a ponerse en pie y reabriera sin problemas por la tarde.

Esa decisión de reabrir de forma inmediata permitió también encontrar al guardia de seguridad, a quien Athos se había quitado de en medio encerrándolo en la cámara frigorífica, y que Tito, en la euforia de la operación, había olvidado liberar inmediatamente después. Si el supermercado hubiera decidido cerrar hasta el día siguiente, la Brigada Ravachol, en lugar de ser vista como una alegre agrupación de vividores con el vicio de la justicia social, se habría hecho famosa como una banda de asesinos ya desde 1975.

Para la Viareggio militante, los días de la ocupación de los edificios del Ginepri, que tuvieron lugar durante el periodo del Carnaval de 1976, fueron tiempos hermosos, libres y nebulosos. Era todo un carrusel de paseos nocturnos en la Lambretta para convocar a los camaradas cuando la policía quería desalojarlos, de asambleas interminables debatiendo sobre cada mezquinísimo detalle, de noches de rock progresivo (preciosas, gracias entre otras cosas a esos ácidos que tenían el poder taumatúrgico de hermanar a todo el mundo, casi de fusionar a todos los seres vivos en un solo espíritu: sensación que algunos percibían como la encarnación del comunismo, y que a Tito le hacía pensar en la reproducción del *agàpe* por otros medios), y las veladas de reggae (horribles y llenas de menores que creían que la revolución se agotaba en fumarse un porro), de cineclubs que alternaban retrospectivas de Eisenstein con las películas de Fantozzi, presentadas como la más completa síntesis artística del capitalismo occidental y su grotesca declinación itálica, de enfrentamientos con la policía, de peleas con algunos del MSI que tuvieron la osadía de ir a tocar las pelotas, de negociaciones con las autoridades para explicarles que el objetivo no era ocupar ese edificio abandonado, sino hacerse con todo, todo en absoluto, costara lo que costase.

Al final, fue en el Ginepri donde se abrió la guardería popular y la clínica ginecológica que habían pagado los dos camaradas víctimas del despido en los astilleros de Zama, origen de las protestas que se habían llevado por delante a Carmine. Fue uno de esos momentos en los que de verdad parecía que iban a algún sitio y que iban todos juntos.

Para los Ravachol supuso una suerte de vacaciones. Después de la adrenalina y del miedo durante la expropiación, esa despreocupación les dio a todos nuevas energías, llevándolos de vuelta a una plácida y agradable atmósfera amniótica de irresponsabilidad colectiva e individual. Giorgio rara vez iba al Ginepri, prefería la intimidad de la brigada y de los locales parroquiales a esa barahúnda enfollonada, mientras que los demás eran visitantes infatigables. Athos en particular dormía allí todas las noches y, sobre todo en los primeros tiempos, eran más los días que no aparecía en la pastelería que los que lograba despertarse para ir a trabajar; se hizo necesaria toda la autoridad de su padre, que amenazó con no darle ni un céntimo más, y de Miro, que exigía a los Ravachol que no cometieran ninguna estupidez, para hacerle entrar en razón. Obligado a elegir entre ser la estrella del Ginepri o seguir trabajando y garantizarse un sueldo para despilfarrar como mejor le pareciera, no tuvo dudas: eligió ambas cosas y dejó de dormir, al menos en el sentido en el que se entiende por lo general dicha actividad. No era raro encontrárselo tumbado en el sofá destrozado de una habitación del Ginepri, roncando, y esos retazos de sueño le bastaban; tenía demasiada vida que desperdiciar como para perder el tiempo durmiendo.

Romano, en cambio, se topó con un nuevo desafío en el Ginepri: intentar conquistar a chicas de extracción sociocultural diferente al habitual. No tardó en darse cuenta de que su experiencia entre las bañistas burguesas florentinas y milanesas era de poca utilidad en ese nuevo entorno. Al principio se quedó desconcertado al ver que sus técnicas de seducción no surtían efecto, e incluso eran ridiculizadas, pero bastó con modificar un poco su enfoque, darse un barniz de feminismo e interesarse por el orgasmo femenino para ver abiertas de par en par las puertas del amor libre.

Miro, por su parte, nunca dejaba de intentar ganar adeptos. En el Ginepri tendía a permanecer en la sombra para no quemar el anonimato parcial que le permitía dirigir a los Ravachol, pero nunca desaprovechaba la oportunidad de hablar cara a cara con prácticamente cualquiera, con el objetivo clandestino de ampliar la brigada. Su actividad política era implacable y no se agotaba en el nuevo centro social ocupado: recorría toda la provincia, tenía contactos con grupos de Autonomia, participaba en las reuniones de Viva il Comunismo y mantenía estrechos vínculos con muchos de los desertores de Lotta Continua, algunos de los cuales parecían estar organizándose en grupúsculos no muy diferentes al suyo, aunque quizá algo menos chapuceros e ideológicamente más cohesionados. De vez en cuando decía haber encontrado un «nuevo elemento» para los Ravachol. Una vez empezó a hablar de manera más concreta, casi como si fuera un hecho, de un estudiante universitario de Marlia, en las afueras de Lucca: lo llamaba Barabba e incluso Athos sonrió a medias ante ese extraño nombre. Luego, sin embargo, Barabba, como todos los nuevos e hipotéticos militantes, fue reabsorbido por la niebla de la que había surgido.

En cuanto a Tito, aquellos días también le parecieron una espléndida fiesta itinerante. En su caso, sin embargo, el Ginepri no era un lugar, sino un rostro. Se llamaba Emma y le pareció, en cierto modo, la síntesis de todo lo que hacía que valiera la pena luchar por la revolución, si no la encarnación de la revolución misma. Fue Miro quien se la presentó, tras uno de sus innumerables intentos de seducción política. Tito ni siquiera tuvo tiempo de preguntarse si era hermosa, de lo ocupado que estaba tratando de volver a activar la respiración.

La buscaba en cuanto llegaba al Ginepri y, a menudo, se contentaba con observarla mientras ella hacía algo, sin pretender hablarle siquiera. A sus ojos, Emma era la compañera que todo revolucionario hubiera deseado. Era joven, atrevida, perspicaz y, sobre todo, sabía llevar su ardor rebelde con perfecta inocencia, como un vestido ligero, veraniego y de flores. Cuando tomaba la palabra en la asamblea no se percibía en ella ninguna construcción, ninguna abstracción ideológica, ningún sofisma. Para ella, pese a que hubiera estudiado y proviniera de una familia acomodada, la revolución era algo sumamente sencillo: era justicia en su sentido más inmediato, casi infantil. Así como en el colegio los niños dividen el pastel en partes iguales, el mundo tenía que dividirse en partes iguales, y si alguien intentaba impedirlo había que luchar contra él, porque era un prepotente. No es que fuera estúpida o superficial, pero tenía una inteligencia directa, sin alambicamientos ni teorías de la conspiración.

Tito se preguntaba cómo era posible que no estuvieran todos enamorados de ella. En cuanto a él, aunque en cierto modo hubieran entablado una amistad, su actividad se limitaba principalmente a la veneración.

Una tarde de principios de abril, Athos se santiguó y se deslizó en la sacristía para unirse a la coordinación de las actividades del oratorio de los Siete Santos, es decir, los Ravachols encubiertos. Miro acababa de regresar de una jornada de peregrinación y oración a la Virgen de Montenero, mientras que Giorgio, queriéndolo o no, había acabado convirtiéndose en guía espiritual y confesor informal de muchos jóvenes de la parroquia.

—Esta historia se tiene que acabar —había dicho Miro, dejándose caer en una silla junto a la mesa cubierta de cáscaras de pipas de calabaza, en cuyos extremos se habían acumulado dos montoncitos de colillas—. Si queremos hacer algo serio tenemos que renunciar a esta iglesita de los cojones. Esto no puede ser.

—Mi casa está fuera de discusión —reiteró Romano, para evitar malentendidos.

—Y el Ginepri está demasiado expuesto —subrayó Giorgio, quien seguía albergando pocas simpatías por el centro comunitario y sus parroquianos.

—Pues habrá que encontrar una solución —afirmó Miro.

Entonces Tito vio entrar a Athos.

—¿Y tú? ¿Qué estás haciendo aquí? ¿Has tenido una conversión en el camino a Damasco?

Athos no dijo nada; tenía una mueca siniestra estampada en

la cara, que no parecía suya y sin embargo tampoco parecía la expresión de alguien que estaba teniendo un viaje de ácido. Se sentó con un gesto que pretendía ser teatral pero resultó desmañado. Luego dirigió la mirada hacia cada uno de sus compañeros sin decir media palabra. No faltaba nadie.

Se encendió un cigarrillo y, esforzándose por moverse con gestos lentos, se metió la mano en el bolsillo.

—Ahora voy a contaros una historia —dijo—. Esta mañana he ido a llevarle un pastel a la señora Fortis, ¿sabéis quién digo? La mujer del petrolero que tiene una villa en Camaiore.

—Hermosa mujer —declaró Romano con el tono de un joyero evaluando quilates.

—Debe de tener casi cincuenta años —dijo Athos—. El caso es que llamo al timbre y en lugar de la habitual criadilla con el culo respingón viene ella misma a abrir la puerta. Me pide que lleve la tarta dentro de la casa... Creo que nunca había visto cosas tan valiosas como en esa cocina. Venderlo todo daría de comer a todos los trabajadores de Zama durante un año. En fin, que me dice dónde dejar la tarta y me da las gracias muy educadita. Luego, sin embargo, me mira, como si no me hubiera visto antes. No sé deciros con palabras cómo me mira. Como si me tuviera lástima, eso es. Como si fuera un maldito infrahumano, qué cojones. Y luego me dice: «¿No querrás un trocito, *cariño*?». No sé cómo reproducir ese tono, ese *cariño*, pero si me hubiera escupido me habría humillado menos. Me marcho de allí hecho una furia. ¿Y sabéis a dónde?

Había estado hablando todo el rato con la mano metida en el bolsillo, y al final sacó una Beretta, que colocó sobre la mesa con una sonrisa.

Todos retrocedieron instintivamente.

—¿Es de verdad? —preguntó Tito. Era la primera pistola que veía en su vida: para la expropiación habían utilizado armas de utilería, pero en realidad les bastaron un par de gritos para tener la situación prácticamente bajo control.

—¿Quieres probarla? —preguntó Athos, sabiendo muy bien que no era necesario.

—¿Cómo coño la has conseguido? —preguntó Romano.

—Una chorrada. ¿Te acuerdas del guardia de seguridad del Iperdomus? Antes de encerrarlo en la nevera le quité el carné. No porque supiera qué hacer con él, fue una especie de corazonada. Entonces, esta mañana, cuando volvía de casa de los Fortis, me he dicho: a ver si con esto me venden una pistola. Tengo que intentarlo. He quitado la foto de ese tipo y he puesto la mía, y luego me he ido a una armería.

—¿Tú estás loco? ¿Crees que las armas se compran tranquilamente en una tienda? —preguntó Tito.

Athos lo detuvo con un gesto de la mano.

—Para empezar, fui a Pistoia, para asegurarme de que no me reconocieran: no soy un gilipollas, aunque creáis lo contrario. Entré, enseñé mi carné y pedí una Beretta. ¿Y sabes lo que hicieron ellos? Me preguntaron cuántas cajas de munición quería y me dieron el recibo. Fin. La próxima vez voy a comprar una bazuca. —Se rio.

—¿Falsificaste tú solo un documento? —preguntó Giorgio, un poco molesto por la invasión de su ámbito de competencia—. ¿Y si te pillaban?

—No me han pillado.

—¿Y si te pillaban?

—Vamos. Ni siquiera me planteé ese problema. En tal caso, ya improvisaría.

—¿Y ahora qué quieres hacer con eso? ¿Pegarle un tiro a la señora Fortis? —preguntó Tito.

La pistola seguía ahí en mitad de la mesa, gélida, inquietante. Todos se mantenían a distancia y estaban secretamente fascinados por ella.

—¡Qué cojones quieres que me importe esa Fortis! Si hay alguien a quien de verdad le he prometido una bala, ya lo sabéis, es el juez Altieri. Pero esa no es la cuestión.

—¿Y cuál es la cuestión? —preguntó Tito.

—Que quizá sea hora de actuar como adultos —respondió Athos.

—No digas tonterías.

—A ver, chicos. No podemos pasarnos la vida haciendo chorradas. No estoy diciendo que disparemos a la gente.

—¿Para qué vas por ahí con una pistola, entonces? —preguntó Romano.

—Athos tiene razón —intervino Miro, que se había quedado pensativo un rato—. La pistola también sirve para *no* disparar. Es más, sirve casi solo para eso.

Athos sonrió.

Miro prosiguió, como inspirado:

—Para *no disparar* necesitas una pistola. Y, además, la pistola ofrece una ventaja posicional: nosotros somos... seremos los de la pistola. Lo que cambia completamente las coordenadas sin tener que apretar el gatillo.

—Para eso, entonces, nos bastaban las pistolas falsas que usamos en el Iperdomus —dijo Tito.

—Por supuesto, bastaban para el Iperdomus. Pero tal vez sea hora de expandirse.

—A eso me refería. Expandirnos —repitió Athos.

—¿Qué somos, una pequeña empresa familiar, que queremos expandirnos?

—No, somos un grupo de militantes, estamos llenos de ideas y empezamos a movernos bien. Pero estamos aquí escondidos en una mierda de parroquia y organizando torneos de canasta y retiros espirituales para que sirvan de tapadera. Somos el hazmerreír de todo el mundo. Quizá sea hora de volverse autónomos también desde un punto de vista económico, ¿no? De autofinanciarnos.

—Tú estás como una cabra —dijo Romano—. Me divertí como un loco en el Iperdomus, lo sabes bien, pero esto es otra cosa. ¿Qué vas a hacer, robar a un joyero? ¿Un asalto a un vehículo blindado? Sabes que acabarán matándonos, ¿verdad?

—Pero, sobre todo —añadió Tito—, es que es una mierda. Eso es de criminales, no de revolucionarios.

—Por supuesto, hay que estudiarlo bien —admitió Miro—. Y tiene que ser algo limpio. Y seguro. Y también justo.

—¿Un robo justo? ¿Te estás oyendo?

—El verdadero criminal es el que funda un banco, no el que lo roba —intervino Giorgio.

—Coño, menuda frase tan bonita. ¿Es tuya? —preguntó Athos.

—Es de Bertolt Brecht. Y todo el mundo la conoce —Miro le hizo callar, molesto—. Pero Giorgio ha dado en el blanco. Los bancos no son víctimas, ya que al final no pierden nada. Y también son símbolos del capitalismo y del endeudamiento permanente. Si estuviéramos hablando de robar una joyería, yo también te diría que no, en efecto: pero un banco es otra cosa.

Tito estuvo a punto de decir que ni hablar, pero un momento antes de abrir la boca se le vino a la cabeza una imagen: la imagen de Emma, la revolución encarnada. Quizá se preguntase qué pensaría ella de su miedo, de su indecisión. Se preguntó qué se habría imaginado ella si hubiera sabido que por su militancia y sus ideas de justicia social estaba dispuesto a arriesgar el pellejo e incluso a comprometer su alma. El momento en el que pudo haber hablado, y en el que tal vez una palabra más podría haber cambiado su destino, pasó mientras seguía fantaseando con Emma.

Romano aparcó frente a la Cassa di Risparmio della Piana, en Capezzano, al otro lado de la calle. El coche era un trasto que Athos se había llevado la noche anterior en Livorno (que había *robado*, para ser honestos, pero dadas las condiciones del vehículo, los cinco dudaban que alguien hubiera denunciado el robo o que sintiera su pérdida; en cualquier caso, Giorgio dijo que después de la expropiación informarían anónimamente a la policía local donde podían encontrar el coche, porque le repugnaba la idea de hacer daño a alguien, especialmente a un proletario, que evidentemente era el dueño del vehículo). El problema de aquel trasto —uno entre muchos— era que no arrancaba necesariamente al primer intento, por lo que la orden estricta para Romano fue mantener el motor en marcha y esperar a que los demás subieran a bordo con el botín para salir huyendo a toda velocidad.

Giorgio, que prefirió mantenerse al margen de la operación propiamente dicha, estaba apostado aproximadamente un kilómetro más adelante en la carretera, siguiendo por radio los movimientos de la policía para comunicarlos por *walkie-talkie* a Romano: cuando los maderos se pusieran en marcha, Giorgio avisaría de inmediato y Romano daría la señal a bocinazos a sus compañeros para que se retiraran.

Por lo tanto, el robo propiamente dicho lo llevarían a cabo Miro, Athos y Tito. Se había discutido mucho sobre la presencia de Athos, porque todos sabían que era un riesgo meterlo en un banco en una situación tan tensa y armado; pero al final prevaleció el principio de que si no lo utilizaban para acciones de fuerza, ¿de qué les servía tener un Athos?

Él fue quien entró primero, barba larga, gorra en la cabeza y el cuello de la chaqueta levantado para ocultar parte de su rostro, que a su debido tiempo quedaría completamente cubierto por el pasamontañas escondido debajo de la gorra y ya preparado. Para no llamar la atención, todos habían decidido llevar un objeto que sirviera de distracción: Tito tenía que sostener un ramo de flores, Miro una bandeja de pasteles y Athos un periódico.

Athos, al no haber recibido indicaciones más específicas, compró el último número del cómic *Zagor* y se puso a leerlo sentado en la sala de espera del banco. Al cabo de un par de minutos entró Tito, colocándose en el lado opuesto de la sala y poniéndose su pasamontañas, y por último, ya con el rostro cubierto, llegó Miro y se dirigió rápidamente hacia las ventanillas.

Sacaron sus armas. Tito llevaba una carabina corta, que no sin dificultades había conseguido esconder bajo el impermeable: un arma enorme, del todo inadecuada para espacios cerrados, que había robado de un armario de su tío Aldo, voluntario en Salò y ya fallecido. Athos había conseguido una pistola calibre 6.35, diminuta, que ya parecía un juguete, y mucho más en sus gigantescas manos. La Beretta comprada gracias al carné del guardia de seguridad estaba en manos de Miro, quien sin embargo, para evitar causar daños, había preferido no cargarla.

Miro, con su arma apuntando a los cajeros, se encontró sin saber qué decir. Titubeó, maldiciéndose porque en más de un mes a nadie se le había ocurrido pensar en una frase que decir una vez entraran en materia. No podía decir: «Manos arriba, esto es un atraco», no estaban en una película de gánsteres. Al final fue Athos quien se encargó de sacarle las castañas del fuego. Miro lo escuchó tronar detrás de él, con voz firme y casi tranquilizadora:

—Esto es una expropiación proletaria. No os mováis y seguid nuestras instrucciones. No queremos hacerle daño a nadie y no queremos vuestro dinero. Solo queremos el dinero del banco. Que en el fondo es el dinero que os roba el banco todos los días. «El verdadero ladrón no es el que roba, sino el que dirige los bancos.»

Lo cierto es que el discurso de Athos sirvió para tranquilizar a los presentes. Tito pegó en una pared la octavilla que habían preparado para reivindicar el acto, con una estrella perfectamente desigual, de la que esta vez se había encargado Miro en persona. Este último también se encargó de llenar dos enormes bolsas de cuero con billetes, y para ello tuvo que pasar al otro lado de los mostradores. Llegó a una puerta de barrotes. Empujó, pero no se abrió. Al otro lado se encontraba una cajera con aspecto de estar aterrorizada. Intentó empujar más fuerte, pero nada. La cajera siguió mirándolo. No quería asustarla, pero tampoco podía perder el tiempo: decidió dar una patada a la puerta, que sin embargo resistió más allá de toda expectativa razonable. La mujer murmuró algo. Miro lanzó otra patada, mucho más decidida. La mujer gritó: «¡Es corredera! ¡*Corredera*!». Miro empujó la puerta hacia la izquierda y esta se deslizó muy dócilmente. Se sonrojó de vergüenza. Se preguntó si debería darle las gracias; luego decidió ir detrás de las cajas y ordenó a los cajeros, con tono apremiante pero tranquilo: «Vamos, ayudadme a llenar las bolsas y en un minuto saldremos de aquí».

Tan pronto como Giorgio oyó en las frecuencias de la policía que se había dado la alarma y que se pedía a las patrullas que se dirigieran rápidamente a la Cassa di Risparmio della Piana, cogió el *walkie-talkie*, lo puso en la frecuencia de Romano y dijo:

«Lobo a pastor alemán, cambio...». Esperó unos segundos y volvió a intentarlo: «Lobo a pastor alemán, cambio...». Todavía nada. «¿Puedes oírme, pastor alemán? ¿Puedes oírme? Lleva las ovejas de vuelta al redil, cambio. ¿Me oyes? Es absolutamente necesario que vuelv...». *Clic.*

Pastor alemán había apagado el *walkie-talkie.*

Cuando el *walkie-talkie* empezó a graznar, Romano intentó cambiar la frecuencia para oír mejor. En ese momento alguien llamó a la ventanilla.

Romano se giró sobresaltado, convencido de ir a toparse con un uniforme. Y en cambio, con cierta sorpresa, vio una sonrisa que su radar clasificó sin pensar como maliciosa.

—¡Romano! Pero ¿eres tú? ¡Qué sorpresa encontrarte aquí!

Viviana. O Veronica. Una de las dos. Como mucho Vanessa.

El siguiente robo, si no acababan todos en la cárcel después de este, tendrían que hacerlo un poco más lejos.

—Guapísima... ¿Qué tal? —dijo, apagando el *walkie-talkie* y empujándolo debajo del asiento.

—¿Qué haces por aquí? —le preguntó ella, rizándose con el dedo un mechón rubio.

—Estoy esperando a un amigo, no tardará en llegar.

—¿Tienes prisa?

—Un poco.

—¿No tienes tiempo ni para un café? Sabes, quería llamarte. He roto con Riccardo, la cosa no funcionaba. Además, ya sabes, después del verano pasado, las cosas habían cambiado un poco para mí también...

Él miró nervioso hacia el banco. Todo parecía tranquilo. No entraba nadie. Ningún ruido.

—Venga, vamos. Vente a tomar un café, hace meses que no hablamos.

—Otro día con mucho gusto. Ahora estoy un poco líado.

—Vamos, siempre haciéndote de rogar —dijo, abriendo mucho sus ojos azules. Fue en ese momento cuando la reconoció: ese gesto para llamar la atención se le había quedado grabado. No era Viviana, ni Veronica, ni tampoco Vanessa. Era Jessica; o, como él la había apodado, Jessica la Lapa, porque cuando se pegaba a ti no había forma de despegarla.

Oyó sirenas de policía a lo lejos.

Hizo un cálculo rápido y al final se decantó por lo que le pareció el mal menor:

—Pues venga, vamos. Encantado de tomar un café contigo.

Apagó el motor. Al salir se aseguró de tocar el claxon repetidamente, aunque temía que fuera demasiado tarde. Luego tomó del brazo a Jessica la Lapa. Por el rabillo del ojo vio a sus amigos salir corriendo del banco.

Para ser honesto, Miro nunca hubiera creído que todo fuera tan fácil. Clientes inmóviles y obedientes, cajeros dóciles y colaborativos, Athos y Tito fríos y efectivos como si fueran ladrones profesionales. El único que se había columpiado había sido él, pero a fin de cuentas sin consecuencias. En menos de cinco minutos, sin levantar la voz y sin que a nadie se le ocurriera usar su arma ni siquiera como amenaza, había llenado las dos bolsas y le había lanzado una a Tito y la otra a Athos. Pero entonces oyeron sirenas a lo lejos y se apresuraron a marcharse.

Cuando salieron del banco, vieron el coche aparcado y vacío mientras Romano se alejaba con una tía.

—No me lo puedo creer —murmuró Miro. Estaba demasiado atónito como para enfadarse.

Tito y Athos desaparecieron. Miro se quedó como aturdido en mitad de la calle.

Las sirenas estaban muy cerca.

Miro vio pasar por delante de él a Tito a toda velocidad, con su bolsa negra en bandolera, montado en una bicicleta que había encontrado apoyada contra una pared y que alguien descuidadamente había dejado desatada. Cien metros más abajo vio a Athos, con la otra bolsa, montándose en un autobús azul de la línea provincial con destino a Lucca.

Se había quedado solo, sin medio de transporte, sin compañeros y sin saber por dónde escapar. Cerró los ojos y se repitió *Me declaro prisionero político, me declaro prisionero político*, prometiéndose, si algún día salía de la cárcel, ir a partirle la cara a Romano. Ojos cerrados: *me declaro prisionero político, me declaro prisionero...*

—Oye, bello durmiente, monta o terminarás arrestado.

Era Giorgio, en su impecable moto Morini color crema en la que nunca dejaba subir a nadie. Montó, Giorgio metió primera y se alejó justo antes de que apareciera la policía.

—Acompaña las curvas, de lo contrario me estropearás los amortiguadores.

Miro lo abrazó por detrás como nunca nadie había abrazado a Giorgio en su vida.

El autobús provincial que se dirigía a Lucca fue detenido por la policía antes de llegar a la terminal, tras el soplo de uno de los testigos del robo, que afirmaba la inverosímil tesis de que uno de los ladrones había huido en autobús. Dos policías subieron, bastante escépticos, para controlar a los pasajeros. Cuando llegaron a la altura del hombretón barbudo que estaba leyendo a Zagor en la última fila y que les dedicó la más juvenil (y vagamente alelada) de las sonrisas, no consideraron que fueran necesarias más comprobaciones.

Cuando Miro dijo que a Emma había que buscarle un novio, Tito se quedó de piedra. Y el susto no se le pasó ni siquiera cuando su camarada le explicó que era solo una tapadera, dado que Emma estaba a punto de convertirse en un miembro activo de los Ravachol a todos los efectos. Sin embargo, por seguridad, necesitaba un novio con el que, en primer lugar, poder comprar una casa bajo un nombre falso con el dinero del robo, con el que pasar a la clandestinidad, con el que poder ir a comprar con la P38 metida en el bolso. No es que tuvieran una P38, ya que eran prácticamente un vestigio arqueológico, pero aun así a todos les gustó la imagen.

Romano se echó de inmediato para atrás, atrincherándose en su firme creencia en el anarquismo sexual; sostenía que el primer y fundamental dispositivo del poder burgués era precisamente la relación entre dos, el veto del reino de las posibilidades a la pareja monógama («endógama» decía él: no estaba claro si por error o por sarcasmo): la elección de una persona respecto a todas las demás era el presupuesto natural de la jerarquía y, por lo tanto, de la negación de la igualdad, y no era casualidad que la sociedad capitalista hubiera favorecido siempre la atomización de la comunidad, la subdivisión de la sociedad en parejas ordenadas para impedir una solidaridad horizontal y libertaria.

No solo eso, añadió: si, a la manera marxista, la cantidad se convierte en calidad, entonces esa persona, siendo una, era cualitativamente inferior a las demás, que eran muchas. Romano sabía cómo ser un filósofo sorprendentemente refinado cuando se trataba de defender la causa de la (propia) libertad sexual.

Miro, que era un tigre en las asambleas, en las manifestaciones y en la fábrica, cuando se trataba de mantener una relación sentimental con una mujer se sonrojaba y tartamudeaba, por lo que prefirió escudarse en su papel de líder *de facto* y se declaró indisponible para el noviazgo: una especie de gesto de autosacrificio con el que demostraba anteponer el bien de la brigada al suyo propio.

—Basta, ya lo decido yo —acabó diciendo Emma, con el temor tal vez de que a fuerza de pasos atrás acabara teniéndose que ennoviar con Athos, que no es que no fuera un chico guapo a su estilo, pero mejor que no—. Mi novio va a ser Tito. ¿Estás de acuerdo?

Él tragó saliva en señal de aceptación.

Fue así como Tito pasó a la condición de semiclandestino. Y fue así como acabó devorado por un juego de espejos en el que, en público, tenía que fingir estar seriamente comprometido, mientras en privado tenía que fingir que estaba falsamente enamorado.

Escogieron nombres nuevos, oficializados por los documentos emitidos y autenticados personalmente por Giorgio, quien a esas alturas hacía un trabajo impecable, y no solo con carnés de identidad, sino prácticamente con cualquier documento imaginable, incluido el certificado de matrimonio.

Como familia, lo primero que hicieron fue comprarse una casa. Las Brigadas Rojas estaban incrementando su presencia en el mercado inmobiliario adquiriendo apartamentos anónimos en barrios residenciales de las grandes ciudades para transformarlos en guaridas que, a pesar de estar a la vista de todos, no llamaban la atención de nadie. Para los Ravachol esta no era una opción viable por varias razones, la más obvia que Viareggio contaba con poco más de cincuenta mil habitantes, por lo que no había ningún barrio residencial lo suficientemente anónimo como para no arriesgarse a que el vecino de enfrente fuera la maestra de primaria o un viejo compañero de equipo. Por consiguiente, se lanzaron al campo. Emma y Tito pasarían por una pareja levemente alternativa en busca de una vida más auténtica en la campiña toscana: una alquería algo alejada de las demás que les permitiría no solo cultivar un huerto y quizá tener algunos animales, sino también contar con una base operativa alejada de miradas indiscretas.

Los señores Egisto y Gabriella Mantovani compraron en efectivo una hermosa casa de campo cerca de Gombitelli, un minúsculo paraíso de los embutidos, y con algunos amigos se dispusieron a hacer obras. Athos dijo que estaría bien montar una comuna en esa alquería, pero Miro lo mandó callar: no eran hippies sino combatientes, y se suponía que eso era una tapadera, no una forma de llamar la atención del pueblo y las autoridades. Tito, que había vivido un momento de pánico al sentir amenazada la perspectiva de intimidad con Emma, se sintió aliviado por las palabras de Miro.

—Pues menudos combatientes somos. Me parece a mí que aquí no es que se luche mucho —afirmó Athos.

—Luchamos a nuestra manera. Si prefieres ir matando gente, encontrarás tantos grupos armados de gatillo fácil como quieras. Adelante —contestó Miro, irritado.

La clandestinidad de Emma y Tito, por lo demás, era más teórica que real. Cuando iban a Viareggio recobraban su identidad habitual, se quitaban los anillos de boda y daban a entender que había «cierta afinidad» entre ellos; en caso de que los detuvieran, mostrarían sus documentos auténticos; una vez en el autobús que los llevaba de regreso al campo, sin embargo, se ponían de nuevo sus anillos de boda y volvían a ser los cónyuges Mantovani: en ese momento, si los hubieran detenido, habrían sacado otra cartera con otra documentación, no menos inmaculada que la anterior. Fue precisamente durante uno de esos regresos en autobús a Gombitelli, mientras se ponían los anillos y adoptaban su identidad clandestina, cuando Emma le dijo: «Pensándolo bien, me podría haber caído un marido títere mucho peor», y lo besó por primera vez. A Tito, aquel beso —casi irónico, y tras llamarlo «marido de pega»— le sentó muy mal. Cuando volvieron a casa se puso a trabajar en el huerto y le dijo a Emma que no cenaría esa noche.

Tito, definitivamente, encajaba como un guante en la vida campestre. Le gustaban los ritmos lentos, el vacío, la espera, el cansancio y esa sensación, que sintió por primera vez en su vida, de poder producir algo: no eran más que zanahorias, cebollas y tomates, y sin embargo esas zanahorias, esas cebollas y esos tomates no existían antes y no habrían existido sin su trabajo y sus cuidados.

—Para haber estudiado Ingeniería Agrícola no eres gran cosa como agricultor —le tomaba el pelo Emma.

—Porque efectivamente no estudié nada de eso: soy el agrimensor Mantovani. No he pisado jamás la universidad.

Se había dejado incluso barba, oficialmente porque su personaje, el que se retira al campo para escapar de la vida moderna, tenía que llevarla, pero en realidad era porque había intuido que a Emma le gustaba más así.

—Algún día me gustaría escribir la historia de los Ravachol —le dijo a Emma una noche—. ¿Tú crees que sería un gesto de autosatisfacción burguesa?

—Depende de cómo la escribas. Si es un documento, un testimonio o una simple historia sin más. Si lo escribes para ti o lo escribes para los demás. Para el ego o para una subjetividad común. Depende. Puedes escribir *La lluvia en el pinar* o el *Canto general*. El acto de escribir, en sí mismo, no es ni burgués ni revolucionario.

—Pues a mí no me importaría haber escrito *La lluvia en el pinar*.

—Y efectivamente a veces no entiendo cómo a alguien como tú se le ha metido en la cabeza hacerse revolucionario.

—Para empezar, yo he cometido un robo a mano armada y con pasamontañas. ¿Y tú qué has hecho? A ver.

—Hasta ahora solo me he casado con un burgués. De hecho, sería hora de decidirnos a hacer algo, antes de que me lo piense mejor.

—La llamaría *La Estantigua*.

Ella reflexionó un momento.

—El título en sí no augura nada bueno, te lo aseguro. Para empezar, no se entiende lo que significa, y luego parece una de esas cosas rebuscadas, de quienes se creen que tienen algo que enseñar a los demás.

—No, que va. Es solo una palabra vieja, a medias entre hueste y antigua, que significa procesión de fantasmas. Ni siquiera me acuerdo dónde la oí. Pero desde un principio, desde que empezamos con los Ravachol, he tenido esa sensación. Como si las cosas que hacemos no pertenecieran precisamente a la realidad, sino a una especie de mundo onírico, aunque de un mundo onírico siniestro, casi una pesadilla: un fantasma, eso es. O una fantasía negra. Si pienso en ciertas cosas que hemos hecho... como el robo, por ejemplo... tengo que pensarlo un rato antes de decirme que fue algo que pasó de verdad, tengo que recordar algunos detalles que no puedo haber inventado para creer que lo hice en serio. Todo me parece una sombra, una alucinación improbable. En definitiva: ¿no te parece absurdo que estos cinco...?

—Seis, si no te importa.

—... que estos cinco gilipollas...

—Cinco, de acuerdo.

—¿No te parece absurdo que estos cinco gilipollas hayan montado de verdad un grupo de combatientes con operaciones, reivindicaciones y armas? Con todo, cada vez que lo pienso con la cabeza fría, me parece que somos casi una parodia de la lucha armada de verdad.

—Efectivamente, muy creíbles no es que seáis... —Emma no dejaba de tomarle el pelo, pero para Tito era una cuestión muy seria, decisiva.

Continuó:

—Tú misma: Emma, o Gabriella, o lo que seas. A veces tú también me pareces un fantasma. Que hayas caído en mis brazos así, de una manera tan insensata, cuando me pareces demasiado perfecta para ser mía y me pareces demasiado perfecta incluso para existir.

Ella reflexionó unos segundos.

—Existir, existo. Pero en cuanto a lo de ser *tuya*, yo no me haría demasiadas ilusiones.

Luego, sin embargo, lo besó, y esta vez Tito no se apartó.

Que Emma tenía razón al acusar a Tito de no poder liberarse de cierto machismo hereditario lo confirmó el hecho de que quedó un poco desconcertado, y tal vez incluso molesto, por el hecho de que Emma prácticamente hubiera tomado el control de la siguiente operación de los Ravachol. Lo que le preocupaba no era tanto el hecho de que fuera una mujer la que le diera órdenes, sino el verse obligado a constatar que veía a Emma principalmente como *su* compañera, y solo después, y de forma derivada, como *una* compañera en el sentido político. Le hubiera gustado pensar que también para ella vivir juntos en aquella casa de campo representaba el colmo de la satisfacción, y que su felicidad como pareja eclipsaba de algún modo su actividad política, sus deseos de revolución.

En agosto de 1976 Tito tuvo que constatar con amargura que mientras él se alejaba de la *estantigua* de su compromiso político para enclaustrarse en una felicidad rural y amorosa, casi premoderna, Emma, que desde luego había participado, y tal vez incluso de forma apasionada, en su vida de pareja, nunca había dejado de considerarla un apéndice de su militancia política. Hasta el extremo de que en ese periodo que había sido una especie de larga luna de miel para él, los pensamientos de ella habían estado ocupados sobre todo en planificar la siguiente operación hasta el más mínimo detalle. Una tarde en que se celebraba una «reunión del comité directivo de la Brigada Ravachol» en la alquería Gombitelli —así lo dijo Miro, aunque en la Brigada Ravachol el comité directivo equivalía a los seis miembros que componían toda la brigada—, Emma se la expuso a sus compañeros.

Cuando, con su estilo directo y decidido, entró en los detalles de la operación, Tito sintió por un lado algo parecido a los celos por el hecho de que Miro fuera el único que ya estuviera al tanto del «estudio de viabilidad» que Emma había estado elaborando desde hacía más de un mes, mientras quien dormía con ella no sabía nada; y por el otro se sentía ridículo, sirviendo su licor de arrayán casero mientras su mujer, que tal vez era menos suya de lo que quería creer, se ocupaba de cuestiones de hombres.

En cualquier caso, tenía que reconocer que el plan estaba bien pensado y también era potencialmente muy rentable. Se trataba de secuestrar a Gionata Funi, el hijo de Corrado Funi, el conocido y muy rico promotor inmobiliario de EdilFuni, que gracias a sus excelentes relaciones con los democristianos de Lucca y a su capacidad para engrasar los engranajes adecuados, había construido en los últimos veinte años buena parte de los edificios del Viareggio más allá del ferrocarril.

—Podríamos pedir mil millones de rescate —dijo Miro.

El objetivo del secuestro, Gionata Funi, aún no había cumplido los veinte años, llevaba una vida de señorito y estaba muy poco interesado tanto en el negocio familiar (para gran humillación de su padre) como en los estudios universitarios (para gran humillación de su madre). En opinión de Emma, que lo había estado siguiendo y en una ocasión incluso había charlado con él («coqueteando un poco» dijo, y Tito se puso rígido), era alguien que no causaría problemas.

—Tal vez no deberías haberte expuesto —dijo Miro.

—Llevaba un rato mirándome. Y, de todas formas, Tito y yo solo haremos de tapadera de la casa, no podemos exponernos personalmente —continuó ella, muy profesional, como si llevara toda la vida de revolucionaria.

Podrían secuestrarlo por la noche en la carretera del Monte di Quiesa, que Gionata Funi tomaba siempre para regresar a la finca familiar de Maggiano después de una de las numerosas veladas que pasaba en Versilia, a donde iba prácticamente todos los fines de semana para quedarse hasta tarde en los locales y discotecas de más renombre.

—Como es lógico, con el otoño es probable que reduzca sus visitas, pero seguro que no dejará de venir —prosiguió—. Solo tenemos que asegurarnos de que no ha ligado con nadie, lo que estadísticamente ocurre una vez de cada dos. —*Caramba, qué donjuán*, pensó Giorgio. *Menudo aficionado*, comentó para sus adentros Romano.

Miro volvió a tomar la palabra y, al menos formalmente, el liderazgo, repartiendo las tareas preliminares:

—Athos, necesitaremos algunas armas, a ser posible ni escopetas ni tampoco armas de juguete... Romano, nos va a hacer falta un coche con un maletero lo suficientemente amplio como para que quepa un chico joven. Si consigues una furgoneta, mucho mejor. Luego hay otra novedad —añadió—. Tenemos un nuevo camarada. Es joven, está muy motivado y, sobre todo, está muy preparado desde el punto de vista teórico, algo que, seamos sinceros, siempre nos ha faltado un poco.

—¿Y quién es? —preguntó Giorgio, que era, de todos, al que menos le gustaban las novedades.

—Un estudiante universitario. Es de Lucca, no lo conocéis.

—Diez mil liras a que has enrolado a un madero —dijo Athos.

—Imposible —respondió Miro.

—En serio, Miro —continuó Athos—, eres un bonachón, te dejas llevar por el entusiasmo y no te das ni cuenta de que alguien te la está jugando. Definitivamente es un madero. Y además es de Lucca, venga, hombre.

—¿Podemos fiarnos? —preguntó Tito con tono serio.

—Ya os había hablado de él. Se llama Barabba. Llevo tiempo viéndolo y, piense lo que piense Athos, no soy un gilipollas. Desde qué púlpito lo dice, además... Yo doy fe de él: está limpio. Lo conocí en Ponte a Moriano en las reuniones de Viva il Comunismo y he estado vigilándolo un tiempo, me he informado sobre él. Es un estudiante, no un madero. Y os aseguro que está muy preparado y no ve el momento de pasar a la acción. Hemos hablado mucho sobre lo de Carmine: lo recordaba todo hasta el menor detalle, y dice que después de la absolución quería ir a pegarle un tiro en la cabeza al juez Altieri. Es uno de nosotros, os lo aseguro.

—¿Así que por fin vamos a matar a Altieri? —preguntó Athos.

Nadie le contestó.

Emma, que parecía estar al corriente de todo, añadió:

—Por ahora le pondremos a prueba sin darle ocasión de meternos en problemas, ni siquiera le dejaremos venir aquí a la alquería. Luego ya veremos.

Miro retomó la palabra:

—Chicos, era normal que en cierto momento tuviéramos que crecer. Llevo meses trabajando en ello, ¿y me lo agradecéis así?

Nadie puso objeciones; a fin de cuentas, parecía un sí.

—Cien mil a que es un madero —concluyó Athos.

Cuando Emma había dicho que el joven Gionata Funi no causaría problemas, tenía razón en cuanto a los problemas que podían esperarse de una persona secuestrada; pero, a cambio, había subestimado decididamente los que podía crear un invitado, ya que, desde el principio, Gionata Funi se sintió como tal.

El secuestro en sí no presentó problema alguno, gracias a la cuidadosa organización de Emma y a la impecable ejecución por parte de los chicos. Barabba, el nuevo recluta de los Ravachol, que aún no había superado el estatus de aprendiz, había resuelto brillantemente un problema logístico, la desaparición del coche de Funi, lo que les había dado una ventaja decisiva sobre la policía. Y luego había actuado de manera irreprochable, recibiendo la aprobación de Romano, con quien formaba pareja, y también de Athos y Miro, con quienes había compartido los momentos más emocionantes.

Funi se vio obligado a detenerse en una explanada de la carretera rural y cuatro hombres armados y con el rostro cubierto le ordenaron que saliera del coche. Él, un chaval larguirucho con un tupé acaracolado y un cigarrillo en la boca, había reaccionado con perfecta calma, diciendo que los seguiría sin problema, pero antes, con indiferencia, abrió la guantera y sacó un bolsito de cuero.

—No te muevas —le ordenó Miro.

—No te preocupes, son cosas para cuando duermo fuera.

—Ábrelo. Despacio. Y enséñanos lo que hay dentro. Si metes la mano ahí te disparo —le susurró Barabba.

Él obedeció y le enseñó lo que parecía efectivamente un neceser para pasar una noche fuera.

—Esto me lo quedo yo —dijo Barabba, quitándole la navaja de afeitar.

—Me parece lógico —concedió Funi.

—Baja. —Miro había recuperado el control.

Funi se apeó lentamente —podría decirse que con desenvoltura— manteniendo las manos en alto. Medía casi dos metros.

—No hagas gilipolleces y no te pasará nada —le dijo Athos, acercándose y atándole las muñecas con una brida de electricista. Había tratado de ser un poco más rudo de lo necesario, porque esa arrogancia le molestaba.

El muchacho no pareció descomponerse.

—Ya lo creo que no me pasará nada. Entre otras cosas porque si me pasa algo a mi pobre papá no le sacaréis ni un cuarto.

Lo habían empujado hacia el maletero del coche. Mientras tanto, Barabba había desaparecido en el Alfa de Funi.

—Tratad bien mi coche.

—La próxima estupidez que digas, te rompo el brazo —le amenazó Athos, retorciéndole las muñecas atadas a la espalda. Luego lo empujó hacia abajo para meterlo en el maletero abierto.

Funi se había resistido.

—¿Tú crees que voy a caber ahí?

—Yo creo que sí. —El tono de Athos era duro y Funi también se percató de ello, dejándose encapuchar sin oponer resistencia. Luego lo metieron en el maletero, no sin cierta dificultad.

—La próxima vez será mejor que secuestréis a alguien más pequeño. Podrías haberos llevado a mi hermano, que es un enano. Aunque claro, también es un imbécil, así que al final creo que habéis elegido bien. Aunque por él podríais haber pedido más dinero, dado que es el preferido de papá.

Esta vez fue Miro quien le propinó un cachete en la cabeza:

—Si vuelvo a oírte soltar una palabra te juro que te desfiguro. Luego, si eso ya le hago descuento a *tu papá*, pero te juro que te desfiguro primero.

—Está bien, está bien. Esperemos que el viaje sea corto.

El viaje no fue corto, aunque podría haberlo sido. Para empezar, tenían que asegurarse de que el prisionero se desorientara y además querían que aprendiese cuál era su sitio.

Cuando llegaron a la alquería le vaciaron los bolsillos, le quitaron el anillo, el reloj, el cinturón y los zapatos. Luego lo llevaron al sótano que habían acondicionado como celda, donde por fin le quitaron la capucha. Tito, a quien habían elegido para tener contacto directo con el secuestrado, sin quitarse nunca el pasamontañas, le dijo que estaba en una cárcel del pueblo y que era solo una herramienta para hacerle pagar a su padre parte de lo que había extorsionado a la comunidad.

—Mira, no me importa lo que le hagas pagar a mi papá; por mí, si lo dejas en bragas aún mejor.

—¿Necesitas algo? ¿Fármacos? ¿Tienes alergias?

—Si por fármacos te refieres a los legales, no necesito nada. En cuanto a la comida, me vale todo, siempre que sea mucha y me hagáis pasta tanto al mediodía como por la noche. Pero mucha. Con un poco de aceite me vale también, pero sin pasta no se me pasa el hambre... No hay televisión, ¿verdad?

—Pero ¿tú qué crees, que estás en un hotel? —ladró Tito.

—Lo siento, lo siento. Era para entender lo que me espera. ¿Puedo leer algo al menos? ¿Algún tebeo de Diabolik?

—Podemos darte algunos libros sobre teoría comunista —dijo Tito con desdén.

—Ah. ¿Y no hay ninguno que se parezca a Diabolik?

—No lo creo.

—Bueno, vosotros mismos. Pero si esto va para largo, tendréis que encontrarme algo que hacer. No estoy acostumbrado a no hacer nada. Luego me pongo nervioso.

—Si te pones nervioso te daremos Valium.

—Ya soy prácticamente adicto al Valium. Librium es mejor. O barbitúricos, como Veronal, o uno de esos. Si además encontráis algo de morfina, podría quedarme hasta Navidad.

—¿Tú te das cuenta de que esto no es un juego, ¿verdad?

—Sí, sí, claro —fue la primera respuesta en la que Tito vislumbró un atisbo de humanidad detrás del manto de la soberbia.

La noticia estalló tres días después del secuestro, cuando finalmente se comprobó que la desaparición de Gionata Funi no era la enésima locura de un crío mimado e impredecible, y en toda Italia cundió el temor por la suerte del joven vástago de la rica familia de Lucca. El despliegue de las fuerzas policiales para encontrarlo se anunció impresionante: «Inspeccionaremos calle por calle, apartamento por apartamento, caserío por caserío desde La Spezia hasta Livorno, y les garantizo que lo encontraremos», afirmó el comisario Antelio Ciminna en conferencia de prensa. Para los Ravachol, militantes aficionados cuyas acciones nunca habían superado los quince minutos como mucho, esa guerra de desgaste parecía estar mucho más allá de sus posibilidades.

Cuando Tito fue a llevarle la cena esa noche, fue el propio Funi quien lo animó, leyéndole la tensión hasta por debajo del pasamontañas:

—«De La Spezia a Livorno» quiere decir que no tienen ni idea de dónde estamos. Lo habéis hecho bien. A estas alturas pensé que ya os habrían atrapado, pero ni siquiera saben en qué región estamos. Oh, que quede claro, contáis con mi apoyo, no soporto a los maderos. Por cierto, quería preguntaros (ah, felicita al cocinero porque este risotto estaba de rechupete), en fin, quería preguntaros: ¿cuándo pensáis pedir el rescate?

Tito lo miró mal.

—Mañana te hacemos una foto y empezaremos a dar señales de vida.

—¿La foto? ¿Para demostrar que no me habéis matado?

Tito guardó silencio. Llevaba dos días sin pegar ojo, y la tranquilidad descarada de aquel jovenzuelo no solo lo irritaba, sino que le parecía la confirmación definitiva de que la clase social a la que se pertenece no es solo una cuestión de dinero o bienes materiales: es algo que penetra en tus neuronas, que decide lo tranquilo que dormirás y lo desenvuelto que te mostrarás en cualquier circunstancia. Si eres inmensamente rico y en la vida todo el mundo ha intentado por todos los medios anticipar cualquier mínimo deseo tuyo, entonces el mundo se convierte en un carrusel, un pequeño espectáculo de emociones y experiencias preparado para tu entretenimiento. Mientras que si eres un proletario, como los Ravachol, tienes que estar atento siempre y cuidarte las espaldas, porque el mundo es hostil y está listo para aplastarte sin previo aviso, y debes tener más cuidado aún cuando el mundo —o peor todavía, el Estado— decide desplegar de manera activa todas sus fuerzas para encontrarte y, posiblemente, acribillarte legítimamente de plomo. Y ya puedes poner el vozarrón que quieras, pero incluso en la cárcel del pueblo, en ese pequeño oasis impermeable a las leyes del Estado, la clase dominante disfruta del risotto de achicoria que el proletariado le ha preparado y duerme tranquilamente, mientras el proletariado tiene el estómago contraído desde hace días y no ha pegado ojo por la tensión. Nada de revolución: habría que cambiar cada célula de cada cuerpo, desconchar cada experiencia de cada alma; de lo contrario, incluso en la cárcel del pueblo el secuestrado se convertirá en un pensionista y los carceleros, en sus sirvientes.

—Oye, es decir... *oiga*, van a necesitar un periódico para la foto, ¿no? Para enseñar la fecha.

Tito lo escuchaba a medias, absorto en sus reflexiones. Asintió distraídamente, pensando que habían hecho bien en elegirle a él para tener contacto con Funi: si se lo hubieran dejado a Athos, ya le habría destrozado la cara hacía tiempo.

—Entonces, si de todos modos tienen que conseguir un periódico, ¿podría pedirles la *Gazzetta dello Sport*?

Tito no respondió.

—Y además ni siquiera le he dado las gracias por el libro que me dio para leer: precioso. Tenía razón en que se parece a Diabolik, ese Proudhon. Aún mejor. Pero si pudiera intercalar con un poco de *Gazzetta*, ya sabe, para rebajar el tono...

Para la foto, Gionata insistió mucho en salir bien, es decir, en peinarse cuidadosamente el tupé y presentarse con la ropa en orden, diciéndoles a los secuestradores que cuanto mejor se le viera a él, mejor les haría quedar a ellos también. Pidió asimismo que le permitieran afeitarse, pero en eso Emma ya se puso tozuda, porque estaba harta de las costumbres de patrón del prisionero y dijo que dejaran ya de darle coba, que todos parecían estar afectados por un síndrome de Estocolmo inverso.

Al final él mismo coincidió en que quizá fuera mejor la barba, pues se trataba de demostrar que se encontraba bien pero no muy bien: «No vaya a ser que piensen que yo mismo me he montado este secuestro». La frase, dicha por él, después de cuatro días de cautiverio, parecía en realidad de lo más plausible.

La polaroid se la entregaron a Barabba en un lugar acordado y este la distribuyó luego con su habitual eficacia: el revuelo que provocó fue notable y apareció en todos los periódicos y telediarios. La confirmación definitiva de la resonancia de la noticia llegó cuando las propias Brigadas Rojas emitieron un comunicado para decir que, aunque las iniciales pudieran parecerse a las suyas, ellos no tenían nada que ver ni con ese secuestro ni esa brigada, entre otras cosas porque eran marxistas-leninistas-maoístas mientras que los Ravachol, según todas las pruebas, eran anarcoides. La declaración tuvo efectos contradictorios en los Ravachol: algunos, con Emma a la cabeza, la encontraron ofensiva e incluso un poco paternalista, mientras que para otros, Tito a la cabeza, fue la confirmación de que habían hecho carrera, y que la habían hecho sin dejar rastros de sangre como las BR originales, así que eran estas últimas las que tenían que aprender de los chiquillos anarcoides.

Llegados a ese punto, amparados en la cobertura mediática y sin dejar de sufrir la tensión (si aparecían los maderos empuñando las ametralladoras, vete tú a explicarles que con lo que costaba en comida el señorito Funi la operación por el momento era deficitaria), los Ravachol decidieron pedir el rescate. La primera llamada telefónica la hizo Miro desde una cabina telefónica en Carrara, a donde había ido expresamente para confundir el rastro. Llamó y habló directamente con el señor Funi, cuya respuesta lo dejó estupefacto: «No solo no os daré ni un céntimo, sino que me haréis un favor si os quedáis con ese inútil total».

Una vez más, fue Gionata Funi quien tomó cartas en el asunto.

—Ja, ja, menudo imbécil, mi papaíto. Pero bueno, estaba claro que os iba a contestar así: es un tacaño; al fin y al cabo somos de Lucca, llevamos diez siglos perfeccionando el arte de ganar dinero. ¿Cómo cree que ha ganado mi papá tantos miles de millones?

—Entonces tendremos que matarte —dijo Tito con seriedad.

Funi pareció encogerse por un momento, luego recuperó su buen humor:

—Hay otras opciones. Para empezar, hay que cambiar de interlocutor: quien desembolsa, en este caso, es mi mamá. Entre otras cosas, la que es inmensamente rica es ella: aunque mi papá le haya dado un buen uso, el capital inicial era de los Tanucci, no de los Funi. A diferencia de mi papá, mi mamá, al no haber ganado dinero en toda su vida, pero habiéndolo tenido siempre, nunca ha tenido problemas para gastarlo. De hecho, a veces, cuando mi papá le dice que se modere un poco, ella le contesta que si se divorcian será ella la que le pague la pensión alimenticia a él. Lo dice para humillarlo, aunque de todos modos es verdad. Pero cuidado: no le pidan el rescate directamente a ella. Con quien hay que hablar es con Guidi, su Rasputín. Es él quien afloja el cordón de las arcas de mi madre.

Tito odiaba a los ricos. Por él, su padre se habría quitado de la boca hasta el pan que no tenía, aunque él, como hijo tonto del culo, tampoco tuviera nada que envidiar a Funi.

—Muy claro. Te has ganado dos Diabolik.

—No, mire, olvídelo. ¿No tendrá mejor algo de Bakunin?

Tito hizo ademán de marcharse sin responder.

—Espere un momento.

—¿Qué pasa? —preguntó molesto.

—Voy a darle un par de sugerencias más. Para acelerar un poco las cosas, ¿sabe? Pero no se ofenda.

Tito lo fulminó con la mirada.

—¿Cuánto piensan pedir como rescate?

—A ti te lo voy a decir.

—Vamos, ahora estamos juntos en esto.

Tito lo pensó por un momento. Sabía que Emma estaba escuchando a escondidas y le patearía el trasero antes de que tuviera tiempo de quitarse el pasamontañas. Pese a todo, se lo dijo:

—Doscientos millones.

—Poco —respondió Funi con seguridad.

—¿Poco?

—Pidan cuatro cincuenta.

—¿Cuatrocientos cincuenta millones?

—Exacto. Con el objetivo de cerrar a trescientos veinte. Pero no lleguen enseguida a trescientos veinte. Insistan un poco en cuatrocientos cincuenta. Dejen que vayan subiendo poco a poco. Ya verán que a los trescientos veinte llegan.

—Joder —se le escapó a Tito—. ¿Sabes cuántos millones vales para tu familia?

Gionata habló en voz baja:

—Lo sé con exactitud: valgo trescientos treinta y tres millones. No debería saberlo, pero de vez en cuando echo un vistazo a escondidas a los papeles de mis padres. Mi mamá tiene un seguro para situaciones como esta: en caso de secuestro cubre hasta trescientos treinta y tres millones. Pero es mejor si demuestra que ha negociado, por lo que no puede ofrecerles tres veinte de inmediato. Y tampoco puede llegar a trescientos treinta y tres exactamente: demasiado descarado. Y lo que está claro es que no pagaría ni mil liras más que el importe del seguro, porque vale que viene de una familia rica, pero ella también es de Lucca.

—Te diré la verdad: no veo la hora de borrar a los ricos de la faz de la tierra —dijo Tito.

—Me pasa lo mismo —coincidió Gionata Funi—. Por cierto: no se olvide de Bakunin. Si lo tiene, *Estatismo y anarquía*. De lo contrario, usted mismo, me fío.

La negociación duró días y transcurrió exactamente como había previsto el prisionero, excepto que en sus previsiones la madre y su contable llegaban a los trescientos veinte mucho antes, y no después de cinco ofertas finales. Evidentemente la señora Funi no quería sobrevalorar a su hijo, incluso si el que iba a pagar el dinero era otro.

En esa semana de negociaciones, Gionata Funi leyó a Bakunin con gran interés, aunque al final concluyó que prefería a Proudhon; comió como un rajá y empezó a hablar también con los demás miembros del equipo (excluido Barabba, porque aún no había obtenido el salvoconducto para el escondite, y Emma, autoexcluida, porque esa promiscuidad con el enemigo de clase la enfermaba y sentía repulsión por el tipo humano que representaba Gionata Funi).

La mañana del intercambio, Barabba fue a recoger la bolsa al lugar acordado y luego, tras asegurarse de que no lo seguían, la dejó en un tren donde, en la siguiente estación, la recogería Emma, quien a su vez la llevaría a una iglesia de donde la sacaría Romano. Desde aquí Romano recorrería en bicicleta caminos no aptos para vehículos y se la entregaría por fin a Tito, quien la llevaría a Gombitelli, de donde saldría el coche en el que viajaba Funi, otra vez encapuchado, otra vez en el maletero, a pesar de que el tamaño del prisionero no se hubiera reducido, más bien al contrario.

Los redundantes pasajes de la bolsa del dinero, estudiados por Barabba a petición de Miro, que definitivamente quería acreditarlo ante los ojos de la brigada, funcionaron de manera impecable. El único contratiempo se produjo en la alquería, en el momento de la despedida de Gionata; el ambiente era el del fin de las vacaciones con esas amistades que después de haber parecido eternas durante quince días se desvanecen para siempre. Faltó poco para que alguien dijera: «Pero no dejemos de vernos, ¿eh?». Cuando le devolvieron las pertenencias al prisionero, una escena que les recordó a todos esas películas en las que se ve a los presos saliendo de la cárcel, el exrecluso de la cárcel del pueblo exclamó alarmado:

—¡Ay, un momento!

Todos lo miraron sorprendidos.

—¡Falta una cosa! ¿Quién la tiene?

—¿Qué falta?

—Tenía un billete de ida y vuelta en el bolsillo.

—¿Un billete de autobús?

—Sí: estaba picado solo por un lado, todavía puede utilizarse.

—Bueno, pues te compras otro.

—No, no. No se trata del billete. Es una cuestión de principios. Me dijisteis que me devolveríais todo lo que me quitabais.

—Entonces te debemos un billete de ida y vuelta picado solo por un lado.

—Lo quiero ahora.

Giorgio era quien había tenido menos trato con Funi y fue él quien, sorprendiendo a todos, le susurró desde detrás de su pasamontañas:

—Ya tenemos el dinero. Devolverte con los diez dedos o solo con ocho no cambiará mucho las cosas.

Funi debió de pensar que por fin había encontrado a quien daba las órdenes y se apaciguó:

—Está bien, está bien. Quiero decir, bien no está, pero haré la vista gorda. Mandádmelo por correo.

Después de escoltar a Funi, los Ravachol sentían unas ganas enormes de echarse a reír. Ahora venía lo bueno: decidir cómo gastar los cientos de millones que el pueblo acababa de arrancar a los cerdos burgueses.

—Creo que con el dinero del pueblo no vamos a hacer mucho —dijo Giorgio, que mientras tanto había abierto la bolsa—. Venid aquí y apagad la luz.

Cuando Romano apagó la luz, de la bolsa pareció salir un resplandor amarillento. Miraron con más atención: los billetes estaban cubiertos de un polvillo fosforescente que los hacía inservibles.

El primer lavado se realizó a mano con jabón de Marsella; luego tendieron los billetes uno a uno en una cuerda. Se secaron rápidamente. El polvillo se volvió imperceptible; el único problema fue que los billetes quedaron un poco rígidos y un poco descoloridos, y después del tratamiento ocupaban el doble de espacio que antes. Se realizaron algunas pruebas más antes de comprobar que, para una palangana de tres millones de liras, el lavado perfecto era sin jabón, pero con dos dedos de suavizante: se eliminaba el polvillo, la pérdida de color quedaba reducida al mínimo y el efecto de rigidez, decididamente moderado.

Durante dos semanas, el primer piso de la alquería estuvo lleno de cuerdas que colgaban de las vigas vistas, salpicadas con el rostro austero de Leonardo da Vinci y el rostro apagado de Tiziano. Emma y Tito se quedaban dormidos bajo ese cielo de dinero, y aunque en realidad no les perteneciera, aunque fuera dinero para la causa revolucionaria, y por tanto del proletariado, era precioso de todos modos, era precioso el mero hecho de pensar que esos billetes ya no estaban en las arcas de aquellos pedazos de mierda, sino que volarían libres por el aire, buscando destinos mejores y más justos.

En palabras de Athos, los Ravachol se habían vuelto «asquerosamente ricos» e, incluso por cuenta del proletariado, ahora tenían a su disposición una suma de dinero que equivalía aproximadamente a dos mil salarios de un obrero de la construcción no cualificado, es decir, ciento sesenta y seis años de trabajo. Ciento sesenta y seis años de salario ganados en poco más de dos semanas.

—Incluso repartiéndolo entre los siete que hemos participado en la operación, son más de veinte años de sueldo por cabeza —calculó mentalmente Miro.

—Algo menos de veinticuatro —precisó Giorgio.

—Sí, pero dividido entre las decenas de millones de proletarios de Italia no es casi nada —dijo Barabba, que había sido admitido en la alquería después del secuestro. Era la primera vez que contradecía a Miro, y lo hizo con cierta naturalidad y sin especial arrogancia además.

—Por supuesto —estuvo de acuerdo Miro.

—Dadas las circunstancias todos podríamos pasar a la clandestinidad: el dinero está ahí —afirmó Emma.

Pero nadie quería hacerlo. Aparte de Athos, que en Versilia era un rostro demasiado reconocible para esconderse, y Romano, que dijo resueltamente que ni se le pasaba por la cabeza (frase que muchos interpretaron como producto de las aflicciones amorosas que atravesaba desde que había perdido la cabeza por una de sus amantes, aunque él insistiera en negarlo), los demás eran de mayor utilidad en el mundo real: Miro para seguir en contacto con el mundo obrero y Barabba con el mundo estudiantil, que había empezado a vibrar de nuevo. Giorgio fue el único que dijo que tal vez, aunque quizá no de inmediato, él también hubiera querido pasar a la clandestinidad. Sin embargo, por el momento la estructura no cambiaba.

Tito, temiendo tener que compartir la alquería con alguien que no fuera Emma, se sintió aliviado, y por la expresión de su rostro dedujo que ella también estaba de acuerdo.

Quedaba por decidir qué hacer con el dinero. Se acordó que una parte se entregaría a las familias de cuatro trabajadores que habían muerto en los astilleros Funi, una especie de compensación póstuma, aunque simbólica, por parte del empresario que los había exprimido hasta aplastarlos. Decidieron darles veinticinco millones a cada uno.

Athos reflexionó un momento y luego dijo:

—Si mi padre tuviera que decidir entre tener a su hijo vivo o recibir veinticinco millones, en mi opinión no lo pensaría dos veces.

El resto del dinero se lo quedarían para mantener la alquería y a los dos semiclandestinos —que, a decir verdad, con la vida que llevaban costaban muy poco—, para comprar material y para cualquier otra eventualidad o actuación futura. El botín permanecería en la alquería y cualquiera podría disponer de él libremente, siempre que fuera para necesidades relacionadas con los Ravachol.

—Hablando de acciones futuras —dijo Miro— ¿qué hacemos ahora? Habrá que subir un poco las apuestas, ¿no?

Hacía tiempo que Romano no se dejaba ver, por lo que los otros Ravachol se decidieron a llamarlo al orden. Miro lo telefoneó y le preguntó si todavía tenía intención de «participar en las reuniones». Él le contestó que sí, claro, que iría esa misma noche y que, es más, les tenía preparada una sorpresa. Miro dijo que no podía recordar una sola ocasión en su vida en la que el término «sorpresa» hubiera acarreado algo bueno.

No se equivocaba.

Romano se presentó en la alquería con un 124 Sport Cabrio nuevo, zapatos de punta y medio kilo de brillantina en el pelo.

—Pero ¿cómo te has vestido? ¿Te creías que ibas a una discoteca en lugar de a Gombitelli? —se burló Athos.

—Lo has pillado, qué listo. Después de la reunión he quedado con mi Ludo y nos iremos a bailar. Creo que vamos a la Bussola. Es sábado por la noche qué caramba.

—¿Que te vas a la Bussola? —preguntó Giorgio, casi escandalizado.

—Sí, a bailar, Giorgino. ¿Quieres venirte? ¿Le pregunto a Ludo si tiene alguna amiga para que te la presente?

—Mira, vete a la mierda —dijo Giorgio.

—Caramba, chicos, tranquilidad. No estoy aquí para discutir.

He venido a la reunión y luego, si me da tiempo, iré a bailar. ¿De acuerdo? Bailar está permitido, supongo, ¿no?

—Depende —dijo Miro.

—¿Y quién decide si puedo ir o no? ¿Tú?

—Si vas a una discoteca para vivir una experiencia consumista y burguesa, entonces es de cabronazos.

—Perfecto: voy allí como proletario y comunista. Así que no hay problema.

—¿Y ese coche que traes? —preguntó Emma—. ¿Te lo ha regalado *tu Ludo*?

—Fiat 124 Sport Spider, recién matriculado, de enero de 1977.

—¿Con qué dinero te lo has comprado? —preguntó Miro con dureza.

—Con mi dinero —dijo Romano.

—Caramba. ¡Hay que ver lo que ganas de socorrista!

—No me lo he comprado con el sueldo de socorrista. Ha sido con mi parte del dinero de Funi.

—No hay ninguna parte *tuya*. No hay absolutamente nada *tuyo* aquí. Y lo sabes muy bien.

—¿Ah, no? Yo que pensaba que me había roto los cuernos, que me había arriesgado a treinta años de trullo, que me había arriesgado a que me mataran por ese pedazo de mierda de Funi. Debo de haberme perdido algo.

—Estábamos todos allí y actuamos como colectivo, no por intereses individualistas.

—Y de hecho yo no quiero utilizar este coche por intereses individualistas: lo he comprado a mi nombre, pero pertenece al colectivo. Si tenemos que huir de la policía con esto, puedes estar seguro de que no te atraparán por mucho que recen.

—¿Y qué coño hacemos con un coche así?

—Dos mil cosas podemos hacer. Para empezar, a nadie se le ocurriría pensar que unos revolucionarios van por ahí en un Spider: quedamos libres de toda sospecha.

Tito intervino:

—Si nos ven a uno de nosotros, vestidos como vamos vestidos, con las barbas que tenemos, en ese coche, lo menos que pensarán es que lo hemos robado. Es como implorarles que nos detengan.

—Entonces lo conduciré yo. O mira, tú también puedes vestirte como es debido e incluso afeitarte, si es necesario. Quizá necesitéis saliros un poco de vuestros dogmas, abriros un poco al mundo. Daño no os iba a hacer.

—A mí ese coche me da asco —dijo Giorgio—. Es precisamente el símbolo de lo que combatimos.

Tito miró a Barabba, que permanecía en silencio, lívido. Sabía que nunca le había gustado la actitud de Romano, y al principio había pensado que con esa rigidez ideológica no era muy adecuado para un grupo de andar por casa como los Ravachol, con su militancia aproximada y chabacana; pero a la luz de los acontecimientos había que reconocer que tal vez algo de razón no le faltaba, que no se podía hacer una revolución en broma, no podía uno dedicarse a la lucha armada en sus ratos libres antes de salir corriendo a la discoteca.

Romano se echó a reír. Luego, al ver a los demás serios, les espetó:

—¡Porque sois una panda de viejos! Viejos de cerebro. Menuda mentalidad la vuestra, paleta... tradicionalista y paleta: disfrutáis quedándoos aquí en la alquería vestidos con harapos y pasándoos la tarde mirando brotar una coliflor. Y queréis empezar una revolución para obligar a todo el mundo a vestirse con harapos y ver brotar las coliflores y comer pan y cebollas. ¿Es que no os dais cuenta de que a la gente le da asco esta vida que queréis que lleven? La gente quiere divertirse, qué cojones. Quiere pasárselo bien, divertirse, y no quiere que le toquen las pelotas. Eso es todo. En vuestro mundo de penurias y privaciones no aguantarían ni cinco minutos. Incluso a los proletarios les gusta un poco de buena vida, ¿lo sabíais?

—Estupendo, así que te has vuelto un hedonista de repente —dijo Tito.

—No, no me he vuelto un hedonista. O tal vez sí, qué cojones, no conozco todos esos palabros que tanto os gustan. Solo digo que la revolución habría que hacerla para darle a todos el coche que me he comprado yo, y no para mandar a todo el mundo a caminar con sandalias rotas, como a vosotros os gustaría. «No es necesario, no es imprescindible»: siempre ahí para decirle a la gente lo que puede querer y lo que no.

—Cuando hayamos acabado con la explotación burguesa, esos deseos se nos aparecerán tal como son. Simplemente ya no existirán —afirmó Giorgio.

Romano replicó con calma:

—¿Ah, no, Giorgino? ¿Conque eso es lo que te han dicho? ¿Que cuando se acabe el capitalismo a la gente ya no le interesarán los coches como por arte de magia? ¿Ni el dinero? ¿Y a lo mejor tampoco las tías? ¿Crees que en el socialismo todos serán como tú?

—No me llames Giorgino, capitalista de mierda —masculló Giorgio, que entretanto había progresado en su formación militante e incluso había sido el único de los Ravachol en ir a Milán en diciembre para asistir al funeral, al estilo partisano, del camarada Walter Alasia, del que había regresado conmocionado e incluso endurecido; no dejaba de repetir que lo habían matado en la ambulancia, que habían sido los maderos, «igual que con Carmine».

Romano mantuvo la calma y habló casi en falsete:

—Verás, *Giorgio*, resulta que ahora te has aprendido estas cuatro frasecitas de los cojones para justificar que tú nunca has disfrutado de nada en la vida, ni siquiera por error. Pero ya te digo yo cómo están las cosas: la gente quiere disfrutar de la vida y pasárselo bien y que nadie le toque las pelotas desde mucho antes del capitalismo. Si le decís a la gente que irse de vacaciones es de burgueses, que vestirse bien es una frivolidad, que ver la televisión es de gilipollas, que comprarse un coche es de cerdos fascistas, seguirán mandándoos a tomar por culo.

Emma intervino:

—Y mientras tanto, *la gente*, como tú dices, muere en las fábricas, y muere intoxicada por desechos químicos, y se parte el espinazo en la cadena de montaje, y les salen úlceras, y no pueden permitirse el lujo de ir al médico porque no tienen seguro. La gente está hecha trizas, por dentro y por fuera; y, eso sí, los patrones la distraen, o mejor dicho, te dicen lo que tienes que querer, con lo que tienes que soñar: la televisión, el domingo en la playa, el abrigo de piel, y tal vez dentro de un millón de años tú también serás rico y te comprarás ese coche de mierda del que te han forzado a encapricharte, y luego te dicen que si te portas bien tal vez algún día tú también lo conseguirás, y mientras tanto te explotan, te hacen pedazos, y luego al final te dicen que te has equivocado, ¿de verdad te creías que ese coche era para ti?, nunca fue para ti, no podrías permitírtelo. Lo importante era que te pasaras el tiempo deseándolo y envidiando a quienes lo tenían, mientras otros te lo quitaban todo. Crees que quieres algo, pero en realidad siempre son ellos los que te dicen qué, cómo y por qué no. —Emma había hablado con voz firme; exaltada pero firme.

—Pues tendrás razón, qué quieres que te diga. Vosotros sois los buenos y yo soy un mamón. Soy un producto del capitalismo, ¿vale? Pero recordad que el mundo está hecho de mamones como yo y no de santos ensartados como vosotros. Y si alguna vez lográis construir ese nuevo mundo, la gente no os dará las gracias, sino que os escupirá, porque cuando el Spider ya no exista, la gente no sabrá con qué cojones soñar.

Romano recogió su chaqueta y se fue.

—¿Te vas en el coche? —preguntó Athos—. Pero ¿no lo habías comprado para los Ravachol?

—Me lo quedo. Es mi indemnización por despido.

—Joder, hablas igual que ellos.

—A tomar por culo todos.

El coche patinó y rebotó en el camino de tierra, como confirmación de que no era el vehículo adecuado para las carreteras de la campiña de Gombitelli.

—Me gustaría saber cómo has elegido a los miembros de esta brigada —le preguntó Barabba a Miro con voz cortante.

Miro no respondió y apretó la mandíbula.

Aunque no hiciera mucho que Barabba se había convertido en miembro de pleno derecho de los Ravachol, ya había tenido la oportunidad de demostrar su considerable carisma. Le envolvía, de forma natural, un aura de autoridad, en la que no había sin embargo rastro alguno de coerción: exudaba una fuerza dulce que obligaba a los demás a escucharlo, que atraía la atención y hacía que la gente quisiera estar de acuerdo con él, aunque nunca diera la impresión de buscar la aprobación de los demás. Era el último que había llegado y, con poco más de veinte años, también era el más joven del grupo, pese a lo cual, cuando abría la boca, con su tono plácido y su labia sin tacha, puntual sin ser pedante, rico sin hacer gala de erudición, refinado sin ser artificial, parecía un maestro entre escolares. Su autoridad innata, pensaba Tito, probablemente también se beneficiara de que era muy alto, lo que obligaba a casi todos a hablarle levantando un poco la cabeza, y de que era muy guapo, además de realizar cualquier gesto con una elegancia perfectamente natural.

No por casualidad fue el artífice de la siguiente operación, que constituyó, en cierto sentido, el paso de la brigada al ataque al corazón del Estado: la explosión en el Carnaval del 77 de la carroza *I compromessi sposi*, en alusión paródica al título de la novela de Alessandro Manzoni, que ponía en la picota el compromiso histórico perseguido por Berlinguer presentándolo como un matrimonio entre Aldo Moro y él.

Para los Ravachol, esa carroza representaba el objetivo simbólico perfecto: la elección del Partido Comunista de renunciar no solo a su vocación revolucionaria —nadie creía en ella desde la época de Togliatti—, sino también a su papel como partido de oposición, de lucha y de protesta; era el beso de la muerte, el marchamo definitivo al revisionismo del PCI y su incorporación al régimen democristiano, es decir, a un régimen autoritario, imperialista, clasista, represivo y paramafioso. Cualquiera que no tuviese la conciencia completamente obnubilada, y no solo ellos, se decían, debía tener claro que el compromiso histórico era el epítome de la capacidad de la Democracia Cristiana de fagocitar todo lo que no fuera ella misma, privándolo de cualquier capacidad de alternativa, de renovación y de cambio. Después de la guerra, los democristianos habían interrumpido (y traicionado) el proceso revolucionario iniciado con la Resistencia simplemente absorbiendo (y legitimando de hecho) a los fascistas y su aparato; ahora, en los años de la contestación, la DC estaba haciendo lo mismo con los comunistas, englobándolos en su sistema de poder, neutralizándolos y al mismo tiempo aislando a la izquierda extraparlamentaria. La infausta decisión de Berlinguer de apoyar la represión autoritaria contra los grupos armados probablemente le había valido algunos puntos porcentuales más en las elecciones, como en la última llamada a las urnas, pero al precio de vender su alma al diablo democristiano y de abandonar a la izquierda revolucionaria, obligándola a luchar sola y, por lo tanto, a hacerlo con más ferocidad aún.

Evidentemente, la carroza no pasaba de ser un símbolo, pero verla volar por los aires transmitiría un mensaje político extremadamente claro, capaz de demostrar con la coherencia de un teorema lo absurdo de aquella propuesta política. Sobre todo, porque el autor de la carroza era ese matón del MSI, Giunti.

Barabba y Giorgio se lanzaron, con su abnegación de primeros de la clase, a fabricar explosivos, porque a pesar de la convicción de Athos no los vendían en la armería enseñando un carné de vigilante nocturno. Era necesario encontrar los materiales y trabajarlos, a poder ser sin volar la alquería entera con todos sus habitantes dentro. Fueron algunos camaradas de los colectivos estudiantiles de Química quienes facilitaron a Barabba tanto el acceso a los laboratorios universitarios equipados con todas las materias primas posibles como los rudimentos para manipularlas sin saltar por los aires. Barabba tenía una mente capaz de absorber cualquier información: recordaba de memoria y con la misma facilidad una octava de Ariosto o la composición química exacta del tetranitrato de pentaeritritol. Giorgio y él trabajaron codo con codo en el sótano que había sido la celda de Funi, reduciendo al mínimo la comunicación verbal, mientras que sobre sus cabezas sus compañeros, despavoridos, daban un respingo cada vez que se oía un portazo.

Cuando terminaron, los dos artificieros invitaron a los demás al sótano y les enseñaron, ante sus gestos de espanto, los cuatro adoquines agrisados. El que menos pudo disimular su terror fue Athos: del mismo modo que se mostraba imperturbable en una pelea, de lo más tranquilo ante una carga policial, perfectamente cómodo en un asalto con pistolas, se sentía anonadado frente a aquellos ladrillitos grisáceos.

—¿Quién viene a probarlos? —preguntó Giorgio—. Esta noche nos vamos a las canteras de mármol.

Athos abrió los ojos como platos y por primera vez en su vida tuvo miedo de Giorgio.

Una vez llegados al momento crucial, en medio del caos de confeti, música, niños, gente que bailaba y corría siguiendo patrones impredecibles, los Ravachol pensaron al unísono que aquella operación era demencial, ya que resultaba imposible tener en cuenta todas las variables en juego: había sido una locura traer dos bombas caseras al desfile de carrozas. Por suerte, tras la aterradora prueba de los explosivos, los propios aspirantes a terroristas habían decidido sustituir prudentemente los bloques de plástico por los más dóciles sobres bomba: más rudimentarios, pero en principio inofensivos. Aun así, sin embargo, razones para estar tranquilos no había muchas.

En todo caso, fue precisamente el miedo a que las cosas se salieran de control lo que hizo que todos actuaran de la forma más diligente y eficaz, transmitiendo a las personas que estaban alrededor de la carroza una preocupación real y no simulada, e induciéndoles a alejarse inmediatamente y sin armar escándalo.

Cuando Barabba y Miro encendieron las mechas, Emma se dio cuenta de que no habían tenido en cuenta a la familia alemana que estaba en uno de los balcones que daban a la avenida, convencidos de que las invitaciones a abandonar el lugar no les concernían, entre otras cosas porque les resultaban ininteligibles. El hecho de que Emma, en no más de sesenta segundos, lograra entrar en el portal, subir al primer piso y aporrear el timbre para que entraran en la casa antes de la explosión resultó, según sus propias palabras, algo milagroso.

Athos, por su parte, después de la explosión se encontró con un niño en brazos, que se le aferraba con todas sus fuerzas al cuello, clavándole sus muy afiladas uñas en la carne. No fue hasta más tarde cuando logró reconstruir que lo había visto solo e inmóvil frente a la carroza, y que lo había cogido en brazos antes de que el enorme mascarón de Berlinguer lo aplastara. Después de la explosión, pero antes de que los presentes pudieran apresurarse a agradecerle su gesto heroico, se quitó de encima al niño, le dijo: «Adiós, chaval, *n'ha pasao na*, tú tranqui» y lo dejó donde estaba, porque desde ese momento ya no era asunto suyo.

Moraleja de la historia: contra todo pronóstico razonable, nadie resultó herido y la explosión del Carnaval de Viareggio se dispuso a entrar en el imaginario folclórico local, en lugar de en las páginas de crónica negra. El vídeo que Giorgio se había encargado de grabar recorrió toda Italia. La operación *Compromessi sposi* fue un triunfo de la propaganda armada de los Ravachol: ningún daño colateral, un mensaje claro, repercusión nacional, cuando no internacional, y la policía completamente a ciegas sobre quiénes eran los autores. El único efecto indeseable fue la decisión de otorgar el primer premio del concurso a la carroza de ese llorica fascistón de Giunti como compensación, pero pareció un precio más que aceptable.

Encerrados en la alquería, mientras disfrutaban del torbellino de noticias, de los titulares y de los reportajes en los telediarios, en los días siguientes todos coincidieron en que la operación había sido un éxito más allá de toda esperanza razonable. Y todos, sin necesidad de decírselo en voz alta, formularon el mismo pensamiento: *nunca más*.

Más allá de los Ravachol, en cualquier caso, en aquellas semanas quedó patente la sensación de que las protestas estaban aumentando (o remontando) en todas partes: era como volver al 68, pero con una preparación política diferente, con menos jipismo y más armas. Bien es cierto que el Movimiento se estaba fragmentando en mil grupúsculos, y que estos estaban en perenne pugna entre sí por cuestiones que a veces no quedaban muy claras ni para ellos mismos siquiera, pero una vez más —y más que nunca quizá— la revuelta estaba en el aire. Al fin y al cabo, ¿dónde estaba escrito que la revolución tenía que surgir de un gran movimiento unitario y cohesionado y no podía beneficiarse, en cambio, de decenas de subjetividades menores y autónomas? El Estado necesitaba enemigos identificables, y el juego de los nuevos rebeldes consistía precisamente en no proporcionárselos, en ser mil arroyos que en el momento oportuno pudieran unirse en una violenta ola gigante para luego volver a dispersarse. No una guerra, sino una guerra de guerrillas. No un ejército regular, sino bandidos, como los Grupos de Acción Partisana de la Resistencia.

Los Ravachol siguieron desde la alquería las protestas contra el discurso del líder sindical Lama en la Universidad La Sapienza de Roma —los estudiantes que se rebelaban una vez más contra el paternalismo del sindicato y del PCI— y las ocupaciones que siguieron. Y luego, en marzo, la gran oleada de manifestaciones en Bolonia, que dejaron en el suelo el cuerpo de Francesco Lorusso, exmilitante de Lotta Continua asesinado por un carabinero. Tenía veinticinco años: la misma edad que Tito.

Giorgio quedó particularmente conmovido y no atendió a razones: aunque por el momento habían decidido estar tranquilos y esperar a que se calmara la polvareda de la explosión en el Carnaval, al amanecer del día siguiente se montó en un tren a Bolonia, diciendo que en conciencia no podía permanecer escondido después de algo así.

Se marchó el 12 de marzo de 1977. La primera vez que sus camaradas volvieron a saber algo de él fue casi dos semanas después: una llamada telefónica en la que no entendieron nada, debido al ruido de fondo y la emoción sin precedentes en su voz. Dedujeron que por lo menos todavía estaba vivo y que pronto volverían a verlo.

—Es lógico —comentó Athos—, ese tío nunca había salido de aquí. Se ha pasado un cuarto de siglo entre su casa, el ayuntamiento y la parroquia. Estaba claro que en cuanto probara un poco de vida se dejaría llevar.

—Tal vez haya conocido a alguien —dijo Emma.

—¿A una mujer? ¿Giorgio? No exageremos tampoco —se rio Athos.

—O a un hombre —se burló Emma, acallándolo.

—Volverá —concluyó Tito, hablando más para sí mismo que para los demás. Tito empezaba a echar de menos a Giorgio: después de la deserción de Romano, Giorgio era el único del grupo con quien le unía una profunda amistad, que era previa a la brigada y que tenía sus raíces en la fuente de un afecto íntimo.

Lo único que le quedaba era Emma. Con Emma era feliz, y de hecho ambos no veían la hora de que los demás se marcharan de la alquería para quedarse por fin solos.

En ese intenso año de convivencia, a la vez forzada y bienvenida, Emma siempre había intentado labrarse un espacio de intimidad con Tito. Aunque no cabía esperarse de ella ninguna ternura especial, no dejaba de manifestar, a su manera, dulzura ni de demostrar que a ella también le importaba Tito. No es que le hubiera dicho nunca que lo amaba, y al contrario, le tomaba el pelo cuando él intentaba lanzarse a ciertas acrobacias verbales para comunicarle que él sí la amaba, pero sin decírselo explícitamente, habiendo establecido ella que el amor era un sentimiento contrarrevolucionario, y que en la nueva sociedad que levantarían no habría lugar para el amor como posesión exclusiva de una persona y de su cuerpo. Después de la revolución, el amor quedaría liberado y, por lo tanto, no sería ya individual sino general.

El caso es que Tito no tardó en renunciar a las palabras que para ella eran tabú, porque, más allá de los nombres que le pusieran, ya fueran lícitos o no, lo de ellos era amor; así que ya podía llamarlo como mejor le pareciera y como mejor se ajustara a sus prejuicios políticos: a él le bastaba con tener la cosa, incluso sin la palabra.

Desde hacía unos meses, casi sin darse cuenta y evidentemente sin decírselo, habían dejado de tomar las habituales, aunque aproximadas, precauciones anticonceptivas. Todo había sucedido con suma naturalidad, y Tito había deducido que en el nuevo mundo revolucionario se prohibía el amor, pero se toleraba la procreación. Le gustaba saborear esa fantasía: imaginarse a sí mismo como padre, con ella, y tener una descendencia que invariablemente adquiría las facciones de una hija. Siempre pensaba en ella como una Emma en miniatura: feroz, radical, absoluta; inmune al compromiso y a cualquier forma de sentido común; excesiva y despiadada como la naturaleza, pura y terrible como la Gracia. Le hubiera gustado llamarla Rosa, como Rosa Luxemburgo. o Vera, como la partisana de los Apuanos.

Con todo, Tito no podía quitarse la sensación de que su unión estaba constantemente en entredicho y era revocable. Una sombra se cernía siempre sobre ellos, como si por el bien de la lucha armada su amor solo pudiera ser ficticio, como si el hecho de que se hubiera vuelto auténtico fuera una especie de traición a la causa revolucionaria. Así lo sentía Tito, pero probablemente ella también sentía lo mismo: que entre los Ravachol y ellos dos había una contradicción fundamental entre lo político y lo privado. Lo privado es político, repetían todos; y sin embargo no era cierto: no para ellos, o al menos no para él. Lo privado era un obstáculo para lo político. ¿Qué pensaba ella? No sabía cuál de las dos fuerzas prevalecería y temía que Emma ni siquiera se planteara el problema, que simple y lógicamente prefiriera la lucha política a su amor. Al fin y al cabo, ella siempre había sido más decidida, más radical, menos sentimental. Tito había acabado metido en la lucha armada en parte por convicción y en parte por diversión; y en parte también por aburrimiento, habría podido añadir. Emma, por principios y con voluntad inquebrantable. Ella había reiterado varias veces que estaba entregada por completo a la causa revolucionaria, y cada vez que él, en el crepúsculo indefinido que seguía a algunos de sus amores, fantaseaba con un futuro juntos —los dos y solo ellos dos— ella nunca lo secundaba. Lo dejaba hablar, pero no se permitía abandonarse con él; y Tito acababa una y otra vez solo en una ensoñación que había construido para dos.

Mientras tanto, Tito también había comenzado a observar otro fenómeno: el afianzamiento de Barabba como líder *de facto* de la brigada. Con el paso de los meses, había llegado a definir mejor los rasgos que explicaban su autoridad natural y su influencia sobre los Ravachol. La firme decisión de llevar la lucha hasta sus últimas consecuencias, sin concesiones, hizo de Athos, poco a poco, uno de sus más convencidos adeptos, porque veía en él la posibilidad de llevar el «follón» a un nivel decididamente más alto e interesante. Aquel intelectual mesurado y el panadero bocazas pasaban mucho tiempo juntos, e, increíblemente, parecían hablar el mismo idioma, estaban siempre en perfecta armonía: como si uno fuera capaz de proporcionar un hermoso envoltorio intelectual a los instintos del otro, y como si el otro fuera capaz de dar cuerpo y fuerza a los finos pensamientos del primero.

Tito tenía la impresión de que también en Emma estaba surtiendo cierto efecto esa radicalidad, esos silogismos que demostraban con la coherencia de la lógica la necesidad de la revolución. Varias veces se los volvió a plantear ella, casi sin cambios, retomando no solo las mismas palabras de Barabba, sino también sus mismos tics verbales: sus *así pues*, sus *consecuentemente*, sus *ipso facto*.

Por otro lado, estaba su capacidad para traducir ciertos conceptos políticamente extremos en una prosa meliflua que los hacía parecer una especie de dulce utopía. Hablaba de un mundo de terror y lo hacía parecer la Arcadia. Miro, que siempre se había enorgullecido de ser un autodidacta capaz de devorar los clásicos del marxismo a la vez que Tolstói y Stendhal, frente a la cultura oficial, certificada y refinada de Barabba percibía, muy a su pesar, todas sus carencias. Veía en él ese reconocimiento público que sentía que le faltaba a él mismo, y por eso empezó a deslizarse, poco a poco, en un proceso de identificación con él, suscribiendo todo lo que decía, como si pensar igual que Barabba pudiera ennoblecer también a Miro y su pensamiento, confirmando que él, por más que errabundo, por más que autodidacta, no valía menos que el estudiante universitario.

Un domingo de principios de mayo, Giorgio apareció sin avisar en la alquería con Susanna, a quien presentó como su compañera. Fue recibido como un hijo pródigo. Giorgio daba la impresión de estar muy bien y Susanna sonrió y a todos les pareció agradable, aunque estuviera casi siempre callada. Al fin y al cabo, era de esperar que Giorgio encontrara una mujer que se pareciera a él. Se quedaron todo el día en el porche comiendo, bebiendo y hablando de política: Giorgio estaba metido en el cogollo de la revuelta de Bolonia y tenía muchas cosas que contarles a aquellos camaradas de la periferia. Había conocido a un montón de gente y hablaba como si ya fuera un guerrillero consumado, que exhibía gran seguridad para orientarse en el maremágnum de agrupaciones, grupúsculos, siglas y posiciones ideológicas diferentes.

—Dentro de unos meses se celebrará en Bolonia el congreso internacional contra la represión, promovido por Sartre, Simone de Beauvoir, Foucault, Deleuze y Guattari —afirmó, alardeando de filósofos franceses como un perfecto manifestante sorboniano—. Podría ser un momento decisivo, un punto de inflexión. ¿Por qué no os venís vosotros también?

Giorgio, pensó Tito, nunca había estado tan bien; aunque lo echaba de menos, se alegraba sinceramente por él. Reflexionó que ahora había emprendido otro camino, que se había convertido en cierto sentido en un adulto, y que le sería difícil volver con ellos para jugar a los revolucionarios de provincias; pero esa satisfacción, esa impresión de estar finalmente a gusto consigo mismo, de haber encontrado un lugar en el mundo, lo llenaba de una alegría que tal vez fuera la misma que se sentía al ver a un hijo feliz.

Por la tarde, los dos visitantes pidieron que los acompañaran a la estación de Lucca, donde tomarían el tren de regreso a Bolonia.

—¿Por qué no os quedáis? —preguntó Tito.

—No, tenemos que volver, nos quedan un montón de cosas por hacer —dijo Giorgio—. Veníos a Bolonia: os esperamos.

—No te quepa duda —dijo Tito, consciente de que era una de esas cosas que se dicen con la misma fuerza con la que se tiene conciencia de que nunca sucederán.

—Yo también creo que deberíais quedaros —insistió Emma, casi con brusquedad—. Os sentaría bien una temporada en el campo. Entre otras cosas, este es precisamente el periodo en el que tenemos más cosas que hacer. Nos vendría de perlas una mano.

—Sería estupendo... pero la verdad es que no podemos.

—Insisto —dijo Emma—. Quedaos con nosotros. —El tono no era exactamente el de una invitación, parecía más bien una orden, pero Giorgio se mantuvo firme en su sonriente negativa.

Esa noche, después de que todos se fueran, Tito no hizo más que hablar de Giorgio, de cuánto le había gustado verlo, de lo mucho que esperaba que volviera con ellos, incluso con su nueva novia —«¿Te das cuenta? ¡Con novia! ¡Giorgio!»—, y lo evidente que era su felicidad.

Emma lo dejó hablar un rato antes de interrumpirlo.

—La verdad es que cuesta hacerse una idea de hasta qué punto no entiendes una mierda.

—¿Por qué?

—Tú y todos tus amigos, Cristo.

—¿Qué se supone que no entendemos? Giorgio vive un momento de euforia porque por una vez en su vida las cosas le van bien. Tiene novia y disfruta del fervor de luchar en Bolonia. Me parece normal que no quiera quedarse con nosotros a cultivar la huerta. Pero si no lo conozco mal verás como pronto nos echa de menos. Dale dos meses y vuelve.

Emma lo miró con maldad.

—¿No te has preguntado por qué su compañera ha tenido puesto el suéter todo el día, a pesar de que estaba al sol y hacía tanto calor?

A Tito la pregunta le pareció fuera de lugar. Contestó irritado:

—No, no me he dado cuenta. Pero supongo que tienes una explicación. Tú siempre lo sabes todo, lo mismito que Barabba; no hay nada que no sepáis.

—¿Qué tiene que ver Barabba con todo esto?

—Dejémoslo correr.

Ella tampoco quiso profundizar en el asunto.

—Entonces, ¿ese suéter? —continuó Tito.

—Le servía para taparse los pinchazos del brazo.

Tito tardó unos segundos en digerir la noticia.

—¿Se los has visto? —preguntó al final.

—No, no se los he visto. Pero bastaba con no ser idiota para darse cuenta.

Los tiempos estaban maduros. Los tiempos de la Historia y los de los Ravachol.

Había llegado el momento del juez Altieri.

En los últimos meses, el juez que había dejado impune la violencia del Estado contra Carmine había comenzado a lanzarse, amparado en el explícito mandato del régimen, a la construcción de teoremas judiciales cada vez más imaginativos para inculpar a los militantes de izquierda: la «tesis Altieri», habían empezado a llamarla los periódicos. Los Ravachol, por su parte, habían crecido y habían desarrollado una conciencia de lucha mucho más radical que la que tenían en sus orígenes.

Además, Altieri había heredado hacía unos años una casa en Forte dei Marmi, donde no solo pasaba sus vacaciones de verano con su familia, sino que regresaba cada vez que tenía unos días libres en el trabajo. En verano, su mujer y su hijo permanecían siempre en Versilia, mientras él viajaba desde Florencia los fines de semana con un agente de escolta, y luego permanecía allí durante todo el mes de agosto, circunstancia que ofrecía a los Ravachol un largo periodo para estudiar sus movimientos y costumbres.

El objetivo de la operación no era matarlo, sino secuestrarlo y someterlo a un juicio ante el Tribunal del Pueblo: después de haber celebrado varios juicios farsa, le tocaría ocupar el sitio de los agraviados. Existía el riesgo de que el policía que lo escoltaba muriera, mientras que según los planes de Barabba las probabilidades de que el juez o uno de ellos muriera durante la operación eran insignificantes.

Miro, con su nueva mentalidad inspirada en la de Barabba y encaminada a complacerlo, dijo enfáticamente que había llegado el momento de dejar de jugar a los revolucionarios y empezar a ponerse serios.

—Se acabó el recreo —repetía Barabba, complacido en invertir el sentido de la frase de De Gaulle.

Tito se dio cuenta de que en realidad no tenía demasiadas ganas de que se terminara el recreo, y que tal vez fuera cierto que para él la revolución siempre había sido un juego: le gustaba hacer propaganda, por más que un poco tosca, y también le gustaba levantar la voz y dar miedo, pero no le apetecía tomar en frío la decisión de correr el riesgo de matar a alguien; y aunque estaba seguro de que la sociedad se basaba en una feroz explotación del proletariado y de que era necesario un cambio radical, es decir, su derrocamiento, tampoco estaba del todo convencido de que estuviera en curso una guerra civil y matar pudiera considerarse simplemente un acto normal de guerra, ni que la sociedad que los ideólogos como Barabba tenían en sus cabezas fuera una sociedad por la que mereciera la pena luchar.

—Yo tenía la impresión de que nuestra idea estaba clara desde el principio, ¿no? Promover la toma de conciencia a través de acciones simbólicas, despertar la conciencia señalando con el dedo las contradicciones del presente. Aquí, sin embargo, parece que nos hemos convertido en terroristas —afirmó Tito.

—Menuda estupidez —contestó Miro con una afectada expresión de asombro—. El terrorismo es el de las derechas. El terrorismo es el del Estado contra el proletariado. Lo que hacemos nosotros es abrir grietas en este terror universal para dejar que se filtren algunos jirones de luz.

—Y eso es lo que hemos hecho hasta ahora, me parece. Pero aquí estamos hablando de matar a gente, o por lo menos de correr el riesgo de matarla.

—La propaganda que se queda estancada en declaraciones, en formulaciones abstractas, no es más que retórica. Para volverse real debe convertirse en acción. —El tono de Barabba se había vuelto sentencioso, profético. Era definitivo y consecuente: la revolución *more geometrico*—. El sueño, si no lo alimentas, se entumece. Y para alimentar el sueño es necesario hacer algo con él. Necesitamos cosificarlo. Si no se asume la responsabilidad de la violencia, si no se acepta la posibilidad de mancharse las manos de sangre, el sueño no es más que utopía estéril, veleidad infantil.

—Pero ¿las acciones sin derramamiento de sangre no son también acciones, hechos, contradicciones que se abren ante los ojos de todos? —insistió Tito.

—Una estética sin carne, sin poder destructivo y regenerador, es el epítome de la decadencia burguesa —sentenció lapidario Barabba.

Tito intentó cambiar de táctica:

—Aun suponiendo que así fuera, realizar una operación como esa, que es a todos los efectos una operación militar, exige soldados, personas adiestradas que sepan utilizar armas y gestionar situaciones impredecibles. Nosotros tenemos armas de antes de la guerra y las hemos disparado tres veces como mucho, y cuando fuimos a probarlas. Mirémonos: somos dos obreros, una mujer en paro, un pastelero y un estudiante de segundo de Letras. No somos un ejército.

—Las armas podemos comprarlas —dijo Athos—. Tenemos el carné del guardia de seguridad y mucho dinero en efectivo.

—En cuanto al ejército —volvió a tomar la palabra Barabba—, en el hecho de no serlo estriba precisamente nuestra fuerza. No debemos ser un ejército, debemos ser unos don nadie. Debemos ser anónimos, invisibles, indistinguibles. Un batallón de pequeños Odradek, incomprensibles para el poder y por eso mismo inasibles. —Barabba hizo una pausa, que servía para agudizar la atención de los presentes—. Los romanos tenían un lema: *Aquila non captat muscas*. El águila no caza moscas. Lo usaban para decir que las personas miserables ni siquiera entran en el campo de visión de las personas de alto rango. Pero lo contrario también es cierto: para ser ilocalizables para la máquina del poder y de la violencia del Estado es necesario volverse pequeño e imperceptible. Debemos convertirnos en moscas. El nuestro no puede ser un ejército regular, en eso tiene razón Tito: debemos ser un ejército de polvo. Y nuestro amateurismo y nuestra condición de minoría se hallan en la posición perfecta para serlo.

Al final Emma se había convertido de verdad en un fantasma para Tito, definitivamente esquivo y casi siempre hostil. A veces todavía hacían el amor, pero Tito tenía la impresión de que ella había empezado a evitar quedarse embarazada.

Un día que aquello le había molestado especialmente, decidió preguntarle de forma directa.

—Es verdad —admitió.

—¿Y por qué?

—Porque no es el momento.

—¿Y hasta hace dos meses sí que era el momento?

—Probablemente no, tampoco era el momento hace dos meses.

—¿Y por qué? —insistió él.

—Porque ahora tenemos otras cosas en las que pensar.

—¿Como hacer la revolución?

Ella no quiso ver el sarcasmo en la pregunta de Tito.

—Ahora tenemos que llevar a cabo una operación. No somos ya más que cuatro gatos: no podemos permitirnos perder a nadie más.

—Tal vez como somos pocos podríamos olvidarnos del secuestro, ¿no?

—La operación ha de llevarse a cabo. Hemos decidido posponerlo un poco más solo para hacerte un favor y para estudiar mejor los detalles. Pero la operación ha de llevarse a cabo. Incluso sin ti, si es necesario.

—¿Lo pospusisteis *para hacerme un favor*?

—No solo por eso. Estuvimos de acuerdo en que tenías razón al decir que hacerlo en verano, con Versilia a rebosar de gente, no era la mejor opción. Por eso también acordamos posponerlo. —Tito notó que ya no formaba parte del «nosotros» de Emma. Ella concluyó, perentoria como siempre—: Sin embargo, tan pronto como se presente la oportunidad en otoño, lo haremos. Suponiendo que quieras hacerlo.

—¿Y tú quieres hacerlo?

—Sí.

—¿Por qué?

—Porque ha llegado el momento. Hay que aprovechar esta coyuntura que se ha abierto. Es hora de actuar, esta podría ser la última oportunidad de intentar ganar.

Tito no pudo contenerse.

—Pero ¿cómo cojones hablas? ¿Cuándo ha sido esto una cuestión de ganar o perder? No es un partido de fútbol. Las cosas que hemos hecho no las hemos hecho para ganar, nunca nos importó un comino ganar o perder. Porque si la cuestión es ganar o perder te doy una noticia: ya hemos perdido, sabemos desde el principio que somos unos perdedores. Y, sin embargo, nunca nos importó una mierda perder. Precisamente porque este no es nuestro juego; no jugamos para ganar, como mucho jugamos para hacer saltar la banca. Ahora en cambio viene Barabba, con esa maldita mueca de profesorcillo, y sale con que tenemos que ganar, que tenemos que lanzar el ataque decisivo, y ese idiota de Miro le sigue la corriente porque tiene complejo de inferioridad. Y tú también le sigues porque no sabes de medias tintas. Cuando escucho la palabra ganar me siento como si oyera hablar de morir.

Emma le dirigió una mirada gélida, una mirada que él le había visto antes, pero nunca dirigida a él. Luego dijo, en tono neutro:

—No entiendo qué estás haciendo aquí.

Tito se quedó desconcertado, no tanto por la pregunta, sino por esa abismal indiferencia.

Si Tito se sintió tentado por la perspectiva de marcharse, aunque no encontrara las fuerzas para hacerlo, Giorgio, en cambio, volvió a la alquería. Para ser precisos, fue la capa exterior de Giorgio la que regresó.

—Mierda, estás hecho un asco —dijo Athos, resumiendo los sentimientos de todos cuando lo vieron hecho una piltrafa, con la mirada siempre baja y la actitud de un perro apaleado. No es que Giorgio hubiera sido nunca un tipo expansivo, pero bajo su silencio de otros tiempos, si se escuchaba con atención, podía oírse el funcionamiento incesante de sus engranajes mentales, que lo mismo podían discurrir sobre cómo arreglar el televisor o sobre la paradoja de la Trinidad; detrás de su silencio actual, en cambio, por mucho que se prestara atención no podía oírse nada.

Esta vez Susanna no vino con él, pero cuando le preguntaron dónde estaba y si todavía seguían juntos, Giorgio primero farfulló algo y luego dejó de responder. También parecía haber llegado a su fin su papel de mensajero portador de las últimas novedades desde el centro del Movimiento boloñés a la periferia. Si unos meses antes hablaba de ello en términos entusiastas y con todo lujo de detalles, demostrando que estaba en el meollo de la revuelta, esta vez ya no parecía muy interesado, y acaso ni siquiera excesivamente metido en el asunto: el único razonamiento algo articulado que hizo atañía precisamente a la desilusión que sentía respecto al Movimiento.

—Celebraron el Congreso internacional contra la represión... Daba asco... La gente se disputaba a golpes el micrófono, se gritaban, se insultaban. Los del PCI controlaban a todo el mundo, según ellos porque no querían armas y no querían problemas, pero el caso es que tenían miedo, y era realmente como si fueran policías. Pero luego, dentro del Palacio de Deportes, de mantener el orden se encargaba Lotta Continua, y en efecto, era un desastre. Cuando Boato habló, competían por insultarlo, y de vez en cuando alguien se acercaba a darle un par de bofetadas. Cuando hablaron Guattari y los franceses no entendíamos una mierda. Parecían drogados. No dijeron una palabra sobre las cosas que teníamos que debatir. Se limitaron a hablar el uno del otro. Al final lo dijo hasta Bifo: el Movimiento se ha agotado.

Ante esas palabras, Tito experimentó dos reacciones opuestas. Por un lado, la consternación derivada de la perspectiva de que la lucha hubiera perdido su poder de impacto original y, por lo tanto, que ellos tampoco tuvieran ya razón de existir. Por el otro, el alivio de pensar que, si el Movimiento se había agotado, los Ravachol también depondrían las ametralladoras y empezarían a concebir otros caminos, otras soluciones. Sus compañeros, sin embargo, no compartieron esta lectura. Aparte de Athos, que no había levantado la cabeza de las berenjenas a la parmesana, con evidente indiferencia hacia Giorgio y hacia la suerte del Movimiento, los demás parecieron acoger la noticia con serenidad.

Al final fue Barabba quien habló:

—La época del Movimiento ha terminado: empieza la época de las vanguardias.

La muerte del Movimiento se había convertido en una buena noticia, era solo el anuncio de una nueva etapa en la que el secuestro del juez encajaría aún mejor que en la anterior.

El caso era que, si el proyecto seguía adelante, dadas las circunstancias, Giorgio constituía un problema. Nadie pensó que en las condiciones en las que se encontraba pudiera ser incluido en el plan, ni obviamente que pudiera opinar sobre nada. Barabba hablaba de él llamándolo «el yonqui», lo que no hizo más que aumentar el rechazo que Tito sentía hacia él. También dijo que no podían permitirse el lujo de tenerlo en la alquería mientras preparaban la operación.

—¿Y por qué no? Si no es más que un yonqui, no creará ningún problema —afirmó Tito, cuyo único objetivo era ahora sabotear la nueva línea Ravachol, como todo el mundo sabía desde hacía tiempo y como él por fin empezaba a comprender también.

—Lo que hacen los yonquis es precisamente crear problemas, Tito —dijo Emma—. Yo siento cariño por Giorgio. Humanamente hablando, siempre me ha caído más simpático que todos vosotros. Pero ya no es él, y sobre todo no podemos permitirnos el lujo de arriesgarnos a que nos condenen a cadena perpetua porque nos trae a la policía a casa.

—Mirad —dijo Tito—, tenéis razón. Pero Giorgio es uno de nosotros: es un camarada y también un amigo. Y claramente necesita ayuda. Si lo ha dejado con esa para volver aquí, significa que quiere desintoxicarse, ¿verdad? ¿Y qué hacemos? ¿Lo tiramos de nuevo en mitad de la carretera a ver si vuelve a pincharse? ¿Lo enviamos directamente al Ginepri y en dos meses descubrimos que ha sufrido una sobredosis por esa mierda que circula por ahí? No es posible.

—¿Y en tu opinión qué deberíamos hacer? —preguntó Miro, con el tono de impaciencia con el que ahora todos se dirigían a Tito.

—Esperar.

—¿Esperar a qué?

—A que se reponga. La adicción no dura para siempre. Si supera un determinado umbral, pasa. Y en ese momento también tendremos un hombre más.

—¿Eso significa cancelar la operación Altieri? —preguntó Barabba, sarcástico, como diciendo que sabían muy bien que su único objetivo era ese, con Giorgio o sin Giorgio.

—Significa posponerla hasta que podamos hacerlo con seis personas en lugar de cinco —afirmó Tito.

—Yo no creo que de eso salga uno nunca —dijo Athos—. Si empiezas a darle estás perdido. Si solo te la fumas quizá puedas acabar saliendo, pero si empiezas a pincharte no pararás. Lo dice la ciencia.

—Tú no conoces a Giorgio —intentó objetar Tito.

—Tú no conoces la heroína —dijo Athos, casi paternalmente.

—¿Y entonces qué queréis hacer? Incluso si lo echamos, no podemos mantener al juez aquí con el riesgo de que Giorgio vuelva.

—Es un tema que debemos considerar. —Barabba habló despacio, como si estuviera rumiando.

Tito, que a esas alturas conocía la determinación con la que Barabba solía afrontar los obstáculos, sintió un escalofrío.

El problema, sin embargo, se resolvió por sí solo: menos de cuarenta y ocho horas después Giorgio había desaparecido.

—Ya te dije que de eso no se puede salir —dijo Athos en un tono sinceramente descorazonado.

El tiempo dedicado a lamentar la marcha de Giorgio, sin embargo, fue muy corto, porque el asunto fue reemplazado de inmediato por una cuestión nueva y más acuciante: junto con Giorgio también había desaparecido todo el dinero restante del rescate de Funi. Así que ahora había un adicto a la heroína deambulando por ahí con decenas de millones en efectivo, lo que aumentaba de forma exponencial el riesgo de que acabara mal y causara algunos problemas a la brigada.

Instintivamente, todos volvieron la mirada hacia Barabba.

—Detenernos ahora sería una cobardía —afirmó.

La mañana del lunes 17 de octubre de 1977, el día que decidiría el destino de los Ravachol, Tito se levantó cuando aún no eran las seis de la mañana y salió al porche. El otoño era suave. Secó con un pañuelo el rocío nocturno condensado en una silla, se sentó e interrogó su cuerpo: estaba sereno. Contempló la oscuridad del campo: inmóvil, la naturaleza mostraba su plácido dominio sobre el mundo, su soberana indiferencia. Algunas luces escasas asomaban en la oscuridad, señales de una humanidad que parecía fagocitada por el mundo vegetal a la vez que formaba parte eterna y cíclica de él: una humanidad bovina, indiferente a su vez, reacia a cualquier civilización, dotada de la pacífica ferocidad de quienes crían fraternalmente animales con el único fin de sacrificarlos y alimentarse de ellos; de la inocencia de quienes cuelgan tan tranquilos del techo trozos de cadáveres de animales y exponen sus cabezas disecadas.

El hombre nuevo sería lo opuesto a ese hombre natural; el hombre de la civilización alcanzaría una nueva conciencia, una nueva *pietas*.

Estuvo reflexionando durante un largo rato, a tientas, y al final tomó una decisión.

Odio a los indiferentes, se repitió.

Por fin había entendido. El peligro que había corrido a lo largo de su vida había sido ese precisamente: la indiferencia, la imparcialidad, la incapacidad de tomar partido. De no haber sido por los Ravachol, que lo habían redimido, se habría embarcado en una pálida vida de aspirante a burgués, inercial e ineficaz. Un necio parásito de la historia. Pero después había corrido el mismo riesgo en la brigada: el riesgo de desactivar la lucha reduciéndola a simulacro, a mero símbolo. Había corrido el riesgo de desactivar la lucha diluyéndola con ironía; de hacer inútil el trágico sacrificio transformándolo en farsa. Cuando Dios pide a Abraham que sacrifique a su hijo, Abraham no se limita a un sacrificio simbólico, no mata un cabrito diciendo que ha sacrificado a su hijo, no utiliza un cuchillo falso para simular el asesinato. En Abraham no hay metáforas ni hay ironía. Hay fe y hay acción. Abraham mata a Isaac *en serio*, y el hecho de que Isaac no muera, que el golpe caiga sobre un cabrito, no depende de su voluntad irónica o simbólica. Será Dios, en el caso de Abraham, o la historia en el caso de ellos, quien decidirá el resultado; pero en ambos casos el puño debe asumir la responsabilidad de propinar el golpe mortal. «La ironía es el arma de quienes se saben superiores, es la forma en que las clases dominantes marcan su distancia respecto a los desheredados, ridiculizándolos», le había dicho Emma, intentando vencer su última y débil resistencia. Tito quería mantener la lucha en un nivel metafórico, quería parodiar la revolución; pero aquel era el momento de liberar la fuerza viva y real de la lucha, llevarla del cielo del símbolo a la concreción de la realidad; de lo contrario, habría permanecido prisionero de la idea para siempre y se habría atrofiado.

El verbo debe hacerse carne, lo había traducido Tito al lenguaje de la fe que tan decisivo había sido en su forja. Dios mismo no se contentó con permanecer perfecto e impasible en el cielo de la perfección: se hizo carne y sangre y se sacrificó en la cruz. También para ellos era el momento de hacerse carne y sangre y de sacrificarse: de asumir la responsabilidad de la culpa para no seguir siendo espectadores abúlicos.

Me molesta el lloriqueo de los eternos inocentes: la ciudad futura no se construirá permaneciendo al margen para glorificar la propia pureza. La inocencia no es más que indolencia, la inocencia es el rechazo de los cobardes. La ciudad futura nacerá de las acciones de quienes acepten ser culpables: nacerá de quienes han tenido el valor de sentarse en el lado equivocado, asumiendo la responsabilidad de las acciones erradas, de las acciones reprobables, de las acciones inhumanas.

Elegir la inocencia significa sustraerse de la lucha, significa elegir la propia y mezquina individualidad antes que el bien de todos. Elegir la culpa, aceptar la condena personal, la perdición privada, a cambio de la salvación colectiva: ese es el punto en el que Cristo y Marx se encuentran, y ese es el punto al que también había llegado Tito, con el alma finalmente en paz.

Emma se sentó a su lado en silencio; intercambiaron la que sería su última mirada antes de que cada uno se despojara definitivamente de sí mismo para entregarse, por entero, a la lucha.

Año 3. Los fantasmas

El material del archivo de Sella termina aquí y, en consecuencia, aquí termina también mi reconstrucción de su historia. Dado que en esas primeras semanas en París no tenía una gran vida social, y dado que era difícil estar en París y no sentirse un poeta *maudit*, decidí imprudentemente utilizar el material del archivo privado de Tito Sella para componer de mi puño y letra lo que a él le hubiera gustado escribir, su famosa *La Estantigua*.

Eso sí: hubiera preferido que esta historia tuviera un final. O, mejor dicho, está claro que esta historia tiene un final, pero es externo a ella: no se encuentra en la narración sino en el mundo, en los hechos, en las noticias y en los documentos judiciales. Como acabo de escribir en mi tesis doctoral (arrancándome un aplauso a mí mismo por lo bien que estoy aprendiendo a encubrir conceptos triviales mediante términos esotéricos), el final de esta historia es *extradiegético*.

Pensé durante bastante tiempo si incluirlo de todos modos, dado que no faltan documentos para reconstruirlo y, de hecho, sería la parte decididamente más sencilla de escribir. Podría proporcionar un relato bastante aproximado y fiel, no exactamente minuto a minuto, pero casi. Al final decidí no incluir esta parte, porque no hubiera sido, por así decirlo, subjetiva: habría tenido que contarla con los ojos del mundo, y no con los de Tito, y habría sido, en lo que a mí respecta, una intromisión ilegítima. Como es natural, alguna intromisión sí que he deslizado, alguna novelización, pero siempre he intentado permanecer fiel al espíritu (si no exactamente a la letra) de los cuadernos y diarios de Sella.

El epílogo de la historia, por lo demás, es la parte más conocida.

El secuestro de Altieri se produjo según lo previsto, entre las seis y media y las siete menos cuarto del 17 de octubre de 1977, cuando el juez salió de su casa de Forte dei Marmi para subir al coche conducido por el escolta que se disponía a llevarlo temprano al Tribunal de Florencia. El agente fue desarmado e inmovilizado sin problemas, tras someterse con bastante docilidad a la voluntad de los secuestradores, quienes lograron meter a Altieri en el maletero del coche sin mayores dificultades, al ser el juez un hombrecillo que no llegaba al metro setenta de altura, y al mostrarse él también muy sumiso cuando, en lugar de juzgar desde su estrado, se encontró frente al brazo armado del proletariado.

Lo que los secuestradores no podían prever era el puesto de control de via Freddana, por donde los Ravachol pasaron en su camino de vuelta a la alquería.

Todavía estaba oscuro, y los carabineros no tenían mucho que hacer, así que cuando vieron llegar el coche en el que viajaban Emma y Miro, debieron pensar que pararlo podía ser una buena distracción. Sin embargo, se desconoce cuál fue su reacción cuando el coche puso el intermitente a la derecha y se detuvo prácticamente por voluntad propia.

La razón por la que el coche se había detenido era muy sencilla: estaba limpio. Aparte de las armas —que, sin embargo, solo habrían encontrado si hubieran decidido registrar minuciosamente a una pareja de recién casados de aspecto irreprochable, con un cochecito de bebé colocado hábilmente en el asiento trasero—, no tenían nada que pudiera relacionarlos con el secuestro (del que los carabineros por otro lado no sabían nada) y viajaban con un par de minutos de ventaja sobre el coche que transportaba al juez, precisamente para evitar sorpresas.

El caso es que cuando llegó el segundo coche, en el que viajaban Athos y Tito, las cosas se torcieron: Athos, en lugar de reducir la velocidad y esperar a que los carabineros, ya ocupados con el otro coche, le hicieran señas para pasar, aceleró, pensando probablemente que los militares estaban ahí por ellos y no por un control rutinario. Cuando vieron que el coche aceleraba, dando la impresión de querer saltarse el control, los carabineros levantaron la paleta roja: si hasta unos minutos antes los secuestradores habrían podido pasar sin problemas, en ese momento se vieron forzados a saltarse el puesto de control. Los carabineros perdieron entonces el interés en el primer coche que habían detenido y se dirigieron hacia su propio vehículo.

Al verlos salir corriendo, Emma y Miro también arrancaron y se pusieron en marcha antes que los carabineros, que todavía no habían llegado al coche patrulla.

Las carreteras estaban oscuras, pero, a causa de lo que en ese momento quizá hubieran podido llamar apresuradamente suerte, todos los Ravachol las conocían al dedillo, por lo que Athos tomó con confianza una carreterilla secundaria casi invisible y subió por ella con las luces apagadas, hasta llegar a un claro, donde Tito y él abandonaron el coche y esperaron a sus perseguidores empuñando las ametralladoras.

Cuando los carabineros llegaron, siguiendo el mismo camino, los dos empezaron a disparar y los perseguidores, a su vez, sacaron sus armas y respondieron al ataque.

En medio de la confusión, nadie se preguntó cómo habían logrado encontrar esa carretera los agentes, ni por qué no llevaban las sirenas y las luces intermitentes encendidas. La respuesta hubiera sido, simple y llanamente, que los perseguidores no eran los carabineros, sino Emma y Miro: los dos coches de los Ravachol se estaban disparando uno a otro.

Fue el tiroteo lo que atrajo a la policía a ese claro al que nunca habrían llegado por su cuenta, y cuando aparecieron se desató un nuevo enfrentamiento a tiros, en el que resultó herido de muerte el agente Domenico Navarra.

Cuando llegaron los refuerzos ya era de día y, además del agente, yacían sobre el terreno los cadáveres de tres de los cuatro secuestradores: Emma Palmi, Miro Vitale y Athos Bastiani. El cuarto miembro de la brigada, Tito Sella, había logrado huir a través de la espesura. Pasó un rato antes de que los carabineros abrieran el maletero del coche y encontraran el cuerpo acribillado a balazos del juez Altieri.

Esta es la reconstrucción de los hechos que se desprende de las actas del juicio. Por mucho que las fuerzas del orden salgan excesivamente inmaculadas para ser del todo creíble, es la única versión de la que disponemos: los brigadistas no se habían reconocido y en el tiroteo se habían matado entre ellos, y en medio de aquel caos algunos proyectiles habían atravesado el maletero hiriendo mortalmente al juez.

Al brigadista fugitivo lo localizaron pocas horas después en una alquería cercana a Gombitelli, y no solo fue detenido sin oponer resistencia alguna, sino que desde ese momento hasta el final del proceso que afrontó como acusado no negó su responsabilidad, limitándose a declararse prisionero político. Su opción fue no desvincularse y no colaborar con las investigaciones policiales, ni en ese momento ni cuando, cinco años después, se aprobó la ley de terroristas arrepentidos.

Tito Sella nunca dijo ni escribió nada sobre el secuestro de Altieri. Por eso me pareció más correcto no incluir la operación en el texto de *La Estantigua*.

Pero hay una razón aún más apremiante que me empujó a terminar el relato antes de que comenzara la operación: una razón literaria. Uno de los temas recurrentes de la obra literaria de Sella —sobre el que se construye todo el ciclo de las *Hagiografías* y al que vuelve también en *El sabor de la nieve*— es la idea de que existe un momento en el que se suspende la sucesión del tiempo y de los acontecimientos de una vida para desvelar la identidad última de un personaje, la esencia de un individuo, lo que el propio Sella, citando a Yeats, llama «el rostro que tenía antes de que existiera el mundo». Borges escribe —y Sella lo suscribe— que «Cualquier destino, por largo y complicado que sea, consta en realidad de un solo momento: el momento en que el hombre sabe para siempre quién es».

Por mi parte, estoy convencido de que para Tito Sella ese momento coincidió con la noche en la que tomó la decisión de actuar, de participar en el secuestro de Altieri, al que hasta entonces se había opuesto. Una decisión cuyos vericuetos mentales intenté reconstruir ateniéndome lo más fielmente posible a las notas de sus diarios de aquellos días, que luego condensé en el párrafo con el que concluí la *La Estantigua*, ya que, por razones obvias, no existe ninguna página en la que Tito cuente en primera persona su último amanecer antes de la matanza.

En esa decisión se cristaliza, o se desvela, la esencia singular del ser humano que era Tito Sella. Fue en ese momento cuando Tito reveló de una vez por todas su rostro eterno. Por eso me pareció más acertado cerrar el relato en ese punto, en el que se resume la necesidad de toda su historia. El resto, desde el catastrófico secuestro de Altieri hasta los más de veinte años que pasó en la cárcel, es contingencia, consecuencia, pleonasmo. Toda su vida no es más que el corolario lógico e inevitable de aquella decisión.

En París, después de las primeras setenta y dos horas de estupefacto aturdimiento ante su esplendor casi descarado, comienza uno a cagarse en todo.

No me refiero solo a los dos meses en los que mis únicas salidas se limitaron a los partidos del Inter en un bar italiano y a las veladas de *jazz manouche* en el Barrio Latino a las que me arrastraba Samuele, un estudiante de doctorado sin beca de la Universidad de Tuscia que estudiaba cosas medievales (no puedo ser más preciso), y que conseguía que una cervecita le durara toda la velada mientras escuchaba embelesado a aquellos gitanos virtuosos de la guitarra y yo intentaba pasar el rato atizándome copas de un vino tinto descolorido.

El auténtico *experimentum crucis* parisién son las semanas en las que te ves obligado a recorrer palmo a palmo todos los suburbios buscando alojamiento para seis meses en la ciudad donde *todo el mundo* busca casa para seis meses y donde *prácticamente todo el mundo* tiene más dinero que tú. Me tuve que chupar colas larguísimas de gente a la que un agente inmobiliario había citado a la vez para ver buhardillas, desvanes y sótanos dignos de la atención de un tribunal de derechos humanos, por los que pedían sin el menor rubor quinientos o seiscientos euros al mes. Todo el mundo te dice que «Total, está la CAF», un sistema mediante el cual el Ayuntamiento de París te devuelve parte del alquiler si eres pobre y que, sin embargo, tiene el resultado perverso de mantener los precios por las nubes; pero desde el principio pensé que mis posibilidades de salir victorioso de los entresijos de una solicitud de reembolso presentada en el país que se enorgullece de haber inventado el término burocracia eran objetivamente cercanas a cero.

Cuando, tras agotadoras búsquedas, me negaron un e*studió* (una habitacioncita sin las dimensiones mínimas para poder llamarlo realmente estudio) en un sexto piso sin ascensor, con un baño compartido con las distintas familias que se hacinaban en los otros *estudiós* del ático y una microducha empotrada en la pared junto a las placas que hacían de hornillos, con el pretexto de que no tenía las «referencias» necesarias, decidí dejar mi orgullo a un lado y pedir ayuda a la última persona a la que hubiera querido pedírsela: mi omnipotente novia.

Letizia, que se había ofrecido a echarme una mano desde el principio y a quien yo había rechazado por orgullo, no me lo tuvo en cuenta. Aceptó mi rendición con el aplomo de quien espera ver pasar mi cadáver flotando en el río y se puso de inmediato manos a la obra con su eficacia habitual: su madre sondeó a sus distintos amigos propietarios de casas en París y ella movilizó su red de gente de mundo (no estoy seguro de cómo funciona, pero en mi imaginación hay un chat internacional llamado «Personas ricas», en el que los adinerados del mundo se ayudan entre sí, como una masonería de la *upper class* mundial). Un par de días después Letizia me manda el número de un amigo de un amigo de un amigo, que es posible que alquile una habitación en Saint Michel, uno de los lugares más céntricos de París. Casi casi siento la tentación de no llamar siquiera, sabiendo muy bien que cuanto más te acercas al centro, más inasequibles o inhabitables son las casas.

Al final voy, claro, porque no puedo permitirme el lujo de dejar nada por intentar. Y quedo sorprendido: después de visitar doscientos tugurios entro en una habitación amplia y decente, con su ventana y baño privado. Tiene algunas limitaciones: un piso alto sin ascensor con escaleras tan empinadas que te da la impresión de ir a desplomarte a cada escalón; la cama que en realidad hace también las veces de sofá y la inevitable moqueta, pero comparada con las cosas que he visto en las últimas semanas es una joya. El propietario, Nicholas, un francés de poco más de veinte años que parece sacado directamente de los sueños eróticos francófilos de cualquier chica italiana, dice que estará fuera durante seis meses. Me explica que va a Bangkok a escribir una novela sobre una banda de criminales tailandeses: ya ha intentado ser escritor, aunque sin éxito, y estos seis meses son la última oportunidad que se va a conceder en ese campo. Si cuando regrese no ha dado un resultado a la altura de sus expectativas, lo dejará correr y se dedicará a otra cosa.

—*La Fémis, peut-être* —me dice.

—¿La...?

—*La Fémis* —repite—. *It's the french school for cinema. Movies' director. You know?* Escuela de cine. Godard, Truffaut... *Felliní...*

—¡Ah! Sí, sí, de acuerdo.

La verdad, no sé si le he entendido bien, dado que me comunico pasando de mi francés italianizado a mi inglés escuálido, mientras él habla francés franco, intercalando a veces algunas palabras en español, que evidentemente piensa que son intercambiables con el italiano. Sin embargo, si la mitad de lo que entiendo es cierto, está claro que vive en un planeta diferente al que me he criado yo, y, me atrevo a decir, incluso al que se ha criado Letizia.

El asunto en el que no hay problema de comprensión, entre otras cosas porque se utiliza el lenguaje universal de los números, con ayuda de lápiz y papel, es el precio: «Ochocientos euros per month», obviamente en negro, «cash», y por tanto no podré beneficiarme de la rebaja de la CAF. Dos meses por adelantado más ochocientos euros de fianza, que será mi último mes de alquiler si entre tanto no he causado ningún desperfecto. Echo una cuenta rápida: cuatro mil ochocientos euros por seis meses, de los cuales dos mil cuatrocientos los tengo que pagar de inmediato, solo por el alquiler. Aproximadamente el doble de lo que tenía previsto.

Acepto de inmediato, antes de que el apuesto Nicholas cambie de opinión y le deje su casa a otro mientras intenta encarnar el cliché del joven artista atormentado y carente de talento. Viviré por encima de mis posibilidades durante unos meses, luego en julio ya veré: si tengo demasiadas deudas haré como el conde Mascetti y me suicidaré.

Se me ocurre hacer una llamadita a mi madre, a quien encuentro en uno de sus raros momentos de generosidad. Le digo que por fin he encontrado una casa y le explico en términos generales dónde está y ella me demuestra una increíble familiaridad con la zona.

—¡Oooh, menudo sitio tan maravilloso has encontrado! Está ahí cerca de la librería inglesa, ¿cómo se llama? Shakespeare no sé qué. ¡Qué maravilla!

—Un sitio estupendo —confirmo. Luego lanzo la estocada—: El único problema es el precio.

Ella me contesta vehemente:

—No te preocupes por eso, qué más da. Ya te ayudo yo. Si son solo unos meses, no será para tanto. Ah, Sanmichel...

—Pues... gracias —balbuceo, sorprendido de que mi intento de financiación haya funcionado sin encontrar resistencia.

—Sabes que hay una callejuela detrás, la rue de la Huchette, creo: allí está mi restaurante favorito. Le chat no sé qué...

—¿Le Chat Noir? —pregunto, pensando en uno de los iconos de las camisetas parisinas para turistas.

—Pero ¿qué tendrá eso que ver? —dice casi con rabia—. Eso está en un sitio completamente diferente. No, otro. Luego busco la tarjeta y te digo. ¡Menudas bandejas de marisco! Cuando

Letizia vaya a verte, llévala allí, no seas tacaño. Luego ya te doy el dinero yo.

A mi madre debe de habérsele abierto la vena de la munificencia. O quizá por primera vez esté orgullosa de su hijo, del que difícilmente podría haber pensado que acabaría estudiando en París; o quizá tema que su niño más que treintañero se rinda ante las dificultades inmobiliarias parisienses y vuelva a casa con ella, negándole los seis meses de libertad que le ha prometido. O más simplemente, ha debido de abrirse en ella una dulcísima hemorragia de recuerdos juveniles, de cuando estuvo con mi padre en París de luna de miel. No debieron estar más de una semana, pero, según parece, lo hizo con los receptores emocionales bien abiertos para absorberlo todo, y todo se le quedó tatuado en la memoria para siempre. Yo, que pertenezco a la generación low cost, habré visitado cinco veces más ciudades europeas que mi madre, pero no recuerdo nada: las elijo en función de los precios, no me preparo lo que hay que ver y las recorro pensando que de todos modos volveré, así que no le veo sentido a desperdiciar memoria.

En cualquier caso, fui a su restaurante favorito: llevé a Letizia cuando vino a visitarme para ver cómo me había instalado en París y para obligarme a hacer un recorrido a toda carrera por las maravillas y locales *à la page* de la ciudad. Obviamente, el sitio es una trampa para turistas; la misma rue de la Huchette, a pesar del teatro de Ionesco, parece una de las callejuelas de las localidades turísticas italianas ya del todo colonizadas por tiendas de souvenirs: los idiomas más hablados en la calle son el entusiasta inglés de los estadounidenses y un italiano de curva sur. Del francés, ni rastro. Si es cierto que mi madre tiene de su lado la capacidad de dejarse hechizar por el mundo, yo tengo otra, que un mes en París no ha hecho más que perfeccionar: el arte del esnobismo preventivo.

La Bibliothèque Nationale de France, sede Mitterrand, es uno de esos edificios absurdamente faraónicos que los presidentes franceses del siglo pasado se regalaban a sí mismos como autohomenaje al final de un doble mandato de siete años, es decir, después de haber ostentado un poder casi absoluto durante catorce años y, por lo tanto, en un estado de comprensible delirio narcisista. El arquetipo de estos monumentos es, naturalmente, el Centro Pompidou, que los visitantes italianos tachan de repulsivo amasijo de tubos Innocenti y trozos de plástico de colores hasta que descubren en su Lonely Planet que es obra de Renzo Piano y pasan a considerarlo, por lo tanto, en un arranque de chauvinismo, una obra de una pasmosa audacia.

François Mitterrand, el último gran presidente socialista francés, es famoso, entre otras cosas, por su política de asilo a terroristas italianos de extrema izquierda, considerados presos políticos y en consecuencia no extraditables, razón por la que muchos de estos terroristas en rebeldía huyeron a Francia, donde permanecieron para evitar ser procesados por la justicia italiana. Y probablemente sea esa la razón por la que el archivo de Sella se encuentra aquí y no en Italia. En realidad, incluso los franceses utilizan en ocasiones una lógica inescrutable, por eso su archivo *privado* (el que me sirvió para *La Estantigua*) se encuentra en la sede Richelieu, una espléndida biblioteca antigua a dos pasos del Louvre donde incluso alguien como yo se siente de inmediato más inteligente nada más pisar sus umbrales. El archivo *literario* de Sella, es decir, el que contiene sus trabajos preparatorios, sus notas y los esquemas de sus libros, que tendré que consultar a partir de ahora, se encuentra en la sede François Mitterrand, cuya filigrana es en cambio la de la inaccesibilidad.

Construida en una zona anónima y mal comunicada de París (según los estándares locales), una vez que llegas a una de las paradas de metro más cercanas tienes que recorrer andando un buen trecho en dirección a cuatro torres de cristal beis, que parecen alejarse a cada paso que das; una vez en los alrededores, te percatas de que las torres están construidas sobre una especie de plataforma elevada y que la biblioteca propiamente dicha, sin embargo, no tiene nada que ver con esos cuatro edificios faraónicos, sino que se extiende enteramente bajo tierra, alrededor de un enorme pozo central que alberga un exuberante e inaccesible jardín. Solo encontrar la entrada e intuir la topografía general —lo que te hace pensar que, a fin de cuentas, los tubos Innocenti de Renzo Piano no son más que un divertimento inofensivo, comparados con el perverso sadismo del arquitecto de la biblioteca-laberinto— te lleva casi la totalidad del primer día.

Cuando por fin consigo entrar en la biblioteca, solicito consultar «l'archive Sella» y me dicen que no es posible.

—*Purkuá*? —pregunto en un francés que hace sangrar los oídos galos del empleado.

Él, hablando a cámara lenta con la esperanza de que incluso mi cerebro de chico minusfrancófono lo entienda, me explica que la biblioteca funciona como el infierno de Dante y, por lo tanto, está dividida en círculos superpuestos. El carné que tengo permite el acceso al *niveau public*, mientras que el que me hace falta es el de acceso al *niveau recherche*, donde se encuentra el codiciado archivo de Sella. Le pregunto cómo conseguir un carné que me dé acceso a las profundidades del *niveau recherche* y él me explica que las oficinas están en el ala oeste, pero me da a entender que los carnés para acceder al corazón de la biblioteca son un bien muy codiciado y difícil de conceder, para el que se necesitan documentos y cartas de referencia («de profesores franceses» me aclara, temiendo que me presente con una de algún profesor de una universidad de la república subsahariana de la que procedo).

La bella y altiva señora de mediana edad que encuentro de frente en las oficinas del ala oeste es una síntesis de meliflua cortesía e inflexibilidad. Elude con sequedad mi intento de abordarla en inglés, idioma que para cuestiones técnicas me sigue pareciendo más accesible, y me explica que existen procedimientos específicos, que enumera, por más que me cueste seguir su disertación. Cada vez que intento decir algo en mi francés, aún más renqueante por el hecho de que esa álgida mujer me intimida, me responde con calma y cortesía, utilizando perífrasis en las que percibo una cierta formalidad cortés y que, sin embargo, tienen el efecto de hacer que me pierda al intentar descifrarlas.

—*Megsí, megsí...* —digo, mientras me dispongo a marcharme con el rabo entre las piernas.

—*Je vous en prie* —me dice la álgida reina de las nieves, y como si me estuviera haciendo un favor me entrega una hoja de papel en el que se explica lo que hay que hacer para acceder al *niveau recherche*, y pienso que, si me lo hubiera dado al principio de la conversación, tal vez habría entendido algo más.

—Perdona si me entrometo. Eres italiano, ¿verdad?

Quien me habla es una chica que está en la cola del mismo mostrador que yo. Tatuada, cabello azabache con flequillo muy corto y sin maquillaje, a la francesa, es decir, con esa manera que tienen las chicas parisienses de ir siempre con la cara lavada para decirte entre líneas que para ser guapas no necesitan maquillarse, peinarse ni pensar qué ponerse: son guapas y punto.

No se me da muy bien adivinar las edades de las personas, tal vez porque tengo tendencia a percibirme a mí mismo como mucho más joven de lo que soy, pero en su caso estoy dispuesto a apostar que tiene bastantes años menos que yo.

—Sí, soy italiano. ¿Tú también?

Ella no se molesta en contestarme.

—Si tienes que sacarte la tarjeta *recherche*, te lo advierto: es una pesadilla.

—Acabo de comprobarlo en persona. Los franceses a veces son unos auténticos cabrones. Me va a tocar perder diez días con esto —exagero—. Espero que a ti te vaya mejor. —La observo durante un momento y luego añado—: ¿No eres demasiado joven para el nivel extra lujo?

—A decir verdad, a mí me toca renovarlo por segunda vez. Pero también tuve que pasar por las garras de esa gente —me aclara—. ¿Puedo darte un consejo?

—Adelante.

—Cuando hables con los franceses, nunca empieces en inglés. Los ofendes y enseguida se ponen tensos. Todavía no han aceptado que el francés ya no es el idioma internacional. Para ellos todavía estamos en el siglo XIX. Un *prof* de aquí me dijo una vez *muy en serio* que el francés es el idioma más natural de todos porque sigue precisamente el orden del pensamiento.

—Son casi entrañables, pobrecillos —digo.

Ella sonríe.

—En cualquier caso: si quieres que te digan que no, háblales en inglés. Si quieres suavizarlos, haz un esfuerzo por hablar en francés. Si hablas bastante mal francés, pero reconocen el esfuerzo, serán ellos quienes se pasen al inglés para acabar con el tormento. Y si se pasan al inglés está hecho: en ese momento son ellos los que ya no entienden nada y los manejas como quieres.

—Impecable razonamiento —digo.

—Si estuviera en tu lugar, lo intentaría de nuevo. —Luego le toca el turno, se despide y acude a la Reina de las Nieves, quien le concede la renovación en un santiamén.

Cuando vuelven a llamarme a mí, por suerte me toca otro mostrador y me lanzo de inmediato a mi mejor francés, que sin embargo no es suficiente para la empleada, que comete por lo tanto la ligereza de pasar al inglés. Privada de sus enrevesadas frases de cortesía utilizadas como cortinas de humo, al final consigo hacer valer el hecho de que estoy estudiando un archivo que solo se encuentra allí, en el *niveau recherche* de su biblioteca, y de esa manera obtengo mi carné nuevo, rojo y exclusivo.

El *niveau recherche* está situado en profundidades espeleológicas y consta de espacios gigantescos y desproporcionados, claramente no a la medida de los seres humanos que deambulan por allí: el techo tendrá seis o siete metros de altura y las paredes son todas de acero. Cientos de metros cuadrados de acero oscuro que encierran kilómetros cúbicos de vacío y penumbra; pasillos hasta donde alcanza la vista cubiertos de moquetas color púrpura, larguísimas mesas cuadradas de madera, mostradores lejanos custodiados por inflexibles guardianes del orden y el silencio, torniquetes de entrada y salida, procedimientos barrocos para disuadir a los holgazanes de intercalar en las horas de estudio medio cigarrillo al aire libre. Esa es la apariencia del Edén del conocimiento imaginado por los arquitectos de Mitterrand.

Con todo, desde que acudo cada día a la biblioteca —a la que ahora llamo cariñosamente con las siglas *Be-en-ef*, como los miembros de la secta de sus asiduos visitantes— mi vida ha experimentado notables mejoras.

En primer lugar, me he entregado al ciclismo. Samuele, el doctorando sin beca que me introdujo en la vida parisién y que, al no tener ingresos en una de las ciudades más desconsideradamente caras de Europa, lleva una vida admirablemente ascética, me convenció de que la mejor manera de moverse por París es en bicicleta. De hecho, París es en gran medida una ciudad llena de carriles bici, casi en su totalidad plana y cubierta por un cielo gris claro uniforme que casi nunca produce lluvia. Así que un domingo le pedí que me llevara al mercadillo de Saint-Ouen a comprar una bicicleta de segunda mano. El entusiasmo genuino de Samuele y el profesionalmente simulado del vendedor argelino me convencieron para adquirir una bicicleta plegable equipada con freno de contrapedal. Es una bicicleta para señoras de noventa años y, sin embargo, después de probarla, habría estado dispuesto a pagar la suma exorbitante que me pedía el argelino si Samuele no hubiera intervenido para negociar el precio.

He descubierto con sorpresa que París está hecho a medida de bicicleta: el trayecto que recorro todos los días para ir a la biblioteca es muy bonito, los puntos donde arriesgo la vida no son muchos y además tengo la sensación no diría que de perder peso, pero sí al menos de compensar parcialmente la cantidad de mantequilla que ingiero desde que vivo en Francia.

El verdadero punto de inflexión debido a mi asidua asistencia a la BNF es, sin embargo, que poco a poco me estoy creando un pequeño círculo de conocidos, casi todos ellos doctorandos italianos que estudian cosas improbables, de las que son los principales expertos del mundo y ninguno de los cuales da la impresión de ser un campeón de la vida social. Así es como terminamos formando un pequeño grupo de *outsiders*: comemos juntos, hacemos pausas programadas para fumar cada dos horas y, de vez en cuando, nos quedamos a tomar un aperitivo o ver una película en el multicine que hay al lado de la biblioteca. A veces ocurre incluso que a alguien le invitan a una de esas fiestas que organizan los franceses que tienen casas dignas de ese nombre y se lleva a alguno de nosotros con él. Para mí estas fiestas normalmente se reducen a liarme un cigarrillo tras otro, intercambiar de vez en cuando algunas palabras con algunos franceses y pasarme el resto del tiempo bebiendo y charlando con otros italianos, generalmente los mismos con los que he ido a la fiesta. La única persona francófona que se mostró dispuesta a intentar superar las barreras lingüísticas para comunicarse conmigo fue Mäel, un francés que se parecía a Louis Garrel, enamorado de la Toscana, que estudiaba a Shelley y que cuando supo que yo era de Viareggio, donde murió Shelley, ya no me soltó. Disfruté durante bastante rato de su compañía y de las copas de vino blanco que iba a llenar con regularidad, hasta que, en determinado momento me sentí en la obligación a decirle que era hetero, y él, sin tomárselo a mal, se quedó unos minutos más conmigo para hablarme de las villas de Lucca y luego volvió a perderse en la fiesta, dejándome solo y con el vaso vacío, además de con un velo de tristeza por haber perdido el que podría haber sido el mejor ligue de mi vida.

La biblioteca, por lo demás, es un puerto de mar: un salto hasta allí, breve quizá, lo dan todos los que gravitan en torno a la universidad italiana. Una vez incluso me vi allí con Sacrosanti, que había ido a dar un seminario en la Sorbona y había aprovechado para pasar unos días consultando los cuadernos preparatorios de la *Recherche* de Proust. El Ilustrísimo se mostró, como siempre, extremadamente afable y me invitó a compartir la pausa del almuerzo con él en un restaurante macrobiótico fuera de la biblioteca, donde hablamos un poco sobre mi trabajo. Me dijo que me dedicara al archivo literario, sin perder tiempo en el personal, así que me cuidé mucho de contarle la cantidad de tiempo que *ya* había perdido en ello. Por otro lado, no creo que haya sido tan inútil romperme un poco la cabeza con los papeles privados, puesto que no creo que hubiera sido capaz de entrar en el mundo de Sella de no haberlo hecho. Por el momento guardo silencio, pues serán en cualquier caso las cosas que estoy escribiendo las que hablen, y no creo que decepcionen a mi mentor. Al final del almuerzo me dijo incluso que, si conseguía liberarse, me invitaría a cenar una de esas noches (invitación que, aunque sabía que no pasaba de ser una demostración de amabilidad, no dejó de mantenerme en vilo durante varios días).

Después del profesor, llegó el turno de Carlo, a quien vi entre las largas y macizas mesas de la BNF. Prácticamente salté sobre él con muchos aspavientos, aunque no parecía de muy buen humor. Lo invité a tomar una cerveza, pero me dijo que no podía, así que nuestra puesta al día mutua se llevó a cabo sobre la marcha en la máquina de café del ala este.

—¿No te estás excediendo con la bici estática? —le dije al verlo aún más delgado que de costumbre y recordar que esa era su manera de mantenerse en forma.

Le llevó un momento entenderme.

—Sí, la bici estática... Ahora he encontrado un nuevo método para adelgazar.

—¿Y cuál es?

—No como.

—Demasiado fácil. El desafío es comer y perder peso. Lo de dejar de comer está al alcance de todo el mundo. —Él no sonrió. Continué: —Bueno, vale, ¿y cómo hace uno para librarse de la esclavitud de la alimentación?

—Comiéndose unas cuantas mierdas.

—¿A qué te refieres?

Me miró como diciendo *¿a ti qué cojones te importa?*, pero, como ya he comprobado con la experiencia, mi torpeza es una excelente manera de hacer que la gente se abra.

—¿No sabes nada de la plaza?

—Yo nunca sé nada de nada, ya deberías saberlo.

—Esto también es cierto.

—¿Te refieres a la plaza de investigador que Sacrosanti debía convocar para ti?

—Eso es.

—¿Te ha salido mal?

—Peor —respondió con una mueca que demostraba que la herida aún estaba fresca.

—¿En qué sentido?

—Pues que la última plaza de investigador que el departamento podrá convocar al menos hasta dentro de tres años y que, como sabes, me había prometido Sacrosanti, ya no nos corresponde a nosotros.

—Pero ¡qué dices! ¡Si somos los amos del cotarro!

—¿Qué quieres que te diga? Habrá tenido que pagar algún favor. ¿Qué sé yo? Me dijo que no podía hacer nada al respecto. Pero sé que eso no es cierto: esa plaza me pertenecía y todos en el departamento lo sabían. Al final estallé. Discutimos. De malas maneras. Le reproché varias cosas. Y él, en pocas palabras, me dijo que me había jugado mi carrera.

—Lo siento mucho —dije, y lo decía en serio.

—Por eso he venido aquí: estoy tratando de ver si puedo encontrar algo en Francia, aunque solo sea una beca posdoctoral. Tengo un contacto en Nanterre, mañana iré a hablar con él. Si acaso, entre tanto me sacaré la habilitación como *maître de conférences*. Luego ya veremos.

—Joder, que historia más fea. Esperemos que te salga algo.

—Además —continuó siguiendo el hilo de sus pensamientos—, también he roto con Barbara. Quiero decir que ha sido ella la que ha roto. Ha hecho bien, que quede claro: no hay quien me soporte en este momento y ella tiene esa cosa del reloj biológico, quiere un hijo. Y ya me dirás tú si puedo pensar en tener un hijo ahora que tengo que viajar por Europa mendigando trabajo durante uno o dos años y luego quién sabe.

—Podrías ser profesor de secundaria, ¿no?

—Demasiado tarde —dijo.

—Qué va, ahí siempre hay sitio. Conozco gente que se metió en eso cuando ya tenía más de cuarenta años.

—Demasiado tarde —repitió, y esta vez tuve la clara sensación de que no me lo estaba diciendo a mí—. Y, además, si me pusiera a dar clases en un instituto estoy seguro de que me devoraría la frustración... A estas alturas. Seré un clérigo errante. —La imagen le hizo sonreír, más o menos—. Luego quizá pueda apañármelas de alguna manera: Morreale, por ejemplo, igual eres demasiado joven para haberlo conocido, pasó hambre durante dos años y luego ganó una beca Marie Curie de tres mil quinientos euros al mes durante tres años. Ahora está en Estados Unidos, en Brown.

—A ti también te veo en Brown —le dije para animarlo un poco.

—Qué vida de mierda —respondió antes de engullir el imbebible café soluble y desaparecer por el largo pasillo tapizado de moqueta roja, dándome la impresión de un guerrero derrotado caminando con la cabeza gacha por los Campos Elíseos.

Un día me encuentro también en la biblioteca a Pier Paolo, que está en negociaciones para obtener una cotutoría con la ENS, es decir, la Escuela Normal parisién, la original, y por eso de vez en cuando viene a París para hacer relaciones públicas y pasa por la BNF para dispensar cultura y arrogancia.

Lo encuentro en el bar mientras me tomo un café, y sentada a la mesa con él está la chica del flequillo que me ayudó a superar a la cancerbera de los carnés. La he vuelto a ver varias veces en el *niveau recherche*: se llama Tea, es de Roma y se está especializando en una escuela de Ciencias Políticas con una sigla impronunciable. Siempre ha despreciado a mi círculo de doctorandos pringados, que a veces hablan de ella como «la hija de Mazinga», dando a entender a veces que es hija del rector de Sapienza, otras que está relacionada con los Bellonci y otras que es sobrina de Roberto Calasso. Cuando Pier Paolo me ve, me percato claramente de que le gustaría librarse de mí con un gesto de la mano desde lejos: es la única razón por la que me acerco.

—¿Te tomas algo con nosotros, Marcello? —pregunta ella como si tuviéramos mucha confianza, y entiendo que tal vez esté comprensiblemente hasta las narices de escuchar pontificar al gran Pier Paolo. Además, no pensaba que se acordara de mi nombre, un punto más para ella.

—Con mucho gusto —digo—. ¿Os traigo algo?

—Nada —responde secamente Pier Paolo.

—Un yogur —dice ella.

—¿Os conocéis? —oigo preguntar a Pier Paolo.

—Por supuesto —responde ella.

Puede que esté sobreactuando, pero cuando vuelvo a la mesa con mi café y el yogur de Tea, noto una cierta mueca de exasperación en su rostro, por lo que deduzco que Pier Paolo está en modo de autosatisfacción terminal. Para ser honestos, sé que también puede ser un buen tipo, que puede ser generoso y hasta tolerable, si se toma en dosis muy pequeñas, e incluso sé que esconde algunas inseguridades bajo esa coraza de erudición y superhumanidad; y, sin embargo, también sé que cuando habla con alguien por primera vez, especialmente con una chica, y acaso en un ambiente como la Bibliothèque Nationale de France, la testosterona exacerba su arrogancia; no puede hacer nada al respecto, es un demonio que lo posee y lo obliga a sacar a relucir lo bueno que es, y lo acreditado, y lo estimado e inteligente y recomendado y.

—Cuando hablé con Anne Laflêche de mi proyecto sobre las traducciones de Gadda, me miró con dos ojos como platos. Un poco más y me nombraba *maître de conf* ad honorem. Me dice: «¿Pero se da usted cuenta de que para un trabajo como este se necesita un conocimiento perfecto no solo del italiano, sino también de todos los demás idiomas?». No es por presumir, pero en mi opinión no hay muchos que puedan hacerlo.

—No es por presumir —digo. Apenas me presta atención, pero estoy convencido de que Tea está sonriendo.

—Así que le mostré los estudios preliminares y el trabajo sobre el primer capítulo del *Zafarrancho* que hice junto con Jean-Paul Manganaro y que ya valdría la pena publicar por sí solo. Y luego estoy colaborando activamente con Carlos Gumpert y Homero de Andrade. Por desgracia William Weaver y Toni Kienlechner están muertos, pero también he encontrado material muy interesante en sus traducciones. —Pier Paolo es uno de los mayores estudiosos vivos del antiguo y terrible arte del *name dropping*.

—Fíjate tú —digo.

—Quiero decir, en mi opinión es realmente una tarea gigantesca. Porque una cosa es llevar una lengua a su consecuencia extrema hasta el punto de deformarla y volverla irreconocible, como hace Gadda; pero la cuestión es que Gadda lo hace con su *propio* idioma. En cambio, los traductores deben violar otro idioma para asegurarse de que reproduzca las deformaciones casi monstruosas del idioma original. ¡Y ahí, en mi opinión, las diferentes soluciones muestran las distintas posibilidades plásticas de cada lengua! —Esta última frase, que podría pronunciar sin esfuerzo en otros cuatro idiomas, la dice con una sonrisa de triunfo. Y lo confieso, hasta yo estoy un poco estupefacto.

Cuando Tea dice en tono neutro: «A mí nunca me ha gustado Gadda», casi parece una bofetada deliberada al ego de Pier Paolo.

—¿Perdona? —pregunta con una expresión de sorpresa teñida de dolor.

—Que nunca me ha gustado —confirma ella secamente.

—Pero ¿lo has leído? —dice como si quisiera descubrir el engaño de inmediato.

—¿Quieres decir que una chica no puede haberlo leído? ¿O que no puedo haberlo entendido? —responde ella; el tono es en broma, pero su mirada no. Tengo la impresión de que esas maneras me recuerdan a alguien, pero no sabría decir a quién.

—No, claro que no. Es que si uno lo lee no puede evitar enamorarse. ¿Verdad, Marcello? —El hecho de que Pier Paolo recurra a mí demuestra lo desconcertado que está por esa posición herética; estoy a punto de darle la razón, porque si algo he entendido en mi carrera de estudioso de la literatura es que nuestra secta sigue dogmáticamente un decálogo, uno de cuyos mandamientos reza: «Gadda no se discute: se venera».

Pero Tea se me adelanta:

—A ver: que sabe escribir, claro que sí, pero está bien para unas cuantas páginas. Un libro entero escrito con ese estilo hace que te den náuseas.

—¿Qué estás diciendo? Si excluimos a Dante y Ariosto, nadie ha hecho un uso mejor de la lengua italiana.

—Si tú lo dices... pero en mi opinión es solo narcisismo. Vuestro, quiero decir. Cuando leéis a Gadda no disfrutáis de lo que escribe, sino que disfrutáis pensando en lo que moláis al ser capaces de apreciarlo. Es todo un juego de guiños y contraguiños. Él es un genio que escribe de una manera milagrosamente compleja y por eso yo, que lo entiendo, me veo admitido en el club de los genios. Gadda es simplemente el placer de descubrirse inteligente, de saber captar citas, descifrar neologismos y esas cosas. No tiene nada, o muy poco, que ver con el placer de la lectura.

Si la miro no soy capaz de asociarla con nadie, pero si me abstraigo por un momento tengo la clara sensación de haberla conocido ya. No sé cómo explicarlo, pero tengo la impresión de que ya hemos compartido, en un pasado lejano, esta misma atmósfera, de que ya la he admirado en otros lugares por esta actitud sin complejos.

Pier Paolo, mientras tanto, no se da por vencido:

—Tal vez no de una lectura ingenua y escapista. Pero es la esencia de la lectura consciente.

—Y en efecto yo creo que es una perversión, esa de escribir solo para literatos estudiosos. A Homero lo entendía todo el mundo... Dante incluso parecía desaliñado, porque usaba la lengua vernácula... Hasta los analfabetos iban a ver las obras de Shakespeare... Cervantes escribió un bestseller... *Crimen y castigo* se publicó por capítulos como una novela por entregas. Luego, en cierto momento, alguien decidió que la literatura tenía que ser cosa de intelectuales. Y entonces se convirtió en algo burgués y masturbatorio.

La miro desconcertado. Me parece que acabo de presenciar la violación del tabú más consolidado de los estudios literarios italianos. Por un momento la contemplo bajo una nueva luz y me recorre una intuición. Esa chica no me recuerda a nadie que haya conocido en carne y hueso, sino a una persona a la que he conocido indirectamente. Esa actitud audaz y ese ardor cándido y agudo son los mismos que he aprendido a asociar con la Emma de Tito Sella, esa suerte de revolución encarnada.

Tea, con su actitud implacable, continúa:

—Que no es que quiera tomarla con él, pobrecillo. Lo peor de Gadda son, por un lado, los estudiosos que lo habéis convertido en un monstruo sagrado, y por otro, y sobre todo, el daño que ha causado a la literatura italiana.

—¡Nada menos! —exclamo entusiasmado, esperando animar a mi nueva Emma a continuar.

—Ha habido dos grandes males en la literatura italiana. Y estos dos males se llaman Francesco Petrarca y Carlo Emilio Gadda.

Me parece que Pier Paolo está a punto de desmayarse, pero trato de ocultar la alegría que me produce esa visión.

Luego, sin embargo, reacciona:

—Ya que estás, ¿por qué no tiras abajo a Boccaccio también, o a Leopardi...? Y tal vez incluso Miguel Ángel, o Puccini... —intenta decir en un tono tan paternalista que hace palidecer al de mi profesor de secundaria cuando me lanzaba a decir que Stefano Benni era mejor que Manzoni.

—¿Qué coño tiene eso que ver aquí? —responde ella como si él no hubiera entendido nada.

Esta descarada veinteañera no recuerda en absoluto a los estudiantes complacientes que he conocido en la universidad, siempre dispuestos a pelearse para ver quién estaba más de acuerdo con el profesor, quién terminaba primero sus frases y quién se descoyuntaba más el cuello en sus intentos por asentir a sus palabras. Me doy cuenta de que el prestigio que uno tiene dentro de una burbuja académica no le otorga automáticamente una autoridad indiscutible en el mundo real: tal vez sea precisamente por eso por lo que se crean las burbujas académicas.

Ella continúa:

—La literatura italiana podía elegir entre Dante, que hablaba sucio, estaba cabreado y hacía política, y Petrarca, que en cambio era todo educadito, de lenguaje áulico y aburría a las moscas. Y claramente eligió a los moderados sin pelotas: y así al final hemos tenido una literatura mediocre.

—¡Una literatura mediocre! —la imita Pier Paolo, y lanza una risa que pretende ser de superioridad, pero que resulta estridente.

En una especie de epifanía, no veo hablar a dos personas, sino a dos tipos humanos: ella es el vástago de la alta burguesía intelectual capitolina, con su fascinante labia ligeramente teñida por un toque de cadencia romana, que gateaba en la interminable biblioteca de los padres y que llamaba «tíos» a profesores universitarios y escritores, todos admirados ante su precoz inteligencia, y que por ello siempre ha tratado a los clásicos con familiaridad e incluso con cierta confianza sarcástica, y que consecuentemente no tiene ningún problema en soltar juicios con despreocupación. Él, en cambio, es hijo de dos profesores de Apulia, y el italiano de impecable dicción que habla es señal de que para él la lengua ha sido una emancipación, pero también una toma de distancia de su propio contexto social: para él estudiar hasta llegar a la Normale es un logro fruto de la abnegación y el sacrificio, y los clásicos han sido para él un objeto de veneración porque eran la mano que ofrecía la salvación. Por ello los juicios que expresa deben ser ponderados, sólidos y científicamente fundamentados. La gracia innata de la aristócrata frente al mesurado rigor del hombre que se ha hecho a sí mismo con sus propias fuerzas: Pier Paolo no tiene esperanza.

—Y lo que pasa con Gadda es que él, pobrecillo, escribía así por alguna idiosincrasia suya, y vale, hasta lo respeto. Es un burgués, un reaccionario, un pajillero, pero de acuerdo: era así, poco se puede hacer al respecto. El problema es que luego en Italia ha habido un montón de escritores que decidieron que si no escribían como él no eran dignos, y lo que surgió fue una avalancha de pajilleros burgueses incomprensibles y por si fuera poco sin el genio de Gadda.

Me gustaría abrazarla. No quiero decir que esté de acuerdo, entre otras cosas porque me faltan herramientas, a pesar de mis quince años dedicados al estudio de las bellas letras: pero siempre me fascinan aquellos que tienen las ideas claras y las expresan con tanta fuerza. Especialmente si la persona que lo hace tiene diez años menos que tú. Cuando la conocí en la oficina de los carnés no habría dado cien liras por ella (tal vez porque estaba demasiado ocupado sintiéndome como Joseph K. en lo más profundo de la burocracia Mitterrand), y lo mismo las otras veces que la vi; ahora, sin embargo, creo que definitivamente valdría la pena conocerla más a fondo.

Perdido en mis pensamientos, al principio no me doy cuenta de que Pier Paolo también ha tenido una idea parecida, tal vez fantaseando con continuar esa escaramuza intelectual por otros medios.

—... esta noche en el Champo ponen *Vivre sa vie*, la versión restaurada. Podríamos tomar algo por la zona y luego ir al cine. O viceversa, ir al cine y luego a tomar una copa. —La invitación es impersonal, por lo que en teoría concierne a todos los presentes, pero sospecho que al buen Pier Paolo no le gustaría especialmente mi compañía.

Considero la posibilidad de desmontarle los planes diciéndole que yo también voy, pero Tea, con su impresionante velocidad de reacción y de palabra, se me adelanta:

—Yo esta noche voy al Beaubourg a ver *Shirin*, de Kiarostami.

—¡Qué dices! ¿En serio? Yo también voy esta noche —me oigo decir.

Me paso el resto del día pensando cómo conseguir una entrada para esa noche, de qué cine se trata y quién es ese Kiarostami.

Kiarostami, según descubro, es el director iraní más importante, así como uno de los más grandes cineastas de la historia reciente. He visto los tráileres de sus obras maestras —que, si no he entendido mal, se supone que son *El sabor de las cerezas* y *Copia certificada*— e imagino que la película de esta noche será también una película franco-persa intelectual y moderadamente coñazo, de la que en definitiva creo que podré hablar al final con cierta desenvoltura.

Nada, por otra parte, excepto quizá una consistente terapia preventiva a base de éxtasis, podría haberme preparado para la experiencia de *Shirin*. La película ofrece noventa y dos minutos de «reflexión metacrítica sobre el medio cinematográfico», es decir, se compone únicamente de secuencias de rostros de espectadoras filmadas mientras ven, íntegramente, una película sobre la heroína clásica persa Shirin, a quien sin embargo nunca vemos. De la segunda película en cuestión solo escuchamos el audio (en persa), mientras que lo que observamos son los rostros de varias mujeres que asisten a la proyección.

Una idea genial, si se tratara de un cuento de Borges y Bioy Casares, o un bonito experimento mental para un teórico del cine, o una idea para que un grupo de estudiantes del DAMS pasen media hora discutiendo después de un cierto número de porros. Pero si alguien, aunque sea un aclamado director iraní, lo traduce a la realidad, se convierte en un tormento. Paso los primeros diez minutos esperando a que empiece la película, luego tengo la sospecha de que toda la película será así, y siento rabia, por el gran Abbas Kiarostami, por la cultura, por París, por Tea, e incluso por mí, que he venido a dármelas de intelectual cuando no soy más que un zángano de provincias que ha acabado estudiando en París a causa de una improbable cadena de acontecimientos.

Como protesta silenciosa decido quedarme dormido, algo que siempre me ha resultado muy fácil en el cine, pero no tardo en darme cuenta de que ahora estoy tan henchido de bilis que no puedo conciliar el sueño, no estoy cómodo en ninguna posición y además siento sobre mí la impaciencia de mis vecinos, no vaya a ser que se pierdan una escena y luego ya no entiendan la trama.

Miro el reloj cada veinte segundos y varias veces contemplo la posibilidad de largarme. Me pregunto por qué alguien como yo, que por lo demás está felizmente comprometido, es capaz de meterse en una situación tan desagradable solo para verse con una chiquilla que juega a personificar el cliché de la intelectual parisina.

Al final de la película el público aplaude durante cinco minutos seguidos y eso me cabrea aún más. Me parece que la medida se ha colmado y decido largarme sin intentar siquiera cruzarme con Tea.

La calada de cigarrillo que aspiro con placer nada más salir del cine me sabe a libertad reconquistada, a revancha sobre el hombrecillo de gafas y sesudo por parte del hombre sano de carne y hueso. Me he encontrado de nuevo a mí mismo y prometo no volver a perderme. No volveré a responder a las sirenas del intelectualismo.

Mientras trato de averiguar dónde he dejado la bicicleta, ya que obviamente nos han hecho salir por una calle diferente a la que entramos, veo una manita que me saluda.

Es Tea, que también se está liando un cigarrillo.

—Así que era verdad que venías. Creí que me estabas tomando el pelo.

Sin saber del todo cómo responder, hago un gesto vago y me acerco. Ella da siempre la impresión de estar perfectamente a gusto. Me sonríe. Es realmente guapa.

—Qué película tan increíble —comenta, toda seria.

La miro de nuevo.

—Espectacular —digo yo.

Cuando empecé mi doctorado, Carlo, que me había acogido tácitamente bajo su ala protectora, en parte por simpatía hacia mí y en parte para preservar el decoro del departamento, me dio una lista de libros que debía empollar, sin los cuales, en su opinión, no era posible afrontar un doctorado en Literatura. Entre ellos, uno de los que más me gustó fue *Mentira romántica y verdad novelesca* de René Girard, un libro cuya tesis (tal como yo la entendí) es la siguiente: los románticos creían, erróneamente, en el hombre titánico artífice de su propio destino y, por lo tanto, criatura volitiva capaz de elegir y perseguir sus propios objetivos de forma autónoma, mientras que la novela demuestra que el hombre no es autónomo en absoluto, sino que casi siempre algo actúa en él, incluso —y sobre todo— cuando desea. No deseamos algo porque nos guste o sea afín a nosotros, sino porque una fuerza externa a nosotros y sobre la cual no tenemos poder nos empuja a desearlo. Deseamos a una mujer porque le gusta a nuestro amigo, o porque todos dicen que es hermosa, aunque nos parecía aburrida, deseamos una prenda de vestir porque la lleva una diva; nos gusta una película porque a la gente que respetamos le ha gustado, un libro porque les gusta a los miembros del círculo al que queremos pertenecer, un disco porque nos gusta pensar que somos el tipo de persona a la que le gusta ese disco, Hegel por mi fascinación de estudioso; me enamoro de una mujer porque veo en ella el mundo al que me gustaría pertenecer, la vida que me gustaría que fuera mía.

Creo que las cosas con Tea sucedieron así. Me había resultado indiferente la primera vez que la vi, pero luego, cuando la observé aniquilar a Pier Paolo, vislumbré en ella ese rasgo de intransigencia casi ingenua, de determinación belicosa, que me hizo pensar en la Emma de Tito Sella, y a partir de ese momento ya no tuve escapatoria. Ella se había convertido en la revolución y yo en el hombre de letras que fatalmente se dejaba seducir por ella. Cuanto más reflexionaba sobre los papeles de Sella, empeñado en ver cómo su biografía generaba cortocircuitos con sus obras, y cómo estas se entrelazaban con referencias internas a su experiencia, más cuenta me daba de que en sus libros Tito había ocultado un canto de amor y de luto por Emma y había imbuido la narración de un sentimiento de culpa por haberla perdido, por no haber tenido la fuerza para salvarla. Y cuanto más entendía todo esto, más consolidaba la identificación entre Emma y Tea, y entre Tito y yo. Al principio había estudiado sus novelas, luego me puse a reescribir su historia: ahora había llegado el momento de intentar convertirme en él.

Contemplados a la luz de lo que ahora sabía de la vida de Sella, ciertos pasajes de su obra, que en una primera lectura me habían parecido transparentes y casi triviales, desvelaban filigranas insospechadas. Por fin había logrado entender el significado de algunos de sus personajes: entendía por qué el indeciso Oblómov no logra salvar ni a su amada ni a su pueblo de la masacre nazi, y entendía la violencia de Nocentini, que no teme condenarse a sí mismo para que refulja en un solo gesto de violencia la lucha de clases y su amor por Edda. Y como contrapeso, también empecé a comprender a sus personajes femeninos (especialmente la Rosa de *El sabor de la nieve*), duras y radicales, justas hasta la crueldad, que siempre eran máscaras de Emma, y como ella, estaban destinadas a un final trágico debido a la incómoda perplejidad de los hombres a quienes habían confiado su vida.

Se ha creado en mi cabeza una nebulosa en la que la Rosa de la novela, la Emma amada por Tito Sella y la Tea que he conocido en París se pliegan una sobre otra, de alguna manera son la misma persona; y en ese punto es inevitable que se cree en paralelo el eje de sus amantes, un eje que comienza en el ámbito literario con Nocentini, Rocky y Oblómov, continúa en la realidad de los años setenta con Tito y termina fatalmente conmigo. Yo *no puedo* eximirme de concluir esa perfecta simetría entre literatura, historia e intimidad; no puedo impedirme enamorarme de Tea porque ella es Rosa, y es Emma, y yo a Rosa y Emma ya las amo. Las amo desde que las conozco. Las amo en Tito Sella.

Y aunque Girard me había puesto en guardia de que esos no son deseos tal y como estamos acostumbrados a pensar en el deseo, que son deseos triangulados, como cuando se desea algo que se ve en un anuncio, mi amor no es menos real. Y, es más, el hecho de que encaje perfectamente en el esquema girardiano es para mí el marchamo definitivo de la necesidad de mi sentimiento, de su ineluctabilidad. ¿Podré tal vez sustraerme a una fatal «verdad novelesca»? No, o al menos ya no.

Desde la breve charla que tuvimos después del cine, antes de que desapareciera engullida por el último metro, no dejo de pensar en ella y de desarrollar todas las estratagemas posibles para pasar un rato juntos. Reservo un lugar en la sala de Ciencias Políticas de la biblioteca porque sé que ella siempre está ahí, y si no la veo me pongo a deambular por todas las salas hasta encontrarla. Me aseguro de que nuestras pausas para el café coincidan, al igual que las pausas para el almuerzo y las pausas para fumar. La invito a tomar un aperitivo con mis amiguitos *nerds* de la BNF y consulto constantemente la programación de las pequeñas salas del centro que proyectan películas de autor para invitarla.

Cada vez que pasamos un rato juntos, no veo —no quiero ver— el estereotipo de la estudiante italiana en París, de la intelectual hiperesnob de izquierdas hija de papá que se siente divina solo porque es mona y desinhibida y está inquebrantablemente envuelta en una ostentosa aura de *coolness*, sino solo la confirmación de la idea que me he formado de ella: una persona completamente libre y absolutamente segura de tener razón y de tener derecho a luchar por todo lo que cree. A pesar de que mi asiduo trato con la izquierda extraparlamentaria de los años setenta me haya llevado con el tiempo a posiciones más radicales que las que tenía en el pasado (y que correspondían a un libertarismo vagamente socializante y fatalistamente nihilista), ella no pierde ocasión de burlarse de mí subrayando que en realidad no soy más que un conservador que se ha enamoriscado de la izquierda revolucionaria igual que uno siente curiosidad por un animal inusual en el zoológico, y me señala continuamente cómo cada una de mis palabras y de mis pensamientos están arraigados en un contexto cultural «íntimamente impregnado de patriarcado». A mí, en cambio, no es raro que sus posiciones políticas, como la abolición inmediata de la prisión, la suspensión inmediata de las fronteras, la eliminación inmediata de toda herencia, me parezcan a menudo no tanto extremistas como impracticables y, por esta razón, casi contraproducentes; y, sin embargo, cada vez que la escucho defender la causa de la renta universal pienso, simultáneamente, *cuántas gilipolleces dice y cuánto me gustaría besarla.*

Una de las versiones más convincentes de la ley de Murphy es aquella según la cual «si te gusta tu trabajo, probablemente lo estés haciendo mal». Y en estos momentos me gusta mucho mi trabajo: me gusta la vida social que poco a poco me estoy creando, me gustan las películas en francés que por fin puedo entender y me gusta mucho el flirteo platónico pero tenaz que estoy manteniendo con Tea. Por otro lado, más allá del marco, es también el trabajo académico el que me produce satisfacción: esta idea de relacionar aspectos y personas de la vida de Tito Sella, extraídos de sus papeles personales, con pasajes y personajes de sus novelas, descubriendo en ocasiones verdaderas simetrías léxicas me entusiasma. Por ejemplo, cuando Tito habla de Emma en sus cuadernos privados suele utilizar los términos «adamantino», «absoluto», «maniqueo», es decir, los mismos términos con los que describe a la partisana Rosa en *El sabor de la nieve*; el feroz partisano Rocky se caracteriza por los mismos tics verbales que Barabba, y Oblómov reproduce casi palabra por palabra las reflexiones y dudas del Tito militante. Y tengo incluso la impresión de que el hallazgo de estas correspondencias entre vida y literatura me faculta para definir mi trabajo como investigación «científica», visto que lo que hago no es barajar especulaciones interpretativas, sino constatar datos textuales fácticos.

Pasajes de *El sabor de la nieve* que antes me habían parecido didácticos y santurrones, u otros que me habían parecido gratuitamente grotescos, adquieren un nuevo significado cuando los relaciono con su origen biográfico, capaz de dotar de ambigüedad a lo que parecía didáctico o de carácter trágico a lo que parecía grotesco. Mi tesis doctoral prácticamente se escribe sola, con una mínima aportación de mi parte.

Por eso la decepción es grande cuando me llega el correo electrónico en el que Sacrosanti confirma la ley de Murphy. Se trata de un correo electrónico en respuesta a otro mío en el que le ilustraba los avances decisivos de mi trabajo, el rumbo que estaba tomando la tesis y la centralidad de la cuestión biográfica en mi lectura de los textos del primer periodo. Incluso había barajado la idea de enviarle el manuscrito de *La Estantigua* que había compilado, pero luego desistí, sabiamente.

> Estimado doctor Gori:

El correo empieza así y ya queda claro que estoy jodido. Cuando el profesor está contento —o cuando necesita algo— comienza con un «Estimado Marcello»; cuando tiene que hablarme de cosas oficiales opta por un «Estimado Gori»; mientras que el «Estimado doctor Gori», que nunca ha usado hasta ahora, estoy a punto de descubrir que es un preludio de una reprimenda:

> Constato con agrado que el trabajo avanza y que está usted estudiando provechosamente el archivo que le invité a examinar,

y hasta ahora solo está preparando el terreno para asestarme un «pero»,

> *pero* advierto con cierta decepción que su tesis está tomando un giro decididamente, y desgraciadamente, volcado al

biografismo. Lamentaría mucho, después de haber pasado toda mi vida luchando contra los daños del sainte-beuvismo, crucificando en su ridiculez los intentos de explicar una obra a través de los insulsos acontecimientos del sujeto que la escribió, tener que defender una tesis que comparte este infausto enfoque. La obra es una máquina que debe funcionar por sí misma; y que debería funcionar perfectamente, aunque fuera el producto de una combinación aleatoria de personajes, y por lo tanto carente de autor. El autor, se lo digo de la manera más explícita posible, es un accidente; y por tanto el biografismo no es más que chismorreo literario, que socava el estatus de la novela como obra de arte. Cuando le aconsejé consultar el archivo Sella, mi invitación estaba claramente dirigida a trabajar en las notas preparatorias de sus escritos, a adentrarse en la fragua *literaria* de Sella, reconstruyendo el recorrido creativo y ahondando en la evolución de los textos. Lo que le proponía era comprender el funcionamiento de las obras de Sella estudiando, por así decirlo, sus mecanismos internos. No pensé que iría a hurgar en sus trapos sucios, que ciertamente no son de interés para el estudioso de la literatura.

Aguardo sus noticias,

RS

Mi primera reacción es de satisfacción: me siento orgulloso de que el Ilustrísimo me haya escrito un correo tan largo y tan apasionado. El segundo es de desánimo: he tirado a la basura dos meses hurgando en el archivo privado de Sella (sin contar además que incluso me puse a reescribirlo), y ahora descubro que su amable sugerencia de que me concentrara sobre todo en el archivo literario era en realidad una manera de decirme que solo un idiota, desconocedor de que el autor es un concepto ya sepultado por la crítica literaria y el biografismo, una especie de blasfemia, podría tomarse en serio la idea de estudiar los papeles personales de un escritor.

El desánimo, sin embargo, dura muy poco, porque mientras estoy allí intentando digerir el correo de mi mentor recibo un mensaje de Tea: «¿Estás libre esta noche?».

Y de repente no me importa ya una mierda la muerte del autor y la superación del biografismo.

Sin embargo, lo que creía que iba a ser una velada íntima resulta ser muy diferente a lo que había imaginado. De hecho, lo que prevé el programa de Tea es llevarme a casa de Benny Pecoraro, quien a pesar de su nombre de cantante italoamericano fue un importante exponente del movimiento Autonomia Operaia, refugiado en Francia en 1983 para evitar cumplir una condena en rebeldía por una serie de delitos relacionados con su militancia política, que tendía a interpretar de una manera bastante personal y sangrienta.

Hoy, el apartamento de Benny Pecoraro en el Marais es la Meca a la que peregrinan todos los jóvenes italianos que viven o pasan por París y que se identifican con alguna forma de izquierda antagonista. También esta noche se han reunido allí algunos camaradas para discutir de política con el viejo gurú, quien se presta de buena gana a actuar como patriarca y a dispensar vaticinios, discursos combativos con gran impacto emocional y sorprendentes análisis sociopolíticos y económicos del estado actual del mundo.

Cuando entramos, ya hay varias personas en el salón de casa Pecoraro; en su mayoría hombres de entre treinta y cuarenta años (lo que por lo menos significa que no soy el mayor, mientras que Tea es indudablemente la más joven), todos italianos y todos de sincera fe revolucionaria. Tea me ofrece un cuadro sucinto: algunos estudian con ella, a otros los conoce «a través de la militancia» en centros sociales de Italia o París, que por lo que parece frecuenta asiduamente. «Somos tan pocos que al final nos conocemos todos», me dice, mientras se afana en hacer las presentaciones. Me siento algo incómodo, pero creo que lo disimulo bien; y, después de tanto leer y estudiar sobre el asunto, incluso me emociona un poco tener frente a mí a un hombre que ha participado de verdad en la lucha armada, una auténtica reliquia de los años setenta, todavía plenamente lúcido y aún perfectamente partidario de las ideas de la época.

Pequeño y muy delgado —Tea me dice que ya casi no come, que solo se alimenta de la nicotina de sus mitológicos Gauloises azules, motivo por el que esta noche tampoco comeremos nosotros— desde lo alto del sofá, donde está solo, casi tumbado, nos saluda también, primero desde lejos con una voz áspera pero aguda, casi tersa, y luego se acerca a nosotros y me ofrece para que los estreche tres dedos bastante flácidos, no exactamente los que esperarías que empuñaran una P38.

Tea se sienta en el suelo junto a la única otra chica presente, una franco-italiana que me presenta como Joëlle, aunque ella se limita a decir «Jo» y a lanzarme una mirada no precisamente acogedora. Debe de tener mi edad, lleva el pelo muy corto y una camiseta con las mangas cortadas de donde emergen brazos y cuello, en los que el color oliva original de su piel se afana por hacer acto de presencia en los contados intersticios entre un tatuaje y otro; mantiene una actitud gélida, que promete lanzar un mordisco a cualquiera que se acerque demasiado a ella, como demuestra el halo de vacío que la rodea.

De alguna parte nos llegan vasos de plástico con un vino tinto imbebible. Aprovecho que todos están fumando para liarme un cigarrillo, apoyar la espalda contra la pared y asegurarme de que mi hombro toca el de Tea.

Durante la mayor parte del tiempo es el patriarca quien habla, con una oratoria objetivamente fascinante, una prosa bien construida, las pausas adecuadas y algunas conclusiones de efecto. No hay una verdadera discusión: los demás siempre parecen estar de acuerdo con él, y cuando proponen alguna tímida objeción está claro que lo hacen para que brille la dialéctica del maestro, al que nunca faltan buenos argumentos. Jo me parece la única que cuando toma la palabra pretende plantear una verdadera objeción, expresada en pocas palabras y rigurosamente sin una sonrisa; Benny le responde con grandes sonrisas y respuestas evasivas.

Tea y yo nos limitamos a escuchar y, por mi parte, ni siquiera estoy seguro de entender completamente de qué están hablando. Por la frecuencia con que repiten el término deduzco que están discutiendo de algo que se llama *cortège de tête*, pero yo no sé nada al respecto, así que fumo en silencio y decido que en el fondo el vino no es tan imbebible.

En cierto momento mencionan a los *gilets jaunes*, que recientemente han protagonizado su último sábado de manifestaciones violentas y anuncian otras grandes jornadas de lucha. Se entiende perfectamente que todos están a favor y, es más, han participado de alguna forma en las protestas; a uno de sus amigos incluso lo han detenido.

—Anda, venga —intervengo sin pensar—. Y yo que estaba convencido de que los chalecos amarillos eran una especie de destripaterrones: hombres blancos y medio fascistas incluso.

Todos me miran como si fuera un extraterrestre. Evito mirar a Tea a los ojos, por miedo a que me incinere. En el grupo se extiende cierta sensación de incomodidad, pero por suerte Benny se encarga de echarme un cable.

—Has tocado una cuestión central con esta provocación —me sonríe paternalmente—. Si uno escuchara a los medios de comunicación italianos eso es lo que pensaría. Se trata claramente de una táctica: incluso la comparación con los destripaterrones, que se ha repetido sin cesar precisamente para deslegitimar el movimiento.

—El otro día me enviaron un artículo de *Repubblica*: vomitivo. Y lo peor es que, en mi opinión, ni siquiera se dan cuenta de que son unos peones del *establishment*: creen seriamente en lo que escriben —interviene uno.

—Que se relajen de una vez, una cosa así es inimaginable en Italia —dice otro.

—Todo está parado desde lo del G8 en Génova —se lamenta un tercero.

El ruido de fondo se reanuda y puedo volver a respirar de nuevo.

Benny toma otra vez la palabra y, como siempre, articula, disecciona y relanza.

—La cuestión es que los periódicos de derechas, es decir, esencialmente todos los periódicos italianos, pueden emplear a su favor las ambigüedades de este movimiento. En primer lugar, nació como una protesta contra las subidas de la gasolina: así que todos se lanzaron enseguida a decir que era la clase media blanca empobrecida y cabreada, que eran antiecologistas porque el impuesto extraordinario se presentaba como un impuesto ecológico, etcétera. Pero lo más importante es que esta revuelta ha adquirido una forma que ellos son simplemente incapaces de entender. Disolver la Asamblea Nacional o hacer dimitir al presidente son exigencias deliberadamente inadmisibles. Precisamente porque de lo que se trata aquí no es de plantear exigencias: sino de hacer saltar la banca. De volver a apropiarse del espacio público, de *permanecer* en el espacio público. Difundir otra forma de vida colectiva, casi por contagio.

—Y en cambio Castaner solo habla de *casseurs*, pobrecillo —dice uno con tono amargo.

—Castaner es simplemente un tonto útil. Y Macron también. El verdadero poder está en otra parte —confirma otro.

Me doy cuenta de que este guiño sirve de relanzamiento para que Pecoraro vuelva a hablar, y en efecto toma de nuevo la palabra. Habla de estrategia de la tensión, de microfísica de la revuelta y de subjetivaciones anómalas. Defiende que no se puede gobernar sin sangre en las manos. Habla de utilizar todo grupo «rebelde y no neutralizado», desde las cárceles hasta los fondos ultras, para desestabilizar el sistema. Luego regresa a los años setenta, a sus entusiasmos irrealizables, a sus errores estratégicos y a las traiciones que sufrieron. Por un momento tengo la impresión de que este grupo de jóvenes militantes se está mofando del viejo terrorista, animándolo como si fuera un viejo borrachín a que cuente la misma historia ridícula por enésima vez a cambio de otro vaso. Sin embargo, la sensación es que no se trata de una puesta en escena y que la presencia de todas estas personas es más importante para ellos que para él. Es como si todos quisieran estar en otra parte, quisieran invertir su militancia en algo más significativo y, en cambio, se quedan aquí recordando y glorificando la última vez que una revolución pareció estar al alcance de la mano.

Son ellos los que están fuera de lugar: los Pecoraro, igual que los Sella, igual que los Ravachol y toda la izquierda extraparlamentaria, quisieron barrer a los padres fundadores, a sus mentores, a los viejos militantes: querían levantar un mundo nuevo, y un mundo nuevo no podía levantarse con caras viejas y discursos viejos. Esta gente, por el contrario —o debería decir nosotros— no solo no puede hacer nada nuevo, sino que ni siquiera puede imaginar otra cosa que no sea la santificación del pasado de un hombre de setenta años que al menos tiene de su parte el derecho cronológico a añorar los tiempos pretéritos.

Cuando nos disponemos a irnos, con el metro ya cerrado y los dientes cubiertos por la pátina negra del vinazo del antiguo terrorista, Benny Pecoraro se nos acerca.

Después de la enésima sonrisa a Tea, seguida de un doble beso en las mejillas a la francesa, se vuelve hacia mí:

—Tea me ha dicho que estás trabajando en el archivo de Tito Sella.

—Sí —contesto, en parte desconcertado (¿cuánta intimidad tienen Tea y este tío?) y en parte halagado (¡Tea va hablando de mí!).

—A lo mejor no te interesa, pero te lo cuento de todas formas. Si quieres puedo ponerte en contacto con Palamides.

—¿Con quién, disculpe?

—Giorgio Palamides.

—Giorgio Pa... ¡*Giorgio*! ¿El amigo de Sella?

—El mismo.

—¿Está vivo?

—Yo diría que sí.

Mientras la acompaño a casa, Tea me explica quién es Benito Pecoraro, en comparación con el cual la historia de Sella parece realmente una bravuconada de cuatro provincianos. Pecoraro siempre ha acompañado su actividad subversiva con una feliz producción teórica que lo distinguió del resto de sus compañeros y que lo transformó en ese *maître à penser* estimado por intelectuales y universitarios, así como venerado por algunos sectores de militantes «de simpatías leninistas» (eso dice Tea, y yo no objeto nada). Ese hombre que acabo de observar casi desplomado en el sofá dispensando interpretaciones fascinantes y unilaterales de la realidad expresadas con un lenguaje tan obsoleto como eficaz es realmente un pedazo de historia y también un pedazo de historia del pensamiento. A veces escribe artículos muy interesantes en *Il manifesto* o en algún sitio web de intelectuales movimientistas, pero tampoco le importa aparecer de vez en cuando en algún programa de entrevistas políticas en horario de máxima audiencia para hacer conscientemente el papel de lobo feroz y *épater les bourgeois*.

Tea me explica un poco quiénes son los otros participantes habituales de estas veladas, dónde militan, dónde enseñan y todo lo demás, pero a mí no me gusta mucho oírla hablar con admiración de otros hombres —hombres que podrían ser su tipo mucho más de lo que podría serlo yo—, así que al principio la escucho a medias y luego trato de cambiar de tema.

—¿Y Jo?

—Jo es la más genial de todos.

—Lo que es seguro es que no es la más expansiva.

—Tiene una historia disparatada. Es tatuadora y activista lesbiana desde hace mucho tiempo. Creo que es de Vicenza, o Verona, en definitiva, uno de esos sitios donde la toman con alguien como ella y la machacan. Si organizan algo con ArciLesbica o con Potere al Popolo, dos de cada tres veces los ataca algún grupillo de Forza Nuova, del Fronte Skinhead o incluso algunos ultras borrachos que no saben cómo matar la tarde.

—Es lógico que te endurezcas un poco —admito.

—Un día llega a su estudio uno de estos matones fachas. Probablemente uno que tiene gusto, porque quiere tatuarse un sapo al estilo japonés y ella es la mejor en ese tipo de diseños.

—¿Un sapo japonés?

No me hace el menor caso.

—Solo que el tío también tiene tatuada una cruz celta y unas palabras en gótico, *Gott mit uns*.

—Un facha.

—Un nazi. Así que ella le hace un hermoso sapo al estilo japonés en el omóplato, y como remate, transforma la cruz de la base del cuello en el cojón de una polla que le tatúa con estilo colegial.

—¿Le tatuó una polla en la espalda?

—Sí. Con dos cruces celtas en lugar de pelotas.

Nos reímos como locos. Luego se detiene:

—Obviamente se lo hicieron pagar. Organizaron una violación punitiva. Ella dice que se libró, pero sospecho que solo lo dice porque no quiere ser vista como una víctima.

Me quedo en silencio.

—El caso es que se vino a vivir aquí para evitar que las cosas pasaran a mayores en casa. Total, es medio francesa de todos modos. Pero la fuga debe de haberle costado mucho.

Nos quedamos en silencio, pensativos, durante un buen rato. Luego, de repente, me agarra del brazo.

—Oh, mira.

Señala a algunas personas sentadas en la terraza de un bistró abierto hasta tarde.

—¿Algún famoso? —pregunto, esperando poder contar que me he encontrado con Monica Bellucci y Vincent Cassel.

—Qué cojones, es Serge Genet —dice Tea.

—Eh, el inolvidable Serge Genet.

—Es uno del Rassemblement National. Uno de los mayores cabrones tiralevitas de Le Pen. Un turbocatólico que arrasaría los suburbios y prohibiría a los gais. Pero ¿es que no lees los periódicos?

Antes de que pueda contestar, Tea se ha esfumado.

Me quedo ahí como un idiota durante un par de minutos y luego vuelve. Se ha metido en una de esas tiendecitas abiertas toda la noche y ha comprado dos paquetes de diez huevos. Me entrega uno. Cruzamos al otro lado de la calle y nos escondemos detrás de los coches.

Ella empieza y yo la sigo. Arranca una lluvia de huevos que cae sobre el diputado del Rassemblement National, sobre sus invitados y sobre sus inocentes vecinos.

—*Facho de merde!* —grita Tea, tras lo cual sale corriendo, y yo la sigo. Corro como no he corrido en mi vida, como si tuviera una jauría de perros pisándome los talones, pero a la vez me siento muy ligero, eufórico. La mezcla de canguelo y adrenalina me permite seguir el ritmo de Tea, que pesa cincuenta kilos, está muy entrenada y parece correr sin tocar el pavimento (por fin entiendo a qué se refería el grupo Elio e le Storie Tese cuando cantaban eso del «aerodeslizador de amor»: se referían a Tea). Pienso en Mao Tse-tung, que decía que hacer una revolución es como hacer una tortilla (o algo así), y me parece una excelente justificación para el hecho de que yo, que he debido de liarla durante el lanzamiento, estoy chorreando claras de huevo.

Es de madrugada, estoy en París, estoy lo suficientemente borracho como para permitirme ser feliz sin sentirme un gilipollas, estoy persiguiendo a una chica que para mí es la revolución y que me parece la reencarnación de una serie de mujeres combatientes de las que me he enamorado por interpuesta persona y por interpuesta literatura. La persigo y lo único que quiero es alcanzarla, abrazarla; y la sensación no es la de sentir deseo por ella, sino la de *ser* ese deseo, de no ser otra cosa más que eso. Es quizá la primera vez que vivo sin dejarme residuos, sin distanciamiento irónico, sin mirarme vivir con una mirada medio partícipe y medio desencantada.

Cuando por fin se detiene para recobrar el aliento, Tea, a la luz anaranjada de las farolas, está radiante y parece casi irreal: otra *estantigua*, la mía, a la que entregarme ciegamente, en la que poder perderme por fin.

Me gusta pensar que soy yo quien la acerca a mí, pero estoy casi seguro de que en realidad sucede todo lo contrario.

Nuestro primer beso sabe al tanino del vinazo de Pecoraro que todavía tenemos en los dientes y al huevo crudo que tengo por casi todas partes. Es el mejor sabor que he probado en mi vida; es el sabor de la revolución.

Durante las siguientes tres semanas vivo en estado de gracia. Por fin siento que he encontrado mi sitio, como si todos los grumos internos y externos de mi vida se hubieran disuelto, dejando fluir por fin los humores del cuerpo y de la psique. Aquí era donde debía estar, lejos de las viejas relaciones enquistadas, lejos de la vida de trabajos a medias y satisfacciones descoloridas, debía estar en los brazos de Tea, que son en sí mismos la promesa de un futuro completamente nuevo. Pero no soy únicamente yo el que ha cambiado: todo me da la impresión de funcionar como si yo fuera el relojero del mundo. La primavera parisina es suave y soleada, te entran ganas de pasar el rato al aire libre, de irte al parque a leer o incluso de hacer deporte; las *galettes* del griego del Château Rouge son deliciosas, y ahora he aprendido a romper un huevo encima, lo que para mí se ha convertido en el sabor del renacimiento, aunque hasta hace unas semanas me repugnara; en bicicleta las calles me parecen todas cuesta abajo; mi investigación avanza bien y he escrito casi dos capítulos de la tesis con un ritmo de trabajo sin precedentes, porque he encontrado la manera de evitar tirar por la borda mi largo trabajo de archivo sin caer en el biografismo, a saber, ocultando las remisiones biográficas más explícitas detrás de hipótesis históricas e interpretativas: me he vuelto tan bueno en la megachorrada literaria de alto nivel que tal vez incluso podría obtener la aprobación de Pier Paolo.

Pero, sobre todo, está Tea. Nos mandamos muy pocos mensajes, pero aun así nos encontramos de la manera más natural, con una sincronía que parece estudiada pero que en cambio es totalmente espontánea. Nos vemos en la biblioteca, hacemos largas pausas juntos, almorzamos al aire libre, luego nos separamos sin decírnoslo siquiera y dos horas más tarde nos encontramos en un bar árabe de Barbès que se ha convertido de hecho en nuestra guarida, tal vez después de haber pasado por Gibert Joseph, la megalibrería del Barrio Latino a donde vamos a robar libros para regalárnoslos el uno al otro. Una vez incluso robamos el mismo libro, *Histoire d'O*, después de oír hablar de él en una película como el libro erótico definitivo. Nos pasamos las noches bebiendo, paseando sin rumbo, besándonos, yendo al cine, acercándonos a casa de Pecoraro para organizarnos con toda su corte de cara a la próxima manifestación de los *gilets jaunes*, y luego nos encerramos en su casa o en la mía para hacer el amor. Nunca dormimos juntos: por muy tarde que sea, prefiero volver a casa, luego al día siguiente nos encontramos espontáneamente en la biblioteca o en cualquier otro sitio (solo fallamos una vez, porque, me explica al día siguiente, su padre estaba en París y tenían una «velada en la embajada»). Es una especie de acuerdo tácito el que dormir juntos significaría quitarle algo al placer y la intimidad, que deben permanecer aferrados al deseo y no desperdigarse en la inconclusión del sueño. No hemos de ser pareja, no, por Dios, hemos de ser nosotros dos y nuestro deseo.

La gracia soberana con la que logro afrontar cada aspecto de mi vida alcanza su punto máximo un día cuando vuelvo de la biblioteca a casa para darme una ducha antes de marcharme rápidamente hacia el barecillo donde probablemente estará Tea. Veo algo rubio frente al destartalado portal de mi casa, alguien que está sentado en el escalón.

De repente me doy cuenta:

—¿Letizia?

Lleva allí quién sabe cuánto tiempo, con su maleta Piquadro a su lado, y cuando levanta la cara no parece especialmente simpática ni especialmente descansada.

—Pensé que habías muerto —me dice, pero está claro que *esperaba* que hubiera muerto. Y tal vez yo también debería esperarlo, cuando por el contrario estoy muy tranquilo, más de lo que hubiera esperado.

—Pero qué dices. Estoy bien. Tú, en cambio, no tienes muy buen aspecto.

—Que te jodan.

—Vamos, sube —le digo, abriendo el portal.

La última vez que estuvo aquí, poco después de mi llegada, lo pasamos relativamente bien, salvando el hecho de que yo no podía dejar de quejarme de que el trabajo de archivo me aburría y de que París era una ciudad de cabronazos ricos. Letizia, en cambio, me paseaba por ahí, como si fuera ella la que viviera en París.

Mientras sube las desvencijadas escaleras delante de mí, la miro y trato de sentir si no remordimiento (imposible), por lo menos cierta forma de ternura, o al menos de lástima. Y en cambio solo tengo un pensamiento en la cabeza: que este inconveniente me impedirá con toda probabilidad ver a Tea esta noche. La miro subir las escaleras y me entran ganas de abrazarla por detrás en estos escalones, no porque sienta especial deseo hacia ella, sino solo para repetir el gesto que he hecho muchas veces, siempre en el mismo punto entre el tercer y el cuarto piso, con Tea; tal vez sea una manera de transformar por un instante a la Letizia que tengo frente a mí en la Tea que me gustaría tener, pero lo más probable es que sea solo vanidad, una manifestación de poder. En cualquier caso, no hago nada: cargo con la maleta de Letizia, lo que me impide casi cualquier movimiento, y el punto fatídico pasa sin que mi vago propósito se traduzca en acción. Con todo, el simple hecho de pensar en ese gesto como posible me provoca una pequeña descarga de satisfacción.

Cuando entramos en casa me pregunto si habrá señales de Tea por ahí, pero me complace ver que el caos que reina es el mismo que habría incluso si hubiera vivido aquí solo, y las huellas, aunque las hubiera, son imposibles de rastrear. La verdad, sin embargo, es que no tengo miedo de que me descubra, ya que si se entera no podría quitarme nada de todos modos. Podría dejarme, eso es todo: pero hace semanas que no estoy con ella, aunque todavía no se lo haya dicho.

De hecho, seamos honestos: Letizia nunca ha entrado en mi horizonte mental en las últimas semanas. No he dedicado más que un fugaz pensamiento al hecho de tener una novia en casa, que inmediatamente relegaba más allá del borde de la conciencia, hasta el punto de que no solo no creo haberle hablado nunca de ello a Tea, sino que ni siquiera me he planteado la cuestión de estar llevando una doble vida. Borrada de mi vida, como si nunca hubiera existido, como si no le hubiera prometido que en cuanto regrese de París nos mudaremos a vivir juntos y tendremos un perro. Es posible que ella, como siempre, me haya escrito algunos mensajes, me haya mandado algunas fotos, que incluso me haya llamado. No sé si le he contestado, muy raramente, en todo caso, y siempre de forma automática, sin activar jamás mi parte consciente. Corazoncito, pulgar arriba, cara risueña con lágrimas, ojos de corazón. Un poco al azar, total, siempre surten su efecto.

Pero ahora Letizia está aquí y fingir que no existe ya no es una opción viable. Y, es más, se la ve angustiada, lo que me hace pensar que al fin y al cabo no era tan resistente como daba la impresión de ser.

Se sienta en el sofá cama, aún deshecho, y me hace una pregunta que me deja un poco descolocado:

—¿Estás seguro de que estás bien?

¿Qué debo decirle? ¿Que nunca he estado mejor? ¿Que nunca me he sentido así ni siquiera por un minuto en el transcurso de nuestra relación y probablemente en toda mi vida? ¿Que en esta plenitud mía no hay lugar para ella?

—No te preocupes —es todo lo que puedo decirle. Luego, con un impulso de empatía que me lleva a sacrificar toda la velada, añado—: ¿Quieres ir a comer al Pied de Cochon?

La invitación de ir a comer a un sitio donde ella me llevó cuando vino a visitarme y donde nos lo pasamos relativamente bien parece reanimarla. Asiente con la cabeza.

—¿Ahora vas a decirme qué es lo que pasa? —me pregunta después de una cena que ha transcurrido, a pesar de mi resistencia inicial, en un ambiente de relativa dulzura recíproca, fundado en su caso en la creencia de que ha venido a salvar nuestra relación, y en el mío en la conciencia de que se trata de una despedida, de nuestra Última Cena, conmigo en el papel de Judas, evidentemente.

En ese momento se lo cuento todo. Casi todo. Le cuento que estoy pasando por un periodo en el que no puedo estar más ocupado, entre el estudio y la redacción de la tesis que me absorbe («He escrito incluso un relato sobre la vida de Sella, ¿sabes?», «Claro que lo sé, yo también estaba aquí»), un grupo de militantes políticos con los que me veo y con los que me gustaría empezar a meterme en política un poco más en serio («No creo que te hayas metido nunca»), y los infinitos estímulos de esta ciudad. Tengo la impresión de resultar lo suficientemente persuasivo y también lo suficientemente vago.

Pero no lo bastante persuasivo ni vago como para evitarme la inevitable pregunta.

—¿Has conocido a alguien?

—Sí —la respuesta me sale sin premeditación y suena a liberación. Es la primera vez que hablo de Tea con alguien, aunque me doy cuenta de que pronunciar un monosílabo no es exactamente hablar, y me parece algo muy bonito. Casi me gustaría intentar decir su nombre en voz alta, para experimentar el efecto que provoca.

Letizia me mira con dureza. Estará sopesando frases apropiadas, del estilo *¿Cómo has podido hacer algo así?* o *Pedazo de mierda, ojalá la palmes*, pero durante un rato no dice nada. Al final se decide por la altivez.

—Me das pena. Tienes más de treinta años y te comportas como un chico de veintidós que está de Erasmus.

Me quedo callado. Desde su punto de vista es irreprochable. Ella se pone de pie.

—Me vuelvo a casa. La maleta me la mandas tú, que no voy a volver a poner un pie en ese cuchitril bohemio de los cojones. Un cuchitril que, por cierto, te encontré yo, menuda idiota que soy. Y, en cualquier caso, antes de llevar otra vez a tu amiguita, abre la ventana, huele a muerto. —Se va y luego vuelve—. Te lo advierto: en algún momento volverás con el rabo entre las piernas y me dirás que todo fue un error y que no eras tú y que no sabes lo que te pasó. Ahórramelo, porque antes que volver contigo... —deja la frase en suspenso.

—¿Antes que volver conmigo...? —la invito a concluir.

—No lo sé, qué cojones... —Apenas puede contener las lágrimas, no sé si alguna vez la he visto en este estado—. Pero lo que sé seguro es que no quiero tener nada que ver contigo. Vete a la mierda.

Se marcha, pero esta vez es evidente que no volverá.

Sin embargo, vuelve.

—Te juro que tú, a una como yo, te vas a arrepentir durante toda tu vida de haberla perdido. Y yo, a un gilipollas como tú, me voy a comer a besos por habérmelo quitado de encima.

Lo encajo todo sin descomponerme. La veo salir del local. Dejo pasar poco menos de un minuto, luego me lanzó tras ella. Los camareros han presenciado la escena, por lo que me ven salir con una sonrisa de empatía y lástima.

Mientras huyo, dejando al menos cien euros de cuenta impagada en el Pied de Cochon, pienso con un escalofrío de alegría que he sido injustamente pesimista: con toda probabilidad me dará tiempo a reunirme con Tea en Barbès.

Algunas personas afirman seriamente que son capaces de saber por la forma en que suena su móvil si la llamada que reciben les trae buenas noticias, o malas, o pésimas, o, como en la mayoría de los casos, ninguna noticia. Ciertamente yo no me cuento entre ellos, pero confieso que sentí la urgencia con la que sonaba el móvil, y el hecho de haber respondido prueba que de verdad tuve ese sentimiento. Es estos días, en las raras ocasiones que llevaba el móvil encima, lo ignoraba deliberadamente, entre otras cosas porque sabía que dos de cada tres veces era Letizia, que no se mantenía fiel a su propósito de borrarme de su vida y alternaba mensajes en los que me decía lo mucho que sufría y que me lo perdonaría todo, cualquiera que fueran las cosas que hubiera hecho, siempre y cuando volviéramos a estar juntos, con otros en los que recordaba algunos momentos que le resultaban particularmente bellos de nuestra relación y otros más en los que me insultaba dando rienda suelta a los insultos más soeces que conocía. Me asombraba que esa chica a la que yo había creído insumergible, inmune a cualquier adversidad, hubiera implosionado de manera tan rotunda y que estuviera dispuesta a perder una dignidad que nadie le había amenazado nunca con tal de compensar una derrota inaudita para ella. Me preguntaba cómo era posible que todavía existiera una Letizia que de repente carecía de solidez, de racionalidad, de confianza en sí misma; cómo podía existir una Letizia a la que parecía que de repente le habían quitado toda la leticidad. Pero lo que me sorprendía aún más era mi plácida indiferencia, el hecho de que su dolor —el dolor de una chica con la que había compartido años de vida, que había sido mi Ricitos de Oro, que se preocupaba más por mí que yo mismo— fuera menos real a mis ojos que el de un personaje secundario de una novela que leía mientras esperaba el metro.

En cierto momento llegué incluso a responderle con algo tan innoble como: «No estropees todo lo bonito que ha habido entre nosotros». En mi defensa puedo decir que no dediqué más que una neurona a escribir el mensaje, mientras todas las demás estaban ocupadas identificándose con Tito Sella, escribiendo sobre él, construyendo un monumento mental a Tea y planificando nuestra primera salida pública, que se iba a producir dos días después, en la manifestación de los *gilets jaunes* con motivo del Acte XXIII. Aparte de las manifestaciones de rigor en el instituto y de algunas otras concentraciones de pasada un poco más movidas durante la Ola de 2008, cuando sin embargo yo era demasiado joven y estúpido y estaba demasiado fumado para darme cuenta de lo que estaba ocurriendo, podía decirse que iba a ser mi primera manifestación de verdad, y prometía ser un verdadero bautismo de fuego. Lo confieso: cuando estaba solo, la perspectiva me provocaba cierto tembleque; pero si luego pensaba que lo iba a hacer con Tea, y más aún si estaba con ella, no veía la hora de lanzarme a la refriega. O tal vez al lado de la refriega, pero no demasiado lejos.

El caso es que se produce la llamada que suena urgente y que me empuja a responder incluso en contra de mi costumbre y mi voluntad. Quizá sea la incongruencia de la llamada lo que me mosquea: que mi madre me busque a media tarde es realmente extraño, la verdad.

Cuando respondo, me doy cuenta de que mi intuición es la adecuada. Mi madre tarda un momento en reaccionar a mi voz y luego se limita a decir, en tono lívido:

—Marcello.

—Mamá. ¿Qué pasa?

—Tu padre.

—¿Qué?

—Esta mañana... Un infarto.

No sé cómo reaccionar. Ni tampoco cómo preguntarlo.

—¿Y...?

—Está vivo. Lo han operado de urgencia. Ahora está en cuidados intensivos.

—¿Qué dicen los médicos?

—No está claro. Creo que prefieren no pronunciarse.

—Qué cabrones. —Es el mayor homenaje que puedo dedicar a los médicos que acaban de salvar a mi padre.

—¿Puedes venir? —pregunta ella.

La solicitud me parece una enormidad. Estoy a más de mil kilómetros de casa y no hay nada que pueda hacer allí.

—Por favor —añade.

Y entonces me encuentro formulando este pensamiento: mi padre, después de haberme cortado las alas durante toda mi vida, está dispuesto a tocarme las pelotas incluso después de muerto.

Tan pronto como lo he formulado siento vergüenza —es una gran verdad que nada te vuelve más cabronazo que ser feliz— y creo que es esa vergüenza la que me impulsa a marcharme inmediatamente, subiendo al tren nocturno a Florencia esa misma noche.

Durante el viaje, envuelto en el hedor de los pies del pratense que duerme en la litera de arriba, vuelvo a ese infame pensamiento. Me pregunto cómo he podido haber pensado algo así, y también por qué ya he dado por muerto a mi padre, cuando debería aferrarme a la esperanza de lo contrario. Quizá una parte de mí sospecha realmente que mi padre ha estado a punto de morirse solo para fastidiarme, solo para arrancarme de mi euforia parisina y obligarme tal vez a afrontar todos los follones de una muerte —los funerales, los documentos, los parientes— y dejarme pillado sin saber qué hacer con su bar de los cojones.

Cuando llego a Rifredi y espero el cambio para Viareggio le mando un mensaje a Tea para decirle que he tenido que irme y por qué, y también que probablemente no podré participar en la *manif*. Ella me responde de inmediato. Me manda la imagen de un pollo y una cara risueña. Luego añade: «No te preocupes. Te mando un beso. Y te espero para la manif del 1 de mayo».

El olor del hospital, después de la nochecita que he pasado, me da náuseas.

Mi madre sale a mi encuentro en el vestíbulo para evitar que me pierda en el laberinto de pasillos del hospital Versilia. Tiene un aspecto mucho peor que yo, pero le agradezco que haya evitado abrazarme y ponerse a llorar. Además, no tiene motivos para hacerlo:

—Ha superado la noche: es una buena señal —me dice.

En ese momento mi presencia se vuelve más clara: no estoy ahí por mi padre sino por ella, que teme no poder soportar el peso de la muerte de su exmarido, un hombre que la abandonó por otra hace quince años y que ella, por otro lado, nunca ha dejado de considerar el hombre de su vida (y él también, de alguna forma críptica e indudablemente arisca, debe de haber pensado lo mismo, si su contacto de emergencia era mi madre).

La espera en el hospital me resulta agotadora. Los médicos se dejan ver con extrema parsimonia, y cuando por fin los vemos después de horas en la sala de espera, nos dicen poca cosa, de manera brusca y a la vez demasiado técnica para que entendamos algo. Eso me irrita, dado que nunca he soportado a los médicos, especialmente después de conocer a los compañeros de universidad de Letizia, y por eso tiendo a responder con firmeza y a exigir que me expliquen las cosas de la manera más directa posible. Pero no obtengo gran cosa: la verdad es que me gustaría que me dijeran cuánto tardará en despertar y si tendrá problemas a largo plazo, previsiones que evidentemente no pueden hacer. De modo que, como no lo saben, me gustaría oírles decir: «Disculpen, pero no lo sabemos, al fin y al cabo nos hacemos pasar por científicos omnipotentes y se nos paga en consecuencia, pero la verdad es que aparte de algunas efectivas herramientas farmacológicas y de diagnóstico extra, no somos mucho más que chamanes que esperan atinar y están a la espera de cómo evolucionan las cosas».

Por la tarde nos mandan a casa, y tengo la impresión de que, aunque la situación no haya evolucionado mucho cunde un cauto optimismo, o al menos eso es lo que he querido leer en las palabras de la enfermera que ha ido a despedirnos (el médico no ha venido, pero incluso su ausencia me parece tranquilizadora). Estamos en la fase en la que las noticias, si las hubiera, no serían buenas, y si fueran buenas sonarían a canto del cisne.

De camino a casa paramos para comprar algo en alguna tienda de platos preparados. Mi madre se detiene justo en el local al que solía ir mi padre y que ella aborrecía, pero me cuido mucho de decírselo.

Después de cenar hago una infusión de flores de manzanilla y valeriana para ayudarnos a conciliar el sueño, y para relajarnos más añado a la infusión unas hojas de marihuana que recuerdo haber dejado en el doble fondo de un cajón.

Mi madre sorbe haciendo un ligero ruido de succión y luego me sonríe:

—Es un auténtico asco —me dice.

Estoy de acuerdo, pero el fin justifica los medios. Seguimos así un rato más.

—Saldrá de esta —trato de concluir, a modo de buenas noches.

—Llevaba una vida irreprochable. No fumaba, no bebía desde hacía años e iba en bicicleta.

—Y dentro de dos semanas seguirá haciéndolo —digo, intentando abreviar.

Pero mi madre está en vena de confidencias. Quizá sea culpa mía por quitarle los frenos inhibidores con la hierba.

—Es absurdo, ¿no? Hay quienes fuman como carreteros, quienes comen las peores guarrerías, quienes no se mueven del sofá y están como una rosa.

—A él ha sido la mala leche la que se la ha jugado. Toda la bilis que se tragaba.

—Pero ¿qué dices?

—Venga, mujer. Si siempre estaba cabreado.

—Pero esa era solo su forma de actuar. Roberto es la persona más resuelta que he conocido.

—¿Resuelta? —digo casi escandalizado.

—Sí. La más serena.

—Pero si siempre la tenía tomada con alguien; trataba mal a cualquiera que se le pusiera a tiro.

—Qué va. Esa era solo la capa exterior. Precisamente por eso vivía en perfecta paz consigo mismo.

—Mira, mamá, todavía está vivo: puedes seguir hablando mal de él como siempre lo has hecho.

—Lo de hablar mal de él no era más que una pose. Siempre ha sido una persona excelente.

No le contesto. Si bien puedo tolerar —aunque no demasiado— la hipocresía *post mortem*, este revisionismo prematuro me inquieta.

—¿Con nosotros también? —digo un poco molesto—. ¿Contigo también, dejándote sola con un niño pequeño?

—Tenías quince años.

—De acuerdo, pero siempre he sido muy sensible.

—¿Quién? ¿Tú? —Veo que le quedan fuerzas para mofarse.

—Está bien, dejémoslo correr.

Pero ella no lo deja correr. Ha decidido que quiere hablar.

—Tu padre amaba a otra mujer.

—Vaya novedad. ¿Te parece esa una buena razón para abandonar a su esposa y a su hijo? —Sé que sueno como el tío cura, y sé que no me he comportado precisamente como un caballero con Letizia, pero no siempre podemos ser coherentes.

—La amaba incluso antes. Antes de que apareciera yo, quiero decir.

—Entonces ¿por qué se casó contigo?

—Porque tuvimos un accidente.

—¿Qué accidente, perdona?

—Tú.

—¿Qué significa eso?

—Eso significa que yo fui una aventura para tu padre. Y él para mí, en realidad.

¿Una aventura? ¿Mi madre tuvo una aventura? Quizá sea el efecto de la hierba: está delirando.

—Él tenía novia —continúa—. Yo no, yo era libre. Cosas que pasan: un flirteo de verano. Eran los años ochenta. Ya sabes, el hedonismo...

—¿Y qué? —le atajo.

—Que de esa aventura saliste tú. Y él dejó a Angela y se casó conmigo. Por la familia. Por ti.

Estoy objetivamente atónito. Pero no cejo:

—Entonces, ¿cómo es qué acabó yéndose? ¿Dejó embarazada a otra?

—Nos dejó cuando Angela enfermó. En ese momento ya eras mayor y él no se sintió capaz de estar con nosotros. Sintió que tenía que ir a cuidar a la mujer que amaba. Fue una enfermedad de lo más penosa. Duró años e iba siempre de mal en peor. Ahí fue donde se endureció. A ver, no es que antes fuera un pastelito, pero vaya...

—¿Y a ti te pareció bien toda esa historia?

—Roberto ha sido el hombre de mi vida. Aunque supiera que

no me quería. Y también ha sido un modelo por las decisiones que tomó. Solo Dios sabe cuánto le costaron. Le costó dejar a Angela y casarse conmigo por ti, pero lo hizo. Y también le costó dejarnos para ir a hacer de enfermero a Angela después. Pero él siempre ha hecho lo correcto.

Me parece estar oyendo hablar de otra persona. Y estoy irritado; mi madre quiere poner patas arriba una de mis pocas certezas: que mi padre es un cabrón. Podría aceptar incluso el matizar un poco esta posición, pero lo que desde luego no puedo aceptar es que se convierta de buenas a primeras en un modelo.

—No sé —digo—. No ha sido un buen padre para mí.

—¿Qué estás diciendo? ¿Qué sabrás tú?

—Lo sé. Nunca me animó a hacer nada. Solo me reprimía. Nada de lo que hacía le parecía bien.

—Pero ¡si no hace otra cosa más que hablar de ti! Marcello por aquí, Marcello por allá. Cuando conseguiste la beca de doctorado engordó tres kilos con solo escuchar la noticia.

—No creo que sepa ni siquiera qué es eso del doctorado.

—Lo sabe, lo sabe. O mejor dicho: se enteró cuando le dijiste que lo harías. Ahora no hay un cliente en el bar que no sepa que estás en París, y se burlarían de él por lo mucho que habla de ello si él se lo permitiera.

—A mí, cuando le dije que iba a París me dijo que era de pringados y que ya era demasiado mayor.

Ella se ríe.

—Sí, me lo imagino. Típico de él. Empeñado en que no te lo creas demasiado. Tú, sobre todo. Creo que lo considera poco educativo. Pero luego cuando no estabas era casi ridículo por lo mucho que te elogiaba.

Estoy estupefacto. Está claro que nuestros padres se encuentran entre las personas que menos conocemos y entendemos, pero ¿es posible que yo no haya entendido absolutamente nada de mi padre?

No estoy del todo convencido de lo que dice mi madre, que sigue sonándome a una necrológica hagiográfica. Me gustaría plantear objeciones, pedir que me explicara otras cosas, pero la hierba acaba prevaleciendo: se queda dormida en el sofá con una pequeña sonrisa en el rostro, lo que creo que se debe a la combinación de la infusión trucada y el haberse liberado de algunos pesos que llevaba consigo desde hacía treinta años.

Me despierto al día siguiente todavía vestido y tumbado en el sofá. Hoy es sábado, el día de la manifestación de los *gilets* en la que debería haber participado con Tea: le envío un puño cerrado para desearle buena suerte. Ella me responde con la imagen de un casco y un bate, como diciendo que tendrá de qué defenderse.

Mi madre y yo vamos bastante temprano al hospital y la enfermera que nos mandó ayer a casa nos dice que hoy intentarán despertarlo. Si todo va bien podremos entrar a verlo por la tarde. Tengo la sospecha de que mi madre está un poco avergonzada por las confesiones a las que se entregó ayer, así que finjo que no pasa nada.

Hasta la tarde seguimos deambulando por el hospital, entre salas de espera, máquinas de café, bar, cantina, aparcamiento; a medida que pasa el tiempo empiezo a alternar la ansiedad por mi padre con la que siento por Tea, atrapada entre los manifestantes parisinos y la policía antidisturbios. Espero que me mantenga informado para tranquilizarme, pero obviamente no es así, y yo mismo debo admitir que tal esperanza tenía poco fundamento.

Sobre las cuatro sale un médico a decirnos que mi padre ha reaccionado bien al despertar y que pronto podremos verlo. Por mucho que sepamos que el «pronto» de los médicos no coincide con el pronto del resto de humanos, al cabo de un par de horas sin que nadie nos llame empezamos a sentir cierta aprensión. Más aún porque también en París reina el silencio. Escribo a Tea para saber si todo va bien, pero no obtengo respuesta.

Vuelvo a escribir media hora después: nada.

Atrapado entre mis dos ansiedades, no sé a cuál dedicarme, de modo que acaban multiplicándose entre ellas. A intervalos regulares le escribo a Tea, quien sistemáticamente no me lee.

A las siete nos permiten tener por fin una rápida conversación con mi padre.

La primera que le habla es mi madre: susurran algo, muy cerca, dándose la mano. No entiendo lo que dicen, pero ambos parecen muy contentos de que él todavía esté vivo.

Miro a mi padre como nunca lo había mirado. Me parece una persona nueva. A ver si el infarto le ha hecho convertirse en lo que mi madre dice que siempre vio en él.

Me acerco algo cohibido, dado que el comportamiento del hijo devoto no me resulta muy natural.

Me mira y esboza una sonrisa. Señala con los ojos algo un poco por encima de mí.

—¿Y el pelo? —La voz es débil, pero el tono es sarcástico—. ¿Te lo has dejado en París?

—Vete a la mierda, papá —le digo, estrechando su mano con fuerza.

Tea se digna a enviarme un mensaje de respuesta siete minutos después de medianoche: «Maravilloso» se limita a responder tras mis dieciocho mensajes preocupados, de una manera un tanto lacónica pero decididamente *teesca*.

«Iremos juntos el 1 de mayo», le escribo.

Ella lo ve, pero no me contesta. No es una fanática de los mensajes de texto, lo sé desde hace tiempo y de hecho es algo que me gusta mucho. Pero, la verdad, no me importaría recibir una respuesta de vez en cuando.

Al día siguiente es domingo de Pascua, pero tanto mi madre como yo, ocupados con algo completamente distinto, solo nos damos cuenta a primera hora de la tarde, cuando la comida ya ha consistido en una frugal minestrone congelada preparada en el último momento y media mozzarella para cada uno. Sin embargo, cuando mi madre me dice que nos hemos perdido la Pascua por distracción, nos invade una hilaridad desarmada y cómplice que alimentamos mutuamente, y en la que creo que influye bastante también la conciencia de que, después de todo, mi padre no ha muerto.

Una vez que esté claro que el paciente saldrá de esta y que mi madre estará encantada de encargarse de su rehabilitación, puedo pensar en volver a París, a Tea y a los *gilets jaunes*. Ya que estoy, sin embargo, me concedo unos días más en casa, para poder ir durante la semana a las horas de tutoría de Sacrosanti e ilustrarle el desarrollo de la tesis. Si sigo a este ritmo, podría terminar de escribirla en otoño y defenderla en diciembre o enero, por lo que me gustaría contar con la aprobación previa de mi mentor.

El miércoles, el despertador que suena temprano, el trayecto en bici hasta la estación, el tren regional que parece un convoy de ganado, bajarme en la parada de Pisa San Rossore junto a los estudiantes de ingeniería, todos ellos vestidos rigurosamente con el uniforme oficial (chándal y pelo grasiento), el paseo cruzando por el hospital de Santa Chiara entre la bruma de la mañana pisana, el café imbebible en el barecillo de piazza Dante: todo me resulta entrañable, ahora que es *amarcord* y que puedo seguir esta vieja rutina desde lo alto de mi estudio en el Barrio Latino de París en compañía de la mujer de mis sueños.

Menos entrañable me resulta en cambio otra costumbre de la universidad. La de comunicar la ausencia de un profesor mediante un trozo de papel cuadriculado arrancado de una libreta. El que tengo delante, pegado a la puerta del despacho personal del Ilustrísimo, reza: «A causa de compromisos académicos, las tutorías del prof. Sacrosanti se reanudarán regularmente a partir del 08/05. Para mensajes urgentes enviar un correo electrónico a r.sacrosanti@unipisa.it».

A pesar del viaje en vano, sin embargo, es un hermoso día, estoy de buen humor y no tengo intención de dejar que un inconveniente me desanime. Estoy a punto de volver a París con Tea: hoy puedo darme el lujo de pasear un poco por mi alma máter. También mando algunos mensajes, por si encuentro a alguien con quien compartir chorradas: Carlo es al primero al que escribo, luego, como no contesta, lo intento con Linda, y por último con Pier Paolo (no es que quiera verlo, pero me gustaría que alguien le hubiera dicho que ahora estoy con Tea para poder chulearme un poco). Si hay alguien por ahí, tal vez dé señales de vida. Mientras tanto me detengo para charlar un rato con los senegaleses asiduos de piazza Dante desde mi primer año de universidad y que me habrán vendido más de quinientos mecheros; tomo un tentempié con gaseosa rubia y *focaccia con cecina* y luego me voy a la librería de segunda mano que ha sido un punto de referencia en mis muchos años de estudiante. Nada más entrar, Vincenzo, el dueño, me saluda con gran entusiasmo, lo que me pone muy contento, aunque imagino que la razón de un recibimiento tan caluroso es el hecho de que sabe que soy alguien a quien le puede sacar unas decenas de euros en libros cada vez que piso su tienda.

Después de algunas formalidades me dice que tiene un montón de cosas nuevas que podrían interesarme: todavía están en las cajas porque no ha tenido tiempo de ordenarlas. Le doy las gracias, pero primero curioseo entre los textos de teoría política, buscando algo con lo que impresionar a Tea cuando se lo regale nada más regresar a París.

No encuentro nada que me entusiasme, así que voy a las cajas. Tan pronto como abro una, me siento abrumado por la alegría: el primer libro que veo es una edición de la editorial Einaudi de los años setenta hoy inencontrable (tapa dura, blanca con rayas rojas: lo mejor de lo mejor) de la *Trilogía* de Beckett.

Contengo mi entusiasmo y pregunto con indiferencia:

—¿Cuánto me pides por estos?

—Tú mira lo que te interesa, luego nos ponemos de acuerdo —me dice Vincenzo.

El problema es que dentro de esas cajas está el País de Jauja. Y hay varias cajas llenas de todo tipo de exquisiteces. Hay textos inencontrables, preciosas ediciones antiguas, textos fundamentales que solo tengo fotocopiados porque costaban un riñón y que ahora podría acaparar por fin a un precio asequible.

Sentado en el suelo, después de haber terminado de revisar la primera caja, aparto una decena de títulos y me dispongo, casi eufórico, a abordar la segunda. Me pregunto si esa bulimia no se deberá a otra clase de concupiscencia, no será una proyección de la persona que me gustaría ser, especialmente ante los ojos de Tea. Pero no, no es eso: es más bien que tengo ante mí la biblioteca de los sueños, la que me hubiera gustado tener de haber sido un auténtico estudioso.

Cojo un ejemplar, de la editorial Cortina, de *Crítica y clínica* de Deleuze, un libro y un autor que los sacrosantianos citan continuamente. No sé si agregarlo al montón. Lo abro para ojear el índice, solo para ver si es legible o no. En la primera página hay un ex libris: un ancla y un delfín con el lema *Festina lente*. Y luego un nombre: Carlo Ceccanti. ¿*Carlo*?

Abro también los otros libros, los que he dejado apartados. Ocho de cada diez tienen su sello. ¿Es acaso Vincenzo un ladrón de bibliotecas? Poco probable.

—Perdona, Vincenzo, pero ¿de dónde han salido estos libros?

—¿Por qué?

—Curiosidad. Los compraría todos.

Él sonríe.

—Yo lo creo, hay auténticas joyas.

Lo miro esperando que conteste a mi pregunta.

—Me los vendió una señora. No la conozco. A veces sucede que alguien se deshace de bibliotecas enteras: será que su pareja la ha dejado y ella vende su biblioteca para vengarse...

¿Será eso? ¿La ex de Carlo ha vendido sus libros por venganza?

—Escucha, Vincenzo, discúlpame: ¿podrías guardarme estas cajas aquí por el momento, sin venderlas?

Se queda un poco desconcertado. Se le oscurece la expresión y se ve que está buscando las palabras para decirme *y un cojón*. Me adelanto:

—Durante media hora. Ténmelos apartados durante media hora. Y mientras tanto, piensa en ofrecerme un buen precio si te los compro todos.

Se serena y veo que los números empiezan a dar vueltas en su cabeza.

—Dentro de media hora empiezo a colocarlos en las estanterías —dice, mirando su reloj.

—Gracias.

Salgo corriendo e intento llamar a Carlo de inmediato. No contesta. Tengo la sospecha de que ha decidido abandonar la universidad y que lo ha hecho con un gesto simbólico de autocastración libresca.

Lo llamo de nuevo. Nada.

Si mal no recuerdo vive en via dei Mille, no muy lejos, así que pruebo a ir a buscarlo a su casa.

Mientras avanzo a paso rápido, Linda me devuelve la llamada.

—Ah, Marcello, qué tal. Pero ¿tú no estabas en París? ¿Has vuelto?

—Sí. Estaba dando una vuelta por Pisa.

—¿Ya te has ido?

—No, es que ahora tengo que hacer una cosa rápidamente. Por cierto: ¿sabes dónde puedo encontrar a Carlo?

—¿Carlo quién?

—Carlo Carlo. Ceccanti.

—¿Tienes cinco minutos para un café?

Al cabo de diez minutos, en el barecillo de Filosofía, Linda me explica la razón por la que la ex de Carlo ha vendido su biblioteca en bloque: Carlo ha muerto.

—Lo encontraron hace como un mes en el estudio que había alquilado tras la separación.

—Pero ¿de qué ha muerto, si tenía cuarenta años y una salud de hierro?

Nadie sabe de qué ha muerto. De una enfermedad; porque había tomado algo que le produjo un efecto extraño; porque había tomado algo a propósito para no volver a despertar.

—Sin embargo —me dice Linda bajando un poco la voz—, por la forma en la que se dio la noticia y cómo desapareció luego en la nada, me temo que es una historia de la que es mejor no hablar.

—¿En qué sentido?

—En el sentido de que probablemente se haya suicidado.

Me quedo de una pieza. Intento racionalizarlo de alguna manera.

—Pero... ¿es que estaba enfermo?

—No... no lo creo. Pero ya sabes, siempre hay mil razones. Uno se encuentra como atrapado en un remolino que te acaba absorbiendo —dice Linda con una sabiduría falsa y vagamente irritante. Por lo demás, creo que en estos momentos cualquier cosa me irritaría.

Entonces Linda, recordando que es la Pitia de la facultad de Letras y Filosofía, me ofrece su explicación conspiranoica:

—Creo que fue la enésima humillación. La última plaza de investigador, que se suponía era para él y que Sacrosanti cedió a los filólogos a cambio del hotel Excelsior para el congreso. Carlo se enteró y tuvo una discusión de muy malas maneras con Sacrosanti. Volaron palabras duras. No lo sé, en mi opinión Carlo ya estaba postrado, no cabe duda, pero esa fue la gota que...

La interrumpo. Tengo un nudo en la garganta por la muerte de Carlo, sus chismorreos de facultad puede dejarlos para otro momento.

—Pero la gente no se mata por esas cosas —digo molesto—. No pierdes una plaza y te suicidas.

—Llevaba diez años esperándola, recibiendo promesas que luego quedaban en nada.

—Aunque hubieran pasado cien años, las cosas no funcionan así.

—El caso es que Sacrosanti ha desaparecido desde lo de Carlo...

—Estará hecho polvo, pobre hombre.

—Como quieras —dice con aire de quien se las sabe todas. Me gustaría obligarla a decir que se lo ha inventado todo, pero en lugar de eso le digo que tengo que irme y me despido.

Tengo que volver a la tienda de Vincenzo, la media hora ya ha pasado.

Mientras camino rápidamente hacia allí, me llama Pier Paolo.

Me dice que por desgracia no está en Pisa y está a punto de añadir algo más, pero yo lo interrumpo enseguida para preguntarle también por Carlo, tal vez con la esperanza de que pueda darme una respuesta diferente.

—Pensé que lo sabías —me dice.

—No tenía ni idea —contesto—. Nadie me había dicho nada.

—Pensé que lo sabías —repite.

—Linda dice que lo hizo él, solo. Y que tiene mucho que ver con la última plaza y la discusión con Sacrosanti.

—De que se suicidó no hay duda —dice con brutalidad—. Pero Linda no tiene ni puta idea, lo sabes mejor que yo. No cabe duda de que esa historia de su plaza malvendida a los filólogos no le sentó nada bien. Pero ¿tú crees que la gente se suicida por algo así?

—No...

—Carlo llevaba años fatal. Estaba en tratamiento, pero estaba fatal. Quienes lo vieron en la última época dicen que no comía ni dormía desde hacía semanas.

Yo lo había visto recientemente. *Yo* debería haberme dado cuenta de que estaba fatal. Y en lugar de eso, ocupado haciéndome el intelectual de izquierdas, le solté dos chorradas sobre el hecho de que lo envidiaba por el peso que había perdido y seguí concentrado en mí mismo.

—Oye, ¿estás ahí?

—Sí, lo siento, estoy un poco afectado. Ya te vuelvo a llamar.

Entro en la tienda de Vincenzo y le digo que le compro todas las cajas. Me suelta una cifra astronómica, luego acordamos la mitad, que de todas formas es un dinero que no tengo. Se lo pediré prestado a mi madre y luego se lo pagaré vendiendo la Vespa, mi única posesión valiosa. Sé que no tiene sentido que lo haga, pero parece lo único sensato que puede hacerse: salvar la biblioteca de Carlo y no permitir que se disperse.

Había vuelto a casa para encontrarme con el posible cadáver de mi padre y tomar un café en Pisa con un amigo. Ahora que me voy, quien se suponía que debía ser un cadáver está bien (pasable, vaya), y el amigo con el que debía tomar un café ya no está: lo único que queda de él son unas cajas de libros y las insulsas palabras de quienes lo han sobrevivido.

No solo eso: lo único que me llevo a París es la molesta sensación de que al final no conocía a ninguno de los dos, que ambos eran para mí solo sombras, construcciones mentales, fantasmas que tenían muy poco que ver con las personas reales.

Este breve paréntesis toscano me ha servido para reafirmar la certeza de que no entiendo a la gente y nunca entenderé nada de nada.

Al final también me perdí la *manif* del 1 de mayo, que por lo que pude entender a través de los lacónicos informes de Tea resultó ser exactamente el motín urbano con el que habíamos fantaseado juntos durante mucho tiempo.

Lo que me impidió ir fue en parte el sentido del deber, que me obligó a colaborar en la organización del traslado de mi padre desde el hospital a casa de mi madre; y en parte también la complicada adquisición de la inmensa biblioteca de Carlo, de la que descubrí que muchos de sus libros habían sido sacados en préstamo y, por lo tanto, debían ser devueltos a los distintos centros bibliotecarios pisanos; en otras circunstancias, la idea de haber comprado libros para restituirlos me habría irritado, pero dadas las circunstancias no conseguía sentir más que una tristeza invencible. Incluso mi madre, percibiendo mi estado de ánimo, no me hizo preguntas y aceptó sin objeciones que invadiera una habitación con las cajas, además de permitirme devolverle poco a poco el dinero prestado, eximiéndome del ulterior desgarro de la venta de la Vespa.

Pasé varios días dedicándome a los libros de Carlo, con un cuidado no muy distinto al que mi madre estaba dedicando a mi padre. Al principio trataba de ordenarlo todo, pero luego me perdía hojeando los volúmenes, leyendo sus notas al margen, admirando toda la entrega, perspicacia, pasión y tiempo que Carlo había consagrado al estudio. Yo nunca he afrontado nada con una seriedad comparable a la suya: en parte lo lamento, porque me doy cuenta de que he vivido casi siempre en un estado de semiinconsciencia, y en parte, sin embargo, tengo la impresión de que esa superficialidad me ha protegido en cierto sentido, manteniéndome a distancia del abismo en el que caen los que se entregan por completo, sin rémoras y sin protección, con el riesgo de ser absorbidos por el abismo sin darse cuenta siquiera.

Ni por un segundo se me ocurrió fusionar su biblioteca con la mía, sumando mis libros, mal subrayados con bolígrafos y rotuladores, a los suyos, desgastados por múltiples lecturas, subrayados a lápiz con trazos netos que parecen hechos con regla y glosados con una caligrafía pequeña e impecable.

Hago y deshago pilas, montones, acumulaciones de libros. Deambulo por ese laberinto de cultura como si estuviera en la mente de Carlo y en su compañía. A veces tomo un libro en mis manos y recuerdo el momento en el que me aconsejó que lo leyera, con la habitual chispa de concupiscencia cultural que brillaba en sus ojos. En ocasiones, sin embargo, me asalta la duda y me pregunto por qué razón me he arrogado el derecho de hacerme heredero universal de ese legado espiritual que, sin duda, habría encontrado un destino más apropiado entre los estantes de un intelectual un poco más creíble que yo. Es cierto que yo me topé con esa herencia por casualidad, y también es cierto que la salvé de ser desmembrada y vendida al por menor, pero hasta esto representa solo un magro consuelo: ¿no habría sido un epílogo más digno dejar que estos vestigios materiales del saber de Carlo se esparcieran y generaran más saber, que floreciesen, se propagaran, alimentasen una nueva cultura y una nueva inteligencia del mundo, en lugar de dejarlos morir de polvo y aburrimiento dentro de las paredes de mi casa?

Pero esta preocupación es solo la antesala de otras, mucho más dolorosas. Una es haberlo visto poco antes del suceso y no haberme percatado de nada, del sufrimiento que lo estaba devorando y que liquidé con una broma sobre la bicicleta estática. La otra es más insidiosa: ¿no habría tenido yo quizá la posibilidad de evitar de alguna manera semejante epílogo? No creo que Carlo decidiera suicidarse porque Sacrosanti le negara la enésima plaza de investigador, permutada a cambio de habitaciones de hotel para los invitados a su congreso; sin embargo, me parece plausible que esa humillación fuera el detonante que, al encontrar una situación psicológica ya deteriorada, produjera la explosión. De no haber habido detonante, tampoco habría habido explosión. Y yo vi configurarse ese detonante ante mis ojos; sé que no habríamos podido impedirlo, ni Linda ni mucho menos yo, y sin embargo estábamos allí, vimos los distintos elementos que confluían, que conspiraban para atenazarlo por todos lados hasta dejarlo sin aliento, para hacerle pensar que no estar aquí era una opción menos dolorosa que seguir con vida. Sé que yo no tenía el poder material de hacer nada al respecto, que todo se desarrollaba muy por encima de mi cabeza y, sin embargo, a pesar de todos mis esfuerzos, no soy capaz de absolverme, ni tampoco de aceptar lo sucedido.

Lo último que hago antes de marcharme a París es sacar de entre los libros de Carlo una de las novelas que más me han marcado, *Viaje al fin de la noche*, y poner un marcapáginas en la dedicatoria que Bardamu le hace a Molly. Se lo regalaré a Tea: le dedicaré no tanto el libro sino esa página, la página de amor más hermosa que he leído jamás, y que resulta mucho más conmovedora por el hecho de estar engarzada en un libro cínico, feroz y desesperado. No sé si se dará cuenta de lo precioso que es para mí ese regalo, que es tan íntimamente mío y que ha sido al mismo tiempo un fragmento de la vida de mi amigo Carlo.

No veo el momento de que me cuente todos los detalles de ese 1 de mayo de lucha, y no veo el momento de tenerla frente a mí hablando a un ritmo frenético, como un audio escuchado a doble velocidad, para poder interrumpirla con un beso. Después de mi padre, después de Carlo, tengo la impresión de que solo los labios de Tea pueden consolarme.

La tarde de mi regreso, tras pasar por casa y darme una ducha larga, me monto en la Graziella y me preparo para afrontar las subidas que me llevarán al barecillo de Barbès donde con toda probabilidad la encontraré. Me he asegurado de avisarla de mi regreso: no me ha parecido necesario especificar que iría a buscarla allí. Ella no me ha contestado, como confirmación de que no hay necesidad de demasiadas palabras.

Cuando llego, empapado de sudor, veo que nuestra mesa en la *terrase* del local (es decir, en la acera) está ocupada. A juzgar por los tatuajes y el peinado, a quien veo es a Jo, la extatuadora amiga de Tea y habitual de casa Pecoraro.

Verla allí me molesta un poco. Ya estaba paladeando con ansia una de nuestras veladas callejeras, ella y yo en la noche parisina, y en cambio la presencia de Jo altera definitivamente la perspectiva. A menos que se trate de una presencia fugaz, ya a punto de marcharse, o en todo caso dispuesta a desaparecer tras un par de cervezas. No nos pongamos la venda antes de la herida.

En cualquier caso, no tengo ganas de ir a saludarla, así que me mantengo a una distancia prudencial y veo cómo van las cosas. Al cabo de un par de minutos llega Tea, tan radiante como la imagen que tengo guardada en la memoria. Se acerca a Jo, la abraza por detrás y la besa en el cuello. Jo sonríe (creo que es la primera sonrisa que le veo desde que la conozco), se gira hacia Tea y se besan: no *la bise* de saludo que los franceses se intercambian cuando se encuentran, sino un beso de verdad, húmedo. El beso que ella debería haberme dado a mí, cuando yo la abrazara por detrás y la besara en el cuello. No es solo que Tea esté besando a otra, sino que me ha robado incluso el gesto para repetirlo exactamente como lo hacía yo, solo que en mi lugar está Tea y en el lugar de Tea está Jo. Una doble afrenta con tirabuzón.

No sé exactamente cómo comportarme. ¿Qué he de hacer? ¿Aparecer fingiendo que no he visto nada y darle mi regalo a Tea? ¿Acercarme y montar una escena de celos en toda regla? ¿Y a título de qué? Tea y yo no estamos juntos, y de hecho el concepto de estar juntos parecía fuera de discusión (aburrido, burgués, obsoleto), lo que sin embargo me parecía estupendo siempre y cuando estuviéramos juntos, mientras que ahora esa elección de libertad está empezando a mostrar todos sus límites. Para mí. Y todo su potencial para ella.

Por no hablar del hecho de que a los cinco minutos hasta me tacharían de homófobo. Como si me hubiera alegrado más que hubiese un hombre en lugar de Jo. En cualquier caso, no parece que tenga grandes cartas que jugar ni grandes argumentos a mi favor. Me sé ya las respuestas irritadas que me daría Tea, sus teorías poliamorosas y libertarias, sus cruzadas contra la posesión de otra persona. Yo también estoy en contra de la posesión de otra persona, pero sobre todo estoy en contra de la posesión de Tea por parte de Jo.

En la incertidumbre, decido intentar llamarla. Ella hace lo que cualquier cornudo sueña con ver hacer a su novia: coge el teléfono, ve que soy yo y lo guarda. Vuelvo a llamar, pero no tengo mejor suerte. Llamo otra vez, simulando una emergencia que si acaso ya me inventaré luego si ella responde. Lo deja sonar y luego, una vez se corta, hace un gesto muy parecido al de apagar el móvil. En efecto, en la siguiente llamada salta el contestador automático.

Dadas las circunstancias, vuelvo a meter a Céline en la mochila, desato la Graziella y pedaleo hasta casa, hecho polvo.

Me paso toda la noche reflexionando sobre cuáles podrían ser las estrategias para volver a conquistarla, por más que el noventa por ciento de mis pensamientos se centren en la imagen de Tea besando, acariciando, tocando o lamiendo a Jo. Pensamientos dolorosos y excitantes al mismo tiempo, y quizá a causa de ellos la búsqueda de un plan para recuperar a Tea no produce resultados apreciables.

Pienso en los mensajes que podría enviarle, pero todos se parecen de manera inquietante a los que Letizia me mandaba en los últimos meses, y recuerdo bien el efecto que tuvieron en mí, así que puedo imaginarme con qué soberano desdén se los quitaría Tea de encima. Intento incluso releer los mensajes de Letizia, para ver si hay alguno que me haya impactado más que los demás, pero no hay esperanza: todos son patéticos, tanto los amenazadores como los románticos, tanto los suplicantes como los eróticos.

A la mañana siguiente, después de haber arrebatado un par de horas de sueño atormentado ya de día, empiezo a machacarme otra vez con imágenes de Tea en la cama con Jo (digo en la cama, pero en realidad me las imagino en todos los lugares posibles, empezando por todos aquellos en los que Tea y yo consumamos hasta el más comedido de nuestros besos). Me las imagino hablando de mí, *riéndose* de mí: menudo pedazo de idiota, y su flechazo por la belleza pansexual e inalcanzable. Pero ¿qué se creía? ¿Que estábamos comprometidos? ¡Seguro que ha ido a comprarte el anillo de compromiso! Y venga a reírse, las muy cabronas.

Viendo obstruido el camino de la reconquista, intento seguir el sendero de la venganza: tengo que encontrar una manera de hacerle daño, una manera de obligarla a arrepentirse de haberme tratado así. Acaricio las hipótesis más improbables: ir a su casa por la noche para insultarla, cortarme las venas en su rellano y dejar una carta de despedida que le ponga la piel de gallina. La única solución sería encontrar inmediatamente a una más guapa, o incluso a dos o tres más guapas, y luego ir a restregárselas en la cara.

Pero acabo por dejar correr también las ideas de ese estilo, porque sé perfectamente que nunca encontraré a nadie capaz de reemplazar a Tea. Y sobre todo sé que, aunque me presentara mañana del brazo de Margot Robbie, a Tea no le podría importar menos.

Así que más vale refocilarse en la autocompasión. Pero ¿qué me había creído? ¿Yo, un treintañero fuera de lugar en la vida, provinciano, patoso, ignorante, pusilánime? ¿Que como me ha caído encima el milagro de un doctorado y he podido pasar algunos meses en París, me he convertido de repente en el intelectual revolucionario *cool*, que podía alternar las salas de estar de los antiguos miembros de las Brigadas Rojas con los cursos de la École Normal, ir a desvalijar tiendas de lujo durante las manifestaciones y volver a tiempo para una velada en la embajada? Qué absurdo, hacerse la ilusión de que el último hijo de la provincia podría estar al mismo nivel que el vástago de la flor y nata de la sociedad romana, gente que se siente como en casa en los salones de relumbrón de toda Europa y que cuando prende fuego a un escaparate de Louis Vuitton tiene la impresión de estar en el armario de su madre. Qué locura pensar que nuestra relación antinatural era un emparejamiento juicioso: Tea podía pasarse algunas noches conmigo, pero tenía mucho más sentido para ella estar con una lesbiana militante, cabreada y exiliada, o incluso con un joven Elkann.

Para ser claros: algunos mensajes sí que le mandé. Incluso más de algunos. Digamos que especialmente en los primeros días registraba un par de mensajes al día (y cinco o seis por la noche); pero sabía que era una válvula de desahogo para mí: no esperaba en ningún caso que surtieran efecto. Sabía que mis mensajes viajaban a una distancia sideral de su mente y de sus intereses. Pero lo intentaba de todos modos, y los escribía mentalmente, los modelaba, los pulía durante mucho tiempo antes de mandárselos. Quería que fueran perfectos, bellos según su ideal de belleza: lacónicos, directos, sin retórica, sin información inútil. Encontrar esa síntesis radical que tanto me había fascinado en los (pocos) intercambios por WhatsApp que habían tenido lugar entre nosotros en nuestra (breve) relación.

No me contestó ni una sola vez. Y ni siquiera volví a verla en la BNF. A veces, por la noche, iba a su casa, pero no porque esperara encontrarla o incluso verla regresar con Jo, sino solo para sentir lástima de mí mismo.

Una noche incluso volví con Samuele a una de esas veladas de *jazz manouche* a las que había dejado de asistir meses antes. Al final de la velada, completamente borracho, envié un último mensaje a Tea (con el dedo medio levantado) y tomé la única decisión posible: abandonar París. Compré los billetes ese mismo día, todavía borracho, dándome unos días para terminar algunas cosas con el archivo Sella y luego volver a encerrarme en mi cáscara de Viareggio, abandonando toda pretensión de convertirme en un estudioso cosmopolita y un revolucionario.

Al día siguiente, justo a tiempo, recibí un mensaje de Tea.

—A mí lo que me salvó fue la heroína.

Me lo dice con voz seca, en un tono neutro, carente de todo matiz irónico o de complacencia. Su acento toscano ha desaparecido y, para compensar, le salen a veces algunas nasalizaciones incongruentes, señal de que a esas alturas su primer idioma es el francés.

Estamos sentados en una mesa al aire libre en un café cerca de République. Hace calor y me he puesto una de mis camisetas más presentables, mientras Giorgio Palamides, delante de mí, lleva chaqueta y camisa. A pesar de su delgadez antinatural, no da en absoluto la impresión de un exyonqui: tiene una espesa cabellera gris que culmina en un mechón que cabría calificar de travieso, si no estuviera montado en un rostro tan serio y afilado; sus dientes están perfectos, tienen un color que no es el de un enfermo hepático. Echando cuentas, es poco probable que yo, que ni siquiera sabría dónde encontrar heroína, llegue en esa forma física a los setenta.

El último mensaje de Tea no era el que esperaba, sino el contacto de Giorgio que Pecoraro le había pedido que me reenviara. No hace falta decir que no es que me hiciera demasiada ilusión, de modo que lo primero que pensé fue que no tenía ningunas ganas de conocer a ese sujeto, y de hecho temía que me decepcionara de alguna manera, que sería mejor dejar a todos los Ravachol en la sombra de mi alucinación personal, de mi *estantigua*. Entre otras cosas porque no creía poder sacar mucho provecho de ese encuentro. Y probablemente no habría hecho nada al respecto si no hubiera decidido que lo más sabio, en mis últimos días en París, era atiborrar mis jornadas de cosas que hacer para no pensar en Tea.

Así que le escribí un mensaje y me devolvió la llamada. Dijo que no creía que pudiera ayudarme, pero que se reuniría conmigo de todos modos. Y aquí estamos, los dos un poco incómodos. Él, según cuenta, nunca ha hablado de esta historia con nadie, o al menos con nadie que estuviera interesado en la historia biográfica y literaria de Tito Sella.

—¿En qué sentido dice que le *salvó* la heroína? —pregunto.

—En el sentido de que, de no haber sido por la heroína, probablemente yo también habría acabado en la carnicería del 17 de octubre. En cambio, para entonces todas esas cosas ya me daban igual, la lucha, la Brigada Ravachol. Lo único que me importaba era drogarme con Susanna.

—Entonces ¿por qué volvió? ¿Por el dinero?

—Volví porque me lo pidió Tito. El dinero ni se me pasó por la cabeza. Susanna era rica y sus padres aún no habían cerrado el grifo. En aquel momento podíamos tener todo el caballo que quisiéramos... Luego no; luego fue un infierno. Después, cuando sus padres le cerraron la puerta en las narices, la tercera vez que se escapó del centro de rehabilitación, hicimos cosas sobre las cuales es mejor correr un tupido velo. A esas alturas, en todo caso, se había acabado la magia: nos chutábamos porque ya no podíamos vivir sin ello y habríamos hecho cualquier cosa para conseguir dinero. Pero en el verano del 77 pincharnos era todavía algo maravilloso, y hacerlo juntos era una apoteosis. Era el abrazo de Dios. El momento más hermoso de mi vida fue la primera vez que me drogué con Susanna. Luego lo pagué caro; y ella más que yo. Pero por lo menos me salvó de convertirme en un asesino, o de terminar acribillado como los demás, o de pasarme la vida en la cárcel como Tito.

—Entonces ¿a usted no le hacía falta el dinero? —digo, volviendo al asunto y tratando de alejarme de un abismo que prefiero mantener a distancia.

—No.

—Entonces ¿por qué se marchó con el dinero?

—Fue Tito.

—¿Se lo dio él?

—Me pidió que volviera para intentar disuadir a los demás, pero estaba claro que aquello no daría ningún fruto. Ya estaban decididos.

—¿Y entonces?

—Y entonces Tito me dijo que me tenía que ir, que las cosas se estaban poniendo feas y que los demás tenían miedo de que yo hiciera alguna gilipollez y los descubrieran. No me lo dijo, pero creo que tenía miedo por mí.

—Fue entonces cuando usted se marchó.

—Sí.

—Con el dinero.

—Sí. Tito me dijo que me lo llevara. Creo que esperaba que sin dinero la operación saltara, o que la pospusieran por lo menos.

—Y en cambio siguieron adelante.

—Y en cambio sucedió lo que sucedió. Quizá Tito tuviera razón, habían perdido la cabeza...

—Hay una cosa que no comprendo.

—Dudo que yo pueda explicársela.

—Se lo digo de todas formas: el compañero que se hacía llamar Barabba...

—De él yo siempre comprendí poco, a decir verdad.

Sonrío.

—¿... cómo es posible que se librara?

—No lo sé. Creo que la decisión fue sobre todo de Tito. Él era el único que podía hablar y denunciarlo. Pero prefirió no hacerlo. Nunca les dijo nada a los jueces. Quizá pensara que mandar a alguien a la cárcel no serviría para nada, algo con lo que estoy absolutamente de acuerdo. Y en todo caso era un camarada junto a quien había luchado.

—¿Y usted?

—¿Yo? ¿Yo qué?

—¿Por qué no lo denunció?

—En primer lugar, porque denunciarlo habría significado denunciarme a mí mismo. Yo ya estaba muy lejos de todo aquello y lo mejor para mí era no darle más vueltas. No valía la pena sacrificarme para enviar a Barabba a la cárcel. Y además tenía cosas completamente distintas en la cabeza: creo que nunca pensé en la posibilidad de denunciar a nadie. Dese cuenta, me enteré de mi condena al cabo de varios meses.

—¿Y más tarde, en cambio? Cuando ya estaba aquí, a salvo, podría haber hablado.

—¿Para qué? Por entonces Tito ya había tomado su decisión. Él, que estaba involucrado, había decidido no hablar, ¿por qué debería haberlo hecho yo?

—¿Sabe dónde está ahora? Barabba, quiero decir.

—No. Sé que está vivo porque lo he visto. Tarde o temprano todo el mundo pasa por París. No me reconoció, pero yo estoy bastante seguro de que era él.

—¿No le dijo usted nada?

—Ni siquiera sé cómo se llama. Y verlo me dejó completamente indiferente.

—Así que no sabe nada sobre él.

—Sé que es de esos que aterrizan siempre de pie. Al fin y al cabo, éramos todos unos desgraciados menos él. Era lógico que fuera el único que saliera impoluto de todo aquello. Se habrá convertido en consejero regional, directivo de algo. Era muy inteligente y se las habrá apañado bien.

Hago una pausa para tomar un sorbo de la cerveza que tengo delante, mientras el zumo de arándanos que ha pedido Giorgio permanece intacto desde que se lo han dejado sobre la mesa. Es fácil darse cuenta de que toda esa historia es algo muy lejano para él, una cuestión cerrada, de la que lo separa una montaña de otras experiencias y otras vidas, que tal vez lo hayan marcado más profundamente que los Ravachol. Da la impresión de que estoy más involucrado yo que él. Tengo otra pregunta que me interesa mucho, pero no estoy seguro de cómo formularla.

—Usted era amigo de Tito. —Doy un rodeo.

—Creo que ha sido el único amigo que he tenido nunca.

—Quisiera hacerle una pregunta que me he hecho a mí mismo, no sé si me podrá responder.

—Veámoslo.

—¿Por qué cree que Tito se decidió al final a participar en la operación? —Lo veo suspirar. Añado—: Deje que me explique. Si él estaba en contra, si dudaba... Es más, si intentó activamente evitar que se llevara a cabo la operación, llamándole a usted, haciendo desaparecer el dinero, etcétera, ¿cómo es que finalmente decidió participar? ¿Qué idea se ha formado usted? ¿Se ha planteado alguna vez la cuestión?

—Nunca me la he planteado.

Me quedo algo decepcionado.

—¿Le pareció normal que participara?

—Todo lo contrario. Me parecía normal que no lo hiciera.

—¡Precisamente! Entonces, ¿cómo se explica ese cambio repentino?

—No hubo ningún cambio.

—¿En qué sentido?

—Sé con certeza que Tito no participó en el intento de secuestro del juez Altieri.

—Pero si él mismo lo admitió.

—En absoluto. Nunca lo negó, pero tampoco lo admitió. Y nadie declaró jamás que estuviera presente: lo detuvieron a última hora de la mañana, en la alquería.

—Pero se pasó más de veinte años en la cárcel por eso.

—Eso es cierto, pero no demuestra que estuviera allí.

—Pero si no estaba, tal vez podría haberse ahorrado todo ese tiempo en la cárcel.

—Es posible. Pero tal vez tuviera otras razones.

—¿Como cuáles?

—No lo sé, pero si hubiera conocido a Tito no le habría resultado difícil creer que cargara con una culpa por algo que no había cometido pero que tampoco había sido capaz de evitar. Tal vez se sintiera responsable de todos modos. Quizá había pecado por omisión, más que por acción. En cualquier caso, optó por ir a la cárcel y me parece una decisión que hay que respetar.

—Cárcel por algo que usted cree que no hizo.

—No me ha entendido bien. Sé que no lo hizo.

—¿Cómo puede estar seguro?

—Esa noche estuvo conmigo. Había venido a la rectoría de Casoli donde yo me escondía. Fue su último intento de boicotear la operación. Intento que salió mal, evidentemente.

—¿Entonces el cuarto hombre era Barabba?

—Es obvio. Por lo demás, tiene más sentido que alguien que huye de tal matanza desaparezca, en lugar de dejar que lo encuentren en su escondrijo, ¿no cree usted?

Cuando Giorgio Palamides se despide, después de haber hecho pedazos mis certezas sobre el epílogo de la historia de Tito Sella y de la Brigada Ravachol, su zumo de arándanos sigue ahí. Pido un whisky; no es que me apetezca mucho, pero parece la bebida más adecuada para acompañar mi estado de ánimo.

¿Cómo es posible que alguien se pase toda la vida en la cárcel sin motivo alguno? Y, sobre todo: yo he leído las notas en las que Sella tomaba la decisión de participar en la operación. ¿Eran falsas? Entonces ¿por qué motivo las escribió? ¿Para despistar a sus camaradas? Improbable. ¿Entonces? ¿Era solo una fase atormentada de su trayectoria, luego superada? ¿Estaba simplemente tratando de convencerse a sí mismo? ¿Se repetía lo que creía que *debía* pensar? Por otro lado, ¿estamos seguros de que debería fiarme de los recuerdos de hace cuarenta años de alguien que, según él mismo admite, estaba en ese momento en una relación complicada con la heroína?

Al principio mi reacción es de rechazo: estoy demasiado acostumbrado a pensar en Sella y en la masacre de Gombitelli como siempre he hecho, como para que mi cabeza me permita ponerlo todo patas arriba de repente. Pero no me lleva mucho tiempo empezar a adaptarme a esta nueva versión de la historia. En primer lugar, sirve para explicar algunos detalles de la operación que parecían incongruentes: el papel de Barabba, o Tito que permite que le encuentren en la alquería. Pero, sobre todo, esta nueva versión de Tito Sella me parece mucho más convincente que la que yo había construido; es como si me diera cuenta por fin de que hasta ahora me he apegado a la imagen que Sella quiso dar de sí mismo —el Sella teórico, el Sella-Rocky—, en lugar de la que me lo devolvía tal como era, tal vez a pesar de sí mismo —el Sella real, el Sella-Oblómov.

El problema, me doy cuenta con consternación, es que esta revelación trastoca por completo el andamiaje de mi tesis.

Vuelvo a pensar en lo que siempre he considerado el tema fundamental de su obra: la centralidad del momento en el que queda en suspenso el devenir del tiempo y de los acontecimientos de una vida para que se desvele la identidad definitiva de un individuo. Hasta ahora he leído a Sella desde esta perspectiva, y he proyectado esta idea sobre su vida, considerando como su momento revelador aquel en el que se decidió a participar en el secuestro de Altieri, el momento en el que optó por su propia militancia por encima de todo, aceptando todas las consecuencias, incluida la cadena perpetua que recibió con espíritu dócil, como corolario inevitable de una decisión sin vuelta atrás.

Pero ahora me estoy convenciendo de que las cosas fueron diferentes. Es posible que Tito Sella haya tenido realmente la revelación de sí mismo, de su esencia, en aquella fatídica noche entre el 16 y el 17 de octubre de 1977. Ese fue el momento en el que tuvo que elegir su propio destino y decidir quién era: en ese momento su identidad se revelaría de una vez por todas. El problema es que la revelación no fue la que le hubiera gustado en retrospectiva: en lugar de actuar, optó por desaparecer, abandonar a sus compañeros y dejar que los masacraran. Podría haberse convertido en el combatiente que muere con sus compañeros o en el que se interpone en su camino y les impide realizar una operación que sabe suicida, y en cambio se había marchado a la chita callando, confiando en que su desaparición fuera suficiente para evitar que se produjera la masacre.

Siempre se había reconocido en sus propias acciones: la única vez en que no lo hizo fue entonces, precisamente en el momento decisivo, aquel en el que se revelaría su destino. No le gustó esa revelación y, de hecho, la detestó, se detestó a sí mismo: podría haber participado en la operación, llevar hasta sus últimas consecuencias su opción por la lucha, y tal vez su presencia habría evitado la matanza; o también habría podido, con la misma resolución, sabotear la operación, impedirla. Y en lugar de ello había optado por un término medio: se había largado. Y había sido una catástrofe, la peor elección posible, además de la más odiosa, la de los indiferentes. Por eso se pasó Sella el resto de su vida intentando enmendar (o expiar) ese momento: el momento que reveló su esencia, pero con el que se negaba a identificarse. La aceptación de la cadena perpetua no atañía en realidad a la asunción de la responsabilidad por las consecuencias de su propia militancia, sino que convergía con la imposibilidad de identificarse con la elección dirimente, con su propio destino, con el rostro de sí mismo que se le había revelado.

Aceptó las consecuencias de un destino ante el que no se había mostrado a la altura.

Desde esta perspectiva, tal vez tendré que releer toda su obra: el tema decisivo no son los momentos épicos de la revelación del destino, sino, por el contrario, las prosaicas decisiones erradas de sus personajes y sus consecuencias imprevistas. Sella es el aparcero Nocentini que, cegado por los celos, mata al hermano equivocado; es el chico partisano que yerra la blasfemia que ha de gritar cuando lo matan; es Oblómov, quien parte para salvar a su amada y por eso mismo no puede dar la voz de alarma ni salvar al pueblo de las represalias nazis.

Llevo dos años y medio escribiendo una tesis sobre Sella. Y todavía no había entendido nada.

Epílogo

De: marcello.gori@unipisa.it
Para: r.sacrosanti@unipisa.it
Asunto: Tesis
Fecha: 15 de diciembre de 2019

Ilmo. profesor Sacrosanti:

Le envío la presente a modo de agradecimiento y despedida. Ha sido motivo de gran satisfacción haberle conocido y haber tenido la oportunidad de colaborar con usted. Estos tres años han sido muy formativos para mí y, sinceramente, no creo que sin su ayuda y la de su entorno (el añorado Carlo Ceccanti en primer lugar) hubiera podido estar en condiciones de realizar una tesis doctoral presentable. Por ello, les quedo (a usted y a todos) muy agradecido.

Dicho esto, le escribo para comunicarle que no creo poder continuar con mi carrera de investigador, por lo que le envío esta carta de renuncia al doctorado, a la que seguirá una renuncia formal. Antes, sin embargo, me gustaría explicarle cómo he llegado a tomar esta decisión.

En primer lugar, me gustaría despejar del horizonte un posible malentendido: imagino que estará pensando usted en la solución más obvia, es decir, que renuncio porque la tarea excede a mis capacidades. Reconozco que seguramente cualquiera habría optado por señalar dicha motivación, y sin embargo no es así, y para confirmar lo que digo adjunto a este documento el pdf completo de la tesis, incluyendo notas, bibliografía y todos los aparatos. Quizá quepa objetar sobre algunos pasajes, pero creo que en general mi trabajo le parecerá, si no excelente, al menos digno del título que podría haberme sido conferido.

El segundo archivo que le adjunto, titulado «Una hipótesis sobre Tito Sella», es en cambio un artículo en el que ilustro algunas cuestiones biográficas acerca de Sella, en particular con respecto a su participación en el episodio del secuestro del juez Altieri. Consciente de que las cuestiones biográficas no son muy de su agrado, no me guardará rencor por haber mandado el artículo a otras revistas del sector, recibiendo por el momento el interés de la revista *Civiltà letteraria*, dirigida por su colega el profesor Martesana. Si quisiera echarle un vistazo se lo agradecería: estoy seguro de que no le resultará superficial y, es más, apreciará sin duda el meticuloso trabajo de reconstrucción histórica en el que se basa.

Sin embargo, le anticipo brevemente cuál es la hipótesis en cuestión. Mi convicción, suscitada inicialmente por una conversación con Giorgio Palamides, compañero de lucha de Sella, y corroborada más tarde por diversas fuentes documentales que me esforcé en encontrar, es que Tito Sella no participó directamente en la operación que le valió la cadena perpetua, sino que posteriormente acarreó con ello a nivel judicial (y penitenciario) precisamente para expiar la culpa de no haber sabido evitar la masacre. Como usted sin duda recordará, además, Sella nunca se declaró ni culpable ni inocente, y se limitó a aceptar que el juicio confirmara lo que siempre se había dado por sentado, es decir, que él, localizado en el escondrijo de la brigada inmediatamente después de la masacre, estaba directamente implicado en ella. La premisa, sin embargo, era errónea, con lo que todo el proceso resulta defectuoso, por más que Sella no solo permitiera, sino que incluso apoyara ese resultado.

Sin embargo, Tito Sella —de eso estoy ahora más que convencido— no participó en el secuestro: estaba en la rectoría de Casoli junto a su amigo Giorgio Palamides. Quien participó fue otro miembro de la brigada, desconocido y sin antecedentes penales, y conocido por sus compañeros solo por el nombre de guerra de Barabba. Este Barabba sigue siendo, en cierto sentido, el punto ciego de la historia de Sella.

Llego pues a los motivos de mi resolución de abandonar el doctorado a pesar de encontrarme a un paso de su conclusión. Esta decisión surge, podemos decir, del suicidio de Carlo Ceccanti, que me ha afectado mucho y me ha hecho comprender cuán incompatible sigo siendo con este mundo del que por un breve periodo había pensado que podía formar parte.

Después de la muerte del doctor Ceccanti, acabé heredando de manera indirecta toda su biblioteca, que sin embargo me llegó en el estado en que se encontraba en el momento de la muerte de Carlo: de ella formaban parte también, en efecto, libros sacados de varias bibliotecas, que procedí a devolver, y libros que había tomado prestados de otras personas, incluido usted; su prodigalidad a la hora de poner su biblioteca al servicio de la investigación de sus discípulos es, al fin y al cabo, proverbial. A mi regreso de París, ordenando los últimos volúmenes, me puse a hojear un libro de Lotman y Uspensky, titulado *Tipología de la cultura*. Se trata de un texto publicado en Italia en 1975 y hoy prácticamente inencontrable. Por eso el doctor Ceccanti se lo había pedido prestado a usted. La peculiaridad de ese libro es que en la portada no estaba escrito «Raffaele Sacrosanti», sino otro nombre: «Barabba». La letra y las notas al margen son idénticas a las suyas, y las correspondencias biográficas entre Barabba y usted son precisas y documentables.

Ahora bien, desconozco las razones, que debo suponer más que nobles y aceptables, por las que Sella y usted sellaron este intercambio, por el cual él fue a la cárcel en su lugar, mientras que usted se convertía en el crítico de referencia de la obra literaria de Sella. Tengo en cuenta además que Sella, en más de veinte años, nunca hizo mención de esta historia y, por lo tanto, nunca dio señales de arrepentirse de su decisión; en consecuencia, me abstengo de juzgar sus decisiones y sus vidas.

Por lo tanto, lo que me impide continuar con mis estudios no es tanto el hecho de que tenga razones fundadas para creer que es usted Barabba, es decir, el impune ideador y responsable de la masacre de Gombitelli. Lo que me impide seguir adelante es el hecho de que creo haber intuido por qué insistió usted desde el principio en que fuera yo quien se ocupara de Sella y, en particular, de su archivo. Mucho me temo, efectivamente, que me eligió usted porque necesitaba un tonto útil, alguien lo suficientemente dotado para hacer un trabajo decente (de modo que durante un tiempo el archivo Sella no resultara atractivo para los estudiosos, dado que otro ya había trabajado con él), pero también lo suficientemente bobo y superficial como para no entender, o ni siquiera tener ganas de entender, lo que ese archivo podía revelar. Si usted me aceptó como estudiante de doctorado y luego me confió esta tarea, es porque tenía la certeza de que no estaría a la altura. He llegado a plantearme incluso si no sabría usted de antemano que Agnese Camasta, la estudiante de Bolonia, se retiraría —en ese mundo de ustedes, tal como he llegado a conocerlo, ciertas cosas *se saben*—, y también si ese incongruente tema sobre lo grotesco no lo habrá elegido específicamente para favorecerme. Sea como fuere, no se había equivocado: de no haber sido por toda una serie de circunstancias fortuitas, si no hubiera pensado en poder encontrar en los papeles de Sella respuestas que parecían urgentes para mi vida, su apuesta por el caballo perdedor habría resultado correcta. Le aseguro, por lo tanto, que su previsión estaba bien fundada y que ha sido solo una casualidad el que yo no haya sido la persona que usted necesitaba.

Sin embargo, no le costará darse cuenta de que no puedo seguir trabajando con un profesor que no estima mis capacidades.

O, mejor dicho: ya no puedo trabajar con un profesor cuyas legítimas expectativas he desatendido.

Así pues, le agradezco nuevamente estos años, y confío, también en nombre de Carlo, que tenga usted ocasión de exonerarse en todas los foros oportunos de la hipótesis que expongo en el artículo.

Reciba un cordial saludo.

MARCELLO GORI

«A veces uno se cree incompleto y es solamente joven.»

Esta mañana me he despertado con esta frase en la cabeza, que descubrí hace años al final de *El vizconde demediado* de Calvino y que rápidamente copié en la pared del dormitorio. A lo largo de mi vida, me la he repetido cada vez que necesitaba una coartada para mi infructuosidad crónica, para mi eterna incompletitud. Es la juventud, me decía, ya pasará; y entonces yo también alcanzaré mi completez. Seguí repitiéndomela incluso cuando la excusa de la juventud se sostenía cada vez menos: a los veinticinco, a los veintisiete, a los treinta años. Me la repetía cada vez que veía a la gente a mi alrededor empezar a construir algo, a crear irreversibilidades (prole, convivencias, matrimonios, trabajos fijos, hipotecas). ¿No seré yo quien está equivocado, me preguntaba, al no saber todavía qué hacer con mi vida? La voz de Calvino me repetía: a veces uno se cree incompleto y es solamente joven. Y su sosegada autoridad bastaba para tranquilizarme.

Hoy no sé si sigue bastándome, hoy que a la venerable edad de treinta y tres años he vuelto a poner patas arriba el tablero, después de tres años dedicado a jugar un juego a fin de cuentas honorable, llegando incluso a imaginar un futuro universitario. Quizá a estas alturas la juventud ya no sea una coartada suficiente.

Escribo a mis amigos.

«Esta noche toca emborracharse. Se celebra que he dejado el doctorado.»

Las respuestas me llegan casi instantáneamente. Dondequiera que estén, hagan lo que hagan, mis amigos están pegados a sus móviles y desde luego no van a perderse una excusa para emborracharse.

«¿Más de 30 grados?», pregunta Franz.

«Por supuesto», contesto.

«En cualquier caso, nadie había apostado un euro a que lo terminaras», escribe el Maestro.

«Yo me había apostado diez euros a que lo dejabas durante el primer año», añade el Sardo.

«Eres una mierda. *Chapeau*», suelta el Abogado.

«Perfecto. El jueves me volvieron a despedir: eso también hay que celebrarlo», se suma Dario.

«Pero ¿lo has dejado tú o te han echado?», pregunta Franz. «Porque sobre eso había apuestas también.»

Etcétera, etcétera.

La charla sigue sola, y me reservo los detalles para esta noche, convencido de que mi salida de escena acusando a mi exjefe de una masacre será una de esas anécdotas que quedarán en la historia privada de cuyo mito se alimenta mi pequeño grupo de amigos.

Pero antes tengo otra cuestión que resolver, una cuestión que me preocupa aún más que abandonar el doctorado.

Escribo a Letizia para pedirle que tomemos un café. Ella me dice que no, y luego, tras algo de insistencia por mi parte, cede.

Letizia es la primera persona a la que le cuento esta historia, y también es la que más cosas sabe sobre mi doctorado, Sella y Sacrosanti, así que cuando le cuento su impredecible epílogo, se apasiona.

—Así que por fin has terminado con la universidad, ¿verdad? —pregunta.

—Mucho me temo que sí.

—Bueno, ya era hora, la verdad, después de quince años...

—Tengo mi propio ritmo.

—Pero a ver, todas esas cosas que me has dicho, ¿son ciertas? Quiero decir, ¿estás seguro? Porque ese tío corre el riesgo de ir a la cárcel si tienes razón.

—Estoy seguro al ochenta y cinco por ciento. Pongamos que al ochenta, venga. Pero parecía correcto intentarlo. En cualquier caso, de todo esto no saldrá nada. Desde el punto de vista penal es imposible que se reabran las investigaciones porque haya encontrado una firma en un libro. Pero, sobre todo después de lo de Carlo, se la tenía jurada a Sacrosanti y me moría de ganas de tocarle un poco las pelotas. Lo único seguro es que el rumor circulará durante cierto tiempo en los ambientes universitarios y esto ya me parece una victoria.

—Pero ¿de verdad vas a publicar esa historia en una revista?

—Pero ¡qué dices! No es más que un farol. ¿Crees de verdad que Martesana va a hacerle una jugarreta como esa a Sacrosanti? Juegan en equipos diferentes, pero en la misma liga. Solo se atizan cuando hablan de literatura, pero ni se les ocurriría ponerse a parir así. Solo se lo dije para que se cabreara.

—Nunca me lo habría imaginado.

—¿El qué?

—Pues eso... el verte tan... combativo.

—Seguramente Sacrosanti se lo pensará dos veces en la próxima oposición de doctorado antes de elegir a un outsider en lugar de uno de sus estudiantes de origen controlado.

Ella se ríe. Se ríe con su risa limpia, abierta, sin sobreentendidos y sin malicia. La miro y no puedo dejar de notar que, como siempre pasa, la soltería hace que esté más guapa. No soy capaz de decir exactamente qué ha cambiado, pero algo ha cambiado, decididamente. Tal vez sea solo que se ha librado de la carga que arrastraba.

—Estás muy guapa —le digo.

Ella no se altera:

—La cabra de mi vecino da más leche que la mía.

—¿En qué sentido? —pregunto.

—Es una figura retórica.

—¿Me estás diciendo que hay *un vecino*?

—No es asunto tuyo.

—No, claro. Faltaría más... Pero ¿lo hay?

Ella suspira.

—No hay ningún vecino. Estoy bien como estoy. Nunca he estado mejor.

—Escucha, Letizia... —me lanzo, dispuesto a soltarle el discurso que vengo repitiendo en mi cabeza desde hace tiempo, y que he preparado y afinado incluso más que el correo electrónico a Sacrosanti.

Ella me interrumpe de inmediato.

—No.

—¿No qué?

—No te atrevas.

—¿A hacer qué?

—A decirme que lo sientes y que quieres volver conmigo.

—¿Por qué no?

—Porque tienes que pagar los meses de noches insomnes y de lágrimas. Y porque ahora que ves que lo has echado todo a perder necesitas un punto de referencia, y yo prácticamente nací así, como punto de referencia. No me quieres a mí, quieres un asidero. No funciona así.

—Nunca me he sentido tan consciente acerca de mí mismo, te lo juro. Quizá sea la primera vez que sé lo que no quiero y lo que quiero, y lo único que quiero eres tú.

—No, no, no —me rechaza, casi con violencia—. No funciona así.

—Mira, que yo también sufrí mucho.

—¡Por otra!

—Por ti también.

—Vete a tomar por culo.

—Ahora ya no tengo más dudas. Estoy más lúcido que nunca.

—Venga, que tengo que irme. A las seis tengo pilates —dice Letizia.

—La clase de pilates puede empezar también sin ti. Yo, sin embargo, no quiero estar sin ti.

—Pues me parece que seguramente tendrás que esperar.

—¿A que acabe pilates?

Ella niega con la cabeza.

—Me voy. Voy a hacer un año de especialización en Estados Unidos. En Chicago.

—¿Estás de broma? ¿Como *Urgencias*?

—No, porque soy oncóloga, no trabajo en urgencias.

—Pero era en Chicago, ¿no?

—Bah, yo qué sé.

—¿Y si me voy contigo? —le pregunto. De repente, ir a Estados Unidos con ella parece exactamente lo que necesito.

—Te contesto como me contestaste cuando quise irme a vivir contigo a París: absolutamente no, es importante que estas experiencias se afronten en soledad y todas esas mierdas.

—Ya no pienso igual.

—Ahora lo pienso yo.

—¿Cuándo te vas?

—El lunes.

—¿Y me lo cuentas ahora?

—Hace meses que no hablamos, Marcello. Desde que...

—No lo digas —la interrumpo—. Vamos a hacer una cosa: yo te espero.

—Como quieras. Pero un año es mucho tiempo...

—¿Es una amenaza?

—Me parece que sí.

—Quizá vaya a verte.

—No lo sé. Vamos, tengo que irme —dice de manera concluyente. Pero entonces le asalta algo que se parece a cierta forma de escrúpulo—. ¿Y qué piensas hacer ahora?

—No lo sé. Tengo toda la vida por delante.

—Tienes casi cuarenta años, Marcello.

Abro los brazos.

Ella sacude la cabeza como para ahuyentar un pensamiento. Creo que mi falta de perspectiva vital la hace sufrir íntimamente.

—Bueno. Tengo que irme.

Se levanta y la observo alejarse. Hay que ver lo idiota que he sido.

Llamo al camarero y pido un aguardiente para metabolizar el porrazo.

Saco el móvil, el chat de los amigos ha retomado su actividad. En particular, es el Sardo quien ha mandado dos elocuentes fotografías. Tomadas desde la oficina donde trabaja, que está justo enfrente del bar donde yo estaba sentado con Letizia.

En la primera foto estamos ella y yo, y el pie de foto reza: «El Gori vuelve a la carga...». En la segunda estamos solo yo y el vasito de aguardiente: «... pero el resultado era previsible».

No respondo. Hago una pausa un momento para mirar la segunda foto que me ha sacado. Si Letizia ha vuelto a florecer en los últimos meses sin mí, lamentablemente no se puede decir lo mismo en mi caso.

Las decisiones importantes en mi vida nunca las he tomado de manera consciente. Lo que siempre han desencadenado mis acciones ha sido una combinación de azar, inercia y entrega incondicional a las circunstancias externas. Con el doctorado también me ha ocurrido lo mismo. Aun así, he de decir que en cierto momento creí en ello, en la posibilidad de explotar esa acumulación de contingencias que se me ofrecían para sacar algo bueno de ello.

Me afané por ser un intelectual, un cosmopolita, incluso sentí, por un instante, que podía ser un revolucionario. Pero dejémonos de bromas: no soy un intelectual, y aunque quizá en los años setenta hasta yo podría haber formado parte de una banda armada a caballo entre lo épico y lo destartalado, hoy esta posibilidad simplemente no existe. Si a un Tito Sella en la provincia de los años setenta le quedaba por lo menos la posibilidad de intentar una pantomima trágica de la revolución, para nosotros, en la provincia de las primeras décadas de este siglo, hasta la pantomima sería demasiada concesión.

Se oye repetir a menudo el adagio de Marx según el cual los hechos de la historia se presentan dos veces: la primera en forma de tragedia y la segunda en forma de farsa. Esto tal vez sea aplicable a Milán o a París; con nosotros, en la provincia, es diferente: aquí los hechos de la historia llegan ya desactivados, por lo que la primera vez son una parodia (o una comedia negra, una *estantigua*) y la segunda vez se presentan como veleidades abortadas. Y la veleidad abortada, modestamente, *c'est moi*.

Al final de la fiesta lo único que he sacado en limpio es que efectivamente era cierto, que no estoy hecho para la universidad; es decir, me ha llevado tres años comprender por mi cuenta lo que todos sabían desde el principio. La única diferencia respecto a hace tres años es que he perdido a Letizia y la mayor parte del pelo que me quedaba.

En conclusión, que preferí mandarlo todo al garete, sabiendo que de esta manera estaba poniendo una lápida sobre todas las posibilidades de futuro. Creo que esta es la ética que siempre se sigue en el lugar de donde yo vengo: si se presenta una oportunidad, lo único honesto es intentar echarla a perder de la manera más colosal posible, transformándola en una anécdota que pueda contarse en el bar, en lugar de sacarle fruto y correr el riesgo de tener éxito. Ser ganador, para nosotros, nunca valdrá tanto como haber fracasado a lo grande.

Pensé que podía identificarme con Tito Sella, improvisándome como intelectual, como revolucionario, incluso como escritor, pero tuve que reconocer que no era posible. O, mejor dicho, comprendí que el Tito Sella con el que quería identificarme quizá ni siquiera existiera.

Porque al final, paradójicamente, en cierto sentido sí que me he convertido en Tito Sella. Ambos nos embarcamos en algo que estaba más allá de nuestras fuerzas y ambos capitulamos inevitablemente. Mientras los predestinados, los triunfadores, los vástagos de las clases dominantes o incluso aquellos que saben escalar con uñas y dientes la jerarquía social —los Barabba, las Tea, los Pier Paolo— se afirman y prosperan en un mundo que parece diseñado para ellos, otros —los perdedores, los ingenuos, los veleidosos, los hijos de las clases subalternas, los simplones: los Miro, los Carmine, las Emma, los Carlo— se ven arrollados. Y luego hay una tercera categoría, que tal vez sea la peor: la de los que están en el medio, los inciertos, los dubitativos, los que son incapaces de decidirse o se deciden solo a medias, los que aspiran a ser completos pero carecen de fuerzas, los que lo estropean todo en el último metro porque su vocación no es el triunfo sino la persecución de un fantasma, aquellos a los que al final solo les resta quedarse mirando o contar la historia. A esta categoría irresuelta, me parece, es a la que pertenecemos Tito Sella y yo.

A veces uno se cree joven y en cambio solamente está incompleto.

Nota del autor

Parte de esta historia tiene lugar en un departamento universitario de Italianística, que por exigencias narrativas solo podía hallarse en la Universidad de Pisa. Sin embargo, quisiera aclarar que este departamento no tiene nada que ver con el real, que no conozco, y que por lo que yo sé podría ser el más virtuoso, eficiente y meritocrático de Europa. Con todo, si por casualidad se apreciaran similitudes con alguien o con alguna dinámica que ocurriera en contextos similares, me alegraría mucho, no porque yo haya querido retratar a nadie en particular, sino porque mi intención era retratar un ambiente irreal, desde luego, pero no poco realista.

La historia de los Ravachol es mero producto de la fantasía; hasta donde yo sé, no existió ninguna destartalada banda armada parecida y desde luego nunca tuvo lugar ninguna masacre de Gombitelli. Pero si los personajes y el contexto son ficticios, me gustaría subrayar que muchas de las acciones que estos personajes llevan a cabo, y sobre todo los detalles que pueden parecer más inverosímiles o grotescos, están inspirados a menudo en operaciones que realmente se produjeron en el contexto de los llamados años de plomo.

No soy capaz de rastrear las innumerables deudas literarias que ha contraído este libro; puedo decir, sin embargo, que el diálogo entre Emma y Tito en las páginas 279-280 acusa la influencia de un pasaje de la novela *Los invisibles* de Nanni Balestrini y que la frase sobre Proust de la página 153 de Sacrosanti la he robado de *La vergüenza* de Annie Ernaux.

De las muchas personas (estas sí reales) cuya contribución ha mejorado esta novela, me limito a expresar mi gratitud a Nicoletta, Andrea, Paolo, Vins, Francesca, Simona, Fabio y Zikika. El primero en dar crédito a este libro sin ser pariente consanguíneo (de hecho o de derecho) fue Marco Malvaldi, quien le abrió el camino para que saliera vestido de azul en su edición original, y a quien le doy las gracias de todo corazón. Es mérito de Jacopo Dell'Omo el que muchas incongruencias, anacronismos, lagunas y, sobre todo, paréntesis se hayan eliminado del texto: si al final el libro es mucho mejor de lo que yo lo habría presentado es gracias a su cuidadoso y apasionado trabajo, y al de Mattia Carratello.

Sarah leyó este texto no menos de diez veces, y cada una de ellas le confirió una nueva vida, incluso durante el periodo en el que ella misma estaba ocupada fabricando un ser humano, que al final tomó el nombre de uno de los protagonistas del libro, como confirmación de la permeabilidad entre vida y literatura. Por eso, y por todo lo demás, *Se acabó el recreo* está dedicado a ella.

«Yo creo que la diversión es una cosa seria.»
ITALO CALVINO

Desde LIBROS DEL ASTEROIDE queremos agradecerle el tiempo que ha dedicado a la lectura de *Se acabó el recreo*. Esperamos que el libro le haya gustado y le animamos a que, si así ha sido, lo recomiende a otro lector.

Al final de este volumen nos permitimos proponerle otros títulos de nuestra colección.

Queremos animarle también a que nos visite en www.librosdelasteroide.com y en nuestros perfiles de redes sociales, donde encontrará información completa y detallada sobre todas nuestras publicaciones y podrá ponerse en contacto con nosotros para hacernos llegar sus opiniones y sugerencias.
Le esperamos.

Otros títulos publicados por Libros del Asteroide:

138 Big Time: la gran vida de Perico Vidal, **Marcos Ordóñez**
139 La quinta esquina, **Izraíl Métter**
140 Trilogía Las grandes familias, **Maurice Druon**
141 El libro de Jonah, **Joshua Max Feldman**
142 Cuando yunque, yunque. Cuando martillo, martillo, **Augusto Assía**
143 El padre infiel, **Antonio Scurati**
144 Una mujer de recursos, **Elizabeth Forsythe Hailey**
145 Vente a casa, **Jordi Nopca**
146 Memoria por correspondencia, **Emma Reyes**
147 Alguien, **Alice McDermott**
148 Comedia con fantasmas, **Marcos Ordóñez**
149 Tantos días felices, **Laurie Colwin**
150 Aquella tarde dorada, **Peter Cameron**
151 Signor Hoffman, **Eduardo Halfon**
152 Montecristo, **Martin Suter**
153 Asesinato y ánimas en pena, **Robertson Davies**
154 Pequeño fracaso, **Gary Shteyngart**
155 Sheila Levine está muerta y vive en Nueva York, **Gail Parent**
156 Adiós en azul, **John D. MacDonald**
157 La vuelta del torno, **Henry James**
158 Juegos reunidos, **Marcos Ordóñez**
159 El hermano del famoso Jack, **Barbara Trapido**
160 Viaje a la aldea del crimen, **Ramón J. Sender**
161 Departamento de especulaciones, **Jenny Offill**
162 Yo sé por qué canta el pájaro enjaulado, **Maya Angelou**
163 Qué pequeño es el mundo, **Martin Suter**
164 Muerte de un hombre feliz, **Giorgio Fontana**
165 Un hombre astuto, **Robertson Davies**
166 Cómo se hizo La guerra de los zombis, **Aleksandar Hemon**
167 Un amor que destruye ciudades, **Eileen Chang**
168 De noche, bajo el puente de piedra, **Leo Perutz**
169 Asamblea ordinaria, **Julio Fajardo Herrero**
170 A contraluz, **Rachel Cusk**
171 Años salvajes, **William Finnegan**
172 Pesadilla en rosa, **John D. MacDonald**
173 Morir en primavera, **Ralf Rothmann**
174 Una temporada en el purgatorio, **Dominick Dunne**
175 Felicidad familiar, **Laurie Colwin**
176 La uruguaya, **Pedro Mairal**
177 Yugoslavia, mi tierra, **Goran Vojnović**
178 Tiene que ser aquí, **Maggie O'Farrell**
179 El maestro del juicio final, **Leo Perutz**
180 Detrás del hielo, **Marcos Ordóñez**
181 El meteorólogo, **Olivier Rolin**
182 La chica de Kyushu, **Seicho Matsumoto**
183 La acusación, **Bandi**
184 El gran salto, **Jonathan Lee**

185 Duelo, **Eduardo Halfon**
186 Sylvia, **Leonard Michaels**
187 El corazón de los hombres, **Nickolas Butler**
188 Tres periodistas en la revolución de Asturias, **Manuel Chaves Nogales, José Díaz Fernández, Josep Pla**
189 Tránsito, **Rachel Cusk**
190 Al caer la luz, **Jay McInerney**
191 Por ley superior, **Giorgio Fontana**
192 Un debut en la vida, **Anita Brookner**
193 El tiempo regalado, **Andrea Köhler**
194 La señora Fletcher, **Tom Perrotta**
195 La catedral y el niño, **Eduardo Blanco Amor**
196 La primera mano que sostuvo la mía, **Maggie O'Farrell**
197 Las posesiones, **Llucia Ramis**
198 Una noche con Sabrina Love, **Pedro Mairal**
199 La novena hora, **Alice McDermott**
200 Luz de juventud, **Ralf Rothmann**
201 Stop-Time, **Frank Conroy**
202 Prestigio, **Rachel Cusk**
203 Operación Masacre, **Rodolfo Walsh**
204 Un fin de semana, **Peter Cameron**
205 Historias reales, **Helen Garner**
206 Comimos y bebimos. Notas sobre cocina y vida, **Ignacio Peyró**
207 La buena vida, **Jay McInerney**
208 Nada más real que un cuerpo, **Alexandria Marzano-Lesnevich**
209 Nuestras riquezas, **Kaouther Adimi**
210 El año del hambre, **Aki Ollikainen**
211 El sermón del fuego, **Jamie Quatro**
212 En la mitad de la vida, **Kieran Setiya**
213 Sigo aquí, **Maggie O'Farrell**
214 Claus y Lucas, **Agota Kristof**
215 Maniobras de evasión, **Pedro Mairal**
216 Rialto, 11, **Belén Rubiano**
217 Los sueños de Einstein, **Alan Lightman**
218 Mi madre era de Mariúpol, **Natascha Wodin**
219 Una mujer inoportuna, **Dominick Dunne**
220 No cerramos en agosto, **Eduard Palomares**
221 El final del affaire, **Graham Greene**
222 El embalse 13, J**on McGregor**
223 Frankenstein en Bagdad, **Ahmed Saadawi**
224 El boxeador polaco, **Eduardo Halfon**
225 Los naufragios del corazón, **Benoîte Groult**
226 Crac, **Jean Rolin**
227 Unas vacaciones en invierno, **Bernard MacLaverty**
228 Teoría de la gravedad, **Leila Guerriero**
229 Incienso, **Eileen Chang**
230 Ríos, **Martin Michael Driessen**
231 Algo en lo que creer, **Nickolas Butler**
232 Ninguno de nosotros volverá, **Charlotte Delbo**
233 La última copa, **Daniel Schreiber**
234 A su imagen, **Jérôme Ferrari**

235 La gran fortuna, **Olivia Manning**
236 Todo en vano, **Walter Kempowski**
237 En otro país, **David Constantine**
238 Despojos, **Rachel Cusk**
239 El revés de la trama, **Graham Greene**
240 Alimentar a la bestia, **Al Alvarez**
241 Adiós fantasmas, **Nadia Terranova**
242 Hombres en mi situación, **Per Petterson**
243 Ya sentarás cabeza, **Ignacio Peyró**
244 El evangelio de las anguilas, **Patrik Svensson**
245 Clima, **Jenny Offill**
246 Vidas breves, **Anita Brookner**
247 Canción, **Eduardo Halfon**
248 Piedras en el bolsillo, **Kaouther Adimi**
249 Cuaderno de memorias coloniales, **Isabela Figueiredo**
250 Hamnet, **Maggie O'Farrell**
251 Salvatierra, **Pedro Mairal**
252 Asombro y desencanto, **Jorge Bustos**
253 Días de luz y esplendor, **Jay McInerney**
254 Valle inquietante, **Anna Wiener**
255 Los días perfectos, **Jacobo Bergareche**
256 Un domingo en Ville-d'Avray, **Dominique Barbéris**
257 Los últimos balleneros, **Doug Bock Clark**
258 Friday Black, **Nana Kwame Adjei-Brenyah**
259 Lejos de Egipto, **André Aciman**
260 Sola, **Carlota Gurt**
261 Ayer, **Agota Kristof**
262 Segunda casa, **Rachel Cusk**
263 Cosas, **Castelao**
264 El gran farol, **Maria Konnikova**
265 Sensación térmica, **Mayte López**
266 Un lugar desconocido, **Seisho Matsumoto**
267 Piedra, papel, tijera, **Maxim Ósipov**
268 El mal dormir, **David Jiménez Torres**
269 Gallinas, **Jackie Polzin**
270 El festín del amor, **Charles Baxter**
271 Buena suerte, **Nickolas Butler**
272 Brighton Rock, **Graham Greene**
273 Vivir con nuestros muertos, **Delphine Horvilleur**
274 Lo que pasa de noche, **Peter Cameron**
275 Fieras familiares, **Andrés Cota Hiriart**
276 Vista Chinesa, **Tatiana Salem Levy**
277 Los Effinger, **Gabriele Tergit**
278 No me acuerdo de nada, **Nora Ephron**
279 La ciudad expoliada, **Olivia Manning**
280 Antes del salto, **Marta San Miguel**
281 Un hijo cualquiera, **Eduardo Halfon**
282 La promesa, **Damon Galgut**
283 La palabra para rojo, **Jon McGregor**
284 14 de abril, **Paco Cerdà**
285 Salir a robar caballos, **Per Petterson**

286 Las cigüeñas son inmortales, **Alain Mabanckou**
287 Huntington Beach, **Kem Nunn**
288 Igual que ayer, **Eduard Palomares**
289 Un trabajo para toda la vida, **Rachel Cusk**
290 El visionario, **Abel Quentin**
291 El estado del mar, **Tabitha Lasley**
292 El año del desierto, **Pedro Mairal**
293 El retrato de casada, **Maggie O'Farrell**
294 Una escritora en la cocina, **Laurie Colwin**
295 Amigos y héroes, **Olivia Manning**
296 Tracy Flick nunca gana, **Tom Perrotta**
297 Salir de la noche, **Mario Calabresi**
298 La frecuente oscuridad de nuestros días, **Rebecca Donner**
299 La tormenta perfecta, **Sebastian Junger**
300 No me gusta mi cuello, **Nora Ephron**
301 Biografía del fuego, **Carlota Gurt**
302 Mi padre alemán, **Ricardo Dudda**
303 Nada es verdad, **Veronica Raimo**
304 Las despedidas, **Jacobo Bergareche**
305 El arte de coleccionar moscas, **Fredrik Sjöberg**
306 Los hijos dormidos, **Anthony Passeron**
307 El inventor, **Miguel Bonnefoy**
308 La novia grulla, **CJ Hauser**
309 El castillo de arena, **Seicho Matsumoto**
310 Kilómetro 101, **Maxim Ósipov**
311 El ángel de piedra, **Margaret Laurence**
312 Viajes a tierras inimaginables, **Dasha Kiper**
313 Mis años con Martha, **Martin Kordić**
314 La distancia que nos separa, **Maggie O'Farrell**
315 Casi, **Jorge Bustos**
316 Un inmenso azul, **Patrik Svensson**
317 Madres, hijos y rabinos, **Delphine Horvilleur**
318 Las propiedades de la sed, **Marianne Wiggins**
319 Obra esencial, **Manuel Chaves Nogales**
320 Vendrán a detenerme a media noche, **Tahir Hamut Izgil**
321 Tarántula, **Eduardo Halfon**
322 Respira, **Tim Winton**
323 Guerra de infancia y de España, **Fabrizia Ramondino**
324 El factor Rachel, **Caroline O'Donoghue**
325 Memorias, **Teffi**
326 Absolución, **Alice McDermott**
327 En una habitación ajena, **Damon Galgut**
328 Los extrañados, **Jorge Freire**
329 Podrías hacer de esto algo bonito, **Maggie Smith**
330 Ni me gusta mi cuello ni me acuerdo de nada, **Nora Ephron**
331 Vallesordo, **Jonathan Arribas**
332 Despejado, **Carys Davies**
333 La casa de verano, **Masashi Matsuie**
334 Un sueño *made in* Argentina, **Solange Levinton**
335 El español que enamoró al mundo, **Ignacio Peyró**
336 Desfile, **Rachel Cusk**